# 清詩話全编

康熙期三

張寅彭 編纂
楊君 點校

国家出版基金项目
NATIONAL PUBLICATION FOUNDATION

上海古籍出版社

# 第四册目次

# 與萬季野書

# 與萬季野書提要

《與萬季野書》一卷，據嘉慶間刊雪北山樵《花熏閣詩述》本點校。撰者吴喬，生平見《逃禪詩話》提要。按此書首云「昨東海諸英俊問」，東海即徐乾學，知即作於康熙二十年客徐乾學家期間，爲徐府兄弟子侄輩説詩，而録付萬氏者。首著一「昨」字，即露端倪，而第二則以下皆作「又問」、「答曰」，一問一答，較後來《圍爐詩話》之正式寫定本，猶存即時記録之痕迹也。故趙執信《談龍録》作「與友人書」，《花熏閣詩述》本亦題作「吴修齡與萬季野書」。《清詩話》本改題「答萬季野詩問」則誤，蓋非答萬氏問也。以之比勘稍晚之《圍爐詩話》定本，亦有異同，如以「清秀李于鱗」一語譏王漁洋，即不見於《詩話》，此或與晚年悔作《正錢録》同。（漁洋亦推許其善學西崑。）

# 與萬季野書

昨東海諸英俊問：「出韵詩，唐人多有之，而王麟洲極以爲非，何也？」答曰：「出韵必是起句，起句可用仄聲字，出韵何傷？蓋起句不在韵數中，故一絶止言二韵，一律止言四韵。如《滕王閣詩》本是六韵，而序云：『四韵俱成。』以『渚』、『悠』不在韵數中故也。」

又問：「和詩必步韵乎？」答曰：「和詩之體不一：意如答問而不同韵者，謂之和詩；同其韵而不同其字者，謂之和韵；用其韵而次第不同者，謂之用韵；依其次第者，謂之步韵。步韵最困人，如相毆而自縶手足也。蓋心思爲韵所束，於命意、布局最難照顧。今人不及古人，大半以此。嚴滄浪已深斥之。而施愚山侍讀嘗曰：『今人祗解作韵，誰會作詩？』此言可畏。出韵必當嚴戒，而或謂步韵思路易行，則陷溺其心者然也。此體元、白不多，皮、陸多矣，至明人而極。」

又問：「初、盛、中、晚之界云何？」答曰：「三唐與宋、元易辨，而盛唐與明人難辨。讀唐人詩集，知其性情，知其學問，知其立志。明人以聲音笑貌學唐人，論其本力，尚未及許渾、薛能，而皆自以爲李、杜、高、岑。故讀其詩集，千人一體，雖紅紫雜陳，絲竹競響，唐人能事渺然，一望黄茅白葦而已。唐、明之辨，深求於命意、布局、寄託，則知有金矢之別；若唯論聲色，則必爲所惑。夫唐無二盛，盛唐亦無多人；而明自弘、嘉以來，千人萬人，孰非盛唐？則鼎之真贋可知矣。晚唐雖不及盛唐、中唐，而命意、布局、寄託固在。宋人多是實話，失《三百篇》之六義。元詩猶有深入處。明詩唯堪應酬之用，何足言詩？」

又曰：「下手處如何？」答曰：「姑言其淺處。如少陵《黑鷹》、曹唐《病馬》，其中有人；袁凱《白燕》詩膾炙人口，其中無人，誰不可作？畫也，非詩也。空同云：『此詩最著最下。』蓋嫌其唯有豐致，全無氣骨耳。安知詩中無人，則氣骨、豐致同是皮毛耶？」又問：「唐人詩，盡如《黑鷹》、《病馬》否？」答曰：「不能。崔鴛鴦、鄭鷓鴣，皆以一詩得名，詩中絕無二人，有志者取法乎上耳。」諸君因以拙作相質。答曰：「眼見易遠，下足處必近，後人何敢與古人同日語耶？」諸君相逼不已。答曰：「拙草名托物，非詠物也。如《蜂》詩云：『利劍行空猶俠客，細腰成病似詩人。』《燈花》云：『脂浮初夜根無托，灺落三更子不成。』《落花》云：『來歲東皇別造蘂，不曾容汝復青枝。』其中有不佞在。無手病，有賢子，不處革運者，不得作此語也。」諸君又曰：「同朋發矢，方知中的與否，煩君亦作《白燕》詩見示。」偶爾妄言，撞此禍事，袁公必大笑於前，吾兄必大笑於今矣。

問云：「今人忽尚宋詩，如何？」答曰：「爲此説者，其人極負重名，而實是清秀李于鱗，無得於唐。唐詩如父母然，豈有能識父母，更認他人者乎？宋之最著者蘇、黄，全失唐人一唱三嘆之致，況陸放翁輩乎？但有偶然撞著者，如明道云：『未須愁日暮，天際是輕陰。』忠厚和平，不減義山之『夕陽無限好，只是近黄昏』矣。唐人大率如此，宋詩鮮也。唐人作詩，自述己意，不必求人知之，亦不在人人説好；宋人皆欲人人知我意；明人必欲人人説好，故不相入。然宋詩亦非一種，如梅聖俞却有古詩意，陳去非得少陵實落處。不知今世學宋詩者，尊尚誰人也？子瞻、魯直、放翁，一瀉千里，不堪咀嚼，文也，非詩矣。」

又問：詩與文之辨。答曰：「二者意豈有異，唯是體制、辭語不同耳。意喻之米，文喻之炊而爲飯，詩喻之釀而爲酒。飯不變米形，酒形質盡變。噉飯則飽，可以養生，可以盡年，爲人事之正道；飲酒則醉，憂者以樂，喜者以悲，有不知其所以然者。如《凱風》、《小弁》之意，斷不可以文章之道平直出之，詩其可已於世乎？」

又問云：「人謂作詩須合於《三百篇》，其説如何？」答曰：「未卵而求時夜，耳食者之言也。尚未識唐人命意、遣辭之體，而輕言《三百篇》，可乎？且《三百篇》，《風》與《雅》、《頌》異，變與正異，宋註與漢註異，僕實寡學，不敢妄説。如少陵《玄元廟》詩，誰人做得？尚只是變《雅》耳。卑之無甚高論，嚴絶宋、元、明，而取法乎唐，亦足自立矣。如楊妃事，唐人云：『薛王沉醉壽王醒。』宋人云：『奉獻君王一玉環。』豈直金矢之界而已哉！使其作《凱風》、《小弁》，必大詬父母矣。余所見《三百篇》僅此，餘實不能測也。苕溪漁隱曰：『彼時薛王之死已久。』史學善矣，不必如是責酒以飽也。宋人長於文，而詩不及唐，《三體》不能辨。」

又問：「宋、明之界云何？」答曰：「宋人不可輕也。宋詩如三家村叟，布袍草履，是一箇人。明詩土偶蒙金，昨日已言之矣。唐人死話亦活，實話亦虛，明人反是。如『小犬隔花空吠影，夜深宮禁有誰來』、『六宮處處如秋水，不獨長門玉漏長』，未見有幾篇也。」

又問：「丈丈何故捨盛唐而爲晚唐？」答曰：「二十歲以前，鼻息拂雲，何屑作中、晚耶？二十歲以後，稍知唐、明之真僞，見盛唐體被明人弄壞，二李已不堪，學二李以爲盛唐者，更自畏人，深愧前非，故捨之耳。世人誰敢誇大步？士庶不敢作卿大夫事，卿大夫不敢作公侯事。自分稷、卨自許，愛君憂國之心未是少陵，無其心而強爲其説，縱得遺辭逼肖，亦是優孟冠裳，與土偶蒙金者何異？無過奴才而已。寒士衣食不充，居室同於露處，可謂至貧且賤矣，而此身不屬於人。刁家奴侯服玉食，交遊卿相，然無奈其爲人奴也。二李，刁家奴；學二李者，又重儓矣。」又問：「學晚唐者，寧無此過？」答曰：「人於詩文，寧無乳母？脱得襁抱，便成一人。二李與其徒一生在乳母懷抱間，脚不立地，故足賤也。誰人少時無乳母耶？」

又問：「唐詩亦有直遂者，何以獨咎宋人？」答曰：「世間龍蛇混雜，誠是淆訛公案也。七律自沈、宋以至温、李，皆在起承轉合規矩之中，唯少陵一氣直下，如古風然，乃是别調。白傅得其直遂，而失其氣。昭諫益甚。宋自永叔而後，竟以爲詩道當然，謬引少陵以爲據，而不知少陵婉折者甚多，不可屈古人以遂非也。且唐人直遂者亦不止少陵，皆少分如是，非詩道優柔敦厚之本旨也。《三百篇》亦有《相鼠》等，豈可使作《小弁》、《凱風》者如此直遂出語耶？雖宋人詩薄，明人詩厚，直遂則同。禪家宗旨既亡，必不能復，詩教優柔敦厚之旨亦然，唯一嘆耳！」

又問：「少陵七律異於諸家處，幸示之。」答曰：如「『劍外忽傳收薊北』等詩，全非起承轉合之體，論者往往失之。於『吹笛關山』篇，則曰次聯應前首『風』字、『月』字，三聯嘆美。有何關涉？不知此前六句皆興，末二句方是賦，意只在『故園愁』三字耳。論者謂『蓬萊宫闕』篇首句刺土木，次句刺禱祠，次聯應首句，三聯應次句。有何關涉？不知此詩全篇皆賦，前六句追述昔日之繁華，末二句悲嘆今日之流落耳。更有異體如『童穉情親』篇，只須前半首，詩意已完，後四句以興足之，去後四句，於義不缺；然不可以其無意而竟去之者，如畫之有空紙，不可以其無樹石人物而竟去之也。義山『人生何處不離群』篇，前有後無，全似此篇，故題曰《杜工部蜀中離席》，乃擬此篇而作也。義山初時亦學少陵，如《有感》五言二長韵可見矣。到後來力能自立，乃别走《楚辭》一路，如《重感》七律，亦爲甘露之變而作，而體格迥殊也。介甫謂義山深有得於少陵，而止讚『雪嶺未歸』一聯，是見其鍊句，而未見其鍊局也。又唐人七言絶句，大抵由於起承轉合之法，唯李、杜不然。亦如古風浩然長往，不可捉摸。此體最難，宋、明人學之，則如急流小棹，一瞬而過，無意味也。」

又問：「嚴滄浪之説詩，耑貴妙悟，如何？」答曰：「作詩者於唐人無所悟入，終落宋、明死句。貴悟之言是也，但不言六義，從何處下手而得悟入？彼實無見於唐人，作玄妙恍惚語耳。且道理之深微難明者，以事之粗淺易見者譬而顯之。禪深微，詩粗淺，嚴氏以深微者譬粗淺，既已顛倒；而所引臨濟、曹洞等語全無本據，亦何爲哉？」又告之曰：「唐人精於詩，而詩話則少；宋人詩離於唐，而詩話乃多。今人拘於宋人之説詩，而不問其與唐人違合，莫不稱王稱伯，狐魅後學，使尊奉己説；學之者亦尊奉一先生之言，如聖經王律。愚何人，而敢爲此？諸君皆智慧絶人，當自取法乎上。唐人數百家，各有能事，非鄙朽一人所能盡測也。已前所説，不過我心所見者云爾，非唐人止於此也。諸君當屏絶宋以後議論，細讀唐人之詩，自必深有所得。不獨王、李、鍾、譚以己意判唐人者不足道，即鄙朽以唐人論唐人者亦不足道。且人之學問，莫非以楔出楔，前去者是楔，後入者獨非楔乎？唐人多有不合於漢、魏者，何況《三百篇》？『功德天黑暗，女寸步不離』，堅守唐人之詩，猶是金屑在眼，後人之説，亦何爲哉？至於羔雁應酬之用，則明人自有榘矱，可稱當行作家，『刺繡文不如倚市門』也。」

諸君又問曰：「《三百篇》之意渺矣，請更詳言之。」答曰：「『《國風》好色而不淫，《小雅》怨誹而不亂』，『發乎情，止乎禮義』，所謂性情也。興、賦、比、風、雅、頌，其體格也。優柔敦厚，其立言之法也。於六義中姑置風、雅、頌而言興、賦、比，此三義者，今之邨歌俚曲無不暗合，矯語稱詩者自失之耳。如『月子灣灣照九州』，興也；『逢橋須下馬，有路莫登舟』，賦也；『南山頂上一盆油』，比也，行之而不著者也。明人多賦，興、比則少，故論唐詩亦不中竅。如薛能云：『當時諸葛成何事，只合終身作卧龍。』見唐室之不可扶而悔入仕途，興也。升菴誤以爲賦，謂其譏薄武侯。義山云：『侍臣最有相如渴，不賜金莖露一盃。』言雲表露未能治病，何況神仙，託[illegible]事以刺憲、武，比也。于鱗以爲宮怨，評曰：『望幸之思悵然。』呂望何等人物？胡曾詩云：『當時未入非熊夢，幾向斜陽嘆白頭。』非詠古人，乃自況耳。讀唐詩須識活句，莫墮死句也。」

又問：「命意如何？」答曰：「詩不同於文章，皆有一定之意，顯然可見。蓋意從境生，熟讀新、舊《唐書》、《通鑑》、稗史，知其時事，知其處境，乃知其意所從生。如少陵《麗人行》，不知五楊所爲，則『丞相嗔』之意没矣。『落日留王母』之刺太真女道士亦然。馬嵬事，鄭畋云：『終是聖明天子事，景陽宮井又何人？』與少陵『不聞夏殷衰，中自誅褒妲』正同。此命意之可法者也。」

又問：「布局如何？」答曰：「古詩如古文，其布局千變萬化。七律頗似八比：首聯如起講、起頭，次聯如中比，三聯如後比，末聯如束題。但八比前、中、後一定，詩可以錯綜出之，爲不同耳。七絕，偏師也，或鬭山上，或鬭地下，非必堂堂之陣、正正之旗者也。五律氣脉須從五古中來，初、盛皆然，中唐鮮矣。明人多以七律餘材成之，是以悉不足觀。五絕最易成篇，却難得好。五古須通篇無偶句，漢、魏則然，晉、宋漸有偶句，履霜堅冰，至唐人遂成律。明之選唐詩者，『中原還逐鹿』、『秋氣集南磵』皆置古詩中，盲矣。」

問曰：「丈丈於唐詩，皆如義山《無題》之見作者意乎？」答曰：「是何言歟？安可淺視唐人也？茅塞之心，有見者，有不見者，有疑者。其見者，如韓偓《落花》云『眼尋片片隨流去』，言昭宗之出幸也；『恨滿枝枝被雨侵』，言諸王之被殺也；『縱得苔遮猶慰意』，望李克用、王師範之勤王也；『若教泥汙更傷心』，恨韓建之爲賊臣弱帝室也；『臨堦一盞悲春酒，明日池塘是緑陰』，悲朱温之將篡弑也。明人云『不讀大曆以後一字』，其所自作，未有命意如晚唐此詩之深遠者也，可易言初、盛哉？疑者不可枚舉，止就致堯言之。如『動天金鼓逼神州』一律，觀其起句及『杜鄠』、『鳳池』，酷似李茂貞兵犯京師，天子賜宰相杜讓能死，代其姬人之作，而題又絕不相近。白傅輓元微之云：『銘旌官重威儀盛，騎吹聲繁鹵簿長。後魏帝孫唐宰相，六年七月葬咸陽。』此詩有似具文見意。『具文見意』乃杜元凱《左傳序》之言，謂但紀其事，不著議論而意自見，周伯弜以王建『五色雲中駕六龍』後二首却哀惜當之。

此所不同者，極其褒美，無哀惜之義，即似譏刺，然與平生交情不合故也。」

又問：「『小犬隔花空吠影』，意何所指？」答曰：「太祖破陳友諒，貯其姬妾於别室，李善長子弟有窺覘者，故詩云然。李、高之得禍，皆以此也。」

又問：「施愚山所謂『今人祇解作韵』者若何？」答曰：「每得一題，守住五字，於《韵府群玉》、《五車韵瑞》上覓得現成韵脚子，以句輳韵，以意輳句，扭捻一上，自心自身，俱不照管，非做韵而何？陷溺之甚者，遂至本是倡作，亦覓古人詩之韵而步之，烏得不爲愚山所鄙哉？古詩不對偶，不論黏，不拘長短，韵法又寬。唐律悉反之，已是束縛事；若又步韵，陶、謝、李、杜，無以措手。」

又問：「金聖歎謂唐詩必在第五句轉，信乎？」答曰：「不盡然也。如曹鄴『荻花蘆葉滿汀洲，一簇笙歌在水樓。金管曲長人盡醉，玉簪恩重獨生愁』，於第二聯流水對中轉去。杜少陵律詩如古詩，難論轉處，而『童穉情親』篇竟無後半首，何以曰『第五句轉』乎？起承轉合，唐詩之大凡耳，不可固也。」

又問曰：「丈丈極輕二李，與牧齋之論同乎？」答曰：「渠論于鱗者盡之矣，空同猶有屈處。于鱗才本薄弱，而又學問淺、見識卑。空同唯是心粗氣浮，横戴少陵於額上，輕蔑一世，是可厭賤。若其匠心而出，如『卧病一春違報主，啼鶯千里伴還鄉』，上句敘坐獄，得昌黎『臣罪當誅兮天王聖明』造語之法，下句言人情涼薄，從《楚辭》『波滔滔兮來迎，魚鱗鱗兮媵予』而來，豈餘人所及？以此詩情事用不著少陵，只得匠心而出，所以優柔敦厚，深入唐人之室。若平生盡然，豈可涯量也？謝茂秦於明人中最不落節，而全集中無此深入處。觀其所以教王、李諸公學唐人者，不過聲色邊事，見處可知。仲默才最秀，亦以見處不深，用於摹擬，入目燦然，吟詠即如嚼蠟。鳳洲日出萬言，不暇用心，何以能佳？中郎欲翻玉、李，而力有不逮。至於鍾、譚，直是兒童之見，何足言詩？」

又曰：「請將《風》、《雅》、《頌》再詳細言之。」答曰：「《離騷》出於變《風》、變《雅》，唐人大抵宗之，不可具述。如『明堂聖天子，月朔朝諸侯』、『得罪風霜苦，全生天地仁』、『青山數行淚，白首一窮鱗』、『身多疾病思田里，邑有流亡愧俸錢』，盛唐人早朝諸篇，不可謂非二《雅》之遺音也。少陵《玄元廟》詩，極似《頌》體，而頌乃稱道老君功德於宗廟中，此詩多諷刺，體似《頌》而意非也。今世用於宗廟中者，皆是元曲宫調，難以詩言，此義置之可也。」

又問：「《尚書》云：『詩言志，歌永言，聲依永。』則詩乃樂之根本也。樂既變而爲元曲，則詩全不關樂事；不關樂事，何以爲詩？」答曰：「古今之變難言，夫子云：『《雅》、《頌》各得其所。』則《三百篇》莫不入於歌喉。漢人窮經，聲歌、意義分爲二途。太常主聲歌，經學之士主意義，即失夫子《雅》、《頌》正樂之意。而唐人《陽關三疊》，猶未離於詩也。迨後變爲小詞，又變爲元曲，則聲歌與詩絶不相關矣，尚可以《尚書》之意求之乎？詩在今日，但可爲文人遣興寫懷之作而已。漢人五言古詩平淡高遠，而樂府則濃譎吞吐。意者樂府入歌喉，而古詩已是遣興寫懷之作也。古今事變不能窮究矣。」

問：「《焦仲卿妻》在樂府中，又與餘篇不同，何也？」答曰：「意者此篇如董解元《西廂》、今之數落《山坡羊》，乃一人彈唱之詞，無可考矣。」

問：「詩唯情景，其用處何如？」答曰：「《十九首》言情者十之八，叙景者十之二。建安之詩，叙景已多，日甚一日。至晚唐有清空如話之説，而少陵如『暫往北鄉去』等，却又全不叙景。在今卑之無甚高論，但能融景入情，如少陵之『近淚無乾土，低空有斷雲』；寄情於景，如嚴維之『柳塘春水漫，花塢夕陽遲』，哀樂之意宛然，斯盡善矣。明人於此大不留心，所以無味。」

問：「三唐變而愈弱，其病安在？」答曰：「須在此處識得唐人好處，方脱二李陋習。《左傳》一人之筆，而前則典重，後則流麗，所託者然也，豈必前高於後乎？三唐人各自作詩，各自用心，寧使體格稍落，而不肯爲前人奴隸，是其好處，豈可不知，而唯舉其病？楊、劉學義山而不能流動，竟成死句。歐、蘇學少陵，只成一家之體，尚能自立。至於空同，唯以高聲大氣爲少陵；于鱗，唯以皮毛鮮潤爲盛唐，其義本欲振起中、晚，而不知全無自己，以病爲藥也。然在今日，遂爲不祧之祖，何也？事之關係功名富貴者，人肯用心。唐世功名富貴在詩，故唐世人用心而有變。一不自做，蹈襲前人，便爲士林中滯貨也。明代功名富貴在時文，全段精神俱在時文用盡，詩其暮氣爲之耳。此間有二種人：一則得意者不免應酬，誤以二李之作爲唐詩，便於應酬之用；一則失意者不免代筆，亦唯二李最便故耳。」

問：「六朝詩，多有本非詩人，偶然出句即絶佳者。唐人不然，何也？」答曰：「六朝體寬無黏，韵得叶用，黏綴但情真意切，得句即佳。故『城上草』一篇止十三字，而意味無窮。唐詩法嚴，非老於此工能之至者不佳也。此實唐詩難於古詩處，耳食者是古非唐耳。」

問：「古詩如何？」答曰：「以文譬之，脱盡時文，方可入古文門庭。鄙人未嘗於此有苦心，焉敢妄對？」

# 圍爐詩話

# 圍爐詩話提要

《圍爐詩話》六卷，據嘉慶間張氏刊《借月山房彙鈔》本點校。撰者吴喬，生平見《逃禪詩話》提要。此爲吴氏論詩之主要著作。自序有「辛酉冬，萍梗都門，與東海諸英俊圍爐取暖，其有及於吟詠之道者，小史録之。時日既積，遂得六卷，命之曰《圍爐詩話》」云云。此序一本署年「丙寅冬日」，則書成於康熙二十年客徐乾學家至二十五年丙寅之間。而卷六又有「年七八十，一句不辨，始謀不臧致之也」一句，雖是虚算，然亦在此一年歲段内而稍下移，故卷六及全書之寫定，或在康熙二十五年後之數年間也。卷一爲總論，卷二論列古今詩體，並從卷二開始，分卷依次評論漢魏、唐、李杜、宋、明詩。其立場概而言之，便是以有無寓意與有無比興爲標準，揚唐抑宋，而痛斥明詩爲「瞎盛唐」，誠爲犀利，閻若璩歎爲「哀梨并翦」。其「詩中須有人」之説，雖云出於釋氏，而終歸於孔儒。後爲趙執信取以攻詆王漁洋，影響有清中後期詩學甚鉅。「詩酒文飯」一喻妙解詩文之别，亦精到，故亦屢爲後世稱道。吴氏論詩主晚唐，引馮班爲同道，尤屬意於李商隱與韓偓，然每以求意過深而流於牽强，以致招來《四庫全書總目》之譏。又在「比興」與「賦」之間强判優劣，並據以褒貶唐宋詩，亦過於絶對。卷五大段摘引賀裳《載酒園詩話》論宋詩語，稱其「深得三唐作者之意，明破兩宋膏肓」，則兩人同失於認唐作宋，而未能預其時已漸開之宗宋風氣也。此書當年僅有鈔本流傳，刊本最早爲嘉慶十三年《借月山房彙鈔》本。上海圖書館藏毛壽君鈔校本卷末多出一則，兹録於下：「黄公所評《詩歸》閻朝隱《貓兒鸚鵡篇》，及宋之問《梁宣王挽詞》、《魯忠王挽詞》，真鍾、譚二氏子孫之恥也。」

# 圍爐詩話自序

人心感於境遇，而哀樂情動，詩意以生；達其意而成章，則爲六義，《三百篇》之大旨也。其所以失亡者，由乎詩人爲之。何也？《雅》、《頌》事關朝廷，非所當責；《風》乃閭閻田野所得與，而自漢以來，無復採風問俗，六義亡半。唐詩最盛，惟興、比、賦不違乎《騷》而已。五代中原雲擾，斯文道盡，吴、蜀獨存吟詠，而皆專意於詞。其立意也，流連光彩，鮮興、比而多賦。宋雖詩詞並行，而未有見及於比、興之亡者也。然而言能達意，賦義猶存。弘、嘉之復古者，不知詩當有意，亦不知有六義之孰存孰亡，惟崇聲色，高自標置。夫既無意，則詞無主宰，紕繆不續，并賦義而亡之。攻擊者止咎其措詞之失當，以燕伐燕者也。詩非天降，非地出，人爲之也。爲之者人，而壞之者又將焉諉？枯窮之夫，無一可以自遣，唯高談大笑，聊足適懷。而古今事之可以騁高談、發大笑者，孰過於無自心、無六義之詩？辛酉冬，萍梗都門，與東海諸英俊圍爐取暖，噉爆栗，烹苦茶，笑言飈舉，無復畛畦。其有及於吟詠之道者，小史録之。時日既積，遂得六卷，命之曰《圍爐詩話》。一生困阨，息交絶游，惟常熟馮定遠班、金壇賀黄公裳所見多合。皎然《詩式》持論甚高，而止在字句間。宋人淺於詩而好作詩話，邇言是争，貽悮後世，不逮二君所説遠甚。蓋詩自漢、魏屢變而成唐體，其間曲折，既微且繁，不易測識。嚴滄浪學識淺狹，而言論似乎玄妙，最易惑人。詩人於盛唐詩，雖相推重，非盡知作詩之本末；于中、晚詩，非輕忽則惑溺，亦未究升降之所以然。宋人詩集甚多，不耐讀而又不能不讀，實爲苦事。定遠於古詩、唐體妙有神解，著書一卷，以斥嚴氏之謬。黄公《載酒園詩話》三卷，深得三唐作者之意，明破兩宋膏肓，讀之則宋詩可不讀。此中載其精要者，而實當盡讀者也。嗟乎！事貴有益於身耳。周美成獻蔡京詩曰：「化行《禹貢》山川内，人在《周官》禮樂中。」遂致通顯。詩如是者至矣！衰朽謬語，何足算乎！修齡氏吴喬序。

# 圍爐詩話卷之一

崑山吴喬修齡氏述

漢、魏之詩，正大高古。漢，謂自枚乘至中郎；枚詩十九首，其中亦有東漢人詩也。魏，謂思王至阮公。正，謂不淫不傷；大，謂非嘆老嗟卑；高，謂無放言細語；古，謂不束於韵，不束於粘綴，不束於聲病，不束於對偶。如是之謂雅，不如是之謂俗，而俗又有微甚之辨。兩晉之詩漸有偶句，至沈、宋而極；齊、梁始有聲病，至唐律而極；宫體始淫，至晚唐而極；休文作韵，其時詩人亦不遵用，唐以立功令始用於詩，至步韵而極；五柳以小言寓意，晚唐爲甚，至宋而極。餘則互有之。此詩道古今之大端也。詩道不出乎變復。變，謂變古；復，謂復古。變乃能復，復乃能變，非二道也。漢、魏詩甚高，變《三百篇》之四言爲五言，而能復其淳正。盛唐詩亦甚高，變漢、魏之古體爲唐體，而能復其高雅；變六朝之綺麗爲渾成，而能復其挺秀。藝至此尚矣！晉、宋至陳、隋，大曆至唐末，變多於復，不免於流，而猶不違於復，故多名篇。此後難言之矣！宋人惟變不復，唐人之詩意盡亡；明人惟復不變，遂爲叔敖之優孟。二百年來，非宋則明，非明則宋，而皆自以爲唐詩。試讀金正希舉業文，不貌似先正而最得先正之神，以其無逢世之俗情，惟發己意故也。詩可知矣。無智人前莫説，打你頭破額裂。

詩有魔鬼：宫體淫哇，齊、梁至初唐之魔鬼也；打油、釘鉸，晚唐、兩宋之魔鬼也；木偶被文繡，弘、嘉之魔鬼也。今日兼有之。問曰：「丈既知俗病與魔鬼，詩宜盡脱之矣。」答曰：「談何容易。弘、嘉之魔鬼，實能浄盡脱之，餘則五十餘年全在其中行坐寢食，近乃覺之，而衰病無可進矣。正大高古之詩，有來生在。」言此欲使英年有志節者早自覺悟，毋若喬之憒憒一生，悔無所及耳！

問曰：「詩在今日，以何者爲急務？」答曰：「有有詞無意之詩，二百年來，習以成風，全不覺悟。無意則賦尚不成，何況比、興？」葉文敏公論古文，余曰：「以意求古人則近，以詞求古人則遠。」公深然之。詩不容有異也。唐詩有意，而託比、興以雜出之，其詞婉而微，如人而衣冠；宋詩亦有意，惟賦而少比、興，其詞徑以直，如人而赤體；明之瞎盛唐詩，字面焕然，無意無法，直是木偶被文繡耳。此病二高萌之，弘、嘉大盛，識者衹斥其措詞之不倫，而不言其無意之爲病。是以弘、嘉習氣，至今流注人心，隱伏不覺。習氣如乳母衣，縱經灰滌，終有乳氣。人之惟求好句而不求詩意之所在者，即弘、嘉習氣也。若詩句中無「中原」、「吾黨」、「鳳凰臺」、「鳷鵲觀」，自以爲脱去弘、嘉惡道，不亦易乎？此病之難於解免，更自有故。詩乃心聲，非關人事，如空谷幽蘭，不求賞識，乃足爲詩。六朝之詩雖綺靡，而此意不大失。自唐以詩取士，遂關人事，故省試詩有膚殼語，士子又有行卷，又有投贈，溢美獻佞之詩自此多矣。美刺爲興觀之本，溢美獻佞，尚可謂之詩乎？子美於哥舒翰，先美後刺，後人嫌之。如李頎之「秦地立春傳太史，漢宫題柱憶仙郎」，已宛然明之應酬詩矣。詩之泛濫，實始於唐人。言近體詩，不得不宗之耳。

所謂詩，如空谷幽蘭，不求賞識者。唐人作詩，惟適己意，不索人知其意，亦不索人之説好。如義山《有感》二長律，爲甘露之變而作，則《重有感》七律無别意可知，何以遠至七百年後，錢夕公始能注釋之耶？意尚不知，誰知好惡？蓋人心隱曲處，不能已於言，又不欲明告於人，故發於吟詠。《三百篇》中如是者不少，唐人能不失此意。宋人作詩，欲人人知其意，故多直達。明人更欲人人見好，自必流於鏗鏘絢燦，有詞無意之途。瞎盛唐詩泛濫天下，貽禍二百餘年，學者以爲當然，唐人詩道，自此絶矣。

詩非一途得入，景龍、開、寶之詩端重，能養人器度，而不能發人心光；大曆、開成之詩深鋭，能發人心光，而亦傷人器度。所以學景龍、開、寶者，心光難發，大都滯於皮毛；學大曆、開成者，器度易傷，不免流於險琢。人能以大曆、開成發其心光，而後以景龍、開、寶養其器度，斯爲得之。人誰有此工力？所以開、寶而後更無其詩也。問曰：「若然，則開、寶人於何處發其心光耶？」余愧謝曰：「此就後世人之病察脉擬方也。君問太高，須起李、杜、高、岑以答之。」

明初之詩，娟秀平淺而已。李獻吉岸然以盛唐自命，韓山童之稱宋裔也。無目者駭而宗之，以爲李、杜復生，高、岑再起，有詞無意之習已成，性情吟詠之道化爲異物。何仲默、李于鱗、王元美，承獻吉之洩氣者也，牛呞驢鳴，其聲震耳，宜爲人所駭聞。數十年前，蚓嚮蛩鳴，亦復主盟中夏。然蚓蛩止誤流俗阿師，牛驢實誤有志之士，冒盛唐高名故也。

詩文有雅學，有俗學。雅學大費工力，真實而闇然，見者難識，不便於人事之用；俗學不費工力，虛僞而的然，能悦衆目，便於人事之用。世之知詩者難得，故雅學之門可以羅雀，後鮮繼者；俗學之門簫鼓如雷，衣鉢不絶。如震川、元美，時同地近，震川却掃荒村，後之學其文者無幾；元美奔走天下，至今壽萛之作，猶溉餘膏。苟爲身計，刺繡文不如倚市門，無奈醒人不能酗酒，有目者不能瞑而執杖取道耳。人欲應酬，俗學甚善；若欲見古先作者之意，非視俗學如糞穢之不可嚮邇，不能見也。

以唐、明言之，唐詩爲雅，明詩爲俗；以古體、唐體言之，古體爲雅，唐體爲俗；以絶句、律詩言之，絶句爲雅，律詩爲俗；以五律、七律言之，五律猶雅，七律爲俗；以古律、唐律言之，古律猶雅，唐律爲俗。

詩乃心聲，心日進於三教百家之言，則詩思月異而歲不同，此子美之「讀書破萬卷」也。惟留心於風雲月露，則爲李諤之所譏者而已。人於順逆境遇間所動情思，皆是詩材。子美之詩，多得於此。人不能然，失却好詩。及至作詩，了無意思，惟學古人句樣而已。

詩如陶淵明之涵冶性情，杜子美之憂君愛國者，契於《三百篇》，上也；如李太白之遺棄塵事，放曠物表者，契於莊、列，爲次之；怡情景物，優閒自適者，又次之；嘆老嗟卑者，又次之；留連聲色者，又次之；攀緣貴要者，爲下。而皆發於自心，雖有高下，不失爲詩。惟人事之用者，同於彘肩酒榼，不足爲詩。

禪者云：「凡人胸中惡知惡見，如臭糟瓶，若不傾去，清水洗淨，百物入中，皆成穢惡。」二李習氣亦然。人若存彼絲忽於胸中，任學古詩、唐詩，只成二李之詩。

青樓狹邪，良家子一入其門，身心俱變；縱欲從良，無由自脱，甚至甘爲倡鴇，續置假女者。二李詩絶無意義，惟事聲色。看之見好，爲之易成，又冒盛唐之名，易於眩人。淺夫不察，一飲狂泉，終身苦海。及乎伎倆已成，縱識得唐人門徑，而下筆終不能脱舊調。始進之路，可不慎哉！友人犯此者不少，故謹記之。

高廷禮惟見唐人殼子，立「大家」之名，誤殺弘、嘉人，四肢麻木不仁，五官昏憒無用。詩豈學大家便是大家，要看工力所至，成家與否，乃論大小。彼撏撦子美、李頎者，如乞兒醉飽度日，何得言家？豈乞得王侯家餘糝，即爲王侯家乎？

明人以集中無體不備，汗牛充棟者爲大家。愚則不然，觀於其志。不惟子美爲大家，韓偓《落花》詩即大家也。

子瞻云：「詩以奇趣爲宗，反常合道爲趣。」此語最善。無奇趣何以爲詩？反常而不合道，是謂亂談；不反常而合道，則文章也。山谷云：「雙鬟女娣如桃李，早年歸我第二雛。」亂談也。堯夫《三皇》等吟，文章也。

今有一言，可以醒二李之徒之痼疾者：人之學業，無不與年俱進者也，惟學二李之詩，則一入門即齊肩於高、岑、李、杜，而頭童齒豁，不過如此。如優人入場，便可作侯王卿相，而老死只是優人。打頭不遇作家，到老時亦終成骨董。

今人作詩，須於唐人之命意、布局求入處，不可專重好句。若專重好句，必蹈弘、嘉人之覆轍。無好句不成詩，所以《河嶽英靈》等集往往舉之，而在今日則爲弊端。

粗心浮氣，陳濁鈍滯之根也。粗浮在心，必致陳濁在筆。學問以識爲本，有識則虚心，虚心則識進；無識則氣驕，氣驕則識益下。詩無論三唐，看識力實是如何。

晉、宋人字蕭散簡遠，智永稍變，至顔、柳而整齊，又至明而變爲姜立綱體，惡俗可厭矣！詩之漢、魏，晉、宋之書也；謝、鮑，智永之書也；唐體，顔、柳之書也；弘、嘉瞎盛唐，姜立綱體也。

詩貴有含蓄不盡之意，尤以不着意見、聲色、故事、議論者爲最上，義山刺楊妃事之「夜半宴歸宮漏永，薛王沈醉壽王醒」是也；稍着意見者，子美《玄元廟》之「世家遺舊史，道德付今王」是也；稍着聲色者，子美之「落日留王母，微風倚少兒」是也；稍用故事者，子美之「伯仲之間見伊吕，指揮若定失蕭曹」是也；着議論而不大露圭角者，羅昭諫之「静憐貴族謀身易，危覺文皇創業難」是也；露圭角者，杜牧之《項王廟》詩之「勝負兵家未可期，包羞忍恥是男兒。江東子弟多才俊，捲土重來未可知」是也。然已開宋人門徑矣。宋人更有不倫處。宋楊誠齋《題武惠妃傳》之「壽王不忍金宮冷，獨獻君王一玉環」，詞雖工，意未婉。惟義山之「薛王沈醉壽王醒」，其詞微而意顯，得風人之體。

人心才有依倚，即不能迴出流輩，何況於偷？皎然「三偷」，笑具也。

唐人重詩，方袍、狹邪有能詩者，士大夫拭目待之。北宋猶然，以功名在詩賦也。既改爲經義，南宋遂無知詩僧妓，況今日乎？憲章二李，聊充應酬，是溷溜漢。

詩以深爲難，而厚更難於深。子美《秋興》每篇一意，故厚。曹唐《病馬》只一意，而得好句六聯，成詩三首，烏得不薄？眩於好句而不審本意，大曆後之墮阬落塹處也。

嚴滄浪云：「詩禁五俗：俗體、俗意、俗句、俗字、俗韻，皆不可犯。」此言最善。學問安可無師？

無師則杜撰。而書家貴學師，舍短取長。詩學李、杜，正道也。李之「座中若有一點紅，斗筲之量成千鍾」、杜之「袖中有舊筆，興至時復援」，其可學乎？學字先得敗筆，學詩先得累句，莫若之何！

學詩不可雜，又不可專守一家。樂天專學子美，西崑專學義山，皆以成病。大樂非一音之奏，佳餚非一味之嘗，子美所以集大成也。

余友賀黄公曰：「嚴滄浪謂『詩有別趣，不關於理』，而理實未嘗礙詩之妙。如元次山《春陵行》、孟東野《遊子吟》等，直是六經鼓吹，理豈可廢乎？其無理而妙者，如『早知潮有信，嫁與弄潮兒』，但是於理多一曲折耳。」喬謂唐詩有理，而非宋人詩話所謂理；唐詩有詞，而非宋人詩話所謂詞。大抵賦須近理，比即不然，興更不然，「靡有孑遺」、「有北不受」可見。又如張籍辭李司空辟詩，考亭嫌其「感君纏綿意，繫在紅羅襦」。若無此一折，即淺直無情，是爲以理礙詩之妙者也。

問曰：「言情叙景若何？」答曰：「詩以道性情，無所謂景也。《三百篇》中之興『關關雎鳩』等，有似乎景，後人因以成煙雲月露之詞，景遂與情並言，而興義以微。然唐詩猶自有興，宋詩鮮焉。明之瞎盛唐，景尚不成，何況於興？」

古詩多言情，後世之詩多言景，如《十九首》中之「孟冬寒氣至」、建安中之子建《贈丁儀》「初秋涼氣發」者無幾。日盛一日，梁、陳大盛，至唐末而有清空如話之説，絶無關於性情，畫也，非詩也。夫詩以情爲主，景爲賓。景物無自生，惟情所化。情哀則景哀，情樂則景樂。唐詩能融景入情，寄情於景。如子美之「近淚無乾土，低空有斷雲」、沈下賢之「梨花寒食夜，深閉翠微宮」、嚴維之「柳塘春水漫，花塢夕陽遲」、祖詠之「遲日園林好，清明煙火新」，景中哀樂之情宛然，唐人勝場也。弘、嘉人依盛唐皮毛以造句者，本自無意，不能融景；況其叙景惟欲闊大高遠，於情全不相關，如寒夜以板爲被，赤身而掛鐵甲。

景同而語異，情亦因之而殊。宋之問《大庾嶺》云：「明朝望鄉處，應見嶺頭梅。」賈島云：「無端更渡湘江水，却望并州是故鄉。」景意本同，而宋覺優游，詞爲之也。然島句比之問反爲醒目，詩之所以日趨於薄也。

問曰：「詩文之界如何？」答曰：「意豈有二？意同而所以用之者不同，是以詩文體製有異耳。文之詞達，詩之詞婉。書以道政事，故宜詞達；詩以道性情，故宜詞婉。意喻之米，飯與酒所同出。文喻之炊而爲飯，詩喻之釀而爲酒。文之措詞必副乎意，猶飯之不變米形，啖之則飽也。詩之措詞不必副乎意，猶酒之變盡米形，飲之則醉也。文爲人事之實用，詔敕、書疏、案牘、記載、辨解，皆實用也。實則安可措詞不達，如飯之實用以養生盡年，不可矯揉而爲糟也。詩爲人事之虚用，永言、播樂，皆虚用也。賦而爲《清廟》、《執競》稱先王之功德，奏之於廟則爲《頌》；賦而爲《文王》、《大明》稱先王之功德，奏之於朝則爲《雅》。二者必有光美之詞，與文之摭拾者不同也。賦而爲《桑柔》、《瞻卬》刺時王之秕政，亦必有哀惻隱諱之詞，與文之直陳者不同也。以其爲歌爲奏，自不當與文同故也。賦爲直陳，猶不與文同，況比、興乎？詩若直陳，《凱風》、《小弁》大訴父母矣。」

李、杜之文，終是詩人之文，非文人之文；歐、蘇之詩，終是文人之詩，非詩人之詩。

人有不可已之情，而不可直陳於筆舌，又不能已於言，感物而動則爲興，託物而陳則爲比。是作者固已醖釀而成之者也。所以讀其詩者，亦如飲酒之後，憂者以樂，莊者以狂，不知其然而然。

詩不越乎哀樂，境順則情樂，境逆則情哀。《明良之歌》，順而樂也，《棫樸》、《旱麓》其類也；《五子之歌》，逆而哀也，《民勞》、《南山》其類也。後世不關哀樂之詩，是爲異物。

余與友人説詩曰：「古人有通篇言情者，無通篇叙景者，情爲主，景爲賓也。情爲境遇，景則景物也。」又曰：「七律大抵兩聯言情，兩聯叙景，是爲死法。蓋景多則浮泛，情多則虚薄也。然順逆在境，哀樂在心，能寄情於景，融景入情，無施不可，是爲活法。」又曰：「首聯言情，無景則寂寥矣，故次聯言景以暢其情；首聯叙景，則情未有著落，故次聯言情以合乎景，所謂開承也。此下須轉情而景，景而情，或推開，或深入，或引古，或邀賓，須與次聯不同收，或收第三聯，或收至首聯，看意之所在而收之，又有推開暗結者。輕重虚實，濃淡深淺，一篇中參差用之，偏枯即不佳。」又曰：「意爲情、景之本，只就情、景中有通融之變化，則開承轉合不爲死法，意乃得見。」又曰：「子美詩云：『晚節漸於詩律細。』『律』爲音律，拗句詩不必學。」

問曰：「何爲性情？」答曰：「聖人以『思無邪』蔽《三百篇》，性情之謂也。《國風》好色，《小雅》怨誹，發乎情也。不淫不亂，止乎禮義，性也。『樂而不淫，哀而不傷』，亦言此也。此意晉、魏不失，梁、陳盡矣。陳拾遺挽之使正，以後淫傷之詞與無邪者錯出。杜詩所以獨高者，以不違『無邪』之訓耳。」

問曰：「丈丈生平詩千有餘篇，自謂與此中議論離合何如？」謝曰：「不佞少時爲俗學所悞者十年，將至四十，始見唐詩比興之義；又二十年，方知漢、魏、晉、宋之高妙，而精氣銷亡，不能構思矣。人之目見者易遠，足踐者必近，勿相困也。」

問曰：「唐詩六義如何？」答曰：「《風》、《雅》、《頌》各别，比、興、賦雜出乎其中。後世宗廟之樂章，古之《頌》也。三代之祖先，實有聖德，故不愧乎稱揚。漢已後之祖先，知爲何人，樂章備禮而已，不足論也。求《雅》於杜詩，不可勝舉。而如王昌齡之『明堂坐天子，月朔朝諸侯。清樂動千門，皇風被九州』、韋應物之『身多疾病思田里，邑有流亡愧俸錢』、王建爲田弘正所作之《朝天詞》、羅隱之『静憐貴族謀身易，危覺文皇創業難』，皆二《雅》之遺意也。《風》與《騷》則全唐之所自出，不可勝舉。『忽見陌頭楊柳色，悔教夫壻覓封侯』，興也；『夕陽無限好，只是近黄昏』，比也；『海日生殘夜，江春入舊年』，賦也。」

朱子盡去舊序，但據經文以爲注，使《三百篇》盡出於賦乃可，安得據比興之詞以求遠古之事乎？宋人不知比興，小則爲害於唐體，大則爲害於《三百》。

大抵文章實做則有盡，虚做則無窮。《雅》、《頌》多賦，是實做；《風》、《騷》多比興，是虚做。唐詩多宗《風》、《騷》，所以靈妙。

詩之失比興，非細故也。比興是虚句、活句，賦是實句。有比興則實句變爲活句，無比興則實句變成死句。許渾詩有力量，而當時以爲不如不作，無比興，説死句也。

明人不知比興而説唐詩，開口便錯。義山之「侍臣最有相如渴，不賜金莖露一杯」，言雲表露試之治病，可知真僞，諷憲、武之求仙也。白雪樓大詩伯以爲宫怨，評曰：「望幸之思悵然。」呵呵！

宋詩率直，失比興而賦猶存。弘、嘉人詩無文理，并賦亦失之。

梵偈四、五、七字爲句而無韻，殊不礙讀。子瞻雜文多效之。詩入歌喉，故須有韻，韻乃其末務也。故《三百篇》叶者居多，《菁菁者莪》篇叶「儀」以就「莪」、「阿」固可，叶「莪」、「阿」以就「儀」亦無不可，於意無傷故也。詩宗《三百篇》，自當遵其用韻之法。漢至六朝，此意未失。休文《四聲韻》，小學家言，本不爲詩，詩人亦不遵用。唐玄宗時，孫愐始就陸法言之《切韻》以爲《唐韻》。肅宗時以此爲取士之式，詩從此受桎梏。元、白作步韻詩，直是葅醢。或曰：古體可用古韻，唐體當用《唐韻》。夫然則唐體別自爲詩，不宗《三百》耶？古人多有韻，韻又皆叶用。毛晃誤以爲古人實有是讀而作《古韻》，何異於衮衣玉食之世，論茹毛飲血事耶？

古人作詩，不惟不拘韻，并不拘四聲，宜平則仄讀爲平，宜仄則平讀爲仄，觀「望」、「忘」二字可見。《三百》至晉、宋皆然，故不言聲病。休文作《四聲韻》，而聲病之説起焉。可知聲病雖王元長等所立，而實因乎沈氏之《四聲》矣。梁武帝不許四聲，詩中高見。

詩本樂歌，定當有韻，猶今曲之有韻也。今之曲韻，「庚」、「青」、「真」、「文」等合用，初無礙乎歌喉。詩已不歌，而韻部反狹，奉《平水韻》如聖經國律，而置性情之道如弁髦，事之顛奴失主，莫甚於此！

《青箱雜記》載鄭谷、齊己、黄損等定今體詩格云：「用韻有數格，曰葫蘆，曰轆轤，曰進退。葫蘆韻者，先二後四；轆轤韻者，雙出雙入；進退韻者，一進一退。」引李師中《送唐介》詩云：「孤忠自許衆不與，獨立敢言人所難。去國一身輕似葉，高名千古重如山。並遊英俊顔何厚，未死奸諛骨已寒。天爲吾皇扶社稷，肯教夫子不生還？」八句詩一「難」、三「寒」同部，二「山」、四「還」又一部，爲進退韻格之證。而葫蘆、轆轤未有引證。別本詩話引太白「我攜一尊酒」爲葫蘆韻之例，引「漢帝寵阿嬌」爲轆轤韻之例，乃古詩也。

《唐韻》視今之《平水韻》「冬」分「鐘」、「支」分「脂」，似乎狹矣，而有葫蘆韻用法、轆轤韻用法、進退韻用法，有嫌韻，有兼韻，有通用，有轉用，有叶用，作者猶得輾轉言情。《平水韻》似寬，而葫蘆等諸法俱廢，則實狹矣。

問曰：「二美大呵出韻詩，是否如何？」答曰：「出韻必是起句，起句可用仄聲字，出韻何妨。蓋律詩止言四韻，絶句止言二韻，王子安《滕王閣》詩八句六韻，而序曰『四韻俱成』，以『渚』與『悠』不在韻數中也。出韻詩雖是晚唐變體，然非晚不及盛之關係處。如元美兄弟之説，但不出韻，即是盛唐耶？」

問曰：「用韻以何者爲準則？」答曰：「韻書自曹魏李登、梁沈約以來，其故甚繁，此難具述。唐之官韻，今不可得。北宋《禮部韻》，余曾見二本，皆一東、二冬、三鐘者也。名《廣韻》者，因《唐韻》而廣之者也，即此可以知《唐韻》矣。今世通行之一東、二冬、三江、四支之韻，乃宋理宗時平水劉淵并舊韻之二百六部，以爲一百七部而成之者也。舊韻一東獨用，二冬、三鐘通用，淵則竟并通用者爲一部。

古韻通轉者，東、冬、江、陽、庚、青、蒸七部爲一部〔一〕，支、微、齊、佳、灰、魚、虞、歌、麻、尤十韻爲一部，真、文、元、寒、删、先六韻爲一部，侵、覃、鹽、咸四韻爲一部。韻之通轉，又分兩界，有入聲者十七部爲一界，無入聲者十三部爲一界，兩界不相通轉。通轉有部、有類、有界，平、上各自通轉爲部，東董送、真軫震通轉爲類，有入聲、無入聲通轉爲界。非此則謂之叶，叶乃通轉之窮也。自《平水韻》行，而北宋之《禮部韻》，詩家名公俱未經目，界部通轉叶之法俱不講，唐人葫蘆、轆轤、進退之法，何所考哉！」

**【校勘記】**

〔一〕「古韻通轉」至「爲一部」句原無，據《覺非盦筆記》引《圍爐詩話》補。

唐人有嫌韻、兼韻之法。嫌韻即出韻也。兼韻亦名丅韻，謂兼取通用韻中一二字也。嫌韻與兼韻可通用，不可轉用。寒與删、先得相兼，以其通用故也。而轉用之真、文、元則不可。

唐人排律有兼韻者，東兼冬、庚兼青是也。叶，即協也。不用如字之聲者謂之轉，轉一二字而不全部通轉者謂之叶。通用乃劉淵并韻已前之法，今世所刻《平水韻》猶仍其名。呵呵！

《唐韻》久已絶傳，惟吴彩鸞韻，徐學士傳是樓有之，值二十萬錢，而紙故脆，不能細檢也。

子美《飲中八仙歌》押二「船」字、二「眠」字、二「天」字、三「前」字。説者謂此篇是八段，不妨重押。《學林新編》云：「觀詩題，則是一歌也。通篇在『船』字中押，不移别韻，則非分八段。」蓋子美詩重韻者不少，因歷舉諸篇以及《十九首》、曹子建、謝康樂、陸士衡、阮嗣宗、江文通、王仲宣重韻之句，以見古有此體，子美因之。其言甚辨。余謂古人重詩而輕韵，故《十九首》以下多有重韵之詩；後人重韵而輕詩，見重押者，駭爲異物耳。施愚山謂步韵者是做韵，非做詩。余謂自唐以來，以意湊韵，重韵輕詩者，皆是做韵。

嚴滄浪云：「任昉《哭范雲》詩重韵兩『生』字、三『情』字。《天廚禁臠》《禁臠》，洪覺範著乃謂平韵可重押，或平或仄韵不可者。彼就子美《飲中八仙歌》立説，陋矣！」《焦仲卿妻作》重二十許韵。

古人作詩，不以辭害志，不以韵害辭。泥辭以害志，十二侵乃舌押上腭成聲，非閉口也，閉口則無聲矣。韵家別爲立部，非也。縱使侵等果是閉口字，亦爲小學審聲中事，與詩道何涉？此又詩人奉行之過也。

宋人詩餘，寒、删、先、元、魚、虞通用，實合於《三百篇》至六朝叶用之義。後人因此而立詞韵，則非也。

今有癖疥之疾而爲害甚大，本舉手可除，而人樂此美疢，固留不舍，習以成風，安然不覺者，是步韵和人詩。夫和詩之體非一，意如問答而韵不同部者，謂之和詩；同其部而不同其字者，謂之和韵；同其字而次第不同者，謂之用韵；次第皆同，謂之步韵。蕭衍、王筠《和太子懺悔》詩，始是步韵，乃趨承貴要之體也。

詩思與文思不同，文思如春氣之生萬物，有必然之道；詩思如醴泉朱草，在作者亦不知所自來，限以一韵，即束詩思。唐時試士限韵，主司因得易見高下耳。今日何可爲之耶？若又步韵，同於桎梏，命意、布局，俱難如意。後人不及前人，而又困之以步韻，大失計矣！施愚山曰：「今人祇是做韻，誰人做詩？」獅子一吼，百獸腦裂。做韻定五字，於《韻府群玉》、《五車韻瑞》上覓得現成韻脚了，以字湊韻，以句湊篇，扭捏一上，全無意義章法，非做韻而何？步至數人，并韵字亦覺可厭。古詩不對偶，無平仄，韻得叶用，唐詩悉反之，已是難事，若又步韻，李、杜無以見長。

步韻，元、白猶少，皮、陸已多，今則非步韻無詩矣。陷溺之甚者，遂謂步韻詩思路易行，又或倡作而步古人詩之韻。

古人視詩甚高，視韻甚輕，隨意轉叶而已，以詩乃吾之心聲，韻以諧人口吻故也。唐人局於韻而詩自好，今人押韻不落即是詩。故古人有詩無韻，唐人有韻有詩，今人惟有韻無詩。得一題，詩思不知發何處，而先押一韻，何異置榻以待電光。

問曰：「先生不肯步韻，人以爲傲，信乎？」答曰：「敬也，非傲也。步韻何難，不過順口弄人耳。朱温將諸客遊園，自語曰：『好大柳樹！』數客起應曰：『好大柳樹！』温又曰：『可作車轂。』數客起應曰：『可作車轂。』温厲聲曰：『車轂須用堅木，柳那可用？書生好順口弄人，皆此類也。』悉撲殺之。温雖凶人，然此事則不侮，邁俗遠矣！詩人自相步韻猶可，步貴人韻，須慮撲殺。貴人倡作勿用『徘徊』、『潺湲』等字，使趨承者有所措手，亦仁者之居心也。」

晚唐章碣八句詩，平仄各押韻：一畔、二天、三岸、四船、五看、六眠、七算、八邊。無聊之思，亦將以爲格而步之乎？

人之登廁，不可無書，無書則不暢。書須淺陋不足嚴待，又逐段易了者，《韻府群玉》、《五車韻瑞》最善。展卷終是有益，而應酬簡易，此爲捷徑。若自好之士而作詩時用之，則自塞詩路，以做韻而已。明詩無深造，二書爲之也。

問曰：「如《尚書》所言，則詩乃樂之根本也。後世樂用曲子，則詩不關樂事乎？」答曰：「古今之變，更僕難詳。聖人以《雅》、《頌》正樂，則知《三百篇》無一不歌。秦火之後，樂失而詩存，太常主聲歌，經生主意義，聖人之道離矣。而唐時律詩、絶句皆入歌喉，及變爲詩餘，則所歌者詩餘，而詩不可歌。故陳彭年《送中國長公主爲尼》七律，人以詩餘《鷓鴣天》之調歌之；子瞻《中秋》七絶，山谷以詩餘《小秦王》之調歌之，是其證也。元曲出而詩餘亦不入歌喉矣。《尚書》之言，難可通於今也。《三百篇》中，《清廟》、《文王》等專爲樂而作詩，《關雎》、《鹿鳴》等先有詩而後入於樂。」

唐梨園歌有「囉哩嗹」，以五七言整句，須有襯字，乃可歌也。疑古之「妃呼豨」、「伊何那」，亦即此意。如此則不求宋詞、元曲之順喉矣。然鄭世子言「古樂每一字必絲聲十六彈，或三十二彈」，則與後世唱曲先慢後緊者不同，須更考之。

問曰：「詩之體格名目如何？」答曰：「姜白石《詩説》云：『守法度曰詩，載始末曰引，放情曰歌，體如行書曰行，並二體爲歌行，如蛩響曰吟，通俚俗曰謡，委曲盡情曰曲。』余憶《珊瑚鈎》之説不然，皆後人附會耳。」

《詩史》曰：「古人文章自應律度，不主音韵。沈約遵崇韵學，而曰：『欲使宫羽相變，低昂殊節。

若前有浮聲，後須切響。一篇之内，音韵盡殊；兩句之中，輕重悉異。妙達此旨，始可言文。』自後浮巧之語，體製漸多，如旁犯、蹉對、假對、雙聲、疊韵之類。又有正格、偏格，類例極多。故有三十四格、十九圖、四聲、八病之類。旁犯者，如徐陵文一篇中兩用『長樂』，其義不同者是也。蹉對者，如《九歌》之『蕙肴蒸兮蘭藉，奠桂酒兮椒漿』，以『蕙肴蒸』對『奠桂酒』是也。假對者，如『自朱耶之狼狽，致赤子之流離』，『朱』對『赤』，『耶』對『子』，『狼狽』獸名對『流離』鳥名；又如『庖人具鷄黍，稚子摘楊梅』，以『鷄』對『楊』是也。如『幾家村草裏，吹唱隔江聞』，『幾家』、『村草』爲雙聲。如『月影侵簪冷，江光逼屐清』，『侵簪』、『江光』爲疊韵。首句第二字仄聲，謂之正格，如『鳳曆軒轅紀』是也；平聲，謂之偏格，如『四更山吐月』是也。唐時名輩多用正格。謝莊謂『互護』爲雙聲，『磝碻』爲疊韵。余不謂然，以重翻爲雙聲，重切爲疊韵。」

《困學紀聞》云：「《式微》乃二人詩，聯句之始也。《柏梁》及賈充與其婦李，亦是聯句。」傅咸《毛詩》皆取經語，集句之始也。禹《玉牒詞》云「祝融司方發其英，沐日浴月百寶生」，七言之祖也。荀卿《成相篇》，亦多七言句。

作者涉筆成趣，説者遂以立三十七格。其可留者，不及十條。

宋末元初有九言律詩，大是蛇足，只可謂之詩餘耳。此體始於魏。

律詩所謂偷春格者，首聯對，次聯不對也；扇對格者，首句與第三句爲對，次句與第四句爲對也。

唐時有格詩之名，與律詩並舉，未得的據，疑是八句有聲病而不對偶者耶？

《南史》：「王玄謨問謝莊雙聲疊韻。莊曰：『互護爲雙聲，磝碻爲疊韻。』」雙聲同音不同韻，疊韻音韻皆同。「互護」同是脣音而不同韻，「磝碻」同是牙音而又同韻也。「仿佛」、「熠燿」、「咿喔」皆雙聲，「侏儒」、「童蒙」、「空同」皆疊韻。喬謂「互護」紐聲同，「菟路」紐聲不同，而同在遇部。字聲韻書，古今改易多矣。

沈括《筆談》以次聯不對者爲蜂腰，引賈島《下第》詩爲證云：「下第惟空囊，如何住帝鄉？杏園啼百舌，誰醉在花旁？淚落故山遠，病來春草長。知音逢地易，孤棹負三湘。」

問曰：「先生每言詩中須有人，乃得成詩。此說前賢未有，何自而來？」答曰：「禪者問答之語，其中必有人，不知禪者不覺耳。余以此知詩中亦有人也。人之境遇有窮通，而心之哀樂生焉。夫子言詩，亦不出於哀樂之情也。詩而有境有情，則自有人在其中，如劉長卿之『得罪風霜苦，全生天地仁。青山數行淚，白首一窮鱗』。王鐸爲都統詩曰：『再登上相慚明主，九合諸侯愧昔賢。』有情有境，有人在其中也。子美《黑白鷹》、曹唐《病馬》亦然。魚玄機《詠柳》云：『枝迎南北鳥，葉送往來風。』黃巢《詠菊》曰：『堪與百花爲總領，自然天賜赭黃袍。』蕩婦、反賊詩，亦有人在其中。故讀淵明、康樂、太白、子美集，皆可想見其心術行己、境遇學問。劉伯温、楊孟載之集亦然。惟弘、嘉詩派濃紅重綠，陳言剿句，萬篇一篇，萬人一人，了不知作者爲何等人。謂之詩家異物，非過也。」問曰：「弘、嘉人外，豈無讀其詩而不見其人者乎？」答曰：「楊素、唐中宗、薛稷、宋之問、賀蘭進明、蘇渙，其人可數。」

問曰：「唐體於何而始？」答曰：「凡事無始，有始乃邪說也，僅可如《春秋》之託始於隱公耳。唐體托始於古詩，古詩托始於《三百篇》，《三百篇》託始於《五子》、《喜起》，此前之記於緯書史子者，不敢據言也。五言始漢、魏，鮮有偶句，晉、宋以後、偶句日多，庾信竟是排律。七律託始於漢武、魏文等七言古詩，蕭子雲《燕歌行》始有偶句，自此漸有七言六句似律之詩。如梁簡文帝《和蕭子顯春别》云：『蜘蛛結網滿帳中，芳草結葉當行路。紅臉脉脉一生啼，黄鳥翩翩有時度。故人雖故昔經新，新人雖新後應故。』梁元帝《春别》云：『試看機上蛟龍錦，還瞻庭表合歡枝。映日通風影珠幔，飄花拂葉度金池。不聞離人當重合，惟恐合罷會成離。』陳後主《玉樹後庭花》云：『麗宇芳林對高閣，新粧豔質本傾城。映户凝嬌乍不進，出帷含態笑相迎。嬌姬臉似花含露，玉樹流光照後庭。』又有七言八句似律之詩，而末二句似五言者，如梁簡文帝《春情》云：『蝶黄花紫燕相追，楊低柳合露塵飛。已見垂鈎掛緑樹，誠知淇水沾羅衣。兩童夾車問不已，五馬城南猶未歸。鶯啼春欲駛，無爲空掩扉。』梁元帝《聞筝》詩曰：『文牕玳瑁影嬋娟，香帷翡翠出神仙。促柱朱絃鶯欲語，調絃繫爪雁相連。秦聲本是楊家解，吴歈那知謝傅憐。祇愁芳柱促，蘭膏無那煎。』又有七言八句，前後散、中四語偶者，如梁簡文帝《烏夜啼曲》云：『緑草庭中望明月，碧玉堂前對金鋪。鳴絃撥捩發初異，挑琴欲吹衆曲殊。不異三足朝含影，直言九子夜相呼。羞言獨眠花下淚，託道單棲城上烏。』隋煬帝《江都樂歌》云：『揚州舊處可淹留，臺榭高明復可遊。風亭芳樹迎早夏，長皋麥隴送餘秋。緑潭桂檝浮青雀，果下金鞍躍紫騮。緑楊素蟻流霞飲，長袖清歌樂戲遊。』《泛龍舟》詩云：『舳艫千里泛龍舟，言旋舊鎮下揚州。借問揚州在何處？淮南江北海西頭。六轡暫停御百丈，暫罷開山歌棹謳。詎似江東掌間地，獨自稱言鑑裏遊。』又有七言十句似律詩者，如江總《閨怨》云：『寂寂青樓大道邊，紛紛白雪綺窗前。池上鴛鴦不獨自，帳中蘇合還空然。屏風有意障明月，燈火無情照獨眠。遼西水凍春應少，薊北鴻來路幾千。願君關山及早度，念妾桃李片時妍。』大輅始於椎輪，諸詩皆七律之椎輪也。隋陳子良《塞北思歸》詩，竟是唐人七律矣。五絶、七絶，即五古、七古之短篇。楊升菴謂截律爲絶，非也。」

馮定遠云：「《文選》詞賦始於屈、宋，歌詩起於荆軻《易水之歌》，權輿於姬、孔已後，於理爲得。近代詩選必自上古，年紀綿邈，真贋相雜，或不雅馴。又書傳引逸詩，多不過三四句，皆非全篇。《三百五篇》既是仲尼所定，又不應掇聖人之所棄者以炫人。余嘗與程孟陽言詩，謂其『如狗之拾骨』，非戲言也。詩至屈、宋，變爲詞賦。《漢書・經籍志》不載五言。五言盛於建安，陳思王爲之冠冕，潘、陸以下，無能與並者。子美言『詩看子建親』，故蘇子瞻云：『詩至子美，一變也。』元和、長慶以後，元、白、韓、孟嗣出，杜詩始大行，後無出其範圍者矣。今之論詩者，但當祖述子建，憲章少陵，古今之變，於斯盡矣。《詩》、《騷》以前，可勿問也。」

又云：「古人文章，自有阡陌。湯之盤銘，孔子之誄，其體古矣。而《三百五篇》都無銘誄之文，故知孔子不以爲詩也。元微之云：『賦、頌、銘、贊，有韵之文，體自相涉，謂之詩則不可。』近世馮惟訥撰《詩紀》，盡收古逸之銘誄等句，何歟？詩，言志者也。《易林》止論陰陽，王司寇欲以《易林》爲詩，何歟？」

又云：「沈約、謝朓、王融創爲聲病，於時文體不可增減，謂之齊梁體，異乎漢、魏、晉、宋之古體也。雖略變雙聲、疊韵，然文不粘綴，取韵不論雙隻，首不破題，平仄亦不相儷。沈、宋因之，變爲律詩，自二韵至百韵，率以四句一絶，不用五韵、七韵、九韵、十一、十三韵。唐人或不拘此説，見李贊皇《窮愁志》。首聯先破題目，謂之破題。第二字相粘，平仄仄平爲偏格，仄平平仄爲正格。見沈存中《筆談》。平仄宫商，體勢穩協，視齊梁體爲優矣。近體多是四韵，古無明説。嘗推而論之，似亦得其理也。聯絶粘綴至於八句，雖百韵止如此也。如正格二聯平平相粘也，中二聯仄仄相粘也。音韵輕重，一絶四句，自然悉異。至於二轉，變有所窮，於文之首尾胸腹已具足，得成篇矣。律賦亦八句，《文苑》注中已備記之，兹不具述。」

又云：「詩家常言有聯有絶，二句一聯，四句一絶。宋孝武言『吴邁遠聯絶之外無所解』是也。四句之詩，謂之絶句，宋人不解，乃云是截律詩首尾，如此議論，非一事也。《玉臺新詠》有古絶句，古詩也。唐人絶句之有聲病者，是二韵律詩也。元、白、牧之、昌黎集可證。唐人集分體者少，今所傳分體者，皆近人所爲。古本多存有分律詩、絶句者，如《王臨川集》首題云七言律詩，下注云絶句，甚分明。唐人惟有元、白、韓、杜等是舊次。今武定侯刻白集、坊本杜牧之集，亦皆分體，如今人矣。幸二集尚有宋板，而新本亦有翻宋板者可據耳。自高棅《唐詩品彙》出，今人不知絶句是律矣。高棅又創『排律』之名，雖古人有『排比聲律』之言，然未聞謂之『排律』，此一字而有大害於詩。朱雲子作《詩評》，直云『五排』、『七排』，并去『律』字，可慨也！」

又云：「齊、粱聲病之體，自古不謂之古詩，諸書言齊粱體者，不止一處。唐自沈、宋以前，有齊粱詩，無古詩也，氣格亦有差古，而皆有聲病。沈、宋既裁新體，陳子昂崛起，直追阮公，遂有兩體。開元以下，好聲律者則師景雲、龍紀，矜氣格者則追建安、黄初，而永明文格微矣。然白樂天、李義山、温飛卿、陸魯望皆有齊梁格詩，白、李詩在集中，温見《才調集》，陸見《松陵集》，題注甚明，但不多耳。既有正律破題之詩，此格自應廢矣。皎然《詩式》叙置極詳盡允當，人自不能考耳。『古詩』二字，牢入人心，今人立論，雖子美所稱之庾開府，太白所稱之謝玄暉，必欲降而下之，云古詩當如此論也。至於唐人，雖服膺鮑、謝，體效徐、庾，仰而不逮者，猶以爲無上妙品，云律詩當如此論也。吁！可慨已！」

又云：「阮逸注《文中子》不解八病，可見宋時聲韻之學已微。有一惡書，名曰《金針詩格》，託名梅堯臣，言八病絶可笑，王弇州《巵言》不知其謬也。沈休文《謝靈運傳贊》、劉彦和《文心雕龍》，統論梗概，不得詳説。而諸書所言，時有可徵。郭忠恕《佩觿》云：『雕弓之爲敦弓，依乎旁紐。』按：字母徵音四字，端透定泥，『敦』字屬元韵端母，『雕』字屬蕭韵端母，則知旁紐者，雙聲字也。《九經字様》云：『紐以四聲。』是正紐者，四聲相紐，東、董、凍、篤是也。劉知幾《史通》言梁武云『得既自我，失亦自我』爲犯上尾，兩『我』字爲相犯也。平頭未詳。蜂腰、鶴膝見宋人詩話，乃雙聲之變也。上下兩字俱清，中一字濁，爲鶴膝；上下兩字俱濁，中一字清，爲蜂腰。大韵、小韵，似論取韵之病，大、小之義所未詳也。沈隱侯云：『一篇之内，音韵盡殊；兩句之中，輕重各異。』詳此則八病俱去，亦不在曲折分其名目也。」

又云：「今本《玉篇》前有紐韵之圖，列旁紐、正紐甚詳。序引《聲譜》，恐是沈隱侯《四聲譜》。聞世間尚有是書，應是論八病事，恨求之不得耳。今人律詩但作對偶，於此處全不知，何以稱律？」

又云：「唐人律詩有八句全不對者，亦有用仄韵者。」

又云：「律詩始於沈、宋，爾時文體不以用事爲嫌。今人乃有謂五言律不可用事者，大謬。此說起於方回。」

問曰：「唐人命意如何？」答曰：「心不孤起，仗境方生。熟讀新、舊《唐書》、《通鑑》、稗史、雜記，乃能於作者知其時事，知其境遇，而後知其詩命意之所在。如子美《麗人行》，豈可不知五楊事乎？試看《本事詩》，則知篇篇有意，非漫然爲之者也。」

一篇詩祇立一意，起手、中間、收結互相照應，方得無懈可擊。唐人必然。宋至明初，猶不大失。弘、正以後，一句七字，猶多不貫，何況通篇！

意由於識。馬嵬事吟詠甚多，而子美云：「不聞夏殷衰，中自誅褒妲。」曲折有含蓄，子瞻稱之。鄭畋云：「玄宗迴馬楊妃死，雲雨雖亡日月新。終是聖朝天子事，景陽宮井又何人？」人知其有宰相器。劉夢得、白樂天直言六軍逼殺天子之妃矣！

唐人詩意不必在題中。如右丞《息夫人怨》云：「莫以今時寵，能忘舊日恩！看花滿眼淚，不共楚王言。」使無稗說載其爲寧王奪餅師妻作，後人何從知之？可見《西施篇》之「賤日豈殊衆，貴來方悟稀。邀人傅香粉，不自著羅衣。君寵益嬌態，君憐無是非」，當是爲李林甫、楊國忠、韋堅、王鉷輩而作。元微之「未必諸郎知曲誤，一時偷眼爲迴腰」，亦是胸有所不快，適於舞者發之也。崔國輔云：

「悔不盛年時，嫁與青樓家。」亦必有故，意不易見也。

余讀韓致堯《落花》詩結聯，知其爲朱温將篡而作，乃以時事考之，無一不合。起語云「皺白離情高處切，膩紅愁態静中禁」，是題面。又曰「眼尋片片隨流去」，言君民之東遷也。「恨滿枝枝被雨淋」，言諸王之見殺也。「倘得苔遮猶慰意」，言李克用、王師範之勤王也。「若教泥污更傷心」，言韓建之爲賊臣弱帝室也。「臨階一盞悲春酒，明日池塘是緑陰」，意顯然矣。此詩使子美見之，亦當心服。詩可以初、盛、中、晚爲定界乎？又其香奩詩有云：「動天金鼓逼神州，惜别無心學墮樓。不得迴眸辭傅粉，更須含淚對殘秋。折釵伴妾眠青塚，半鏡隨郎葬杜郵。惟有此宵魂夢裏，殷勤相覓鳳池頭。」觀其起句及「杜郵」、「鳳池」，當是李茂貞兵逼京城，昭宗賜杜讓能死，代其姬人之作。「殘秋」對「傅粉」，似乎趁韵，然其事在景福二年九、十月間，正是殘秋也。而題絶不相類，將諱之，抑傳寫誤也。讓能之死可憫，致堯於此，宜有詩以哀惜之也。又有《詠浴》詩云：「再整魚犀攏翠簪，解衣先覺冷森森。教移蘭燭頻羞影，自試香湯更怕深。初似洗花難抑按，終憂沃雪不勝任。豈知侍女簾帷外，賸取君王幾餅金。」詩言成帝、合德事。「沃雪」謂死期將至，當是崔胤擅權，昭宗寵信過甚，而朱温駸駸之勢，君相命在旦夕，故以漢事比之也。此時内有宦者韓全誨輩，外有藩鎮李茂貞、王行瑜、韓建、朱温輩，致堯忠耿之士，深懷不平，而言出禍隨，故寓意如此。結語當是指三使相賞賜傾府庫也。又有《倚醉》詩曰：「倚醉無端尋舊約，却因惆悵轉難勝。夢中樓閣春深雨，遠處簾櫳夜半燈。倚柱立時風細細，遶廊行處思騰騰。分明窗下聞裁剪，敲徧闌干喚不膺。」昭宗在鳳翔，制於李茂貞，使趙國夫人詗學士院二使不在，亟召韓偓、姚洎，竊見之於土門外，執手相泣。觀此情事，必是又曾召偓而爲事所阻，故有「尋舊約」之語。下文則叙立伺機會之情景也。《風》、《雅》、《頌》中時事不少，《詩》本經史之學，漢詩此意已微。子美不然，所以獨勝，太白不及也。人讀經史，須知是詩材，讀詩須回顧經史。明人分作二截，惟於字面間求爲大家而已。葛常之曰：「韓偓《香奩集》百篇，皆豔體詞也。」沈存中《筆談》以爲和凝所作，貴後諱之，嫁名於偓。而《香奩集》有《無題詩序》云「余辛酉歲戲作《無題》詩十四韵，故奉常王公、内翰吴融、舍人令狐涣相次屬和。是歲十一月兵起，隨駕西狩，文稿咸棄。丙寅歲在福建，有蘇暐者以稿見授，得《無題》詩，因追味舊詩闕亡甚多」云云。《香奩集》之爲韓偓所作無疑，存中未考其詳，《遯齋閒覽》已引吴融和詩爲證矣。余考昭宗天復元年辛酉正月元日斬王仲先等，復位，進孫德昭等爲三使相。十一月，韓全誨劫帝幸鳳翔，韓偓扈蹕。三年十月，帝召韓偓、姚洎於土門外，執手涕泣。甲子閏四月，朱温遷帝於洛陽。八月被弑，立昭宣帝。丁卯四月，温篡位。則余所説此二詩意，非傅會也。

致堯又有詩云：「擁鼻悲吟一向愁，寒更轉盡未迴頭。緑屏無睡秋分簟，紅葉傷時月滿樓。却要因循添逸興，若爲趨競愴離憂。殷勤憑仗官渠水，爲到西溪動釣舟。」天復二年，昭宗在鳳翔，宰相韋貽範遭喪圖起復，偓不肯草制，忤李茂貞意。「趨競」謂貽範也，「離憂」謂有去志而思西溪釣舟也。問曰：「君於致堯詩何太拳拳？」答曰：「弘、嘉人惟求詞，不求意，故敢輕忽大曆。余故舉唐末詩之有意者，以破天下之障。人能於唐詩一二字中見透其意，即脱宋、明之病。仙人靈丹，豈須升斗？」致堯又有詩云：「昨夜三更雨，今朝一陣寒。海棠花在否？側卧捲簾看。」亦必傷時之作。

唐人於詩中用意，有在一二字中，不説破不覺，説破則其意焕然者。如崔國輔《魏宫詞》云：「朝日點紅粧，擬上銅雀臺。畫眉猶未了，魏帝使人催。」稱「帝」者，曹丕也。下一「帝」字，而其母「狗彘不食其餘」之語自見，嚴於鈇鉞矣！《詩歸》評「媚甚」。呵呵！

韓翃《寒食》詩云：「春城無處不飛花，寒食東風御柳斜。日暮漢宫傳蠟燭，輕煙散入五侯家。」唐之亡國由於宦官握兵，實代宗授之以柄。此詩在德宗建中初，只「五侯」二字見意，唐詩之通於《春秋》者也。

問曰：「詩有惟詞而無意者乎？」答曰：「唐時已有之，明人爲甚，宋人却少。如李義山《挽昭肅皇帝》詩『海迷求藥使，雪隔獻桃人』是也。弘、嘉人湊麗字以成句，湊麗句以成篇，便有詞無意。宋不勦説，故無此病。」

唐人作詩最重意，不顧功令。省試詩多是六聯。祖詠《終南餘雪》云：「終南陰嶺秀，積雪浮雲端。林表明霽色，城中增暮寒。」二聯便呈主司，云「意盡」。唐人自重如此。

詩惟求詞采則甚易，明人優爲之；有意則措詞不勝其難。以明之亡國言之，君非無過，始則靳於賑荒以成賊勢，中則不能罄掃闔宫所有以贍軍，終則誤謂國君當死社稷，不肯南巡以圖恢復。死社稷乃天子守土之臣，普天之下，莫非王土，播遷而復振者多矣，豈可與城俱盡哉！而死難之烈，高出千古。言其死難甚易，則其過端直陳之，既已不忍，又同於宋人；微言之，又同於義山之《重有感》詩，直俟七百年後之人始知作者之意，其間不能解而詬病之如顧東橋者何限乎！有意之詩，其難如此，所以明朝無意之詩積几充架也。義山《重有感》云：「玉帳牙旗得上游，安危須共主君憂。竇融表已來關右，陶侃軍宜次石頭。豈有蛇龍愁失水，更無鷹隼擊高秋。晝號夜哭兼幽顯，早晚星關雪涕收。」常熟錢龍惕夕公解曰：「太和九年十月，以前廣州節度使王茂元爲涇原節度使，逾月李訓事作，茂元在涇原，故曰『得上游』也。昭義節度使劉從諫三上疏，問王涯等罪名，仇士良爲之惕懼，故曰『竇融表已來關右』也。初獲鄭注，京師戒嚴，茂元與鄜坊節度使蕭弘皆勒兵備非常，故曰『陶侃軍宜次石頭』也。士良輩知事連天子，相與憤怨。帝懼，僞不語，宦官得肆志殺戮，則蛟龍失水矣。涯等既死，舉朝脅息，諸藩鎮亦皆觀望不前，誰爲『高秋』之『鷹隼』，快意一『擊』耶？曰『更無』者，傷之亦望之也。至於『晝號夜哭』，『雪涕星關』，而感益深矣。」夫《有感》長韵律二篇既爲甘露之變而作，則《重有感》可知。而余讀之，殊不能領，見夕公注，不覺自失，以其命意視《無題》詩更奥故也。楊、劉、錢之《西崑》，直是兒童之見。余注《無題》詩名爲《發微》，蓋以此故。賀黄公説此詩，大意同夕公。又有曰：「顧華玉譏此詩云：『所言何事？次聯粗淺，不成風調。古人紀事必明白，褒貶乃隱約，未有如此者。』華玉之論，何以服人？」余謂覺範言「詩至義山爲一厄」，淺夫類然，何必東橋？晚唐詩難讀如此，況盛唐乎？

詩意之明顯者，無可著論；惟意之隱僻者，詞必紆回婉曲，必須發明。温飛卿《過陳琳墓》詩，意有望於君相也。飛卿於邂逅無聊中，語言開罪於宣宗，又爲令狐綯所嫉，遂被遠貶。陳琳爲袁紹作檄，辱及曹操之祖先，可謂酷毒矣。操能赦而用之，視宣宗何如哉？又不可將曹操比宣宗，故托之陳琳，以便於措詞，亦未必真過其墓也。起曰「曾於青史見遺文，今日飄零過古墳」，言神交，敘題面，以引起下文也。「詞客有靈應識我」，刺令狐綯之無目也。「伯才無主始憐君」，「憐」字詩中多作「羨」字解，因今日無伯才之君，大度容人之過如孟德者，是以深羨於君。「石麟埋没藏春草」，賦實境也。「銅雀荒涼起暮雲」，憶孟德也。此句是一詩之主意。「莫怪臨風倍惆悵，欲將書劍學從軍」，言將受辟於藩府，永爲朝廷所棄絶，無復可望也。怨而不怒，深得風人之意。以李頎之「新加大邑綬仍黄，近與單車向洛陽。顧盼一過丞相府，風流三接令公香」、「知君官屬大司農，詔幸驪山職事雄。歲發金錢供御府，晝看仙液注離宫」等視此，直是應酬死句。

起聯如李遠之「有客新從趙地回，自言曾上古叢臺」，太傷平淺；劉禹錫之「王濬樓船下益州，金陵王氣黯然收」，稍勝；而少陵之「童稚情親四十年，中間消息兩茫然」，能使次聯「更爲後會知何地，忽漫相逢是别筵」倍添精彩，更勝之矣。至於義山之「海外徒聞更九州，他生未卜此生休」，則勢如危峰矗天，當面崛起，唐詩中所少者。而「昨夜星辰昨夜風，畫樓西畔桂堂東」，乃是具文見意之法。起聯以引起下文而虚做者，常道也。起聯若實，次聯反虚，是爲定法。

結句收束上文者，正法也；宕開者，别法也。上官昭容之評沈、宋，貴有餘力也。「曲終人不見，江上數峰青」，貴有遠神也。義山《馬嵬》詩一代傑作，惜於結語説破。絶句是合，律及長詩是結。温飛卿《五丈原》詩以「譙周」結武侯，《春日偶成》以「釣渚」結旅情。劉長卿之「白馬翩翩春草緑，邵陵西去獵平原」，宕開者也。子美《段褥》詩之「振我粗衣席，愧客茹藜羹」，收上文者也。此法人用者多。

嚴滄浪云：「中聯易得好句，結難，起更難。」問曰：「措詞如何？」答曰：「詩人措詞，頗似禪家下語。禪家問曰：『如何是佛？』非問佛，探其迷悟也。以三身四智對，謂之韓盧逐兔，喫棒有分。雲門對曰『乾屎橛』，作家語也。劉禹錫之《玄都觀》二詩，是作家語。崔珏《鴛鴦》、鄭谷《鷓鴣》，死説二物，全無自己，韓盧逐兔，喫棒有分者也。禹錫詩，前人説破，見者易識，未説破者當以此意求之，乃不受瞞。不然，非落於宋，即墮於明，喫棒未有了日在。」問曰：「唐人故意瞞人乎？」答曰：「祖師語豈曾瞞人，爲人看不出，不得道祖師不瞞人。唐人詩豈曾瞞人，爲人看不出，不得道唐人不瞞人也。其瞞宋人者淺，瞞明人者深。」

優柔敦厚，言之者無罪，聞之者足戒，詩教也。唐人之詞微而婉。王建《宮詞》云：「金殿當頭紫閣重，仙人掌上玉芙蓉。太平天子朝元日，五色雲車駕六龍。」神堯以老聃爲始祖，尊爲玄元皇帝。「太平天子」，謂諸帝朝老聃也。禮：天子不乘奇車。「五色雲車」用漢武帝甲乙曰青、丙丁曰赤等事，刺天子乘奇車，非禮也。周伯弜謂之「具文見意」，此杜元凱《左傳序》語，謂不着議論而意自見。可見元人詩思深於明人多也。《宮詞》又有曰：「龍煙日暖紫曈曈，宣政門當玉仗風。五刻閣前卿相出，下簾聲在半天中。」意刺君臣隔闊，辭則尊崇殿陛。又曰：「射生宮女宿紅粧，請得新弓各自張。臨上馬時齊賜酒，男兒跪拜謝君王。」刺服妖也，必是武宗王才人事。又曰：「千牛仗下放朝初，玉案旁邊立起居。每日進來金鳳紙，殿前無事不多書。」辭則慶幸昇平，意則譏刺蒙蔽，皆措詞之可法者也。元人詩思之深入者，如丁鶴年《題梧竹軒》，結云：「中郎去後知音少，共負奇才奈老何！」用一伯喈總收二物，有力量語，復有寄托感人。《聞元順帝殂於漠北》云：「仙家一笑乾坤老，誰御瑶池八駿歸？」語不迫切而深於痛哭。明人誰有此耶？二百餘年人才皆爲二李粗浮聲色所錮没，不知有此心路。

義山《龍池》詩云：「龍池賜酒敞雲屏，羯鼓聲高衆樂停。夜半宴歸宫漏永，薛王沉醉壽王醒。」「龍池」，玄宗潛邸南池，沉而爲池，即位後以爲瑞應，賜名龍池，制《龍池樂》。杜審言之《龍池篇》，即樂歌也。開元、天寶共四十二年，賜酒於此者多矣。薛王侍宴自在前，壽王侍宴自在後，義山詩意非指一席之事而言之也。十四字中叙四十餘年事，扛鼎之筆也。玄宗厚於兄弟而薄於其子，詩中隱然，入《三百篇》可也。苕溪漁隱謂楊妃時薛王之死已久。呵呵！

義山《馬嵬》詩曰：「此日六軍同駐馬，當時七夕笑牽牛。」叙天下大事而「六」「七」、「馬」「牛」爲對，恰似兒戲，扛鼎之筆也。高棅謂義山詩對偶精切。呵呵！人欲開口，先須開眼。開口則易，開眼則難。

《離騷》若干言，只「椒」、「蘭」二字見意，謂子椒、子蘭，譖屈公於王者也。又雜於諸草木中，見者不覺。古人之立言温厚如此。

明道非詩人，而刺新法君臣云：「未須愁日暮，天際是輕陰。」有道之言，乃爾藴藉！求之明人，如「小犬隔花空吠影，夜深宫禁有誰來」、「六宫處處秋如水，不獨長門玉漏長」，稀於晨星矣。「六宫」聯詠武宗巡遊。「小犬」聯，太祖破陳友諒，貯其姬妾於别舍，李善長兄弟有窺覘者，故詩云然也。善長得罪以此事，季迪亦以此致重典，況於直出者乎？

詩苦於無意，有意矣又苦於無辭。如聶夷中之「鋤禾當日午，汗滴禾下土。誰知盤中餐，粒粒皆辛苦」。詩之所以難得也。

漢、魏也，晉、宋也，梁、陳也，三唐也，宋、元也，明也，不須看讀，遥望氣色，迥然有別。此何以哉？辭爲之也。猶夫衣冠舉止，可以觀人也。有意無詞，錦褓子上披蓑衣矣。

詩貴活句，賤死句。石曼卿《詠紅梅》云：「認桃無緑葉，辨杏有青枝。」於題甚切，而無丰致，無寄托，死句也。明人充棟之集，莫非是物，二李爲尤甚耳。子瞻能識此病，故曰：「作詩必此詩，定知非詩人。」其題畫云：「野鳥見人時，未起意先改。君於何處看，得此無人態？」措詞雖未似唐人，而能於畫外見作畫者魚鳥不驚之致，乃活句也。詠物非自寄則規諷，鄭谷《鷓鴣》、崔珏《鴛鴦》已失此意，何況曼卿宋人耶！梅詢退位而熱中，其姪女詠蠟燭以刺之云：「樽前獨垂淚，應爲未灰心。」詢見之有愧色。視《紅梅》何如！

唐詩固有驚人好句，而其至善處在乎澹遠含蓄。宋失含蓄，明失澹遠。唐如李拯詩云：「紫宸朝罷綴鵷鸞，丹鳳樓前駐馬看。惟有終南山色在，晴明依舊滿長安。」兵火後之荒涼，不言自見。但此法唐人用之已多，今不可用也。

詩不可以言求，當觀其意。譏刺是人，不言其所爲之惡，而言其爵位之尊，車服之美，而民疾之，以見其不堪，「君子偕老，副笄六珈」、「赫赫師尹，民具爾瞻」是也。頌美是人，不言其所爲之善，而言其容貌之盛，冠服之華，而民安之，以見其無愧，「緇衣之宜兮」、「服其命服」是也。喬謂漢、唐爲黃河，

《三百篇》爲星宿海。

嚴滄浪云：「詩不可太着題，不在多使事。押韻不必有出處，用字不必拘來歷。下字貴響，造語貴圓。語貴洒脱，不可拖泥帶水。最忌骨董，最忌趁貼。語忌重，意忌淺，脉忌露，味忌短，音韻忌散緩，亦忌迫促。」

唐人之命意，宋、明或有暗合者，至於措詞，則如北出開原、鐵嶺，五官雖同，迥非遼左人之語言矣。郡中即事，若宋、明人爲之，必是直陳本意。羊士諤云：「紅衣落盡暗香殘，葉上秋光白露溥。越女含情已無限，莫教長袖倚欄干。」余友賀黄公曰：「是以思婦比孤臣，寓留滯周南之感耳。」余謂今人作此詩，人必共以無謂譏之矣，那得不共作直陳本意之詩乎？風氣使然，智者莫如之何！

禪者有云：「意能剗句，句能剗意，意句交馳，是爲可畏。」夫意剗句，宜也；而句亦能剗意，與意交馳，不須稟意而行，故曰「可畏」。詩之措詞亦有然者，莫以字面求唐人也。臨濟再參黄公案，禪之句剗意也。「薛王沉醉壽王醒」，詩之句剗意也。

問曰：「造句、鍊字如何？」答曰：「造句乃詩之末務，鍊字更小，漢人至淵明皆不出此。康樂詩矜貴之極，遂有琢句。梁、陳别論。陳伯玉復古之後，李、杜諸公偶一涉之，不以經意。中唐猶不甚重，至晚唐而人皆注意於此。所存既小，不能照顧通篇，以致神氣蕭颯。詩道至此，大厄運也。」

盛唐人之用字，實有後人難及處。如王右丞之「鑾輿迥出千門柳，閣道回看上苑花」，其用「迥出」、「回看」，景物如見。子美之「石出倒聽楓葉下，櫓摇背指菊花開」，亦然。而「野航恰受兩三人」、

「旭日散鷄豚」，「受」字、「散」字更非他字可易，甚不費力。「宿火陷爐灰」，「陷」字精確，雖衰颯猶好。至杜荀鶴之「風暖鳥聲碎」、方干之「香秔倩水舂」，「碎」字、「倩」字費力甚矣！

宋人詩話多論字句，以致後人見聞愈狹。然錬字與琢句不同，琢句者，淘汰陳濁也。常言俗語，惟靖節、子美能用之；學此，便流於堯夫《擊壤集》五、七字爲句之語録也。

祖詠之「萬里寒光生積雪，三邊曙色動危旌」，子美之「麒麟不動爐煙上，孔雀徐開扇影還」，其用「生」、「動」、「不動」、「徐開」字，能使詩意躍出，是造句之妙，非琢錬之妙也。

子美之「峽坼雲霾龍虎睡，江清日抱黿鼉遊」，晚唐人險句之祖也；「盤渦浴鷺底心性」，王建詩之祖也。太白之「如何青草裏，也有白頭翁」，用虚字，流水對易見；子美之「雲移雉尾開宫扇，日繞龍鱗識聖顔」，不用虚字，流水對難見。

劉長卿之「身隨敝履經殘雪」，皇甫冉之「菊爲重陽冒雨開」，開晚唐門徑也。

錬字乃小家筋節。四六文，梁、陳詩之餘，錬字之妙，大不易及。子瞻文集只「山高月小，水落石出」八字耳。永叔曾無一字。唐詩錬字處不少，失此字便粗糙。畫家云：「烘染過度即不接。」苦吟錬句之謂也。注意於此，即失大端。唐僧無可云：「聽雨寒更盡，開門落葉深。」以雨聲比落葉也。又云：「微陽下喬木，遠燒入秋山。」以遠燒比微陽也。比物以意而不指其物，謂之象外句，非苦吟者不能也。

張蠙云：「牆頭細雨垂纖草，水面回風聚落花。」花「聚」由「回」，草「垂」由「細」，工矣！

蔡寬夫云：「煉句勝則意必不足，語工而意不足，則格力必弱。」宋人眼光祇見句法，其詩話於此有可觀者，不可棄之。開、寶諸公用心處在詩之大端，而好句自得。大曆以後漸漸束心於句，句雖佳而詩之大端失矣。

# 圍爐詩話卷之二

崑山吴喬修齡氏述

問曰：「五言古詩如何？」答曰：「此體之名，失實久矣！漢固有高澹、濃詭二種詩，皆入歌喉，皆在樂府。樂府乃武帝所立官署之名。《古詩十九首》，謂是古不知何人所作之詩，亦在樂府中。故樂府之『青青河畔草』、『驅車上東門』，即《十九首》中之第二、第十三首。而《文選》注所引《十九首》，謂之枚乘樂府也。《十九首》皆是高澹之作，後人遂以此爲古詩，而以《羽林郎》、《董嬌饒》等濃詭者爲樂府。後人所見固謬，而此二種詩終不可相雜也。」余友常熟馮定遠班有《古今樂府論》，考據精詳，而文多難盡載，舉其要義曰：古詩皆樂也，文士之詞曰詩，協之於律曰樂。後世文士不嫻樂律，言志之文有不可入於聲歌者，故詩與樂判。如陳思王、陸士衡所作樂府，其時謂之「乖調」。劉彦和以爲「無詔伶人，故事謝管絃」是也。樂府之題有可賦詠者，文士爲之詞，如《鐃歌》諸篇是矣。樂府之詞，文采可樂，文士擬之，如《相逢行》、「青青河畔草」是矣。二者乃樂府之別支也。七言創於漢代，魏文帝有《燕歌行》，古詩有「東飛伯勞」，至梁末而大盛，亦有五、七言雜用者，唐人歌行之祖也。聲成文，謂之歌。《宋書·樂志》所載魏、晉樂府有歌行。「行」之爲名不可解，仍其舊而已。亦有不用樂府而自作七言長篇，亦名歌行。故《文苑英華》又分歌行與樂府爲二也。今人謂歌行爲古風，不知所始。唐人不然，故宋人有「七言無古詩」之説。齊、梁之前，七言古詩有「東飛伯勞」、「盧家少婦」二篇，不知其人代，故曰古詩。或以爲梁武帝，蓋誤也。唐初盧、駱所作有聲病者，是齊梁體；李、杜諸公不用聲病者，乃是古調。如沈佺期「盧家少婦」，體同律詩，則唐樂府亦用律詩也。《才調集》目録云「古律雜歌詩一百首」，古者，五言古也；律者，五、七言律也；雜者，雜體也；歌者，歌行也。此是五代時書，故所題如此，最爲得之，今亦鮮知者矣！漢人歌謡之采入樂府者，如《上留田》、《霍家奴》、《羅敷行》之類，多言當時事。少陵所作新題樂府，題雖異於古人，而深得古人之理。元、白以後，此體紛紛矣。總而言之：製詩以協於樂，一也；采詩入樂，二也；古有此曲，倚其聲爲詩，三也；自製新曲，四也；擬古，五也；詠古題，六也；并少陵之新題樂府而爲七，古樂府盡此矣。唐末有長短句，宋有詞，金有北曲，元有南曲，今有北人之小曲，南人之吴歌，皆樂府之餘也。樂府不難知，而後人都不解。請具言之：太白歌行祖述《騷》、《雅》，下迄齊、梁七言，無所不包，奇中又奇，而字字有本，諷刺沉切，自古未有也。後人宜以爲法。樂府本詞多平美，晉、魏、宋、齊樂府取奏，多聱牙不可通，由樂人於不合宫商者增損其文，或有聲無文，聲詞混填，至有不可通者，非本詩如是也。李于鱗乃取晉、宋、齊、隋《樂志》所載者，章截而句摘之，生吞活剥，謂之「擬樂府」。而宗子相所作，全不可通。陳子龍輩效之，讀之令人笑來。王元美論歌行云「内有奇語奪人魄」者，直以爲歌行，而不知其爲擬古樂府也。樂府詞體不一，漢人承《離騷》之後，故歌謡多奇語。魏武悲凉慷慨，與詩人不同。而史志所載，亦有平美，如班婕妤《團扇》、「青青河畔草」，皆樂府也。《文選》注引古詩多云枚乘樂府，則《十九首》亦樂府也。伯敬承于鱗之説，遂謂奇詭聱牙者爲樂府，平美者爲詩。至謂古詩某篇某句似樂府，樂府某篇某句似古詩，謬之極矣！樂之大者惟郊祀，渠乃曰：「樂府之有郊祀，猶詩之有應制。」何耶？李西涯之樂府，其文不諧金石，則非樂也；不取古題，則不應附於樂府；又不詠時事，則不合於漢人歌謡及杜陵新題樂府，當名爲詠史乃可。夫詩之爲文，一出一入，有切言者，有微言者，輕重無準，惟取達志。李氏之詞，引繩切墨，議論太重，文無比興，非詩之體也。此語歷六百年來，惟定遠言之耳。而序譏太白用古題，過矣！其集古詩多可觀，惜哉，無是可也。古來言樂府者，惟《宋書》最詳整，其次則《南齊書》、《隋書》及《晉書》皆不及也。郭茂倩《樂府詩集》爲詩而作，删諸家《樂志》作序，甚明白而無遺誤。作歌行樂府者，不可不讀。左克明《樂府》只取堪作詩料者，童蒙所讀也。楊鐵厓樂府，其源出於二李、杜陵，有古題，有新題，文字自是創體，頗傷於怪。然篤而論之，不失爲近代高手，太白之後，亦是一家，在作者擇之。今之太常樂府用詩，黄心甫《扶輪集叙》云「今不用詩」，非也。《史概》所載乃元曲調。

唐樂府亦用律詩，而李義山又有轉韵律詩，杜牧之、白樂天集中律詩多與今人不同，《瀛奎律髓》有仄韵律詩，嚴滄浪云「有古律詩」，今皆不能辨矣。

問曰：「定遠好句如何？」答曰：「好句何足以論定遠！弘、嘉人豈無好句耶？唐人妙處，在於不着議論而含蓄無窮，定遠有之。其詩曰：『禾黍離離天闕高，空城寂寞見迴潮。當年最憶姚斯道，曾對青山詠六朝。』金陵、北平事盡在其中。又有云：『隔岸吹脣日沸天，羽書惟道欲投鞭。八公山色還蒼翠，虚對圍棋憶謝玄。』馬、阮、四鎮事盡在其中。又有云：『席捲中原更向吴，小朝廷又作降俘。不爲宰相真閒事，留得丹青《夜宴圖》。』以韓熙載寓譏，刺時相也。又有云：『王氣消沉三百年，難將人事盡憑天。石頭形勝分明在，不遇英雄自枉然。』以孫仲謀寓亡國之戚也。所謂不着議論聲色而含蓄無窮者也。論定遠詩甚難，若直言六百年無是詩，聞者必以爲妄；若謂六百年中有是詩，則詩集具在，有好句之佳作有之，未有無好句之佳作如定遠者也。」問曰：「二十年前葉文敏公題兩先生詩草，有『邢夫人見尹夫人』之句，人久以爲定論。今之推重定遠如此，得毋自以爲地乎？」答曰：「心實讓焉，何自爲地？有好句之詩不讓定遠者，何獨不佞？無好句之詩，他人不敢相强，余則實不敢與之並轡。十年以前猶無此意，近日識見稍進，故如是耳。孰有無端退屈者乎？此中甘苦，心自知之。如張承吉詩云：『馬嵬宮柳正依依，重見鑾輿幸蜀歸。地下阿環應有語，這回休更怨楊妃。』一往讀之，似輕薄謔笑。夫僖宗之西狩，由奄人田令孜致之。承吉詩不言令孜而其意自見，此唐人能事也。見唐人意者尚不能作唐人詩，定遠四絶句，能作唐人詩者也。」問曰：「先生近日所進如何？」答曰：「向者謂古詩、唐詩各自成體，作唐體者不受困於宋、明，即得成詩。今知不然。漢、魏詩如手指，屈伸分合，不失天性。唐體如足指，少陵丈夫足指，雖受行縢，不傷跬步。凡守起承轉合之法者，則同婦女足指，弓彎纖月，娱目而已。受幾許痛苦束縛，作得何事？唐詩尚不稱余意，何況定遠，又況自所作者而欲爲之地耶？直是前步既錯，末如之何耳！猶憶四十年前，見賀黄公《銅雀臺妓》詩云：『閒撫金爐嗟薄命，八年兩度見分香。』其刺子桓，隱而切矣，定遠敵手也。」

詩至《十九首》，方是爛然天真，然皆不知其意。以辭求意，其詩全出賦，義乃得；兼有比興，意必難知。

蘇武、李陵詩，余疑是漢人送別之作，託名蘇、李。詩之叙景，必不絶遠，而蘇詩有「俯視江漢流」、「行役在戰場」，何也？李詩亦不似二人情景。

《焦仲卿妻詩》，於濃詭中又有別體，如元之董解元《西廂》，今之數落《山坡羊》，一人彈唱者也。

魏武終身攻戰，何暇學詩，而精能老健，建安才子所不及。

魏文《代劉勳妻》二詩及《折楊柳行》，思無邪而詞温厚，《三百篇》之遺聲也。「西北有浮雲」，宜是爲中原人流寓江南者作。

王粲《從軍詩》曰「討彼東南夷」者，乃建安十三年戊子曹操敗於赤壁事，故又曰「白露沾裳衣」、「愁思當告誰」也。其曰「相公征關右」者，乃建安十六年操平韓遂、馬超，故又曰「拓地三千里」也。其曰「朝發鄴都橋，暮濟白馬津」、「率彼東南路，將定一舉勳」者，當是十八年進軍濡須，相守一月退軍之事，故又曰「鞠躬中堅内，微畫無所陳」也。赤壁、濡須事，措詞得體。

凡擬詩之作，其人本無詩，詩人知其人與事與意而擬爲之詩，如《擬蘇李送別》詩及魏文帝之《劉勳妻》者最善；其人固有詩，詩人知其人與事與意而擬其詩，如文通之於阮公，子瞻之於淵明者亦可。《十九首》之人與事與意皆不傳，擬之則惟字句而已，皮毛之學，兒童之爲也。阮籍、郭璞詩有憂時慮患之意，文通所擬皆失之。

阮公《詠懷》詩云「駕言發魏都」，是司馬未篡時所作。又曰「修竹隱山岑，射干臨增城」，是爲曹爽、賈充。其曰「葛藟延幽谷」，必言夏侯玄、荀勗輩也。又有曰「一身不自保，何況戀妻子」，言罹禍者且自危也。阮公一生長醉，而詩不言酒。傅玄詩云「秋蘭豈不芬，鮑肆亂其旁」，必説時事。郭璞《遊仙》詩有「逸翮思拂霄」一篇，是悒鬱語，可見遊仙是託方外以自遣也。

沈約「生平少年日」、柳惲「汀洲采白蘋」二篇，可以繼美《十九首》。

楊素詩樸勁，不似隋人。

《選》體之名，最爲無識。西漢至宋、齊詩皆在《文選》中，以何者爲《選》體？

貞觀至景龍之五古，嚴爲汰擇，有善者止百篇。

張曲江五古勝於燕公。晚唐人詩之得理者，不下於曲江，而措詞太遠。

陳伯玉詩之復古，與昌黎之文同功。盧照隣詠古詩似子美，王適《古離别》似排律。

陳伯玉之「故人洞庭去」，薛稷之《秋日還京》詩、《魚山亭》詩，五古之至善者也。

王右丞五古，盡善盡美矣，《觀别者》篇可入《三百》。孟浩然五古，可敵右丞。儲光羲詩是沮、溺、丈人語。高達夫五古，壯懷高志，具見其中。子美稱岑參「識度清遠，詩詞雅正」。杜確云：「岑公屬詞尚清，用志尚切，迥拔孤秀，出於常情。」王昌齡五古，或幽秀，或豪邁，或慘惻，或曠達，或剛正，或飄逸，不可物色。李頎五古，遠勝七律。常建五古，可比王龍標。崔顥因李北海一言，殷璠目爲「輕秀」，詩實不然，五古奇崛，五律精能，七律尤勝。崔曙五古，載《英靈集》者五篇，高妙沉着。殷璠謂其「吐詞委婉，情意悲涼」，未盡其美。璠謂薛據「骨鯁有氣魄」，斯言得之。陶翰詩沉健、真惻、高曠俱有之。璠又謂劉眘虚「情幽興遠，思苦語奇」，得其真矣。餘如張謂、丘爲、賈至、盧象諸君，俱有可觀，合於李、杜，以稱盛唐，洵乎其爲盛唐也。錢起、韋應物，體格稍異矣。

儲不倣陶，而興趣酷似。龍標「奸雄乃得志」篇，必爲曲江、安禄山而作。「大雅久不作」諸詩，非太白斷不能作，子美亦未有此體。《上之回》，刺學仙也。《妾薄命》，刺武惠妃之專寵也。太宗武功最大，高宗孱主，猶蒙其餘威以下高麗。《塞上曲》，美太宗也。《邯鄲才人》，身去而心不忘宗國也。《月下獨酌》詩「月既不解飲」，是敷衍，似宋詩。《送裴十八》之「歸時莫洗耳」四語，亦是敷衍無味。「春風不相識，何事入羅帷」，思無邪而詞清麗，妙絶可法。《詠懷》、《北征》，古無此體，後人亦不可作，讓子美一人爲之可也。退之《南山》詩，已是後生不遜。詩貴出於自心。《詠懷》、《北征》，出於自心者也；《南山》，欲敵子美而覓題以爲之者也。山谷之語，只見一邊。

詩貴和緩優柔，而忌率直迫切。元結、沈千運是盛唐人，而元之《舂陵行》、《賊退》詩，沈之「豈知林園主，却是林園客」，已落率直之病。樂天《雜興》之「色禽合爲荒，政刑兩已衰」，《無名税》之「奪我身上暖，買爾眼前恩。進入瓊林庫，歲久化爲塵」，《輕肥》篇之「是歲江南旱，衢州人食人」，《買花》篇之「一叢深色花，十户中人賦」等，率直更甚。東野《列女操》、《遊子吟》等篇，命意真懇，措詞亦善；而《秋夕貧居》及《獨愁》等，皆傷於迫切。韋蘇州《寄全椒道士》及《暮相思》，亦止八句六句，而詞殊不迫切，力量有餘也。賈島之《客喜》、《寄遠》、《古意》，與東野一轍。曹鄴、于濆、聶夷中五古皆合理，而率直迫切，全失詩體。梁、陳於理則遠，於詩則近；鄴等於理則合，於詩則違。宋人雖率直而不迫切。

杜確云：「自古文體變易多矣。梁簡文帝及庾肩吾之屬始爲輕蕩綺靡之詞，名曰『宮體』。厥後沿襲，務於妖豔，謂之『摛錦布繡』。其有欲尚風格頗有規正者，不復爲當時所重，諷諫由此廢闕。」

《詩法源流》云：「詩者，原於德性，發於才情。心聲不同，有如其面。故法度可學，而神意不可學。是以太白自有太白之詩，子美自有子美之詩，昌黎自有昌黎之詩。其他如陳子昂、王摩詰、高、岑、賈、許、姚、鄭、張、許之徒，亦皆各自爲體，不可强而同也。」

又云：「唐人以詩爲詩，宋人以文爲詩。唐詩主於達性情，故於《三百篇》近；宋詩主於議論，故於《三百篇》遠。古詩於《三百篇》近，唐詩於《三百篇》遠。」

太白云：「梁、陳以來，豔薄殊極，沈休文又尚聲律。將復古道，非我而誰？」「梁、陳」，謂宮體以下，非謂陶、謝諸公也。「休文聲律」，謂平仄也。

五言古詩，須去其有偶句者而論之，以自西漢至中唐爲全局，猶七言律詩以自初唐至晚唐爲全局也。漢、魏五古之變而爲唐人五古，欲去陳言而趨清新，不得不然，亦猶七律初、盛之變而爲中、晚唐，不得不然也。

弘、嘉人惟見古人皮毛，元美倣《史》、《漢》字句以爲古文，于鱗倣《十九首》字句以爲詩，皆全體陳言而不自知覺。故仲默敢曰「古文亡於昌黎」，于鱗敢曰「唐無古詩」也。此與七律之瞎盛唐而譏大曆以下者一轍。去有偶句者，以其爲唐體之履霜也。去晚唐者，晚唐已絶也。

詩之關係名教風化者，非五古不可，其貴重可見。

柳子厚《芍藥》詩曰：「敧紅醉濃露，窈窕留餘春。」近體中好句皆不及。可見體物之妙，古體勝唐體。

古體寧如張曲江、韋蘇州之有邊幅。子美之古詩，只可一人爲之。子瞻古詩，如搓黄麻繩百千尺。子瞻極重韋、柳，而自作殊不然，何也？

唐體詩有涯涘，後之作者，患在薄弱，不患泛濫。古體詩無涯涘，後人泛濫之弊，遂同於五、七字爲句之文。「簡貴」二字，時刻須以自警。

詩法須自《十九首》，方爛然天真。唐詩已是聲色邊事，況宋、元、明耶！

六朝尚有本非詩人，偶然出語絶佳者。如劉俣云：「城上草，托根非不高，所恨風霜早。」十三字説身境心事如見，以六朝詩法寬故也。唐詩韵狹，有平仄，托須對偶，故非老手不佳。

馮定遠曰：「五言雖始於漢武之代，而盛於建安，故古來論者，止言建安風格。至黄初之年，則諸子凋謝，止有子桓、子建，不須贅言黄初體也。永明之代，王元長、沈休文、謝朓一時有盛名，始創聲病之論，以爲前人所未發。文體驟變，皆避八病。一簡之内，音韵不同；二韵之間，輕重悉異。其文兩句一聯，四句一絶，聲韵相避，文字不可增減。自永明至唐初，皆齊梁體也。沈、宋新體，聲律益嚴，謂之律詩。陳子昂始法阮公爲古體詩，唐因有古、律二體，始變齊梁之格矣。齊時江文通詩不用聲病，梁武帝不知四聲，其詩仍是太康、元嘉舊體。嚴滄浪何以混言『齊、梁諸公』？元長、玄暉没於齊朝，沈休文、何仲言、吴叔庠、劉孝綽並入梁朝，故聲病之格通言齊、梁，而其體直至唐初也。白太傅尚有格詩,李義山、温飛卿皆有齊梁格詩。律詩既盛,齊梁體遂微,後人不知,咸以爲古詩。」

又云:「古詩之視律體,非直聲律相詭也,其筋骨氣格、文字作用,亦迥然不同。然亦人人自有法,無定體也。陳子昂上效阮公,爲千古絶唱,不用沈、宋格調,謂之古詩,唐人自此有古、律二體。云古者,對近體而言也。《古詩十九首》,或云枚叔,或云傅毅。詞有『東都』、『宛』、『洛』,鍾參軍以爲陳王,劉彦和以爲漢人。既人代未定,但以其是古人之作,題曰『古詩』耳,非以此定古詩之式,必當如是也。李于鱗云:『唐無古詩,陳子昂以其詩爲古詩。』全不通理。如律詩始於沈、宋,開元、天寶已變,可云『盛唐無律詩,杜子美以其律詩爲律詩』乎?子昂法阮公,尚不許是古詩,則于鱗之古詩,當以何時爲斷?若云未能似阮,則于鱗之五古,視古人定何如?」

又云:「《古詩十九首》機杼甚密,文外重旨,隱躍不可把捉。李都尉詩皆直叙無作用,尤爲古朴。江淹所擬,《從軍》一篇最合。嚴滄浪都不解此。」

又云:「潘、張、左、陸以後,清言既盛,詩人所作,皆老、莊之讚頌。顔、謝、鮑出,始革其制。元嘉之詩,千古文章於此一大變。請具論之:漢人作賦,頗有模山範水之文,五言則未有。後代詩人之言山水,始於康樂。士衡對偶已繁。用事之密,始於顔延之,後世對偶之祖也。《三百篇》言飲酒,雖曰『不醉無歸』,然亦合歡成禮而已;『彼醉不臧』,則有沉湎之刺。詩人言飲酒不以爲諱,自陶公始之也。《國風》好色而不淫,朱子始以鄭、衛爲男女相悦之詞,古實不然。《楚辭》美人以喻君子。五言既興,義同《詩》、《騷》,雖男女歡娱幽怨之作,未極淫放,《玉臺新詠》所載可見。至於沈、鮑,文體傾側,宫體滔滔，作俑於此。永明、天監之際，鮑體獨行，延之、康樂微矣。嚴滄浪於康樂之後不言延之，又不言沈、謝，則齊、梁聲病之體，不知所始矣；不言鮑明遠，則宮體紅紫之文，不知其所法矣。雖言徐、庾，亦忘祖也。於時詩人灼然自名一體者，如吴叔庠，邊塞之文所祖也。又如柳吴興、劉孝綽、何仲言，皆唐人所法，何以都不及？子美『頗學陰何』，又云『李侯有佳句，往往似陰鏗』，則子堅之體，亦不可缺。齊、梁以來，南北文章頗爲不同。北多骨氣，而文不及南。鄴下才人，盧思道、薛道衡皆有盛譽。自隋煬有非傾側之論，徐、庾之文少變，於時文多雅正。薛道衡氣格清拔，與楊素酬唱之作，義山極道之。唐初文字，兼學南北，以人言之，道衡亦不可缺。」

又云：「嚴滄浪云：『《玉臺》，徐陵所集，漢、魏、六朝詩皆有之。人謂纖麗者爲《玉臺》體，其實不然。』班按：梁簡文在東宮，命徐孝穆撰《玉臺集》，其序云：『撰録豔歌，凡爲十卷。』則專取豔詞明矣。其文止於梁朝，非六朝也。」

又云：「陸士衡《擬古詩》，江文通《擬古三十首》，如搏猛虎，捉生龍，急與之較力不暇，氣格悉敵。今人擬詩，牀上安牀，惟見怯處，種種不逮耳。然前人擬詩，往往只取大意，不盡如陸、江也。」

又云：「南北朝人以有韵者爲『文』，無韵者爲『筆』，亦通謂之『文』。唐自中葉以後，多以『詩』與『文』對言。愚按：有韵無韵皆可謂之『文』，緣情之作則曰『詩』。詩者，思也。情動乎中而形乎言，言之不足故長言之，長言之不足故詠歌之。有美有刺，所謂詩也。不如是則非詩，而爲有韵之文耳。《禮記》有湯之盤銘、孔子之誄，《左傳》有卜筮繇詞，皆有韵，而《三百篇》中無此等文字，可知古人自有阡陌，不以爲詩也。」

又云：「漢人碑銘多謂之詩，體相涉耳，非詩也。」

又云：「賦出於詩，故曰『古詩之流』也。《漢書》云『《屈原賦》二十五篇』，《史記》云『作《懷沙》之賦』，則《騷》亦賦也。宋玉、荀卿皆有賦，荀賦便是體物之祖。賦、頌本詩也，後人始分。屈原有《橘頌》。陸士衡云：『詩緣情而綺靡，賦體物而瀏亮。』詩、賦不同也。」

又云：「宋人作着題詩，不如唐人詠物多寓意，有興比之體。」

又云：「敖陶孫器之評詩，如村農看市，都不知物價貴賤。其論子建云：『如三河少年，風流自賞。』只此一語，知其未曾讀書也。」

又云：「《雅》、《頌》多艱深，《國風》則通易。《風》或出於里俗，《雅》、《頌》必朝廷作者爲之。雖有寺人孟子輩，然皆列於《雅》，亦必是當時能文者。《尚書》是朝廷文字〔一〕，語多難解，非特古今言語不同。蓋古之文人煅煉文字，其體如此，不以平易者爲善也。《孔叢子》中已有明説。」

**【校勘記】**

〔一〕「書」，原文脱漏，據《鈍吟雜録》補。

又云：「古詩法漢、魏，近體學開元、天寶，如儒者之學周、孔也。近世惡王、李者，并此言而排之，過矣！顧學之何如耳。學王、李者乃自許漢、魏、盛唐，輪扁必笑之。」

又云：「看齊、梁詩，看他學問源流、氣力精神，有遠過唐人處。或問：『如何是謝朓驚人句？』答之曰：『叔源失步，明遠變色。』」

又云：「錢牧齋教人作詩，惟要識變。余得此論，自是讀古人詩，更無所疑，讀破萬卷，則知變矣。」喬曰：「皎然《詩式》言作詩須知變、復，蓋以返古爲復，以不滯爲變也。金正希舉業之於王濟之，最得此意。變而不復，成、弘至啓、禎矣。定遠見處實勝牧齋，見者每惑於名位。」

馮定遠又云：「多讀書則胸次自高，出語皆與古人相應，一也；博識多知，文章有根據，二也；所見既多，自知得失，下筆知取舍，三也。」

嚴滄浪云：「『行行重行行』，自『越鳥巢南枝』以下，《玉臺》別作一首。」定遠云：「北宋《玉臺》正本止作一首，永嘉陳玉甫本誤耳。」

嚴滄浪云：「『仙人騎白鹿』篇，余疑『迢迢山上亭』以下，其義不同，當別爲一篇，郭茂倩不能辨也。」定遠云：「此本二詩，樂工合之耳。《樂府》或於一篇止取半首，或合二篇以爲一，或一篇之中增損其字句。蓋當時歌謡，出於一時之作，樂工取以爲曲，增損之以協律。故陳思王、陸機之詩，時人謂之乖調，未命樂工也。具在諸史《樂志》。滄浪不省而譏茂倩。」文人譏訶前人處，須細細點勘，不可隨人步趨。

五絶即五古之短篇，如嬰兒嚬笑，小小中原有無窮之意，解言語者定不能爲。

詩至於五絶，而古今之能事畢矣。竊謂六朝、三唐之善者，蘇、李猶當退舍，況宋以後之人乎！以此體中才與學俱無用故也。

五絶，仙鬼勝於兒童女子，兒童女子勝於文人學士，夢境所作勝於醒時。崔國輔《魏宫詞》，妙在意深。而崔顥《長干曲》云：「君家住何處？妾住在横塘。停舟暫借問，或恐是同鄉。」絶無深意，而神采郁然，後人學之，即爲兒童語矣。

丁仙芝《採蓮曲》，五絶句也。《品彙》聯爲一篇，收之五古中，誤也。此詩落想最爲飄忽，如云：「因從京口渡，使報邵陵王。」何處得來？

五古、五絶亦可相收放。高適《哭梁少府》詩，只取前四句，即成一絶，下文皆鋪叙也。

解大紳應制《題畫虎》曰：「虎爲百獸尊，誰敢觸其怒？惟有父子情，一步一迴顧。」時文皇以高煦譖，意不快於東宫，見詩釋然。詩如此，善矣。

婦人詩，如崔鶯鶯：「待月西廂下，迎風户半開。拂牆花影動，疑是玉人來。」劉采春云：「不喜秦淮水，生憎江上船。載兒夫壻去，經歲又經年。」「借問東園柳，枯來有幾年？自無枝葉分，莫怨太陽偏。」「那年離别日，只道住桐廬。桐廬人不見，今得廣州書。」「莫作商人婦，金釵當卜錢。朝朝江上望，錯認幾人船。」侯夫人云：「粧成多自惜，夢好却成悲。不及楊花意，春來到處飛。」宫女云：「流水何太急，深宫盡日閒。殷勤謝紅葉，好去到人間。」鮑令輝云：「桂吐兩三枝，花開四五葉。是時君不歸，春風徒笑妾。」沈倩云：「獨自憑樓望，霏霏細雨來。桃花如有意，恰對小窗開。」

仙鬼及夢中之詩，如云：「卜得上峽日，秋江風浪多。巴陵一夜雨，腸斷《木蘭歌》。」《落花》云：

「流水難窮目，斜陽易斷腸。誰同硏光帽，一曲《舞山香》。」又有云：「午睡醒來晚，無人夢自驚。夕陽如有意，偏傍小窗明。」又云：「點點愁侵骨，綿綿病欲成。須知潘岳鬢，强半爲多情。」又云：「不信心相憶，絲從鬢裏生。閒來倚樓立，相望幾含情？」又云：「命笑無人笑，含嬌何處嬌？徘徊花上月，虚度可憐宵。」又云：「楚水平如練，雙雙白鳥飛。金陵幾多地，一去不言歸。」又云：「河漢已傾斜，神魂欲超越。願郎更迴抱，終天從此别。」又云：「海門連洞庭，一去三千里。十載一歸來，辛苦瀟湘水。」又云：「紅葉醉秋色，碧溪彈夜絃。佳期不可再，風雨杳如年。」

作四字詩多受束於《三百篇》句法，不受束者惟曹孟德耳。《太平廣記》載劉渢宿山驛，月明，有數女子自屋後出，命酌庭中，歌曰：「明月清風，良宵會同。星河易翻，歡娱不終。緑尊翠杓，爲君斟酌。今夕不飲，何時歡樂？」山谷、子瞻謂爲「鬼中子建」。又有一篇云：「玉户金釭，願晤君王。邯鄲宫中，金石絲簧。鄭女衛姬，左右成行。紈綺繽紛，翠眉紅粧。王歡瞻盼，爲王歌舞。願得君歡，長無災苦。」子瞻謂「邯鄲宫中，金石絲簧」二句，不惟人不能作，知之者亦極難得。誠然，誠然。孟德英雄，此女貴姬，各言其實境，不受束縛耳。

問曰：「七言古詩如何？」答曰：「盛唐人山奔海立，掩前絶後。此體忌圓美平衍，又不可槎枒狰獰。初唐圓美，白傅加以平衍，昌黎稍槎枒，劉叉狰獰，盧仝牛頭阿旁，杜默地獄餓鬼。」

詩忌出正面，七古尤甚。

初唐七古多排句，不如盛唐無排句而矯健。中唐此品遂絶，何況宋、明。

長篇結緊，方收得住。結前若緊，結却宜寬。

長詩宜於趨承貴要，故世事之用，非五排即七古，詩那得佳。

七古須於風檣陣馬中不失左規右矩之意。

五古易於冗，七古易於濫。

長篇於意轉處換韻則氣暢，平仄諧和，是元、白體。高適《燕歌行》云：「漢家煙塵在東北，漢將辭家破殘賊。男兒本自重横行，天子非常賜顏色。摐金伐鼓下榆關，旌旆逶迤碣石間。校尉羽書飛瀚海，單于獵火照狼山。山川蕭條極邊土，胡騎憑陵雜風雨。戰士軍前半死生，美人帳下猶歌舞！大漠窮秋塞草腓，孤城落日鬬兵稀。身當恩遇常輕敵，力盡關山未解圍。鐵衣遠戍辛勤久，玉筯應啼别離後。少婦城南欲斷腸，征人薊北空回首。邊庭飄摇那可度，絶域蒼茫無所有。殺氣三時作陣雲，寒聲一夜傳刁斗。相看白刃雪紛紛，死節從來豈顧勳？君不見沙場征戰苦，至今猶憶李將軍。」詩之繁於詞者，七古、五排也。五排有間架意易見，七古之順叙者亦然。達夫此篇，縱横出没，如雲中龍，不以古文四賓主法制之，意難見也。四賓主法者，一主中主，如一家惟一主翁也；二主中賓，如主翁之妻妾、兒孫、奴婢，即主翁之分身以主内事者也；三賓中主，如主翁之朋友、親戚，任主翁之外事者也；四賓中賓，如朋友之朋友，與主翁無涉者也。於四者中除却賓中賓，而主中主亦只一見，惟以賓中主勾動主中賓而成文章，八大家無不然也。《燕歌行》之主中主，在憶將軍李牧善養士而能破敵。於達夫時，必有不恤士卒之邊將，故作此詩。而主中賓，則「壯士軍前半死生，美人帳下猶歌舞」、「相看白刃雪紛紛，死節從來豈顧勳」四語是也。「豈顧勳」，即「死是戰士死，功是將軍功」之意。其餘皆是賓中主。自「漢家煙塵」至「未解圍」，言出師遇敵也。此下理當接以「邊庭」云云，但逕直無味，故横間以「少婦」、「征人」四語。「君不見」云云，乃出正意以結之也。文章出正面，若以此意行文，須叙李牧善養士、能破敵之功烈，以激勵此邊將。詩用興比出側面，故止舉「李將軍」，使人深求而得，故曰「言之者無罪，而聞之者足以戒」也。王右丞之《燕支行》，正意只在「終知上將先伐謀」，法與此同。右丞之《隴頭吟》却又不然，起手四句是賓，「關西老將不勝愁」六句是主，主多於賓，乃是賦義。

王翰《古長城吟》，只取後四句，可作一絶句。

張若虚《春江花月夜》，正意只在「不知乘月幾人歸」。郭元振《古劍篇》、宋之問《明河篇》，正意皆在末四句。劉庭芝《擣衣篇》，通篇是賦。

王勃《滕王閣詩》，直是譏刺閻都督，「畫棟」以下，皆言富貴之不久長也。今閣上有帖子是「畫棟」二句，却是寫景，有繁華氣象，詩未必如是也。

王宏《從軍行》，正意在「殺身爲君君不聞」，「可憐少年」、「秦王築城」皆賓也。結宜用四句，則不迫促。

宋之問《放白鷴篇》，正意在末四語，以其寂寥，故以「緑綺」作伴。「著書」云云，亦是横間之語，與達夫《燕歌行》中之「少婦城南」同法，起手先出琴側面也。

岑參《蓋將軍歌》，直是具文見意之譏刺，通篇無别意故也。《走馬行》，以刺安奏邊功者。

喬知之《緑珠篇》，有作絶句三首者。觀其正意在末二句，是七古體，非必三絶句也。

右丞《桃源行》是賦義，只作記讀。《老將行》起語至「數奇」是興，「自從」下是賦，「賀蘭」下以興結。《寒食城東即事》，若將次聯意作流水聯，即是七律。

岑參《赤驃馬歌》，前念五句皆言衛節度而帶及馬，末三句言馬而帶及衛節度，得賓主映帶法。

李頎《送李十四》，應酬詩也。

崔顥《邯鄲宫人怨》，自比也。

讀張謂《杜侍御送貢物》及《代北州老翁》，其人子美之流。

太白云：「君王雖愛蛾眉好，無奈宫中妬殺人。」無餘味。《襄陽歌》無意苟作。《聽新鶯歌》首叙境，次出鶯，次以鶯合境，次出人，次收歸鶯而以自意結，甚有法度。

子美《白紵行》意在末四句。《驄馬行》與岑參《赤驃馬歌》意異格同。《兵車行》正意在中間「君不聞」數語，而「信知生男」下以渾語作結。《哀王孫》亦然。《哀江頭》正意在「清渭東流」二句。陳陶斜之敗，不爲房琯諱，故曰「詩史」。子美如《蘇端薛復篇》言飲酒者不多，而「氣酣日落西風來，願吹野水添金杯」，宛似太白語。《洗兵馬》是實賦。《短歌行贈王郎》似太白詩。《丹青引》結處自傷也。《古柏行》結處比賢士，亦自比也。《釋悶》「天子亦應」下，必是譏李輔國。

錢起《送鄔》、《送傅》、《送崔》皆應酬詩。韓翃《寄哥舒》亦然。

昌黎《董生行》不循句法，却是易路《石鼓歌》。子瞻能爲之。

張籍、王建七古甚妙，不免是殘山剩水，氣又苦咽。

《連昌》、《長恨》、《琵琶行》，前人之法變盡矣。

馮定遠云：「七言歌行盛於梁末。梁元帝爲《燕歌行》，群下和之，有《燕歌行集》。其書不傳，名見鄭樵《通志》。」

北朝盧思道《從軍行》，全類唐人歌行矣。唐開元中，王摩詰之七古尚有全篇偶句者，高常侍盡改古格。太白遠憲《詩》、《騷》，近法鮑明遠，而恢廓變化過之，雲蒸霞蔚，千載以來，莫能逮矣。辭多風刺，《小雅》、《離騷》之流也。老杜創爲新題，直指時事，一言一句，皆關世道，遂爲歌行之祖，非直變體而已。

古人七言歌行止有《東飛伯勞歌》、《河中之水歌》。魏文帝有《燕歌行》，至梁元帝亦有《燕歌行》，盧思道有《從軍行》，皆唐人歌行之祖也。

梁末始盛爲七言詩賦，今諸集皆不傳，類書所載可見。王子安《春思賦》、駱賓王《蕩子從軍賦》，皆徐、庾文體。王弇州、楊升菴不知，皆以爲歌行。弇州云：「以爲賦則醜。」誤矣！

七絕是七古之短篇，以李、杜之作，一往浩然，爲不失本體。

王龍標七絕，如八股之王濟之也。起承轉合之法自此而定，是爲唐體，後人無不宗之。

七絕乃偏師，非必堂堂之陣，正正之旗，有或鬭山上，或鬭地下者。

七絕與七古可相收放，如駱賓王《帝京篇》、李嶠《汾陰行》、王泠然《河邊枯柳》，本意在末四句，前文乃鋪叙耳。只取末四句，便成七絶。七絶之起承轉合者，衍其意可作七律。七律亦可收作七絶。

七絶，唐人多轉，宋人多直下，味短。

劉夢得、李義山之七絶，那得讓開元、天寶。

岑參《凱歌》第二、三句云：「捷書先奏未央宫，天子預開麟閣待。」竟似平偶，何也？

五排，即五古之流弊也。至庾子山，其體已成，五律從此而出。「排律」之名，始於《品彙》。唐人名「長律」，宋人謂之「長韵律」。此體無聲病者不善，如唐太宗《正日臨朝》等，虞世南《慎刑》，蘇味道《在廣》，皆不發調。陳拾遺《白帝》、《峴山》二篇，古厚敦重，足稱模範。

杜審言、宋之問、沈佺期此體詩，凡臺閣、山水、行旅、關塞、贈餞、方外，無不極佳。

長篇須有間架，以杜氏祖孫二詩爲法。審言《和李嗣真奉使存撫河東》，叙事之有間架者也。起手八聯，寬衍大局也。「已屬群生泰」以下，出朝廷存撫之意，即出嗣真也。「城闕周京轉」以下，出河東也。「昔出諸侯静」，因河東爲高祖興王之地而追叙之也。「隱隱帝鄉遠」以下，叙嗣真之奉使也。「雨霈鴻私滌」以下，實叙存撫之事也。「殺氣西衝白」以下，暢言旁及也。「緬邈朝廷問」以下，叙嗣真之眷注才學也。「澄清得使者」一語，完奉使之事也。「莫以崇班列」以下，自託也。末聯總收前文也。子美《上韋左丞詩》，人誤置之古詩中，實排律言情之有間架者也。黄山谷所説最善：起手曰「紈袴不餓死，儒冠多誤身」，是一篇正意，略略點出，作眼目破題也。故令韋静聽而具陳之。如出題。「甫昔少年日」以下，言儒冠之求志也。「此意竟蕭條」以下，言誤身也。意舉而文備，宜乎有是詩矣。是詩獨獻於韋者，以厚愧真知在讚誦佳句也。大臣職在薦賢，不徒愛士，故效貢禹之彈冠而走跋涉也。知韋不能薦，故欲去秦也。臨去有惓惓之情，故托意於終南、渭水也。去不可以不別知交，故曰「常思報一飯，況懷辭大臣」也。一去不可復見，故結語云云也。余謂山谷之説是詩極善。然宋人知賦而不知興、比，用興、比則有縱横出没，與此二篇不同。韋左丞名濟，山谷以爲見素。

兼興、比者，如義山《聖女祠》詩云：「杳藹逢仙跡，蒼茫滯客途。何年歸碧落？此地向皇都。消息期青雀，逢迎異紫姑。腸迴楚客夢，心斷漢宫巫。從騎裁寒竹，行車蔭白榆。星娥一去後，月姊更來無？寡鵠迷蒼壑，羈凰怨翠梧。惟應碧桃下，方朔是狂夫。」首句，出題也。次句，自述也。三句，言聖女也。四句，又自述也。「消息」二句，讚聖女也。「腸迴」句，謂異於襄王之媟侮。「心斷」句，言不同巫蠱之狂邪，尊聖女也。「從騎」二句，又自述行踪，興也。「星娥」、「月姊」，比聖女之不可得見也。「寡鵠」，言想念之切也。結用「方朔」，以王母比聖女也。此本虚題，不可全用賦義，故雜出興、比以成篇，其間架亦不得如前二詩之截然也。

玄宗排律，遠勝太宗。

盛唐排律，聖也；子美，神也。説子美則諸公自見。《玄元廟》云：「配極玄都閟，憑高禁禦長。守祧嚴具禮，掌節鎮非常。碧瓦初寒外，金莖一氣旁。山河扶繡户，日月近雕梁。仙李盤根大，猗蘭奕葉光。世家遺舊史，《道德》付今王。畫手看前輩，吴生遠擅場。森羅移地軸，妙絶動宫牆。五聖聯龍衮，千官列雁行。冕旒皆秀發，旌旆盡飛揚。翠柏深留影，紅梨迴得霜。風筝吹玉柱，露井凍銀牀。

身退卑周室,經傳拱漢皇。谷神如不死,養拙更何方?」盧德水云:「唐自高祖追崇老子爲祖,天寶中現象降符,不一而足,人主崇信極矣。此詩直紀其事以諷也。『配極』四句,譏其用宗廟之禮。『碧瓦』四句,譏其宫殿踰制。『世家遺舊史』,謂開元中敕升老、莊爲列傳之首,而不能改易子長舊史。『《道德》付今王』,謂玄宗親注《道德經》,直崇玄學。『畫手』以下,謂世代寥廓而畫圖親切,『冕旒』、『旌旆』,同兒戲也。『身退』以下,謂老子之要在清浄無爲,即今不死,亦當藏名養拙,豈肯憑人降形,以博人主之崇奉乎?」此詩極意諷諫,而詞語渾然。德水讀書,眼光透過紙背者也。余謂「谷神」二句,謂老子若有神,捨此廟尊崇之地,更居何方乎?前極嚴重,故以謔語爲結。此詩得德水發明,聖人復起,必收之《三百篇》中。

《重經昭陵》詩,前四聯叙太宗功德,繁簡得中,後二聯以昭陵作結。此詩極其典重,鍾伯敬以爲悲涼,非也。《贈鄭諫議十韻》,前四聯讚美諫議,中三聯自叙,後三聯自託。《遣興》詩,前二聯叙驥子,「世亂」下三句叙其依母在家中,「鳥道」句轉出己不得見,「天地」聯叙隔絶,結言得見爲幸爲難。《傷春》云「不成誅執法,焉得變危機」,譏姑息也;「行在諸軍闕,來朝大將稀」,憂根虚而尾大也;結言不用賢人也。《春歸》云「世路雖多梗,吾生亦有涯」,直是無可如何,悲憤之極。《贈王侍御四十韻》,起手叙離合之情,「錦里」下粗自述,「客即」下言與王之交情,「粗飯」下細自述,「湖口」下叙侍御之勝境,「山陽」下叙主賓樂事,「農月」下言須别去,「列國」下出素心,「洗眼」下丁寧珍重之辭。《遣悶呈嚴二十韻》,起手六聯自述兼及幕府,「疇昔」二聯叙得入幕,「露浥」下言出幕還家,「束縛」下又言入幕，「不成」下有不能任職之意。《行次古城》詩，起手二句是破題，「白屋」三聯述道路景物，「王門」下有求先容之意。《謁先主廟》詩，前段叙先主、孔明事；「錦江」句言通和孫氏；「劍閣」句言前後出師；「舊俗」下叙廟；「絶域」出己生平之志也；「關張」、「耿鄧」以古人自許也；「應天」句自許名世；「得士」句自許一個臣；「遲暮」句謂年已老，不能踐生平志，願猶可爲謀臣；「飄零」，則絶望矣；「淚灑衣巾」，以時君非先主，而使己不比事業於諸葛、關、張、耿、鄧也。子美憂王室之詩甚多，而自負之重，此詩獨見之。《出瞿塘四十韵》，首二句破題也，凡長篇，須得破題以爲綱領，無此則讀者茫茫矣；「入舟」二句，略出其情，以足上文之意；「窄轉」下叙峽中景；「不有」下叙出峽後景；「意遣」下自叙；「丘壑」下追述壯年事；「哭窮途」言天寶間爲李林甫所扼；「廷諍」謂言房琯事也；「乞江湖」，則華州及依嚴盡在其中，故即繼以「灩澦」、「滄浪」也；「浮名尋已已」，是收上文；「懶計却區區」，是啓下文。天皇寺在荆州，帝子渚湘中地，蒼梧則更南矣。子美卒於衡州，不知更南，欲於人焉依？「朝士」下言朝廷事，謂無明君賢臣，黎元受病，而宰相恃權相傾，勢必相及於己也。《出江陵寄鄭審》，起手四語，説盡窮途情景，便堪痛哭；「社稷」二聯，言世亂使己困悴，無地可托也；「雨洗」聯寫出江陵途中景物自好；「鳴螿」、「别燕」，自比也；「棲托」二句，賦窮途也；「相呴沫」者「寂寥」，「報恩珠」而「浩蕩」，則江陵人情相待可知，或鄭審獨有情而寄之以詩也；「漲海」四語，言前路也；「濫竊」句，言審有甯戚之待也；「時憂」句，必江陵幕中人有讒譖之者；結聯出審，以見寄詩之意。鄭審有《巡檢兩京路種果樹》詩，亦佳，必與公相契。讀子美排律，即覺餘人皆在繩尺之内。

錢起亦天寶人，而《湘靈鼓瑟》詩雖甚佳，而氣象蕭瑟；《過王舍人宅》詩，濃淡得宜。劉長卿《登干越亭》詩，前段尚寬和，至「得罪」三聯，忽出哀苦之詞，遂覺通篇盡是哀苦。唐人詩法如是，若通篇哀苦，失操縱法。李嘉祐《江亭》詩，失却此意。楊巨源《贈老將》詩，前十聯極筆鋪張，後四聯收歸「老」字意，只在「功成封寵將」一語，則前之鋪張非虛語，「封寵將」所以老將困窮也。裴晉公度之「灰心緣忍事」、「蒼蠅漫發聲」，謂元稹輩也。蔣防《杜賓客》詩，命意、布局、措詞皆可法。陳彦博《恩賜魏文貞諸孫舊第》詩亦然。義山《有感》排律二首，爲甘露之變而作，可見其曾學子美也。《碧瓦》、《鏡檻》、《擬意》、《獨居偶懷》四首〔一〕，用意難測，未審是豔情否？《酬令狐郎中見寄》詩有曰「天怒識雷霆」，又曰「危於訟閣鈴」，已知綯意之不釋然矣，其後復爲彼所感，桓司馬所謂「人不可無勢，我乃能駕馭卿」者也。

【校勘記】

〔一〕「四」，原文誤作「三」。

五言律詩，若略其形迹而以神理、聲調論之，則對偶而五聯、六聯者，如楊炯之《送劉校書從軍》；不對偶而八句者，如沈約之《别范安成》、柳惲之《江南曲》，皆律詩也。

陳子昂之「故人洞庭去」，與岑参之《送衞憑》，文理何異，而可以一爲古、一爲律乎？

五、七言律皆須不離古詩氣脉，乃不衰弱，而五言尤甚也。五律守起承轉合之法，如於武陵之「人間惟此路，長得緑苔衣。及戸無行跡，遊方應未歸。平生無限事，到此盡知非。獨倚松門久，陰雲昏翠微」，離古詩氣脉者也。不離古詩氣脉者，子美爲多。

太白五律，平易天真，大手筆也。

「檢書燒燭短，看劍引杯長」，村夫子語。昔人謂此詩非子美作，余以此聯定之。

子美之《官定後獻贈》詩，略不見有介意處，胸次如何？

《春望》詩云「國破山河在，城春草木深」，言無人物也；「感時花濺淚，恨别鳥驚心」，花鳥樂事而濺淚驚心，景隨情化也；「烽火連三月，家書抵萬金」，極平常語，以境苦情真，遂同於六經中語之不可動摇。《喜達行在所》云「生還今日事」，言昨日在途，生死猶不可必也；「間道暫時人」，言此後尚未可保也；「死去憑誰報，歸來始自憐」，痛定思痛，尤不堪也。《晚行口號》之「遠愧梁江總，還家尚黑頭」，不過是世亂懷鄉耳。宋劉須溪便於「梁江總」三字作解，通篇絶無此意。《收京師》之「雜虜横戈數，功臣甲第高」，謂仗回鶻以成功，而諸將濫賞也。《贈王中允》之「一病緣明主，三年獨此心」，深表維之異於均、垍、希烈也。《移華州掾》之「此道昔歸順，西郊胡正繁。至今猶破膽，應有未招魂」，追叙昔之艱危也；「近侍歸京邑」，幸之也；「移官豈至尊」，子美實以雪房琯中肅宗怒，爲尊者諱也；「無才日衰老」，自嘆而不怨望朝廷也；「駐馬望千門」，處江湖之遠則憂其君也。《憶太白》云「世人皆欲殺，吾意獨憐才」，一個臣之胸襟矣。《秦州雜詩》之「清渭無情極，愁時獨向東」，身在隴西，不忘長安也；又曰「故老思飛將，何時議築壇」，是爲攻相州九節度使平行無主帥也。《野望》之「獨鶴歸何晚，昏鴉已滿林」，刺朝廷君子少而小人多也。《歸燕》之「故巢倘未毁，會傍主人飛」，不忘君也。《螢火》、《蒹葭》二詩，自道也。《苦竹》詩結處之「幽人」，必其良友矣。《擣衣》詩以其時兵戍正多，託閨情以言之。《月夜憶舍弟》之悲苦，後四句一步深一步。《除架》詩之「人生亦有初」，乃「匪兕匪虎，率彼曠野」之嘆。《病馬》詩，仁人之言。《後遊》詩之「江山如有待，花柳更無私」，《江亭》詩之「水流心不競，雲在意俱遲」，非其人必無此詩思。《漫成》詩之「仰面貪看鳥，回頭錯應人」，誰人將此情景作詩材耶？《落日》詩之「芳菲緣岸圃，樵爨倚灘舟」，此景亦人所時遇者，經老杜筆即絶妙。《贈别鄭鍊》云：「戎馬交馳際，柴門老病身。把君詩過日，念此别驚神。」余顧明之爲瞎盛唐詩而作「大漠清秋迷隴樹，黄河日落見層城」以贈别者，一看此詩也。

五律須從五古血脉中來，子美是也。集中有六百餘首，余嘗手抄而時讀之。《詩史》謂首句第二字仄聲者爲正格，平聲者爲偏格，而引「鳳曆軒轅紀」、「四更山吐月」以例之。當時論五律、五排不及七律，五言偏格讀之不亮，七律不然故也。凡雄勁臺閣詩，必當用正格；幽閒沉寂詩，却是偏格有别致。

唐太宗五律，殊無英雄帝王氣象。中宗《幸秦始皇陵》詩，知大道理，不似其爲人。題中「幸」字失體，前後同是天子，何言「幸」耶？

王績《野望》詩，陳拾遺之前旌也。

貞觀至景龍八十年中之五律，去其襲陳、隋氣而可觀者，僅有百篇。明皇五律，盛唐高手。元美謂「藻黼不及文皇」，是陳、隋之見。

讀王右丞詩，使人客氣塵心都盡。《送梓州李使君》詩云：「萬壑樹參天，千山響杜鵑。山中一夜雨，樹杪百重泉。」竟是山林隱逸詩。欲避近熟，故於梓州山境說起。下文「漢女輸橦布，巴人訟芋田。文翁翻教授，不敢倚先賢」，方說李使君。盛唐人避近熟，明之爲盛唐者，專取近熟以圖熱鬧。

孟浩然詩宛然高士，然是一家之作。

岑參云「三十始一命，宦情都欲闌。自憐無舊業，不敢恥微官」，與韓偓「一名所繫無窮事，争肯當年便息機」、劉伯温《僧寺》詩云「是處塵勞皆可息，清時終未忍辭官」，皆正人由中之言。李光進掌禁兵，以兄光弼被譖，而出爲渭北節度使。岑參送之詩云：「弟兄皆許國，天地荷成功。」可謂非詩史乎？

李頎五律高澹，大勝七律，可與祖詠相伯仲。

常建《聽琴》詩云「一指指應法，一聲聲爽神」，宋人死句矣；「一絃清一心」，更不成語。《破山寺》詩以視「紅樓疑現白毫光，地接宸居福盛唐」，相去多少？

張睢陽《聞笛》詩及《守睢陽》排律，當置六經中敬禮之，勿作詩讀。

《詠蜀道畫圖》，故有「劍閣星橋北，松州雪嶺東」句。余願明之爲老杜者，於喬太師宅飲別而曰「燕地雪霜連海嶠」，一見此句也。《客夜》云：「客睡何曾著，秋天不肯明。入簾殘月影，高枕遠江聲。計拙無衣食，途窮仗友生。老妻書數紙，應悉未歸情。」睡不着，故難得到曉。「月影」、「江聲」，睡不着時之景也；「無衣食」、「仗友生」，睡不着時之情也；結語輾轉無盡也，無有一字虛設。《贈別韋贊善》云「扶病送君發，自憐猶不歸」，病中送別，是兩層不堪，而又不得歸，其情何如？「祗應盡客淚」，收上二句，三層之苦況也；「復作掩荆扉」，掩扉，却掃之意，韋去則竟無往來者矣；「江漢故人少，音書從此稀」，愁別後之順逆生死，無從得信也；「往還二十載，歲晚寸心違」，久交心膂，所望以共患難相扶持，老而失之，心將何如耶！《倚杖》詩通篇叙景甚足樂，只結用「凄涼」二字，景物盡變；其曰「憶去年」，必彼時有失意事，還憶之而凄涼也。《弟占歸草堂》詩，鍾伯敬云：「家務瑣屑，有一片骨肉友愛在其內。」此言最得。而鍾之受病亦在此，日見子美細處，不見其大也。《別房太尉墓》云「他鄉復行役，駐馬別孤墳」，亦有三層苦境苦情；「近淚無乾土，低空有斷雲」，上句意中事也，下句不知從何而來，在今思之，實有然者，當是意因境生耳。《去蜀》結云「安危大臣在，何必淚長流」，眼中意中，無數過不得，說不能盡。《冬深》云「易下楊朱淚，難招楚客魂。風濤暮不穩，捨棹宿誰門？」即羅隱之「風從昨夜吹銀漢，淚擬何門落玉盤」意也。《宿昔》云：「宿昔青門事，蓬萊仗數移。花嬌迎雜樹，龍喜出平池。落日留王母，微風倚少兒。宫中行樂秘，少有外人知。」「花」、「龍」比貴妃、玄宗也；第三聯，天地間何以有此絶妙好詞耶？《西閣》結云：「時危關百慮，盜賊爾猶存。」讀「爾」字覺有恨聲出於紙上。《麂》詩爲黎元也。「衣冠」、「盜賊」四字同用，筆罰嚴矣；其曰「蒙將」，曰「無才」，曰「不敢恨」，悲憤中之飾詞也。《喜弟觀即到》云「病中吾見弟，書到汝爲人」，上句言見書即同於見人，下句言久別意其死，喜極之詞，「人」字奇極；「猱玃鬚髯古，蛟龍窟宅尊」，寫瞿塘出人意表。《江漢》詩云：「古來存老馬，不必取長途。」怨而不怒。子美何至一棄永不復收耶？「泛愛容霜鬢」，言王使君非知己也。

盧世㴶云：「五言律，至盛唐諸家而極矣，然未有富似子美者也，又富矣，又有用也。何言乎用？動天地，格鬼神，訏謨定命，遠猷辰告，蒿目時艱，勤恤民隱，主文而譎諫，言之者無罪，而聞之者足以戒。是誠有用文章，子美所獨饒也。若夫好色則爲《國風》，怨誹則爲《小雅》，直於四十字内自制《離騷》矣。天荒地老，兀得少陵洋洋乎盈耳哉？」

錢起《和成少府》，應酬詩也。第三聯與上下文何涉？《送征雁》詩，與子美「吹笛關山」篇同體。

劉長卿五律勝於錢起，《穆陵關》、《吴公臺》、《漂母墓》皆言外有遠神。《餘干旅舍》前六句叙盡寂寥之景，結以情收之，亦「吹笛關山」之體。

韋蘇州《送别覃孝廉》詩，風雅之音也。惟杜集多有此意。郎士元《長安逢故人》云：「馬上相逢久，人中欲認難。」是子美詩也。

韓翃《送李中丞》，應酬作也。第三聯亦與前後不浹洽，結亦是套語。《送夏侯校書》、《送李》、《送元》、《送孫》皆然。

皇甫冉《温泉即事》，有味。

李端《過宋州》詩，言情叙景爲第一。于良史《閒居》詩，得情得景。朱灣《露中菊》，自道也。戴叔倫「如何百年内，不見一人閒」，宋詩也。崔峒之「僧家竟何事，掃地與焚香」，小兒不作此語。戎昱《聞顔尚書陷賊》，是一朝有關係事。詩結云「同榮不同辱」，可謂有恒矣。《詠史》詩太露，何以貽誤清泰耶！于鵠《題鄰居》，體異陶而情則同。韓退之《次安陸寄周員外》詩，情景浹洽。《和裴公》詩，有味。吕温《籠中鷹》之「九天飛勢在，六月目睛寒」，奇句也，通篇有寄託。張籍之「長因送人處，憶得别家時」、「獨遊無定計，不欲道來期」、「寒夜共來望，思鄉獨下遲」，深入人情。朱慶餘《宿姚少府宅》詩，起結大妙，惜中二聯不浹洽。《湖中》之「風波不起處，星月盡隨身」，平常而妙。賈島《代舊將》詩，子美也。「秋風吹渭水，落葉滿長安」，非叙景，乃引情也。「鳥宿池邊樹，僧敲月下門」，寫得幽居出。《旅遊》之「此心非一事，書札若爲傳？舊國别多日，故人無少年」，子美也。張祜《觀李司空獵》詩，精神不下右丞，而丰采迥不同。義山《蟬》詩，絶不描寫用古，誠爲傑作。「幽人不倦賞」篇，情景浹洽。《落花》起句奇絶，通篇無實語，與《蟬》同，結亦奇。《月》詩次聯虚靈。《李花》亦然。《後閣》第三聯，苦心奇險句也。《晚晴》次聯澹妙。許渾詩甚多，七律惟愛《南康阻淺》篇，五律惟《寓懷》虚靈。馬戴《楚江懷古》、《淮上春思》、《落日》、《尋王處士》，不似晚唐人詩。李昌符《歸故居》詩，情景浹洽。劉威之《秋夜旅懷》，調不高而有至情。張喬《送許棠》詩，情景浹洽。司空圖佳句，大有高致，又甚細密。崔塗《除夜有感》，説盡苦情苦境矣。李建勳《田家》詩，可見徐知誥之有功於民也。戴司顔之《江上雨》，情景皆真，故能浹洽。周朴之「禹功不到處，河聲流向西」，誠苦心奇句，奈前後無味何！齊己《劍客》詩，傑作也。「夜來何處火，燒出古人塚」，非晚唐人無此詩思。

七律造句比五言爲難，以其近於流俗也。

七律之法，起結散句，中二聯排偶。其體方，方則滯。叙景言情，遠不如古詩之曲折如意，以初唐古、律相較可見矣。七律止宜於臺閣，餘處不稱。景龍既有此體，以其便於人事之用，日盛月滋，不問何處，皆用七律，謂之近體，實詩道之一厄也。學初、盛則端莊而不能快意，學中、晚則流利而傷於淺薄。自宋以來，多傷淺薄。弘、正間人矯語初、盛，而淺心粗氣，不能詳求初、盛命意遣詞之妙，遂流爲强梗膚殼，又唐體之一厄也。

律詩有二體，如沈佺期《古意》云「盧家少婦鬱金香，海燕雙棲玳瑁梁」，以「雙棲」起興也；「九月寒砧催木葉」，言當寄衣之時也；「十年征戍憶遼陽」，出題意也；「白狼河北音書斷」，足上文「征戍」之意；「丹鳳城南秋夜長」，足上文「憶遼陽」之意；「誰爲含情獨不見，更教明月照流黄」，完上文寄衣之意。題雖曰《樂府古意》，而實《搗衣曲》之類。八句如鈎鏁連環，不用起承轉合一定之法者也。子美《曲江》詩亦然。其云「一片花飛減却春」，言花初落也；「風飄萬點正愁人」，言花大落也；「且看欲盡花經眼」，言花落盡也。「一片」、「萬點」、「減却春」、「正愁人」、「欲盡經眼」，情景漸次而深，興起第四句以酒遣懷之意。「小堂巢翡翠」，言失位猶有可意事；「高塚卧麒麟」，言富貴終有盡頭時。落花起興，至此意已完。「細推物理須行樂」，因落花而知萬物有必盡之理。「細推」者，自一片、萬點、落盡、飲酒、塚墓，皆在其中，以引末句失官不足介懷之意。此體子美最多。遵起承轉合之法者，亦有二體：一者合於舉業之式，前聯爲起，如起比虚做，以引起下文；次聯爲承，如中比實做；第三聯爲轉，如後比又虚做；末聯爲合，如束題，杜詩之《曲江對酒》是也。一者首聯爲起，中二聯爲承，第七句爲轉，第八句爲合，如杜詩之《江村》是也。八比前後虚實一定，七律不然。

馮定遠云：「嚴滄浪言有古律詩，今不能辨。」余見七律有未離古詩氣脉者，如姜皎《龍池樂章》云：「龍池初出此龍山，常經此地謁龍顔。日日芙蓉生夏水，年年楊柳變春灣。堯壇寶匣餘煙霧，舜海漁舟尚往還。願似飄飖五雲影，任從來去九天間。」又崔日用曰：「龍興白水漢興符，聖主乘時運斗樞。岸上蒙茸五花樹，波中的皪千金珠。操環昔聞迎夏啓，發匣先來瑞有虞。風色雲光隨隱現，赤雲神化象江湖。」沈雲卿之「龍池躍龍龍已飛」，其第四章也。獨孤及《早發龍池館》云：「沙禽相呼曙色分，漁浦鳴榔十里聞。正當秋風度楚水，況值遠道憶離群。津頭却望後湖岸，別處已隔東山雲。停艫目送北歸翼，惜無瑶草持寄君。」子美多有此體，疑即古律詩。恨定遠已成古人，不得相斟酌。嚴滄浪論古律詩，固云「陳子昂及盛唐諸公多此體」，則余所舉不誤也。

少陵七律，有一氣直下，如「劍外忽傳收薊北」者；又有前六句皆是興，末二句方是賦，如《吹笛》詩，通篇正意只在「故園愁」三字耳。説者謂首句「風月」二字立眼目，次聯應之，名爲二字格，盲矣！「風月」是笛上之賓，於懷鄉主意隔兩層也。「蓬萊宫闕」篇，全篇是賦，前六句追叙昔日之繁華，末二句悲嘆今日之寥落。王建「先朝行坐」篇，與此二首同格。説者謂此詩首句言土木，次句言天子，次聯應首句，三聯應次句，謂之二字貫串格，盲矣！肅、代時何曾有土木耶？「童稚情親」篇，只前二聯，詩意已足，後二聯無意，以興完之。義山《蜀中離席》詩，正倣此篇之體。

唐人七律，賓主、起結、虚實、轉折、濃淡、避就、照應，皆有定法。意爲主將，法爲號令，字句爲部曲兵卒。由有主將，故號令得行，而部曲兵卒，莫不如臂指之用，旌旗金鼓，秩然井然。弘、嘉詩惟有旌旗炫目，金鼓聒耳而已。

正意出過即須轉。正意在次聯者居多，故唐詩多在第五句轉。金聖嘆以爲定法，則固矣。昌黎《藍關》詩，第三聯方出正意，第七句方轉。

羅鄴詩云「荻花蘆葉滿汀洲，一簇新歌在水樓，金管曲長人盡醉」，三句叙景已盡，第四句轉云「玉簪恩重獨生愁」，以「愁」字意總貫下文之「女蘿力弱難逢地，桐樹心孤易感秋。莫怪當歡却惆悵，全家欲上五湖舟」也。羅鄴此詩以「愁」字貫通篇，與崔珏《鴛鴦》同格。崔詩「情」字在次句，故易識；羅詩「愁」字在中間，實則上文三句皆愁也。崔詩板，羅詩生動。

中唐七律清刻秀挺，學者當於此入門，上不落於晚唐之雕琢，中不落於宋人之率直，下不落於明人之假冒。蓋中唐如士大夫之家，猶可幾及；盛唐如王侯之家，不易攀躋；而又被假冒，壞爲惡道。識力未到者，負高志而輕易學之，不似盛唐，先似假冒惡道。此余身受之害，非遥度也。

學時文甚難，學成祇是俗體，七律亦然。問曰：「八比乃經義，何得目爲俗體？」答曰：「自六經以至詩餘，皆是自説己意，未有代他人説話者也。元人就故事以作雜劇，始代他人説話。八比雖闡發聖經，而非注非疏，代他人説話。八比若是雅體，則《西厢》、《琵琶》不得擯之爲俗，同是代他人説話故也。若謂八比代聖賢之言，與《西厢》、《琵琶》異，則契丹扮夾谷之會，與關壯繆之『大江東去』，代聖賢之言者也，命爲雅體，何詞拒之？」

嚴滄浪云：「八病敝法不必拘。」馮定遠云：「八病出於沈隱侯，古人已有非之者。然齊梁體正在聲病，律詩則益嚴矣。滄浪既云『有近體，有律詩』，而又云『不必拘』，不知律詩之『律』字作何解？」

嚴滄浪云：「有絶句折腰者，有八句折腰者。」馮定遠云：「律詩之有粘，不知所始。《河嶽英靈集叙》云『雖不粘綴』，是也。又韓致堯有聯綴體，《夢溪筆談》有偏格、正格之論，是其説也。嚴言折腰而不詳其故。蓋絶句第二字之平仄平仄及仄平仄平，不用粘者也。」

嚴滄浪云：「西崑即義山體，而兼温飛卿及楊、劉諸公以名之。」馮定遠云：「《西崑酬唱》是楊、劉、錢三人之作，和者數人，取法温、李，一時慕效，號爲西崑體。不在此集者尚多。永叔始變之，江西以後絶矣。元人爲綺麗語，亦附西崑體。而義山詩實無此名。」余注義山《無題》詩，名曰《西崑發微》，正嫌滄浪之粗漏也。

# 圍爐詩話卷之三

崑山吴喬修齡氏述

或問曰：「初、盛、中、晚之界如何？」答曰：「商、周、魯之詩同在《頌》，文王、厲王之詩同在《大雅》，閔管、蔡之《常棣》與刺幽王之《旻》、《宛》同在《小雅》，述后稷、公劉之《豳風》與刺衛宣、鄭莊之篇同在《國風》，不分時世，惟夫意之無邪、詞之温柔敦厚而已。如是以論唐詩，則初、盛、中、晚，宋人皮毛之見耳。不惟唐人選唐詩，不分人之前後，即宋、元人所選，亦不定也。自《品彙》嚴作初、盛、中、晚之界限，又立正始、正宗以至旁流、餘響諸名目，但論聲調，不問神意，而唐詩因以大晦矣。《品彙》又多收景龍應制詩，立初唐高華典重之説。錢牧齋〔一〕謂『其人介於兩間，不可截然劃斷』，是矣，猶未窮源。蓋唐人作詩，隨題成體，非有一定之體。沈、宋諸公七律之高華典重，以應制故，然非諸詩皆然，而可立爲初唐之體也。如南宋兩宫遊宴，張掄、康伯可輩小詞多頌聖德、祝昇平之語，豈可謂爲兩宋詞體耶？詩乃心聲，心由境起，境不一則心亦不一。言心之詞，豈能盡出於高華典重哉！是以宋之問《遇佳人》則有『妒女猶憐鏡中髮，侍兒堪感路旁人』，徐安貞《聞箏》則有『曲成虚憶青娥歛，調急遥憐玉指寒。銀鎖重關聽未闢，不如眠去夢中看』，杜審言《春日有懷》則有『寄語洛城風日道，明年春色倍還人』，《大酺》有『梅花落處疑殘雪，柳葉開時任好風』，沈佺期《迎春》有『林間覓草纔生蕙，殿裏争花併是梅』，又《應制》有『山鳥初來猶怯囀，林花未發已偷新』，《過嶺》詩通篇流利，郭元振《寄劉校書》有『才微易向風塵老，身賤難酬知己恩』。張說《幽州新歲》詩感慨淋漓，《灉湖山寺》詩閒適自賞，又有云『繞殿流鶯凡幾樹，當蹊亂蝶許多叢』，蘇頲《扈從鄠杜間》詩有『雲山一一看皆美，竹樹蕭蕭畫不成』。諸公七律不多，而清新穎脱之句已有如此，使如中、晚之多，更何如耶？《大酺》、《扈從》本是典重之題，而『梅花落處』、『雲山一一』等，猶自忍俊不禁，況他題而肯作『伐鼓撞鐘驚海上』、『城上平臨北斗懸』等語耶？劉得仁，晚唐也，《禁署早春》詩亦用沈、宋應制之體。使大曆、開成人不作他詩，只作應制詩，吾保其無不高華典重者也。況景龍應制之詩雖多，而命意、布局、使事無不相同，則多人只一人，多篇只一篇，安可以一人一篇而立一體？詩既雷同，則與今世應酬俗學無異，何足貴哉！盛唐博大沉雄亦然。孟浩然有『坐時衣帶縈纖草，行即裙裾掃落梅』，張謂有『櫻桃解結垂簷子，楊柳能低入户枝』，王灣有『月華照杵空悲妾，風響傳砧不到君』，萬楚有『眉黛奪將萱草色，紅裙妬殺石榴花』。誰道五絲能續命，却令今日死君家』，子美之『却繞井欄添箇箇，偶經花蕊弄輝輝』等，不可枚舉，皆是隨題成體，不作死套子語也。詩必隨題成體，而後臺閣、山林、閨房、邊塞、旅邸、道路、方外、青樓，處處有詩。子美備矣，太白已有所偏，餘人之偏更甚，絶無只走一路者也。弘、嘉瞎盛唐只走一路，學成空殼生硬套子，不問何題，一概用之，詩道遂成異物。七律，盛唐極高，而篇數不多，未得盡態極妍，猶《三百篇》之正《風》、正《雅》也；大曆已多，開成後尤多，盡態極妍，猶變《風》、變《雅》也。夫子存二變，而弘、嘉人嚴擯大曆、開成，識見高於聖人矣。」

【校勘記】

〔一〕「錢牧齋」，原作「錢□□」，今補正。下文牧齋之名，皆或作「□□」，或作墨釘，皆徑補，不出校。

詩乃一念所得，於一念中，唐、宋體有相參處，何況初、盛、中、晚而能必無相似耶？如杜牧之《華清宫》詩：「《霓裳》一曲千峰上，舞破中原始下來。」語無含蓄，即同宋詩。又云：「一騎紅塵妃子笑，無人知是荔枝來。」語有含蓄，却是唐詩。宋人乃曰：「明皇常以十月幸驪山，至春還宫，未曾過夏。」此與譏薛王、壽王同席者，一等村夫子。宋元鋐曰：「欲眠未穩奈如何，秋盡更殘風雨多。且向夜窗憑檻望，幾聲寒蛩碧煙蘿。」並不透脱，此又與明詩相近矣。

問曰：「三唐變而益下，何也？」答曰：「須於此中識其好處而戒其不好處，方脱二李惡習，得有進步。《左傳》一人之筆，而前厚重，後流利，豈必前高於後乎？詩貴有生機一路，乃發於自心者也。三唐人詩各自用心，寧使體格少落，不屑襲前人殘唾，是其好處。識此，自眼方開。惟以爲病，必受瞎盛唐之惑。忠不可以常忠，轉而爲質文；春不可以常春，轉而爲夏秋；初唐不可以常初唐，轉而爲盛唐；盛唐獨可以七八百年常爲盛唐乎？活人有少壯老，土木偶人千百年如一日。」

開成已後，詩非一種，不當概以晚唐視之。如「時挑野菜和根煮」、「雪滿長安酒價高」之類，極爲可笑。平淺成篇者，亦不足觀。至如《落花》之「高閣客竟去，小園花亂飛」、「五更風雨葬西施」，《節使筵中》之「幕外刀光立從官」，《牡丹》起句之「邀勒東風不早開，衆芳飄後上樓臺。當筵始覺春風貴」，《妓人》之「劍截眸中一寸光」、「薄命曾嫌富貴家」、「瘦去誰憐舞掌輕」，《弔李義山》之「九泉莫嘆三光隔，又送文星入夜臺」，《别妓》之「枕上相看直到明」，《憶妾》之「從此山頭似人石，丈夫形狀淚痕深」之類，皆是初唐人未想到者，故能發學者之心光，豈可輕視？初、盛大雅之音，固爲可貴，如康莊大道，無奈被沈、宋、李、杜諸公塞滿，無下足處，大曆人不得不鑿山開道，開成人抑又甚焉。若抄舊而可爲盛唐，韋、柳、温、李之倫，其才識豈無及弘、嘉者？而絶無一人，識法者懼也。

以初、盛視中、晚，如京朝官之於下僚；以初、盛視弘、嘉，如京朝官之於蒙金木偶。

問曰：「先生嘗言三唐與宋、元易辨，唐、明難辨者，何也？」答曰：「此爲弘、嘉派言之也。若唐、明易辨，則二李俗學，爲人指擊盡矣，安得蹶而復起耶？世亦有厭賤俗學者，而意中陰受其害，祇求好句，不論詩意，則其所謂唐詩，止是弘、嘉人詩也。讀唐人之詩集，則可以知其人之性情、學問、境遇、志趣、年齒。如《韵語陽秋》之評太白者，可以見太白詩從心出故也。讀明人詩集，了無所見，以作者倣唐人皮毛，學之者又倣其皮毛，略無自心故也。夫唐無二盛，盛唐亦無多人，而自弘、嘉以來，百千萬人、百千萬篇，莫非盛唐，豈人才獨盛於明，瑶草同於竹麻蘆葦乎？此何難知，逐臭者不知耳。」

竊自謂能辨唐、明，惟吴喬爲最。六十年前，視唐、明皆如蘭蕙；五十年來，視唐、明之善者如野岸草花，而弘、嘉之詩同於大穢。不然，不爲能辨唐、明也。

劉長卿云：「孤城背嶺寒吹角，獨樹臨江夜泊船。」一本作「獨戍」。予意「獨戍」爲是，有戍卒處堪泊船也。及讀地志，其地有獨樹口，乃知古人詩不可輕議。

《唐詩紀事》王之渙《涼州詞》是「黄沙直上白雲間」，坊本作「黄河遠上白雲間」。黄河去涼州千里，何得爲景？且河豈可言「直上白雲」耶？此類殊不少，何從取證而盡改之。

楊升菴謂韋蘇州《西澗》詩是「獨憐幽草澗邊行」，「行」與「憐」相應，似勝。

劉長卿《過賈誼宅》詩云：「漢文有道恩猶薄，湘水無情弔豈知。寂寂江山摇落處，憐君何事到天涯？」只言賈誼而己意自見。

岑參《寄杜拾遺》云：「聖朝無闕事，自覺諫書稀。」反言以見意也。宋人譏其爲順從，以活句爲死句矣。呵呵！

用古能道意，述事則有情。劉禹錫送館閣出尹河南者云：「閣上掩書劉向去，門前修刺孔融來。」是用古述事者也。楊巨源《贈張將軍》云：「知愛魯連歸海上，肯令王翦在頻陽。」是用古道意者也。至若戴叔倫之「陳琳草檄才猶在，王粲登樓興不賒」、韓翃之「才子舊稱何水部，使君還繼謝臨川」，則浮泛無情，開弘、嘉門徑。

句中不得有可去之字。如李端之「開門見新月，即便下堦拜」，「即便」有一字可去。「千尋鐵鎖沉江底，一片降旗出石頭」，上四字可去。

盛唐不巧。大曆以後，力量不及前人，欲避陳濁麻木之病，漸入於巧。劉長卿云「身隨敝履經殘雪」，皇甫冉云「菊爲重陽冒雨開」，巧矣；柳子厚之「驚風亂颭芙蓉水」、「桂嶺瘴來雲似墨」，更著色相；姚合送使新羅者云「玉節在船清海怪」，則更險急，爲避陳濁麻木不惜也。如右丞之「明月松間照，清泉石上流」，極是天真大雅。後人學之，則爲小兒語也。

《韵語陽秋》云：「『泬寥』、『泛濫』等字，不可趁韵湊平仄而倒用之。」余謂「芊芊」、「悠悠」等字，亦不可獨用一字。

《古今詩話》云：「王右丞《終南》詩譏刺時宰，其曰『太乙近天都，連山接海隅』，言勢位蟠據朝野也；『白雲迴望合，青靄入看無』，言有表無裏也；『分野中峰變，陰晴衆壑殊』，言恩澤徧及也；『欲投何處宿，隔水問樵夫』，言托足無地也。」余謂看唐詩常須作此想，方有入處。而山谷又曰：「喜穿鑿者棄其大旨，而於所遇林泉人物，以爲皆有所托，如世間商度隱語，則詩委地矣。」山谷此論，又不可不知也。

唐人詩有平頭之病，如竇叔向之「遠書珍重」、「舊事淒涼」，「去日兒童」、「昔年親友」，唐彦謙之「淚隨紅蠟」、「腸比朱絃」，「梅向好風」、「柳因微雨」，亦當慎之。

唐詩情深詞婉，故有久久吟思，莫知其意者。若如走馬看花，同於不讀。

右丞送人云：「不行無可養，行去百憂新。切切委兄弟，依依向四鄰。」當置《三百篇》中，與《蓼莪》比美。其曰：「秋風正蕭索，客散孟嘗門。」十字抵一篇《别賦》。

唐人作詩，意細法密。如崔護云：「去年今日此門中，人面桃花相映紅。人面不知何處去，桃花依舊笑春風。」後改爲「人面祇今何處在」，以有「今」字則前後交付明白，重字不惜也。昔有好捉人詩病者，謂某句出於前人某句，亦未必然。余曾有《試燈》詩云：「雪月梅花三白夜，酒燈人面一紅時。」今説崔護詩，乃知古人受誣者多矣。前人詩句甚多，後人自當有相同者，那能顧慮？但作者嚴絶三偷，惟求自盡吾意，偶同勿論也。

詩意大抵出側面。鄭仲賢《送别》云：「亭亭畫舸繫春潭，只待行人酒半酣。不管煙波與風雨，載將離恨過江南。」人自别離，却怨畫舸。義山憶往事而怨錦瑟，亦然。文出正面，詩出側面，其道果然。

詩之似雕琢也有故，意多言少，煉多就少，似乎雕琢，雕琢非詩也。

唐時詩人不肯苟同，所以能自立。僧齊己見韋蘇州，仿韋體作數詩以投之，韋大不喜。獻其舊作，乃極嘉賞曰：「人人自有能事，何得苟同老夫耶！」樂天、義山詩體絶異，樂天見義山詩，愛重之極，謂曰：「吾死後當爲爾子。」故義山名其子曰「白老」。弘、嘉貴人莫不收拾同調，互相標榜，李、杜不死，高、岑復生，以誑誘無識。蓋唐人務實，明人務名，子瞻所謂「群兒自相名字」者也。

詩思太苦則爲方干，太易則爲子瞻，消息其間甚難。

古人詠史，但叙事而不出己意，則史也，非詩也；出己意，發議論，而斧鑿錚錚，又落宋人之病。如牧之《息嬀》詩云：「細腰宫裏露桃新，脉脉無言度幾春。畢竟息亡緣底事？可憐金谷墮樓人。」《赤壁》云：「折戟沉沙鐵未消，自將磨洗認前朝。東風不與周郎便，銅雀春深鎖二喬。」用意隱然，最爲得體。息嬀廟，唐時稱爲桃花夫人廟，故詩用「露桃」。《赤壁》，謂天意三分也。許彦周乃曰：「此戰係社稷存亡，只恐捉了二喬，措大不識好惡。」宋人之不足與言詩如此。張又新《贈妓》詩：「雲雨分飛二十年，當時求夢不成眠。」「夢」，用襄王、神女事也。《幽閒鼓吹》譏之曰：「不眠安得成夢？」此亦淺處，何以不見耶？

杜悰以西川節度移淮南，温飛卿題其林亭云：「卓氏壚前金綫柳，隋家堤畔錦帆風。貪爲兩地分霖雨，不見池蓮照水紅。」杜氏贈之千緡。使明人作此題，非排律幾十韵，則七律四首，説盡道德文章、功業名位，必不作此一絶句。又，如此輕淺造語，杜氏亦必以爲輕己。風俗已成，莫可如何也。應酬詩不做爲善，不得已做之，慎勿留稿入集。

貞觀之詩，未脱齊、梁，後雖有陳子昂復古，尚未易俗，其詩傷於重滯。故《唐詩紀事》前十四卷，不能起人意。

紀事詩不可不慎。韋應物云：「宿將降賊庭，儒生獨全義。」刺許遠失實，冤哉！宋、明粗醜物傳於今者，多過砂礫，唐人好詩却不傳。如尉遲匡《暮行潼關》云：「明月飛出海，黄河流上天。」《美人踏歌》云：「芙蓉初出水，桃李忽無言。」《塞上》云：「夜夜月爲青塚鏡，年年雪作黑山花。」不得全篇。

應制詩，右丞勝於諸公。

張籍辭李師道辟命詩，若無「感君纏綿意，繫在紅裙襦」二語，即徑直無情。朱子譏之，是講道理，非説詩也。

元微之云：「琵琶宫調八十一，三調絃中彈不出。」謂黄鐘已前極下之聲，須以管色定絃也。李遠

《贈寫御容者》曰：「初分隆準山河秀，乍點重瞳日月明。」畫法先鼻後眼也。王建《琵琶》云：「用力獨彈金殿響，鳳聲飛出四條絃。」「用力」，謂撥絃按入寸也。唐詩固有本領，即此三詩見之。

范傳道見題壁句云：「一鳩啼午寂，雙燕話春愁。」謂是子瞻作。子瞻不敢當，曰：「此乃唐人得意語。」子瞻可謂大雅君子矣。苕溪漁隱衍爲七言曰：「話盡春愁雙燕子，喚回午夢一黄鸝。」即不貴矣。可見七言難於五言，後人不及前人。

謂「梨花院落溶溶月，柳絮池塘澹澹風」爲有富貴氣象者，正是宋人死句。唐人則曰：「因從京口渡，使報邵陵王。」問曰：「如先生言，詩竟不用聲色耶？」答曰：「非也。古人最惡著色，著色即是醜態。而聲調已不可不論，詩豈能盡絶聲色乎？尤所重者，在意耳。有意，則有聲色如『紅稻啄餘鸚鵡粒』亦善，無聲色如『杖藜嘆世者誰子』亦善。無意總不善。」

沈雲卿《龍池篇》，後人以爲初唐之冠冕者也，《國秀集》、《才調集》却不收。可知唐人眼光固別，嫌死句也。

唐詩讀之往往不知其意何在，宋詩開卷了然，明詩有語無意，反不能測。

陳陶《隴西行》云：「五千貂錦喪胡塵。」必爲李陵事而作。漢武欲使匈奴兵毋得專向貳師，故令陵旁撓之。一念之動，殺五千人。陶譏刺此事而但言閨情，唐詩所以深厚也。余於明末邊事，感慨殊多。若如宋張舜民之「青銅峽裏韋州路，十去從軍九不回。白骨如波波似雪，將軍莫上望鄉臺」，「靈州岸上千條柳，都被官軍斫作薪。他日玉關長別路，將何攀折贈行人？」以此措詞，意既不欲；如《隴西行》之措詞，誰其諒之？同於不作。吾不知如何而可以作詩也。

薛能云：「姦邪用法原非法，唱和求才不是才。」二語在唐爲最下落節語，在宋爲常談，在明爲有意之語。

於李、杜後能别開生路、自成一家者，惟韓退之一人。既欲自立，勢不得不行其心之所喜奇崛之路。於李、杜、韓後能别開生路、自成一家者，惟李義山一人。既欲自立，勢不得不行其心之所喜深奥之路。義山思路既自深奥，而其造句也又不必使人知其意，故其詩七百年來知之者尚鮮也。高棅以爲隱僻，又以爲屬對精切；陸游輩謂《無題》爲豔情；楊孟載亦以豔情和之，能不使義山失笑九原乎？淺見寡聞，難與道也。

「詩豪」之名，最爲誤人。牧之《項王廟》詩，求豪反入宋調。章碣《焚書坑》亦然。唐司空圖云：「詩須有味外味。」此言得之。建除、藥名等詩，兒童所爲也。

具文見意，又有如樂天挽微之云：「銘旌官重威儀盛，鼓吹聲繁鹵簿長。後魏帝孫唐宰相，六年七月葬咸陽。」極其鋪張而無哀惜之意。白傅自作墓誌，但言與劉夢得爲詩友，不及於元，則二人之隙末，故詩如是也。

唐小説所載「纖手垂鈎對水窗，紅蕖秋色豔長江」，宋人不能造也。

陳去非云：「唐人苦吟，故造語奇且工，但韵格不高。倘能取唐人詩而綴入少陵繩墨中，速肖之術也。」詩必先意，次局，次語，去非之説倒矣。

劉禹錫《詠鶴》云：「徐引竹間步，遠含雲外情。」脱盡粘滯。

唐詩措詞妙而用意深，知其意固覺好，不知其意而惑於其詞亦覺好。如崔國輔《魏宮詞》、李義山之「青雀西飛」，白雪、竟陵讀之，亦甚樂也。

楊誠齋謂杜詩「對食暫餐還不能」，七字有三意。余謂義山之「日兼春有暮，愁與醉無醒」，五字中有三意。

覺範謂「詩至義山爲一厄」，蓋嫌其使僻事，而不察其用意之深，猶是歐、蘇氣習也。詩人大抵言過其實，如子瞻所言「作詩必此詩，定知非詩人」，唐人秘奥盡此，自所作詩，不負其言者有幾？覺範反是，所説不逮所作。詩句無定體，情能移境，境亦能移情。葉文敏公驟卒於京師，門下士皆辭館去，余偶誦右丞「秋風正蕭索，客散孟嘗門」，不勝悲感。此是送别，然移作哀挽尤妙。

賀黄公曰：「唐人稱有唐以來詩人之達者，惟有高適。今讀其《送田少府貶括蒼》、《贈别晉三處士》、《九日酬顔少府》、《崔司録宅宴大理李卿》諸詩，豁達磊落，掃盡寒澀瑣媚之態。」

又曰：「盛唐諸家，雖深淺、濃淡、奇正、疏密不同，咸有昌明之象。惟常建詩如入黔、蜀，觸目舉足，皆危崖深箐，其間幽泉怪石，非中州所有，而陰森之氣逼人。其『高山臨大澤』篇，與長吉無異。此唐風之始變也。」

又曰：「詩求可喜，必先去可厭。如常建之『諸峰接一塊』，畢竟不穩，不穩則不雅。」

又曰：「疏率自任，元次山之本趣也，然有過於輕樸者。王季友詩磊塊有筋骨，但亦務寒苦以見長。如『雀鼠晝夜無，知我廚廩貧』，宛然閬仙。又有『日月不能老，化腸爲筋骨』，僻澀太甚，必涉鄙俚，不逮賈、孟也。」

又曰：「詩有一意透快，略不含蓄，而不害其爲佳作者，沈千運、孟雲卿是也。沈之『近世多夭殤，喜見鬢髮白』，孟之『爲長心易憂，早孤意常傷』，語皆入妙。但讀其詞，皆羽聲角調，無宫商之音。」

又曰：「劉長卿絶句不減盛唐人，次則排律。此體初唐爲工，而元和以還，牽湊重複可厭，惟隨州乃能接武前賢。至七言律之妙，有勝於盛唐人者。設機以灌，其功倍矣，抱甕者不肯爲耳。」

又曰：「長卿開元、至德間人，編詩者列之中唐有故。其集有古調，有新聲。盛唐人無不高凝整渾，隨州五言律詩始收斂氣力，歸於自然，首尾一氣，宛如面語。其後遂流於張籍一派，益事流走，景不越於目前，情不踰於人我，無復高足闊步，包括宇宙，綜覽人物之意。孟襄陽詩亦有語真意近、機圓體輕者，然不佻不纖，隨州乃作態矣。」

又曰：「詩忌意隨言盡。錢起《登覆釜山遇道人》第二篇、《南溪春耕》詩，其結處轉筆，可謂水窮雲起。」

又曰：「郎士元詩不能高，而有談言微中之妙，淡語中有腴味。如『亂流江渡淺，遠色海山微』、『河來當塞曲，山遠與沙平』、『荒城背流水，遠雁入寒雲』、『罷磬風枝動，懸燈雪屋明』，蕭寂而不入苦寒。」

又曰：「高仲武謂李嘉祐『綺靡婉麗，涉於齊、梁』，由未見後來温、李輩耳。」

又曰：「貞元以前人詩多樸重，韓翃有名於天寶，詩乃修詞逞態，有風流自賞之意。」

又曰：「韋蘇州冰玉之姿，蕙蘭之質，粹如藹如，警目不足，而沁心有餘。」

又曰：「韋詩皆以平心静氣出之，故近有道之言。宋人以韋、柳並稱，然韋不造作，而柳極鍛煉也。」

又曰：「盧綸詩以真而入妙。秦系工於寫景，故能近人。二皇甫殊勝二包，取境不遠而神幽韵潔，有涼月疏風、殘蟬新雁之致。李端過於平熟，時作一態，新警可喜。耿湋善傳荒寂之景，故鍾、譚所表章皆當。顧況有氣骨，七言長篇粗硬中雜鄙語，有高調，非雅音。而《棄婦詞》雖繁絃促節，能使行雲不流，庭花翻落。《公子行》如見紈袴之狀。」

又曰：「中唐多佳句，其不及盛唐者，氣力減耳。雅淡則不能高渾，沉静則不能雄奇，清新則不能深厚。至貞元以後，苦寒、放誕、纖縟之音作矣，惟李益風氣不墜。」

又曰：「讀于鵠詩，惟恨其少。」

又曰：「詩有美不勝收而品居中下者，亦有一言無可舉而不得不奉爲勝流者，以丰度言也。知此，可與定羊資州士諤之詩矣。貞元後集中有好詩易，無惡詩難。羊詩求一惡字不可得。」

又曰：「于頔官襄陽，頗酷虐。李涉工詩，以『逢人惟説峴山碑』爲諷，如是足矣。若歐陽公於晏元獻，不免尋鬧。」

又曰：「吕温不及錢、劉，而氣亦勁重蒼厚。其《孟冬蒲州關河亭作》云：『雪霜自此始，草木當更新。嚴冬不肅殺，何以見陽春？』其人可知。」

又曰：「大曆以還，詩尚自然。子厚始振勵，篇琢句雕，起頹靡而蕩穢濁，出入《騷》、《雅》，無一字輕率。其初多務谿刻，神峻味冽，後亦漸近温厚。如『高樹臨清池，風驚夜來雨』、『寒月上東嶺，泠泠疏竹根。石泉遠逾響，山鳥時一鳴』、『道人庭宇静，苔色連深竹』，不意王、孟外復有此詩。」

又曰：「宋人詩法，以韋、柳爲一體，更有憂樂也。柳構思精嚴，韋出手少易。學韋易以藏拙，學柳不能覆短。東坡有云：『外枯而中腴，似淡而實美，淵明、子厚足以當之。中外皆枯，亦何足道哉！』自是至言。」

又曰：「劉夢得五言古詩多學南北朝，近體多雜古調。五古是其勝場，可喜處多在新聲變調、尖警不含蓄者。七言大致多可觀。」

又曰：「夢得佳詩，多在朗、連、夔、蘇時作，主客以後始自疏縱，與白傅唱和者尤多老人衰颯之音。七律雖有美言，亦多熟調。名宿猶爾，可不懔懔！《送李侍郎自河南尹再除本官》、《贈令狐相公鎮太原》等詩，或切其地，或切其人，或切其事與景，八面皆鋒。」

又曰：「王弇州謂『盧仝《月蝕》詩是病熱人譫語，前則任華，後則此君，皆乞兒唱長短歌博酒食者。』余甚快之。但『相思一夜梅花發，忽到寒窗疑是君』，却是勝流語。」

又曰：「貞元、元和間詩道始雜，各立門户。孟東野最爲高深渾厚，如『慈母手中線，遊子身上衣。臨行密密縫，意恐遲遲歸。誰言寸草心，報得三春暉』，真是六經鼓吹。」

又曰：「李賀骨勁而神秀，在中唐最高深渾厚有氣格，奇不入誕，麗不入纖。雖與温、李並稱西崑。温、李纖麗而長於近體，七言古效長吉，全不得神。」黄公此言，高識過人遠矣。

又曰：「《品彙》以張、王並列，極當。張籍善爲哀婉之音，有嬌弦玉指之態。仲初妙在不含蓄，有曉鐘殘角之音。人但言仲初《宫詞》如食熊而取腦也。司業律不佳，排律尤劣。方回亦以爲一體，列之爲式，陋矣！」

又曰：「元、白詩不高〔一〕，論詩却高。微之《少陵墓誌》、《叙詩與樂天書》，樂天《與元九書》，深得六義之解。白實清綺之才，樂府雜律詩極多可觀，而受病有二：一務多，一强學少陵。率爾下筆，言之無文，行之不遠。選白詩者從無精識，喜恬淡則兼收鄙俚，尚氣骨則并削風藻。」

【校勘記】

〔一〕「元」，原文脱漏，據《載酒園詩話》補。

又曰：「詩至元、白，又一大變矣。兩人雖並稱而却有不同：選語之工，白不如元；波瀾之闊，元不如白；白於蒼莽中時存古調，元精工處亦雜新聲。微之自是輕豔之才，排律動數十韵，雖有秀句，牽湊亦多；惟樂府多佳作。」

又曰：「李紳以歌行自負，樂天亦稱之。今不可見，惟留《追昔遊集》耳。其詩頗有體格，少以《憫農》詩爲吕温所賞，二絶盛傳，吕之賞鑒不謬。沈下賢集不傳，宋人取稗史夢中詩成集，可笑。」

又曰：「賈島詩最佳者，終以卷首《古意》爲尤。五言詩實爲清絶，有孟襄陽不能過者。其句多是深思静會得之。閬仙有精思而無快筆，往往意工於詞。而好用倒句，又是一病。效賈體者多專意中聯，忽略首尾，故人都少之。《紀事》謂：『閬仙變格入僻，以矯元、白。』愚謂元、白之豔，已自諱之，亦何足矯？當矯者，鄙俚率直也。賈古詩此病亦多。『郊寒島瘦，元輕白俗』，病總在乎俗。酸陋亦是俗。元、白有袒裼裸裎之容，閬仙有囚首垢面之狀。好色而淫，怨誹而亂，均傷大雅。」

又曰：「姚合之『武帝自知身不死，教修玉殿號長生』，覺顧況之『豈知今夜長生殿，獨閉空山月影寒』，味索然矣！」喬曰：「詩固貴意，而意猶不足以盡詩。姚、顧同是唐人，詩意又同，而相去甚遠，詞爲之也。」

又曰：「秘書與閬仙善，兼效其體。古詩氣格近之，而無其酸。近體如『酒熟聽琴酌，詩成削樹題』、『過門無馬跡，滿宅是蟬聲』、『看月嫌松密，垂綸愛水深』、『弄日鶯狂語，迎風蝶倒飛』，皆甚新警，爲宋人所尊。」

又曰：「朱慶餘不解古詩，近體惟工絶句。如《公子行》：『閒從結客冶遊時，忘却紅樓日暮期。醉上黄金堤上去，馬鞭梢斷緑楊絲。』末句應次句，寫匆匆歸景，頰上添毫。」

又曰：「周賀詩清刻，恨不脱僧氣。章孝標與其子碣詩格俱卑，碣尤力弱。」

又曰：「張祜宫體諸詩皆淺淡，惟《金山寺》詩，自以爲敵綦毋潛《靈隱寺禪院》詩。余謂可敵王灣《北固》詩。」

又曰：「杜牧詩惟絶句最多風調，餘不能。然《杜秋娘》詩至『我昨過金陵，聞之爲歎歔』，詩意已足，以後引夏姬、西子等，則十紙難竟；又有『指何爲而捉』等，是豈雅人深致？不及《琵琶行》多矣。其七言律亦極有佳致。李群玉《梅花》詩云：『玉鱗寂寂飛斜月，素豔亭亭對夕陽。』高棅編入古詩，殊謬，當仍原集作排律耳。《詩品》、《品彙》皆作『素手』，余意其不切梅。本集作『素豔』，『豔』字韵不高而穩。文山在晚唐不染輕靡僻澀之習，五古有素風，少警拔。其於温、李不爲，亦不能也。」

又曰：「飛卿之才，能瑰麗而不能澹遠，能尖新而不能雅正，能矜飾而不能自然，其警慧處殊不易得。顧華玉極口詆之，如苧蘿之女，使之負薪矣。七古句雕字琢，腴而實枯，遠而實近，然亦秀色可餐。應對之才，不必責之幹理也。五言律尤多警句，七言律實自動人。温之與李，互有高下。飛卿『十幅錦帆風力滿，連天展盡金芙蓉』，極力描寫豪奢，不及義山『玉璽不緣歸日角，錦帆應是到天涯』；而『地下若逢陳後主，豈宜重問《後庭花》』，不及飛卿『後主荒宮有晚鴉，飛來只隔西江水』之含蓄。」喬謂義山詩思深而大，温斷不及。而温之「釣渚别來應更好，春風還爲起微波」，寧不淡遠？大抵古人難以一語斷盡。

又曰：「飛卿子憲集不傳，《杏花》詩流傳人口：『店香風起夜，村白雨休朝。』殊有鳳毛。憲登第後訴父屈曰：『蛾眉先妒，明妃爲去國之人；猿臂自傷，李廣乃不侯之將。』此事差慰人意。李未聞有賢子。」喬曰：「樂天極愛義山詩，謂之曰：『吾死當爲爾子。』義山因名其子爲『白老』，然無樂天一字也。觀此可知張承吉事成於氣激，固憐於才者也。余每讀『明妃』、『李廣』句，必爲泣下。叙述感動千載後人，知將門有將矣。顧東橋頗有佳句，功力不深，自居盛唐，故詘飛卿。毁人可以自成，爲李、杜也易矣！」

又曰：「義山綺才豔骨，作古詩乃學少陵，頗能質朴，而終有『鏡好鸞空舞，簾疏燕誤飛』等語。《韓碑》詩亦甚肖韓，得《石鼓歌》氣概，造語更勝之。」喬曰：「少陵詩是義山根本得力處，叙甘露之變二長韵律及《杜工部蜀中離席》可驗。此意惟王介甫知之。時有病義山詩骨弱者，故作《韓碑》詩以解之，直狡獪變化耳。」

又曰：「魏、晉以降，多工賦體，義山猶存比興。」

又曰：「劉滄極有高調，終卷無敗群者，但精神處亦少。」

又曰：「詞不足者，須理有餘，大珪不琢，非率直也。邵謁詩直是粗硬。」

又曰：「馬戴與賈島、姚合同時，而叙於晚唐，猶錢、劉之稱中唐也。其詩惟寫景爲工。《征婦嘆》最妙，人不知選。」

又曰：「項斯詩亦甚可喜。『共來高閣看星坐，着白衣裳把劍行』，宋人遵之，號折句法，輾轉相效，惡聲盈耳。」

又曰：「劉駕詩多直，而『馬上續殘夢』篇誠爲傑作。《寄遠》詩亦工。《桑婦》詩不惟妙於摹擬，更得性情之正，而諸選不之及。」

又曰：「喻鳧效閬仙，人稱賈、喻。唐人所推之『滄洲違釣隱，紫閣負僧期』，宋人所推之『木落山城出，潮生海棹歸」、「硯和青靄凍，簾對白雲飛」，今皆不見集中，則知散失者多矣。」

又曰：「晚唐人詩，余最喜于濆、曹鄴。鄴詩鍾、譚表章殆盡，濆詩不收一篇，何也？其《擬古》曰：『國色久在室，良媒亦生疑。』《塞下曲》曰：『戰鼓聲未齊，烏鳶已相賀。』《戍客南歸》曰：『莫渡汨羅水，迴君忠孝腸。』《古宴曲》曰：『燕娥奉巵酒，低鬟若無力。十户手胼胝，鳳凰釵一隻。高樓齊下視，日照羅衣色。笑指負薪人，不信生中國。』此數篇當備矇瞍之採。」

又曰：「寫景詩雖不嫌雕刻，亦須以雅致者爲佳。如鄭巢之『茶煙開瓦雪，鶴跡上潭冰』、劉得仁之『勁風吹雪聚，渴鳥啄冰開』，乃可。如許棠之『曉嶂猿窺户，寒湫鹿舐冰』，『舐』字不雅。許棠以《洞庭》詩得名，數篇之外，皆枯寂無味。」

又曰：「李洞造語之精，如『掃石月盈帚，濾泉花滿篩』、《古柏行》之『結根生別樹，吹子落鄰峰』、《秋日》之『片雲穿塔過，孤葉入城飛』、《宿道院》之『墜果敲樓瓦，高螢映鶴身』、《送行脚僧》之『毳衣沾雨重，椶笠看山欹』、《送鄭先輩歸覲華陰》『僧向瀑泉聲裏看，鳥穿仙掌指間飛』，穿天心、出月脇而成者也。其《終南》詩之『殘陽高照蜀，敗葉遠浮涇』，縮數千里於目前。」

又曰：「無可詩如秋澗流泉，波濤不興，亦自清泠可讀。如『磬寒徹幾里，雲白已終宵』、『霧交高頂草，雲隱下山燈』、『夜雨吟殘燭，秋城憶遠山』，不在『聽雨寒更盡，開門落葉深』之下。」

又曰：「三羅並稱，虬詩無傳，《比紅兒》不足觀。唐人謂隱才雄而疏，鄴才精而緻。鄴七言律詩亦卑淺，惟絶句工妙。如《長安春雨》云：『半夜五侯池館裏，美人驚起爲花愁。』開一寶山，至今猶爲人盜用。」

又曰：「羅隱表啓不讓温、李，詩帶粗豪氣，絶句尤無韵度，酷類宋人。亦有佳句，但不能首尾温麗。隱不得志於舉場，故善作侘傺之言。如『滿船明月一竿竹，家住五湖歸去來』、『灞陵老將無功業，猶憶當時夜獵歸』，激昂悲壯。」喬謂隱之「風從昨夜吹銀漢，淚擬何門落玉盤」，非終身困躓者，不知其悲妙。《岸草》詩云：「生處豈容依玉砌，要時還許上金尊。」説盡我輩苦情，尤悲在次句。其「一年兩度錦城遊」篇，亦不易多得。

又曰：「隱善於使事，投錢鏐詩云：『鹽車顧後聲方重，火井窺來焰始浮。』尊爲伯樂，望以孔明，一匡唐室，不止感恩而已。」喬謂鏐稱臣於梁，隱諫曰：「大王據江海之固，人其奈我何！縱不能興復王室，何必交臂事賊！」鏐意隱不得志於唐，自必懷憾，聞此甚重之。則昭諫非聊爾之詩人也！

又曰：「讀皮日休《松陵集》，詩不爲佳，於筆墨外高韵可欽，由神明襟度勝耳。一從事禄入幾何，既以給其地之高流，又沾他郡之賢者，讀其《五貺》諸篇，使人神往。襲美詩序，或多或寡，皆疏落有古意。集中詩多宋調，吴體尤可憎，四聲、疊韵、離合、迴文俱無取。吾重之以其人，以其文。」

又曰：「薛能詩雖不惡，原無當於高流。至若『青春背我堂堂去，白髪催人故故生』、『朝廷有道青春好，門館無私白日閒』，已是宋人惡道。而詩輕太白，功薄武侯，何無忌憚！」喬曰：「余初謂『當時諸葛成何事，只合終身作卧龍』，是唐室難扶，悔入仕路耳。後見此種甚多，信爲妄人。」

又曰：「李中詩雖淺，而有閒澹之致。林寬詩，賈派也。其《少年行》云：『報讐衝雪去，乘醉臂鷹還。』亦佳。又有鄭鏦《邯鄲俠少年行》云：『夜渡濁河津，衣中劍滿身。兵符劫晉鄙，匕首刺秦人。報士非無膽，高堂念有親。昨緣秦苦趙，來往大梁頻。』道得末二句，其人可知，惜不見其集。曹松亦賈派，其『天垂無際海，雲白久晴峰』、『衰條難定鳥，缺月易依山』，刻畫尤精。其集當以《己亥歲》首篇爲冠。方干《寒食》詩最佳，寫得山林出色。崔塗、張喬、張蠙皆有入情之句。喬之『兄弟江南身塞北，雁飛猶自半年餘。夜來因得思鄉夢，重讀前秋轉海書』，蠙之『長疑即見面，翻致久無書』，塗《除夜》之『亂山殘雪夜，孤燭異鄉人。漸與骨肉遠，轉於僮僕親』，是真詩，不得概以爲晚唐。塗律詩一氣斡旋，有如口談，得張水部之深旨。如『併聞寒雨多因夜，不得鄉書又到秋』、『正逢搖落仍須別，不待登臨已合悲』，皆本色語之佳者。《春夕》一篇，自不待言。張喬亦有一氣貫串之妙，尤能作景語。如《華山》之『樹黏青靄合，崖夾白雲濃』、《題鄭侍御別業》之『雲霞朝入鏡，猿鳥夜窺燈』、《送許棠》之『夜火山頭寺，春江樹杪船』，皆佳。而『有景終年住，無機是處閒』，又真率而妙。李昌符寫景最刻畫，無寒澀之態。如『樹盡禽棲草，冰堅路在河』、『忽驚鄉樹出，漸識路人多』，又『破月銜高樹，流星拂曉』、『數家分小逕，一水截平蕪』，敍景如在目前。」

又曰：「鄭谷詩以淺切而妙，如『酒醒蘚砌花陰轉，病起漁舟鷺跡多』、『飲澗鹿喧雙派水，上樓僧踏一梯雲』、『眠窗日暖添幽夢，步野風清散酒醒』、『村逢好處嫌風便，酒到醒時覺夜寒』，如此者多，終傷薄弱。絶句是一名家。秦韜玉詩無足言，獨《貧女怨》之『每恨年年壓金綫，爲他人作嫁衣裳』，爲古今口實。」

又曰：「《紀事》、《品彙》並無劉兼。兼詩不高而有逸致，如『蓮塘小飲風隨艇，月榭高吟水壓天』、『白鷺獨飄山面雪，紅蕖全謝鏡心花』。《春怨》尤佳，結云：『獨倚畫屏人不會，夢魂才到戍樓邊。』可爲韓致堯驂乘。」

又曰：「韋莊詩飄逸，尤善寫豪華之景。《聞再幸梁汴》云『興慶玉龍寒自躍，昭陵石馬夜空嘶』，《贈邊將》之『手招都護新降虜，身着文皇舊賜衣』，甚爲警策。」

又曰：「詩最不宜强所不能。吴融近體亦有情致，至作長歌，大都可笑。」

「李咸用樂府，有羊質虎皮之恨。古調高言，可妄效哉！」

「杜荀鶴在晚唐爲至陋，不成人語。而鍾氏所録，不惟蒼朴高雅，竟似有道者之言。而『承恩不在貌，教妾若爲容』，千古透論。其集中佳句，如『一溪寒色漁收網，半樹斜陽鳥傍巢』、『秋登嶽寺雲隨步，夜宴江樓月滿身』、『寒雨漸疏叢菊豔，晚風時動小松陰』，甚佳。恨只一聯，又鄙俚者太不堪。」

又曰：「詩至晚唐而壞極，何待宋人！大都綺麗則無骨，鄭谷、李建勳最甚；朴澹則少味，李頻、許棠尤無取焉；甚則粗鄙陋劣，則有杜荀鶴、僧貫休其人焉。貫休《懷素草書歌》有云：『忽如鄂公喝住單雄信，秦王肩上搭著棗木槊。』又何異瞽詞平話耶！又曰：『從他人笑從他笑，地覆天翻也只寧。』豈不可醜！李建勳詩格最弱，而情致迷離，亦能動人。如《殘牡丹》詩全無骨氣，却有倚門流目之態，輕佻者亦喜之。《春雪》云『全移暖律何方去，似誤新鶯昨日來』，《梅花寄所親》曰『雲鬟自沾飄處粉，玉鞭誰指出牆枝』，皆纖冶能眩人目。惟《迎神》一篇，不媿名家，張司業之耳孫，高季迪之鼻祖也。胡曾《詠史詩》淺直可厭，而《才調集》所載有可觀者。《安定集》中當更有好詩，惜未之見。」

又曰：「楊升菴謂晚唐之詩分爲二派，一派學張籍，一派學賈島。其詩不過五言律，起結皆平平。前聯俗語十字，一串帶過；後聯謂之腹聯，極其用工。最忌使事，謂之點鬼簿。惟搜眼前景，深刻思之，故曰：『吟成五個字，撚斷數莖鬚。』其於詩也狹矣！《三百篇》皆民間士女所作，何嘗撚鬚？不讀古而苦吟，撚斷數莖骨何益？余意用修以此矯空疏之病則可，但兩家詩派自分，其後人得失亦有別。張主言情，語多平易；賈專寫景，意務雕鏤。文昌佳處在樂府歌行，委婉諷諭，捨之而摹其淺近者，固爲庸劣；閬仙古詩雖氣格不靡，而多酸陋，五言律推敲良具苦心，學之者專務於此，故有出藍之美。而派中有善學、不善學之分，不可概輕之。」

又曰：「賈詩寫眼前事，亦出於杜。但少陵不專一體，亦有使事及言情者。」

又曰：「詩之亂頭粗服而好者，千載只淵明一人，而王無功得其彷彿。」

又曰：「詩與樂通，聲宜廉直，忌粗厲。雅音不獨斥淫哇，并去噍噭也。吴少微、富嘉謨力矯頹靡，而張説比之『濃雲鬱興，震雷俱發』，起靡之功，獨歸之陳正字。」

又曰：「唐無李、杜，便當首推摩詰。秋水芙蓉，倚風自笑，不足盡之，庶幾『咳唾落九天，隨風生珠玉』耳。」

又評孟浩然曰：「詩忌鬧，孟獨静；詩忌板，孟最圓。然律詩有一篇如一句者，又有有上句即有下句者，稍涉於輕，乃知有所避即有所犯。孟詩極平熟之句當戒。」

又曰：「王江寧『錢唐江上是誰家？江上女兒全勝花。吳王在時不敢出，今日公然來浣紗』，直以西施譬之，借吳王作波，妙甚。」喬謂此種詩思，宋人已絶。

# 圍爐詩話卷之四

崑山吴喬修齡氏述

《韵語陽秋》云：「太白樂府，於綱常三致意焉：《君道曲》，恐君臣之義不篤也；《東海勇婦》，恐父子之義不篤也；《上留田》，恐兄弟之義不篤也；《箜篌謡》，恐朋友之義不篤也；《雙燕篇》，恐夫婦之義不篤也。考其行事：友人路亡，爲之權窆，又收其骨；送蕭十一之魯，拳拳於稚子伯禽；於諸弟各贈以詩，致雍穆之情，則父子、朋友、兄弟皆庶幾矣。惟是從永王璘，合於劉又合於魯，娶於宋又攜金陵之妓，則君臣、夫婦爲有間焉。」

蘇子由云：「李白詩類其爲人，俊發豪放，華而不實，好事喜名而不知義之所在也。言用兵則先登陷陣，不以爲難；言游俠則白晝殺人，不以爲非。此豈其誠能也哉！唐人李、杜首稱，甫有好義之心，白不及也。」予謂宋人不知比興，不獨《三百篇》，即説唐詩亦不得實。太白胸懷有高出六合之氣，詩則寄興爲之，非促促然詩人之作也。飲酒學仙、用兵游俠，又其詩之寄興也。子由以爲賦而譏之，不知詩，何以知太白之爲人乎？宋人惟知有賦，子美「紈袴不餓死」篇是賦義詩，山谷説之盡善矣，其餘比興之詩蒙蒙耳。

元微之云：「子美上薄《風》、《騷》，下該沈、宋，言奪蘇、李，氣吞曹、劉，掩顔、謝之孤高，雜徐、庾之流麗，盡得古人之體勢，而兼昔人所獨專，古來詩人，未有如子美者。李、杜並稱，觀李之壯浪縱恣，擺去拘束，模寫物象，及樂府歌詩，誠亦差肩子美。至若鋪陳終始，排比聲韵，大或千言，次猶數百，豪氣邁而風調清，屬對排工，而脱棄凡近，則李尚不能窺其藩籬，況堂奥乎？」

《碧溪詩話》云：「子美四韵詩及絶句，味之皆覺字多，以字字不閒故也。他人長篇，殊無可讀。」所謂一人滿天下，三人滿一隅。余謂詩有意，故字不閒。

《三山語録》説子美《登慈恩寺塔》云，謂是譏天寶事。「秦山忽破碎」，言人君失道也；「涇渭不可求」，言賢不肖混雜也；「俯視但一氣，焉能辨皇州」，言京師與天下俱無綱紀也；「迴首叫虞舜，蒼梧雲正愁」，思聖君而不可得也；「惜哉瑶池飲，日晏崑崙丘」，刺酒色也；「黄鵠去不息，哀鳴何所投」，言曲江輩之去位也；「君看隨陽雁，各有稻粱謀」，言小人之素餐也。不如此解，則詩與題全不相關矣。樂天《海圖屏風》言李訓、鄭注之誅宦官，與子美同意。

黄常明説子美《古柏行》云：「『大厦如傾要梁棟，萬牛回首丘山重』，爲難進易退，非招不往；『不露文章世已驚，未辭翦伐誰能送』，爲先器識後文藝，與吐露者異。」

又云：「杜詩之『草有害於人，曾何生阻修！芒刺在我眼，焉能待時秋』，憤邪嫉惡，思清王室也。《又觀打魚》之『設網提綱萬魚急』，刺聚斂也；『能者操舟疾若風，撑突波濤挺叉入』，刺巧宦剥民也。」

又云：「子美用經語，如『車轔轔，馬蕭蕭』，未嘗别入一字；如『天屬尊堯典，神功協禹謨』、『卿月升金掌，王春度玉墀』、『濟潭鱣發發，春草鹿呦呦』，皆渾成嚴重。」

山谷少時，誤以薛能之「青春背我堂堂去，白髮欺人故故生」爲杜詩。孫莘老云：「杜詩不如此。」

山谷因此而知杜詩高雅大體。山谷謂謝師厚之「倒著衣裳迎户外，盡呼兒女拜燈前」，絶似老杜。余謂謝勝於薛矣，若出子美，當更雅重。然學杜詩者，至此極矣。更欲進步，須是范希文專志於詩，又是一生困窮乃得。

錢牧齋云：「黄魯直學杜，不知杜之真脉絡，所謂『前輩飛騰』、『餘波綺麗』，而擬其横空排奡奇句硬語。劉辰翁評杜，不識杜之大家數，『鋪陳終始，排比聲韵』，而點綴其尖新儁冷單詞隻字。」

子瞻《王定國詩集序》曰：「太史公謂『《國風》好色而不淫，《小雅》怨誹而不亂』，是變《風》變《雅》，烏覩詩之正乎？發乎情，止乎禮義，賢於無所止者而已。若夫發乎情，止乎忠孝，豈可同日而語哉！古今詩人衆矣，而首推子美，豈非流落飢寒，終身不用，而一飯未嘗忘君也歟？」

秦少游云：「蘇、李高妙，曹、劉豪逸，阮、陶沖澹，謝、鮑峻潔，徐、庾藻麗，子美兼有之。」

葉夢得云：「『細雨魚兒出，微風燕子斜』，細雨著水面爲漚，魚浮而淰，大雨則伏而不出；燕體輕微，不能勝猛風，惟微風則有頡頏之致。全似未嘗用力，所以不礙氣格。晚唐人爲之，則有『魚躍練江拋玉尺，鶯穿粉柳織金梭』矣。詩以一字爲工，人皆知之。如杜詩之『江山有巴蜀，棟宇自齊梁』，則遠近數千里，上下數百年，只在『有』、『自』二字，而吞吐山水之氣，俯仰古今之懷，皆見言外，人力不可及。」

《隱居詩話》云：「夏竦評子美《初月》詩『微升紫塞外，已隱暮雲端』，意主肅宗。吾觀退之『煌煌東方星，奈此衆客醉』，憲宗在儲時作也。」

神禹身爲度，聲爲律，天生是人，平九州之水土，以安措萬古生民。其所作爲，如鑿三峽、開龍門，驅龍役鬼以成之，非人力所及。子美之詩，無問莊語放言，莫不成文成象，豈非身爲度、聲爲律乎？其上掩《風》、《騷》，下薄徐、庾，高出一時，曠絶百代，豈非驅龍役鬼，鑿三峽、開龍門乎？天生神禹以立三才，天生子美以主詩道，皆非人力之所能。至神禹之功，於諸聖人中未見有二；子美之詩，雖如太白，猶不及焉。蓋太白詩如厲鄉、漆園，世外高人，非有關於生民之大者也。

詩出於人。有子美之人，而後有子美之詩。子美於君親、兄弟、朋友、黎民，無刻不關其念。置之聖門，必在閔損、有若間，出由、求之上。生於唐代，故以詩發其胸臆。有德者必有言，非如太白但欲於詩道中復古者也。余嘗置杜詩於六經中，朝夕焚香致敬，不敢輕學。非子美之人，但學其詩，學得宛然，不過優孟衣冠而已。元微之極推重杜詩，而自不學杜，先得我心。知彼知己者，决不妄動。

杜詩云：「扁舟空老去，無補聖明朝。」又云：「明朝有封事，數問夜如何？」又云：「一朝自罪己，萬里車書通。」又云：「舜舉十六相，身尊道何高。秦時用商鞅，法令如牛毛。」又云：「公若登台鼎，臨危莫愛身。」又云：「致君堯舜付公等，早據要路思捐軀。」其於君父之倫，略舉數言，心術可見；而弟兄、朋友、黎庶之憂愛，不可勝舉。不置之六經中，何處可置？竊謂朝廷當特設一科，問以杜詩意義，於孔、孟之道有益。從來李、杜並稱，至此不能無軒輊。

杜詩是非不謬於聖人，故曰「詩史」，非直指紀事之謂也。紀事如「清渭東流劍閣深」，與不紀事之「花嬌迎雜佩」，皆詩史也。詩可經，何不可史？同其「無邪」而已。用修不喜宋人之説，并「詩史」非之，誤也。

子美《悶》詩曰：「捲簾惟白水，隱几即青山。」聯中無「悶」，「悶」在篇中。讀其通篇，覺此二句亦「悶」。宋、明則通篇説「悶」矣。

唐人謂王維「詩天子」，杜甫「詩宰相」。今看右丞詩甚佳而有邊幅，子美浩然如海。

子美「群山萬壑赴荆門」等語，浩然一往中，復有委婉曲折之致。温飛卿《過陳琳墓》詩亦委婉曲折，道盡心事，而無浩然之氣。是晚不及盛之大節，字句其小者也。

「側身天地更懷古，迴首風塵且息機」，十四字中有六層意；「萬里悲秋常作客，百年多病獨登臺」，有八層意。詩之難處在深厚，厚更難於深。子建詩高處亦在厚。

孤雁詩，鮑照云：「更無聲接續，惟有影相隨。」切題而意味短矣。子美云：「孤雁不飲啄，飛鳴猶念群。誰憐一片影，相失萬重雲。」力量自殊。

子美之詩，多發於人倫日用間，所以日新又新，讀之不厭。太白飲酒學仙，讀數十篇，倦矣。

讀杜集，粗語笨語有之，曾無郛廓語。

學杜詩者，宜全集俱讀，勿止守七律。學其七律者，宜諸詩盡讀，勿止守「三峽樓臺淹日月」、「萬里悲秋長作客」。

《秋興》首篇之前四句，叙時與景之蕭索也。淚落於「叢菊」，心繫於「歸舟」，不能安處夔州，必爲無賢地主也。結不過在秋景上説，覺得淋漓悲感，驚心動魄，通篇筆情之妙也。

子美在夔，非是一日，次篇乃薄暮作詩之情景。蜀省屢經崔、段等兵事，夔亦不免騷動，故曰「孤城」。又以窮途而當日暮，詩懷可知。「依南斗」而「望京華」者，身雖棄逐凄凉，而未嘗一念忘國家之治亂。「處江湖之遠則憂其君」，與范希文同一宰相心事也。猿聲下淚，昔於書卷見之，今處此境，誠有然者，故曰「實下」。浮查，猶上天，己不得還京，故曰「虚隨」。離昔年之畫省，而獨卧山樓寂寞之地，故曰「畫省香爐違伏枕，山樓粉堞隱悲笳」。日斜吟詩，詩成而月已在藤蘿蘆荻，只以境結，而情在其中。

第三篇乃晨興獨坐山樓，望江上之情景，故起語云「千家山郭静朝暉，日日江樓坐翠微」。一宿曰宿，再宿曰信。「信宿」與「日日」相應。「信宿漁人還泛泛」，言漁人日日泛江，則己亦日日坐於江樓，無聊甚也。「清秋燕子故飛飛」，言秋時燕可南去，而飛飛於江上，似乎有意者然。子美此時有南適衡、湘之意矣。「匡衡抗疏功名薄」，謂昔救房琯次律而罷黜也。「劉向傳經心事違」，言己之文學傳自其祖審言，將以致君澤民，今不可得也。「同學少年多不賤，五陵裘馬自輕肥」，既無賢地主，又無在朝憶窮交之故人，夔州之不可留也決矣。

「聞道長安似弈棋，百年世事不勝悲」，悲世即悲身也。第三首猶責望同學故交，此則局面更不同矣。「王侯第宅皆新主，文武衣冠異昔時」，别用一番人，更無可望也。「直北關山金鼓振，征西車馬羽書遲」，北邊能振國威，西邊不至羽書狎至，宜若京都安静，有可還居之理。「魚龍寂寞秋江冷，故國平居有所思」，魚龍川在關中，「秋江」謂夔江，欲還京則無人援引，欲留夔則人情冷落，去住俱難，末句真有「匪兕匪虎，率彼曠野」之嘆。李林甫一疏，賀野無遺才，而使賢士淪落至此。玄宗末年政事，其不亡者幸也。

「蓬萊宮闕對南山，承露金莖霄漢間。西望瑤池降王母，東來紫氣滿函關。雲移雉尾開宮扇，日繞龍鱗識聖顔。一臥滄江驚歲晚，幾回青瑣點朝班。」此詩前四句，言玄宗時長安之繁華也。第五、六句，叙肅宗時扈從還京，官左拾遺，作《春宿左省》、《晚出左掖》、《送人南海勒碑》、《端午賜衣》、《和賈至早朝》、《宣政殿退朝》、《紫宸殿退朝》、《題省中壁》諸詩之時，故言「宮扇」開而得見「聖顔」也。「一臥滄江驚歲晚」，言今日已衰老也。「幾回青瑣點朝班」，「回」，還也，歸也；「點」，去聲，義同「玷」字，謙詞也。此語有「夢」字意，含在上句「臥」字中。在他人爲熱中，在子美則不忘君也。凡讀唐人詩，孤篇須看通篇意，有幾篇者須合看諸篇意，然後作解，庶幾可得作者之意。不可執一二句、一二字輕立論也。《秋興八首》皆是追昔傷今，絶無譏刺。且肅、代時干戈擾攘，日不暇給，何曾有學仙之事？《宿昔》詩之「王母」是比楊妃，此八首中絶無此意。宋人詩話謂此詩首句言天子，次句譏學仙，次聯應首句，第三聯應次句，名爲二字貫串格。其胸中無史書時事，固非所責，獨不可於八首中通求作者之意乎？唐人詩被宋人一説便壞，莫如之何！此詩前六句皆是興，結以賦出正意，與《吹簫》篇同體，不可以起承轉合之法求之也。

「瞿塘峽口曲江頭，萬里風煙接素秋」，言兩地絶遠，而秋懷是同，不忘魏闕也。故即叙長安事，而曰「花萼夾城通御氣」，言此二地是聖駕所常遊幸。而又曰「芙蓉小苑入邊愁」，則轉出兵亂矣。又曰

「珠簾繡柱」不圍人而「圍黄鵠」，「錦纜牙檣」無人跡而「起白鷗」，則荒涼之極也。是以「可憐」，又嘆關中自秦、漢至唐皆爲帝都，而今乃至於此也。

漢鑿昆明池，武帝遊幸之盛事，猶可想見。今則「織女機絲」已「虚夜月」，「石鯨鱗甲」惟「動秋風」，菰蒲沈没，蓮房墜露，荒涼之極。至於「關塞極天」，非夷狄即叛臣，一家漂蕩於亂世，可悲孰甚焉！

「昆吾御宿」三聯，皆叙昔之繁華，必玄宗時事，肅宗草草，無此事也。「綵筆」句，追言壯年獻賦，及天寶六載就試尚書省，并疏救房琯事也。獻賦不得成名，就試乃爲林甫所掩，奔迸賊中，萬死一生，以至行在，僅得一官。又以房琯事被斥，忍飢匍匐以入蜀。幸得嚴武以父友親待，而武不久又死，孑居夔門，進退維谷。其曰「白頭吟望苦低垂」，千載下思之，猶爲痛哭。若宋人作此八首詩，自必展卷知意，不須解釋，而看過即無回味。此詩及義山之《無題》、飛卿之《過陳琳墓》、韓偓之《落花》諸篇，皆是一生身心苦事在其中，作者不好明説，讀者不能即解。子美《秋興》，人不當知，知之者無狀。第四首「金鼓振」、「羽書遲」，似昇平可望矣；而第六篇言「圍黄鵠」，幾於無人；第七篇更甚，何其不倫也？此必有故，當更求之。或「振」是「震」之訛，「遲」是「馳」之訛乎？「昔年文采動天子，今日飢寒趨道旁」，是「綵筆」句之注脚。

子美只《宿昔》一篇，壓倒太白《清平調》、《宫中行樂》諸詩。

杜詩無可學之理，詩人久道化成，則出語有近之者。如韋左司之「身多疾病思田里，邑有流亡愧俸錢」、義山之「雪嶺未歸天外使，松州猶駐殿前軍」、王介甫之「未愛京師傳谷口，但知鄉里勝壺頭」是也。亦有天降名世匠心，出語近之者，如范文正公之「雷霆日有犯，始可報吾親」、「寸心如春草，思與天下共」，王伯安之「客來湖上逢雲起，僧住峰頭話月明」是也。詩人字句步趨，全不相干。李詩亦然。覓杜詩好處，極難入頭，入得有益於己；覓杜詩不好處，極易覓得，於己略無所益。近世有人塗抹杜詩，災木行世，自謂高識，實無見於杜也。讀其自作，真合塗抹杜詩。

馮定遠曰：「東坡謂詩至子美爲一變。蓋大曆間李、杜詩格未行，元和、長慶始變，此實文字之大關也。然當時以和韵長篇爲元和體，但言時代，則韓、孟、劉、柳、左司、長吉、義山，皆詩人之赫赫者也。」

又曰：「太白雖奇，而語多本於古人；子美直用當時語，而古人謂杜詩無一字無來處也。」

又曰：「古來善讀齊、梁詩，莫如子美，瑕瑜不掩，餘人望影子語耳。」

又曰：「庾子山詩，太白得其清新，子美却得其縱横處。」

又曰：「千古詩人，惟子美可配陳思王。」

又曰：「或問：『老杜學何人而致此？』答之曰：『《風》、《雅》之道，未墜於地，識大識小，各有其人。子美焉不學，而未有常師也。』」

又曰：「胡孝轅學問所自，不出李于鱗《詩删》，而是非老杜。朱鬱儀校《水經注》，直據俗本。二公皆有重名，而舉事如此，何況餘人？」

賀黄公云：「不讀全唐詩，不見盛唐之妙；不徧讀盛唐諸公詩，不見李、杜之妙也。」

又云：「杜詩惟七言古始終多奇，不可枚舉。五言律亦前後相稱。五古之妙，雖至老不衰。然其尤精者，如《玉華宫》、《羌村》、《北征》、《畫鶻行》、《新安吏》、《石壕吏》、《新婚别》、《垂老别》、《無家别》、《佳人》、《夢李白》、《前後出塞》，俱在未入蜀時。後雖有《寫懷》、《早發》數章，奇亦不減，終不多得。餘但手筆妙耳，神完味足，似不如前。惟七言律，則失官流徙之後日益精密，在蜀時猶僅風流瀟灑，夔州後更沉雄温麗。如詠諸葛之『伯仲之間見伊吕，指揮若定失蕭曹』，言簡意盡；明妃之『一去紫臺連朔漠，獨留青塚向黄昏。畫圖省識春風面，環珮空歸月夜魂』，生前寥落，死後悲涼，一一在目；言戎馬之害，則『昨日玉魚蒙葬地，早時金盌出人間』；寫景則『高江急峽雷霆鬭，古木蒼藤日月昏』、『返照入江翻石壁，歸雲擁樹失山村』；詠角鷹之『一生自獵知無敵，百中争能耻下韝』；感慨則『織女機絲虚夜月，石鯨鱗甲動秋風』，真一代冠冕。」

又曰：「《晚登瀼上堂》曰：『淒其望吕葛，不復夢周孔。』有憂時之心，具濟時之識者也。」

又云：「《毛詩・出車》、《采薇》、《杕杜》三篇，一氣貫串，章斷意聯，妙有次第。千載後得其遺意者，惟少陵《出塞》數詩，節節相生，必不可删。《後出塞》五章亦有次第，不可删。」喬曰：「黄公可謂知詩者矣！文長不能全載，具在《載酒園詩話》中，不可不讀。」

姜堯章云：「詩之不工，只是不精思耳。不思而作，雖多奚爲？」此語甚善。

又云：「人之所易言，我寡言之；人之所難言，我易言之，自不俗。」

又云：「『花』必用『柳』對，是兒曹語然不工亦是病。」

又云：「小詩精深，短章醞藉，大篇須開闔乃妙。」

又云：「句中無剩字，篇中無長語，非善之善者也。句有餘味，篇有餘意，斯盡善。」

禪人之於公案，有所悟入，而後有語話分，不然，自心與教義俱無所用。詩須於唐詩有所悟入，而後可作詩，不然，自作則爲宋人，學唐則爲弘、嘉人。

讀詩與作詩，用心各别。讀詩心須細，密察作者用意如何、布局如何、措詞如何，如織者機梭，一絲不紊，而後有得。於古人只取好句，無益也。作詩須將古今人詩一帚掃却，空曠其心，於茫然中忽得一意，而後成篇，定有可觀。若讀時心不能細入，作時隨手即成，必爲宋、明人所困。

人不能苦思力索，以自發心光，而惟初、盛之摹，造句必有晦色蒙氣。飲狂泉者以爲宛似古人，却不知宛似處正是晦色蒙氣。由其不尋詩意於我身心有關著否，故不覺耳。學《十九首》以至學温、李皆然。

凡偶然得句，自必佳絶。若有意作詩，則初得者必淺近，第二層猶未甚佳，棄之而冥冥構思，方有出人意外之語。更進不已，將至「焚却坐禪身」矣。

晚唐多苦吟，其詩多是第三層心思所成。盛唐詩平易，似第一層心思所成。而晚唐句遠不及盛，不能測其故也。

人若時刻繫念於詩，而不肯輕易造句，得句亦不輕易成篇，其詩縱不如唐，必有精彩能自立。若平日心不在詩，遇題即作，縱有美才，詩必淺陋。

詩而從頭做起，大抵平常，得句成篇者乃佳。得句即有意，便須布局。有好句而無局，亦不成詩。得句而難成篇時，最是進退之關，不可草草完事，草草便成滑筆矣。興會不屬，寧且已之。而意中常有未完事，偶然感觸，大有玄想奇句。

學業之能自立，先須有志，則能入正門；後須有識，則不惑於第二流之説。人自有其心思工力，爲大爲小，各有成就。無志無識，永爲人奴，而反自以爲大家，爲復古。

學業須從苦心厚力而得，恃天資而乏學力，自必無成；縱有學力而識不高遠，亦不能見古人用心處也。楊大年十一歲，即試二詩、二賦，頃刻而成。後來詩學義山，唯詠《漢武帝》云：「力通青海求龍種，死諱文成食馬肝。待詔先生齒編貝，忍令乞米住長安。」稍有氣分。其西崑詩全落死句，未能髣髴萬一。文章不脱五代陋習，以視歐、蘇，真天淵矣。非學不贍，識卑近也。識爲目，學爲足。有目無足，如老而策杖，不失爲明眼人；有足無目，則爲瞽者之行道也。今日作詩，於宋、明瞎話留一絲在胸中，縱讀書萬卷，只成有足無目之人。

問曰：「先生誅斥僞杜詩、瞎盛唐，何不自爲真者乎？」答曰：「非子美之人，不敢爲子美之詩。七百年來，唯范希文、王伯安匠心出筆，有子美氣分。陳去非能作杜句，而人非其人，詩無關也。且二李將盛唐弄壞，學者未得入盛唐，先似二李，大可畏人。鄙人豈有遠志，但欲不爲人奴，身得自由而已。」

問曰：「獻吉風節可觀，又何以學杜而反壞？」答曰：「彼若匠心而出，何患不成一家之詩？病却在學杜長其憍氣，故不成詩耳。」

問曰：「學中唐者，寧遂免人奴之誚？」答曰：「學盛唐詩乃天經地義，安得有過？過在不求其意與法，而倣效皮毛。苟如是以學中唐，亦人奴也。余謂盛唐詩厚，厚則學之者恐入於重濁。又爲二李所壞，落筆先似二李。中唐詩清，清則學之者易近於新穎，故謂人當於此入門也。總之，古人詩文如乳母然，孩提時不能自立，不得不倚賴之，學識既成，自能捨去。弘、嘉之詩，如一生在乳母懷抱中，竟不成人，故足賤也。誰於少時無乳母耶？長吉、義山初時亦曾學杜，既自成立，如黑白之相去。此無他，能用自心以求前人神理故也。」

學古則窒心，騁心則違古，惟是學古人用心之路，則有入處。

問曰：「先生何不自選一編，爲唐人吐氣？」答曰：「不能也。唐人作詩之意，不在題中，且有不在詩中者，甚難測識。必也盡見其意，而後可定去取。自揣何所知識，而敢去取全唐乎？唐人詩須讀其全集，而後知其境遇、學問、心術。唐人選唐詩，猶不失血脉；元人所選，已不能起人意。于鱗選之，惟取似于鱗者；鍾、譚選之，惟取似鍾、譚者，塗污唐人而已。余質性愚下，年將四十，方見唐人興比之意，能讀義山、致堯之詩，至於李、杜，迄今未了，何以去取？若不求其意而以詞爲去取，則選者多矣，何取余之一選哉？」

宋、元人詩，畢竟意味短淺。明人亦有好句，而皆未得唐人賓主轉换等法，少有全篇。葉文敏公

《獨賞集》皆選今人詩，去取精嚴，不敢出以示人，徒自賞耳。

問曰：「豈有七八十歲老人，僅能讀義山、致堯詩之理？蓋自貶以詬人耳。」答曰：「如《重有感》詩，則知不佞於義山猶未能讀也，何言自貶以詬人耶！」

唐人選唐詩已出自所行一路，何況元人？明則更甚，濟南、竟陵如將宣爐鎔化傾入神仙廟模子中。

詩壞於明，明詩又壞於應酬。朋友爲五倫之一，既爲詩人，安可無贈言？而交道古今不同，古人朋友不多，情誼真摯，世愈下則交愈泛，詩亦因此而流失焉。《三百篇》中，如仲山甫者不再見。蘇、李贈别詩，未必是真。唐人贈詩已多。明朝之詩，惟此爲事。唐人專心於詩，故應酬之外，自有好詩。明人之詩乃時文之尸居餘氣，專爲應酬而學詩，學成亦不過爲人事之用，舍二李何適矣！

人之工於諧世者，耳目口鼻，俱非己有，乃得事事成就，人人歡喜。詩文何足道哉！而又附會斯文，不得不於此著脚。于鱗之詩、元美之文，易學而便用足矣，李、杜、歐、蘇，不亦無謂矣乎！

七律齊整諧和，長短適中，最宜人事之用，故自唐至明，作者愈盛。初唐用以應酬，亦是大人事也。

子美七律甚多，却無篇不由中，絶無應酬人事之作。今之學杜者，盍一審諸？

劉長卿《送陸澧》、《贈别嚴士元》、《送耿拾遺》、《别薛柳二員外》諸詩，絶無套語。

明人應酬，能四面周旋，一處不漏，乃其長技，却從嚴維《送崔兼寄薛》詩來。其詩云「如今相府用英髦，獨往南州肯告勞」，讚崔兼及相府也；「冰水近開漁浦出，雪雲初捲定山高。木奴花映桐廬縣，青雀舟隨白鷺濤」，泛叙景物，全似明人套語；「使者應須訪廉吏，府中惟有范功曹」，譽薛縉及於崔，一處不漏。三人得之，未有不喜者，而詩道壞矣。以視其「柳塘春水漫，花塢夕陽遲」，有天壤之别，應酬之害詩如此。義山《贈趙協律晳》云：「俱識孫公與謝公，二年歌哭處皆同。已叨鄒馬聲華末，更共劉盧族望通。南省恩深賓館在，東山事往妓樓空。不堪歲暮相逢地，我欲西征君又東。」亦是人事詩，以有交情，自然懇切，與嚴詩不同。既落應酬，唐人亦不能勝弘、嘉，弘、嘉無讓於唐人也。

今世最尚壽詩，不分顯晦愚智，莫不墮此罥索。余謂村裏張思谷、田中李仰橋乃樂此物，知文理者必宜看破。庚戌，賤齒六十，友人欲以詩壽。余曰：「若果如此，必踵門而詬之。」友曰：「何至於此！」余曰：「吾是老代筆，專以此侮人者也。君輩乃欲侮我耶！」聞者大笑。庚申，遂無言及之者。庸醫不信藥，俗僧不信佛，皆此意也。唐人絶少壽詩，宋人有之，而壽詞爲多。無已，壽詞猶可。

諺云：「賊捉賊，鼠捕鼠。」余幼時沈酣於弘、嘉之學者十年，故醒後能窮搜其窟穴，求以長處，惟是應酬赴急耳。昔年代筆，不免爲此。送户曹出按山東云：「泉流九府先王法，地擁三齊大國風。岱嶽雲摇霜斧白，滄溟波照繡衣紅。」送之任秣陵云：「石城風静山雲曉，鐵甕波平海樹秋。」送常熟令之任云：「雁王碑下行旌發，烏目山頭候吏來。」贈弁者云：「龍尾道前當特拜，虎頭山下建殊勳。」送松江人出都云：「雲間花鳥添行色，天上星辰紀去程。」送之任浙江云：「去馬尚銜燕市雪，歸囊應貯浙江潮。」送使安南者云：「重臣將命軺車發，小國承恩拜舞同。嶺外林巒冬尚緑，海邊麗日曉先紅。」贈少宰云：「深宵風月供談笑，大地鸞凰受網羅。」送湖口令云：「小姑江水迎行艦，大别山光接使星。」送盧政云：「辭闕未消鳷鵲雪，下車先看秣陵花。」贈福州守云：「地擁三山開曉日，人將五馬散春陰。」贈縣令云：「襄邑杵聲秋月迥，琅琊稻色曉光新。」贈弁者云：「十萬雄兵藏肺腑，六千君子侍旌旄。」「校旗傳世猶光弼，制陣教人即藥師。」贈縣令云：「千疇靈雨隨雙轂，百里和風出五絃。」贈戎幕改縣令云：「萬里捷書騰上國，十年籖帥鎮諸營。」贈縣令云：「舉扇風摇三徑柳，揮絃聲動一城花。」贈廣東學使云：「蘭臺東壁光先滿，梅嶺南條勢特尊。」贈老將云：「雪嶺雲開常見鷲，雷門砲動盡聞鼉。雄心塞北消鞍馬，逸韻江東待嘯歌。」贈縣令云：「仙郎舄下微雲起，茂宰花前浩露凝。」贈詞客云：「名過洛下東西陸，才度淮南大小山。」贈縣令云：「和風動柳千巒曉，清露沾花一縣春。」贈郡守云：「雙旌每導隨車雨，五馬常嘶舉扇風。」贈遼人之官云：「攀龍際會疑浮漢，分虎威權抵誓河。」送鹽道云：「春江風動千艘雪，滄海波凝萬庾霜。」送入蜀者云：「出峽建瓴千里水，上灘卓劍萬重巖。」送入滇者云：「屬橐將帥迎金馬，負弩侯王出碧鷄。」送河使云：「積石西來萬里雪，逆河東去九條波。」投獻云：「昔瞻門下三千客，今逐囊中十九人。」贈閩督云：「越山平到嶺，閩水静無涯。」又云：「棘裁金作葉，槐剪玉爲花。」贈閩撫云：「春光山直上，晴色海平鋪。」贈閩藩司云：「闕遠心常望，天高手自捫。」贈田學使某云：「家傳田氏《易》，席有孔門珍。」贈閩臬云：「爰書常視砥，吏道祇流涇。」又云：「動人風自善，潤物雨皆靈。」贈再任巡撫者云：「門開千里戟，屏設兩州圖。」贈蜀令云：「北過巴字水，南渡石門關。」送兵曹爲關使云：「人間稱二絶，兵食計兼資。」送嶺南縣令云：「蜑人常值宿，駱將每排衙。」又云：「灑人長樂雨，扇物未央風。」贈某學使云：「家藏太史傳，人擅子雲才。」贈湖廣學使云：「蘭蓀楚人詠，珠玉使君心。」送縣令云：「大河九里潤，喬嶽萬重陰。」送浦城趙令云：「江花重入夢，趙璧自連城。」贈久客者云：「星河移舊影，砧杵動新愁。」贈將樂令云：「聞道龍川險，今來似掌平。水猶知政善，山亦見人清。」余四十年三作燕山遊客，前兩度代筆詩，噉煙拭硯隨盡。此乃同寓友人爲壅溉計，拾作一編，索命之名。余愧謝曰：「朝飢方劇，何暇擇言，自可謂之《乞食草》耳。」今看此中語句，何獨弘、嘉，即李頎、嚴維之應酬詩，去人不遠。而「星河移舊影，砧杵動新愁」，極似由中之語，今不知贈者何人，何以是我詩也？餘可知矣。凡贈契友佳作，移之泛交，即應酬詩。

余自代筆，而識四大家受病之故焉。彼之仕途泛交，與余不識面之貴人何異？彼遇歡戚、會别等事，不論有暇無暇，須與之一詩，與余之旅塗困頓、茫無情緒時，忽然索詩何異？彼之無情而强爲之辭，又欲似盛唐，不得不依樣造句，與余之昧心蒙面、詭遇他人何異？彼自謂鏗鏘絢麗，宛然唐人，與余所舉《乞食草》中之無意思、郛殼爛惡、陳久餒敗之語何異？所不同者，余以秋根自命，彼以盛唐大家自許耳。然余《乞食》詩，實得少時十年沈浸糞溝之力。

鍾、譚派於世無用，一蹶不振，二李法門，實爲不祧之祖。何也？事之關係功名富貴者，人肯用心。唐之功名富貴在詩，故三唐人肯用心而有變。一不自做，蹈襲前人，如今日之抄舊時文，便爲士林中滯貨故也。明之功名富貴在時文，全段精神俱在時文用盡，詩其暮氣爲之耳。此間有二種人：一則得意者，不免應酬，二李之體，易成而悦目；一則失志者，不免代筆，亦惟二李相宜故也。古人非執友，非詩人不贈以詩，故交遊間詩亦得有意有情。今世以詩作天青官緑、尚書台鼎套禮之副，定不免用二李套句。然當如服牛乘馬、鷄司晨、狗守户而已，其不可謂之詩，譬猶牛馬鷄狗之身不可以爲己身也。蓋泛交本自無情，豈能作有情之語？而又用處甚多。今日仕途，用其有詞無意之詩，可以應用而不窮，且寫在白綾金扇上，亦能炫俗眼。但不可留稿，人若看至五六首，必嘔噦也。然當用「卧病山中生桂樹」，不可用「大漠清秋迷隴樹」。

今人作應酬詩者，不必責以王右丞之《送楊少府》、杜少陵之《和裴迪》，只作中唐人劉長卿之《送陸澧》、李益之《送賈校書》幾首，請拜以爲五十六字之師。

# 圍爐詩話卷之五

崑山吴喬修齡氏述

問曰：「朝貴俱尚宋詩，先生宜少貶高論。」答曰：「厭常喜新，舉業則可，非詩所宜。詩以《風》、《騷》爲遠祖，唐人爲父母，優柔敦厚，乃家法祖訓。宋詩多率直，違於前人，何以宗之？作宋詩誠勝於瞎盛唐，而七八十歲老人改步趨時，何不於五十年前入復社作名士？且人之出筆，定是宋詩，余深恨之，而犯者十九，何須學耶？」

韋仲將發蔡中郎塚，乃得用筆之法。常熟老人傳筆法於張旭，旭傳於顔魯公，魯公傳於懷素，書家固有授受秘意。太白以詩法授韋渠牟，則詩家亦有之矣。晚唐人猶有司空圖。至宋初，不及百年，而風氣大異，豈非五代兵革時失其授受乎？許渾作實語死句，唐人即痛斥之，詩眼猶在也。宋詩十之九落實語死句，無一覺者，詩眼已亡也。明不以詩取士，宜乎不工。宋詩乃舉業，而亦不同於唐，杜撰故也。

唐人詩被宋人説壞，被明人學壞，不知比興而説詩，開口便錯。義山《驕兒》詩，令其莫學父，而於西北立功封侯，託興以言己之有才而不遇也。葛常之謂：「其時兵連禍結，以日爲歲，而望三四歲兒立功於二十年後，爲俟河之清。」誤以爲賦，故作寐語。

唐人工於詩而詩話少，宋人不工詩而詩話多，所説常在字句間。

詩於唐人無所悟入，終落死句。嚴滄浪謂「詩貴妙悟」，此言是也。然彼不知興比，教人何從悟入？實無見於唐人，作玄妙恍惚語，說詩、說禪、說教，俱無本據。

比興非小事也。宋詩偶有得者，即近唐人。韓魏公罷相判北京，作《園中》詩云：「風定繞枝蝴蝶鬧，雨餘荒圃桔槔閒。」明道《春遊》詩云：「未須愁日暮，天際是輕陰。」皆用比義以說朝事。子瞻擬陶云：「前山正可數，後騎且勿驅。」兼用比興以道己意，即迥然異於宋詩。

葛常之謂：「興近於訕，今人不敢作。」詩不優柔，乃墮於訕，何關興事？吾不知宋人以何者爲興？「打起黄鶯兒」、「忽見陌頭楊柳色」，未見其訕也。

陳無己云：「春風永巷閉娉婷，長使青樓浪得名。不惜捲簾通一顧，怕君著眼未分明。」杭妓胡楚曰：「不見當年丁令威，看來處處是相思。若將此恨同芳草，却恐青青有盡時。」一比一興，却自深婉，不類宋詩。

賦義極易而極難。如君實之「清茶淡飯難逢友，濁酒狂歌易得朋」，則極易；如子美之「側身天地更懷古，回首風塵且息機」，則極難。宋詩多賦，於難易何居？

邵堯夫《三皇》、《五帝》等吟，全不似詩體。有云：「誰信畫前原有《易》，自從刪後更無《詩》。」則道理亦謬。說畫前之《易》，是自比伏羲，而文王、周公、孔子不足數也；刪後無《詩》，將陶、杜風雅之句俱蔑之乎？

方子通詠《古柏》云：「四邊喬木盡兒孫，曾見吳宫幾度春。若使當年成大廈，也應隨例作埃塵。」

《灩滪堆》云：「湍流怪石礙通津，一一操舟若有神。自是世間無好手，古來何事不由人。」有意無詞者也。今試以唐人之詞出其意，如何而可？詩誠難事哉！

詩以優柔敦厚爲教，非可豪舉者也。李、杜詩人稱其豪，自未嘗作豪想。豪則直，直則違於詩教。牧之自許詩豪，故項王廟詩失之於直。石曼卿、蘇子美欲豪，更虚夸可厭。

范希文《過淮遇風》云：「一棹危於葉，旁觀亦損神。他年在平地，無忽險中人。」直是杜詩。余謂是子美之人，方可作子美之詩，於希文驗之矣。

陳去非云：「唐人有苦思，故造句工，得句奇，但格韻不高，不能驂少陵之逸步。」余謂彼皆詩人，少陵非詩人故也。詩亦無他，情深詞婉而已，唐珏易陵骨詩是也。

作詩者意有寄託則少，惟求好句則多。謝無逸作蝴蝶三百首，那得有爾許寄託乎？好句亦多，只是蝴蝶上死句耳。林和靖梅花之「疏影横斜水清淺，暗香浮動月黄昏」，與高季迪之「雪滿山中高士卧，月明林下美人來」，皆是無寄託之好句。後世人詩不過如此，求曹唐《病馬》尚不可得，惟是李、杜、高、岑，多於竹麻稻葦。

宋黄亞夫庶《怪石》詩云：「山鬼水妖著薜荔，天禄辟邪眠莓苔。鉤簾對坐心語口，曾見漢家池館來。」洵爲奇絶，而唐人造句不出此也。

和靖「疏影横斜水清淺」一聯善矣，而起聯云「衆芳摇落獨鮮妍，占斷風情向小園」，太殺凡近，後四句亦無高致。人得好句，不可不極力淘煆改易，以求相稱。

憶得宋人詠梅一句云：「疑有化人巢木末。」奇哉！是李義山《落花》詩「高閣客竟去」之思路也。唐人猶少，何況後人？

楊誠齋詩云：「野逕有香尋不得，闌干石背一花開。」雖淺薄，猶可。又云：「不須苦問春多少，暖幕晴嫌總是春。」兒童語耳。

問曰：「杜詩亦有率直者，何以獨咎宋人？」答曰：「子美七律之一氣直下者，乃是以古風之體爲律詩，於唐體爲別調。宋人不察，謂爲詩道當然。然杜詩婉轉曲折者居多，不可屈古人以飾己非也。唐人率直之句，不獨子美，皆是少分如是。《三百篇》豈盡『相鼠』、『投畀』乎？終以優柔敦厚爲本旨。優柔敦厚，必不快心，快心必落宋調；做急做多，亦落宋調。」

范希文《贈林和靖》云：「巢由不願仕，堯舜豈遺人。風俗因君厚，文章到老醇。」庶幾子美矣，而終寄其廡下。山谷别開門徑矣，未免是殘山剩水。吾不知如何而後可以爲詩？

各自有意，各自言之。宋人每言奪胎换骨，去瞎盛唐字倣句摹有幾？宋人翻案詩即是蹈襲陳言，看不破耳。又多摘前人相似之句，以爲蹈襲。詩貴見自心耳，偶同前人何害？作意蹈襲，偷勢亦是賊。

樂天之後，又有羅昭諫，安得不成宋人詩！

宋人詞遠勝於詩，詩話多詞家事，應别輯爲詞話。

賀方回《望夫石》云：「亭亭思婦石，下閱幾人代？蕩子長不歸，山椒久相待。微雲蔭鬟粉，初月輝蛾黛。秋雨疊苔衣，春風舞羅帶。宛然姑射姿，矯首塵冥外。陳迹遂無窮，佳期從莫再。脱如魯秋胡，妄結桑下愛。玉質委塵沙，悠悠復安在？」此詩力量雖不及子美《玉華宫》，亦不讓李端《古離别》矣。論者嫌其黏皮著骨，謂「微雲」下六句也，高識之談。

韓子蒼詩云：「汴水日馳三百里，扁舟東下更開帆。旦辭杞國風微北，夜宿寧陵月正南。老樹挾霜鳴窣窣，寒花承露落毵毵。茫然不悟身何處，水色天光共蔚藍。」吕居仁舉此詩爲學者法，然非唐人詩，以是死句故也。

唐詩之有遠神者，宋人必加訾詆，直是末如之何！

唐詩之最下者胡曾、羅虬，終是唐詩之下者；宋詩之最高者蘇、黄，終是宋詩之高者。宋人必欲與唐異，明人必欲與唐同。

義山詩被楊億、劉筠弄壞，永叔力反之，語多直出，似是學杜之流弊；而又生平不喜杜詩，何也？

宋時江西宗派專主山谷，江湖詩派專主曾茶山。

楊誠齋云：「隆興以詩名者，林謙之、范至能、陸務觀、尤延之、蕭東夫，皆有集。後進有張鎡功甫、趙蕃昌甫、劉翰武子、黄景説巖老、徐似道淵子、項安世平甫、鞏豐仲至、姜夔堯章、徐賀恭仲、汪經仲權、方翥。」喬讀其所引者，皆有好句，頗帶打油氣。

姜堯章、范至能之温潤，楊廷秀之痛快，蕭東夫之高古，陸務觀之俊逸，江西派不能及。

黄叔暘云：「陸放翁詩本於曾茶山，茶山出於韓子蒼。」

宋人專尋唐人不是處，實於己無益。尋得唐人好處出，乃有益於己。范希文《贈釣者》云：「江上往來人，盡愛鱸魚美。君看一葉舟，出没風濤裏。」寧讓子美？

西崑詩尚有彷彿唐人者，如晏殊之「油壁香車不再逢，峽雲無跡任西東。梨花院落溶溶月，柳絮池塘淡淡風。幾日寂寥傷酒後，一番蕭索禁煙中。魚書欲寄何由達？水遠山遥處處同」，題曰《寓意》，而詩全不説明，尚有義山《無題》之體。歐、梅變體而後，此種不失唐人意者遂絶。此詩第三聯云「寂寥」、「蕭索」，則知次聯乃是以穠麗景句出之，使不至於寒陋耳，非寫富貴氣象也。《弔蘇哥》詩是刺宋子京，語甚温厚，得唐人法。

黄山谷事母至孝，泊貶黔南，不能將母。其《贈王郎》詩曰：「留我左右手，奉承白髮親。」《至贛食蓮子有感》云：「蓮實大如指，分甘念母慈。」贈官於京師久不歸養者曰：「慈母每占烏鵲喜，家人應賦《戾𢈪歌》。」子美送李舟詩曰：「舟也衣綵衣，告我欲遠適。倚門固有望，斂衣就行役。南登吟《白華》，已見楚山碧。何時太夫人，堂上會親戚？」譏舟遠遊無方也。《三百篇》義於此求之。

山谷古詩，若盡如《上子瞻》二篇，將以漢人待之，其他只是唐人之殘山剩水耳。留意鍛煉，與不留意直出不同也。

山谷《猩猩毛筆》云：「愛酒醉魂在，能言機事疏。平生幾兩屐，身後五車書。物色看《王會》，勳勞在石渠。拔毛能濟世，端爲謝楊朱。」工煉得唐人法。「管城子無食肉相，孔方兄有絶交書」，乃其戲筆，而學宋詩者多倣之。

《隱居詩話》云：「山谷好取南朝人語之未經用奇字，綴輯成詩，故句雖新而不渾厚。」呂居仁作《江西宗派圖》，自山谷以降，列陳師道、潘大臨、謝逸、洪芻、饒節、僧祖可、徐俯、洪朋、林敏修、洪炎、汪革、李錞、韓駒、李彭、晁冲之、江端本、楊符、謝薖、夏倪、林敏功、潘大觀、何顒、王直方、僧善權、高荷，合二十五人爲法嗣。其中知名之士，詩句傳世，爲人所稱道者數人。

子瞻之文，方可與子美之詩作匹，皆是匠心操筆，無所不可者也。子瞻作詩亦用其作文之意，匠心縱筆而出之，却去子美遠矣。

子瞻《煎茶》詩「活水還須活火烹」，可謂之茶經，非詩也。

詩須矜貴，「春宵一刻值千金」，豈可哉！

蘇、黄以詩爲戲，壞事不小。

讀子瞻長篇文，惟恐其盡；讀子瞻長篇詩，惟恐其不盡。

介甫云：「扶輿度陽焰，窈窕一洲花。」唐人貴秀之句也。又有「水瀰瀰而北去，山靡靡以旁圍。欲窮源而不得，竟悵望以空歸」。又有云：「積李兮縞夜，崇桃兮炫晝。」皆非宋人能造之句。

李光忤秦檜，安置滕州，贈伴送使臣云：「馬蹄慣踏關山路，他日重來又送誰？」左經臣送許少尹至白沙不及，作詩云：「短棹無尋處，嚴城欲閉門。水邊人獨立，沙上月黄昏。」皆唐人詩也。

宋僧道潛《臨平道中》詩云：「風蒲獵獵弄輕柔，欲立蜻蜓不自由。五月臨平山下路，藕花無數滿汀洲。」清穎極矣，尚非唐詩，景中無意故也。其「數聲柔櫓蒼茫外，何處江村人夜歸」、「隔林仿佛聞機杼，知有人家住翠微」，皆佳絶。

許民表作《虞美人花行》云：「鴻門玉斗紛如雪，十萬降兵夜流血。咸陽宫殿三月紅，霸業已隨煙燼滅。剛强必死仁義王，陰陵失道非天亡。英雄本學萬人敵，何用屑屑悲紅粧？三軍散盡旌旗倒，玉帳佳人座中老。香魂夜逐劍光飛，青血化爲原上草。芳心寂寞寄寒枝，舊曲聞來似斂眉。哀怨徘徊愁不語，恰如夜聽楚歌時。滔滔逝水流今古，楚漢興亡兩丘土。當年遺事久成空，慷慨尊前爲誰舞？」此詩有筋節，遠勝蘇、黄。訛爲曾布夫人魏氏作者，非也。

山谷專意出奇，已得成家，終是唐人之殘山剩水。陸放翁無含蓄，皆遠於唐。

王禹玉爲翰林學士，典内制十八年。嘗祭大社，題詩齋宫云：「鄰鷄未唱曉驂催，又向靈臺飲福杯。自笑治聾知不足，明年强健得重來。」唐人詩也。「社酒治聾」，唐、宋諺語。「强健」二字深遠。

山谷之「春將國艷熏花色，日借黄金映水紋」，介甫之「一水護田將緑遶，兩山排闥送青來」，皆有斧鑿痕。

真西山《宫中帖子》云：「直將底事消長日，《大學》《中庸》兩卷書。」縱欲規諷，在詩各有其體，如此出語，謂之不自重。取厭取輕，伊川之「方長不折」亦然。

宋人好句有可入六朝、三唐者，何可没之？[illegible]言如[illegible]、文潛云：「漱井消午睡，掃花坐晚涼。衆緑結夏帷，老紅駐春粧。」楊徽之云：「戍樓煙自直，戰地雨長腥。」又云：「新霜染楓葉，皓月借蘆花。」卞震云：「雨壁長秋菌，風枝落病蟬。」妓單氏《贈陳希夷》云：「帝[illegible]不待，[illegible]老應難。」僧惠崇《長安》云：「人遊曲江少，草入未央多。」又云：「暮嶺青猿急，寒江白鳥稀。」「歸禽動疏竹，落果響寒塘。」「野人傳相鶴，山叟學彈琴。」「掩門青桂老，出定白髭長。」「河冰堅度馬，塞雪密藏鵰。」《宿東林寺》云：「鳥歸松墮雪，僧定石沈雲。」「探騎通番壘，降兵逐漢旌。」「露下牛羊静，河明桑柘空。」「捲幔來風遠，移床得月多。」「白浪分吴國，青山隔楚天。」《隱静寺》云：「空潭聞鹿飲，疏樹見僧行。」梅堯臣《河亭》云：「曠野行人少，長河去鳥平。」「月高山舍迥，霜落石門深。」盧繹云：「雪多秦木迥，雪過漢山孤。」「夜闌潮動舸，天迥月臨城。」《裴使君一本無此三字早行》云：「繁霜衣上積，殘月馬前低。」《秋夕一本無此二字》云：「磬斷蛩聲出，峰迴鶴影沈。」「移家臨醜石，租地得靈泉。」「午食下林鳥，夜禪移塚狐。」「扇聲猶泛暑，井氣忽生秋。」「殘月楚山曉，孤煙江廟春。」「梵容分古像，番字入新經。」「山色臨巴迥，江流入漢清。」「湘雲隨雁斷，楚路背人遥。」林逋《河亭》云：「古路隨岡起，秋帆轉浦斜。」《湖山》云：「片月通蘿徑，幽雲在石床。」魏野《河上寺》云：「離磧雁衝雪，渡河人上冰。」「數聲離岸櫓，幾點別州山。」「落潮鳴下岸，飛雨暗中峰。」《除夜》云：「寒燈催臘盡，曉角唤春回。」「雁行沈古戍，鵰影轉寒沙。」「霽景雲迴合，秋風雲動摇。」「驚蟬移古柳，鬬雀墮寒庭。」「坐石雲生衲，添茶月入甌。」「萬國無刑治，三邊不戰平。」「雪殘僧掃石，風動鶴歸巢。」「風暖鳥巢木，日高人灌園。」梅都官詩云：「竹風驚夜鶴，潭月戲春魚。」「圭竇先知曉，杯池別見天。」「海人來相鶴，山狖下聽琴。」吴袁州云：「鳥暝風沈日，天清月上旗。」「古戍生煙直，平沙落日遲。」「掃石雲離帚，烹茶月入鐺。」「遠嶼迎檣出，疏林帶岸迴。」高謳詩云：「品畫逢名士，横琴憶古賢。」「雲陰移漢塞，石色入晴天。」「地遥群馬小，天闊一鵰平。」范溶云：「長風躍馬路，小雪射鵰天。」高略云：「古木風煙盡，寒潭星斗沈。」陳亞云：「浪平天影接，山盡樹根迴。」趙師民云：「麥天晨氣潤，槐夏午陰清。」劉師道《荷花》云：「有路期奔月，無媒與嫁春。」陳堯佐《潮州召還》云：「君恩來萬里，客路出千山。」丁謂云：「梅花過嶺路，桃葉渡江船。」李拱云：「犬眠花影地，牛牧雨聲坡。」李堪云：「海月隨帆落，溪花繞驛飛。」《退居》云：「雨密絲桐潤，潮平釣石沈。」晏元獻云：「東陽詩骨瘦，南浦別魂消。」江爲云：「珠盤臨路泣，斗印入鄉提。」周啓明《近臣疾愈》云：「一丸童子藥，五返使臣車。」錢惟演云：「客舍孤煙起，征衣暮雨凉。」李太僕《北使》云：「漢幟隨移帳，燕鴻伴解鞍。」孫永興《荷花》云：「淚有鮫人見，魂將宋玉招。」劉筠《陝州》云：「角迴含秋氣，橋長斷路塵。」劉潭州云：「洛田荒二頃，楚水漲三篙。」《槿花》云：「吴宮何薄命，楚雨不終朝。」《宮詞》云：「難消守宮血，易斷舞鸞腸。」又云：「虹跨層臺晚，螢飛夏苑凉。」《荷花》云：「湔裙無限水，障袂幾多風？」《贈僧》云：「吟餘雲散葉，談久麈遺毛。」《楚中》云：「籠禽思隴樹，洞犬識秦人。」《禁中》云：「萬年宮省樹，五色帝家禽。」宋初人詩云：「醉輕浮世事，老重故鄉人。」晏臨淄《宴集》云：「春風任花落，流水放杯行。」李詢《内苑雙竹》云：「日迴龍並影，風過鳳聯聲。」楊茂卿云：「河勢崑崙遠，山形菡萏秋。」孟貫《寄張山人》云：「掃葉林風後，拾薪山雨前。」潘天錫《道觀》云：「風便磬聲遠，日斜樓影長。」寇萊公云：「野水無人渡，孤舟盡日横。」熊皎《早行》詩云：「山前猶見月，陌上未逢人。」《山居》云：「果熟秋先落，禽寒夜未棲。」李範《經王山人故居》云：「鶴歸秋漢遠，人去草堂空。」陳甫《感懷》云：「一雨洗殘暑，萬家生早秋。」《村居》云：「暮鳥歸巢急，寒牛下隴遲。」又云：「狗監傳新賦，鷄林購舊書。」韓維云：「青煙人幾家，緑野山四合。」文與可云：「幾夜礙新月，半江無夕陽。」謝逸云：「山寒石髮瘦，水落溪毛凋。」孟嘏云：「詩酒獨遊寺，琴書多寄僧。」王綸之女《題金山寺》云：「濤頭風滚雪，山脚石蟠虬。」唐子西云：「草青仍過雨，山紫更斜陽。」僧悟清云：「鳥歸花影動，魚没浪痕圓。」洪覺範云：「文如水行地，氣若春在花。」可士云：「笠重吴天雪，鞋香楚地花。」《惠山寺》云：「曉風飄磬遠，暮雪入廊深。」陳智夫云：「花笑似留客，鳥鳴如唤人。」僧某云：「虹收千嶂雨，雲展半江天。」葉沉云：「夜庭和月静，秋户拂雲開。」李昉云：「水光先見月，露氣早知秋。」陳無己挽君實云：「政雖隨日化，身已要人扶。」晏殊云：「落花人獨立，微雨燕雙飛。」魏野云：「成家書滿屋，添口鶴生孫。」「妻喜栽花活，兒誇鬭草贏。」山谷《賦野無遺賢》云：「渭水空藏月，傅山深鎖煙。」王度云：「雲生坐釣石，風掩讀殘書。」又云：「危紅賒晚景，漲緑上平沙。」又云：「樵斧和雲斫，漁蓑帶雪披。」七言如趙師民云：「委地露花啼曉淚，拂堤煙柳弄春容。」「曉鶯簾外千聲囀，芳草階前一尺長。」王孝先《重五》云：「風簷燕引五六子，露井桃開三四花。」唐仁傑《昇元閣》詩云：「雲散便宜千里目，日長先作半城陰。」鄭文寶《送人歸湘中》云：「滿帆西日催行客，一夜東風落楚梅。」《南行》云：「失意慣中遷客酒，多年不見侍臣花。」薛映《送人知鄂州》云：「黄鶴晨霞傍樓起，頭陀秋草遶碑荒。」吴俶《送人致仕》云：「洛殿夜涼初閣筆，渚宫晚歲得懸車。」劉師道云：「南浦未傷春草碧，北山仍愧曉猿驚。」《殘花》云：「金谷路塵埋絶豔，武陵溪水泛天香。」《春雪》云：「青帝翠華沈物外，素娥霜影弔雲端。」《湘中》云：「逝波帝子今何處？夢草王孫怨未歸。」李宗諤《春郊》云：「一溪曉緑浮瀉鷁，萬樹春紅叫杜鵑。」《贈蘇承旨》云：「《金鑾後記》人争寫，玉署新碑帝自書。」李建中《送人》云：「山程授簡聞鴻夜，水國還家欲雪天。」錢熙《送人拜掃》云：「鶴歸已改新城郭，牛卧重尋舊墓田。」吕夷簡云：「梅無驛使飄零盡，草怨王孫取次生。」《九日集》云：「人歸北闕知何日？菊映東籬似去年。」《寒食》云：「人爲之推初禁火，花愁青女再飛霜。」宋綬《送人》云：「奇材劍客當前隊，麗賦騷人托後車。」又云：「江涵帝子翬飛閣，山接真人鶴馭天。」又云：「楚澤傷春怨鷃鴂，長安索米愧侏儒。」周啓明《送提刑》云：「鴟夷江上畬田穩，牛斗星邊貫索空。」錢昭度《華山》云：「人間路到三山盡，天下秋隨一葉來。」錢惟演《洛都》云：「日上故陵煙漠漠，春歸空苑水潺潺。」《途中》云：「雪意未成雲著地，秋聲不斷雁連天。」鄭文寶《貼園》云：「水暖鳧鷖行哺子，溪深桃李卧開花。」葉金華云：「柔桑蔽野鳴雛雉，高柳含風變早蟬。」章安南云：「嶺雲夏變梅蒸早，越雨秋藏桂蠹多。」劉潭州《夏日》云：「雲容忽變千峰險，草色相沿百帶長。」《新蟬》云：「翼薄乍舒宫女鬢，蜕輕全解羽人尸。」又云：「荷心出水終難定，蘿蔓牽風不自持。」又云：「藻井風高蛛壞網，杏園春暖燕争泥。」《洞户》云：「密鎖香風深處户，亂飄梨雪曉來天。」《屬疾》云：「風簾鴟笑廚煙絶，月榭烏驚藥杵喧。」臧謀《梅花》云：「緑楊解語應相笑，漏洩春光却是誰？」楊萬里《梧桐夜雨》云：「千里暮雲山已黑，一燈孤館醉初醒。」錢昭度《燈》云：「繡被夢驚中酒後，朱門人語上朝時。」梅聖俞《送夏竦守長安》云：「亞夫金鼓從天落，韓信旌旗背水陳。」熊皎《閒居》云：「深逢野草堪爲藥，静見樵人恐是仙。」又云：「厭聽啼鳥夢醒後，慵掃落花春盡時。」楊徽之云：「杳杳煙蕪何處盡，摇摇風柳不勝垂。」李維云：「謫去賈生身健否，别來潘岳鬢斑無？」又云：「偶題巖石雲生筆，閒繞松庭露濕衣。」李範云：「釣叟無機沙鳥睡，禪師入定白鷗閒。」僧文喜《失鶴》云：「一向亂雲尋不得，幾回臨水待歸來。」楊晁云：「背日流泉成凍早，逆風歸鳥赴巢遲。」曹崧《經友故居》云：「鹿眠荒圃寒蕪白，鴉噪殘陽敗葉飛。」張文潛《上巳日會西池》云：「翠浪有聲黃帽動，春風無力綵旗垂。」山谷云：「清鑑風流歸賀八，飛揚跋扈付朱三。」介甫云：「一水護田將綠遶，兩山排闥送青來。」僧參寥云：「隔林彷彿聞機杼，知有人家住翠微。」張文潛云：「白頭青鬢有存没，落日短霞無古今。」山谷途中雪詩云：「山銜斗柄三更没，雪共月明千里寒。」介甫云：「含風鴨綠粼粼起，弄日鵝黃裊裊垂。」王康功云：「千山送客東西路，一樹照人南北枝。」僧道潛云：「數聲柔櫓蒼茫外，何處江村人夜歸？」陳智夫云：「野花臨水數枝恨，芳草連天千里情。」吴仁璧之女云：「爲惜苔錢妨換砌，因憐山色旋開樽。」王感化《怪石》云：「草中誤認將軍虎，山上曾爲道士羊。」王著《蝴蝶》云：「今夜若棲芳草裏，爲傳消息到王孫。」覺範云：「含風廣殿聞棋響，度日長廊轉柳陰。」晏殊云：「梨花院落溶溶月，柳絮池塘淡淡風。」介甫云：「未愛京師傳谷口，但知鄉里勝壺頭。」王隨《宫詞》云：「一聲啼鳥禁門静，滿院落花春晝長。」胡恢云：「建業關山千里遠，長安風雪一家寒。」山谷云：「人得交遊是風月，天開圖畫即江山。」

馮定遠云：「宋人詩逐字逐句講不得，須另具一副心眼，方知他好處。唐人詩工夫細，宋人不如也。明人詩却須一句一字推敲，方知他不好處。」

江山之秀，有所偏注。北宋詩猶可則，遼無傳人；南宋詩落節，《中州集》反有佳者。又如楊奂

《録汴梁宮人詩》云：「一入深宮裏，經今十五年。長因批帖子，呼到御牀前。」二云：「歲歲逢元夜，金蛾簇鬧巾。見人心自怯，終是女兒身。」三云：「殿前輪直罷，偷去賭金釵。怕見黄昏月，殷勤上玉階。」四云：「翠翹珠扼臂，小殿夜藏鈎。驀地羊車至，低頭笑不休。」五云：「内府頒金帛，教酬賀節盤。兩宮新有旨，先與問孤寒。」六云：「人間多棗栗，不到九重天。長被黄衫吏，花攤月賜錢。」七云：「仁聖生辰節，君王進玉巵。壽棚并壽表，留待北還時。」八云：「邊奏行臺急，東華夜啓封。内人催步輦，不候景陽鐘。」九云：「晝燭雙雙引，珠簾一一開。輦前齊下拜，歡飲辟寒杯。」十云：「聖躬春閤内，只道下朝遲。扶杖朝無力，紅綃貼玉肌。」十一云：「今日天顔喜，東朝内宴開。外邊春事動，詔遣教坊回。」十二云：「駕前雙白鶴，日日候朝回。自送鑾輿去，經年竟不來。」十三云：「陡覺文書静，相將立夕陽。傷心福寧位，無復夜薰香。」十四云：「二后睢陽去，潛身哭到明。却回誰敢問，校事有心情。」十五云：「爲敵圍城久，粧奩闘犒軍。入春渾斷絶，飢苦不堪聞。」十六云：「監國推梁邸，初頭静不知。但疑牆外笑，人有看宮時。」十七云：「别殿弓刀響，倉皇接鄭王。尚愁宮正怒，含淚强添粧。」十八云：「一向傳宣唤，誰知不復還。來時舊針綫，記得在窗前。」十九云：「北去遷沙漠，誠心畏露行。不如當日死，頭白若爲生？」今日讀之，情事如見。奂又《讀汝南遺事》七絶云：「軹道牽羊事已非，更憐行酒著青衣。裹頭婢子那知此，争逐君王烈焰歸。」「六朝江水故依然，隔斷中原又百年。長笑桓温無遠慮，竟留王猛佐苻堅。」《長安感懷》詩曰：「此心直欲作東周，再到長安已白頭。往事無憑空擊節，故人何處獨登樓？月[illegible]銀海秦陵夜，露滴金莖漢殿秋。日落酒醒雙淚下，幾時清渭向西流？」優柔含蓄，大抵金人詩勝於宋人。

宋人學問，史也，文也，詞也，俱推盡善，字畫亦稱盡美，詩則未然，由其致精於詞，心無二用故也。大抵詩人，不惟李、杜窮盡古人，而後自能成家，即長吉、義山，亦致力於杜詩者甚深，而後變體。其集具在，可考也。永叔詩學未深，輒欲變古。魯直視永叔稍進，亦但得杜之一鱗隻爪，便欲自成一家，開淺直之門，貽悮於人。迨江西派立，胥淪以亡矣。

宋詩最繁，披沙十年，不見黍金，既不堪讀，而又不可不讀。黄公於詩有深得，而又能詳讀宋人之詩，持論至當。閱其詩話，則宋詩之升降得失畢在，無讀宋詩之苦矣。故詳載之於左方。

黄公曰：「詩貴氣格，宋人誤以氣質當之，遂以生硬爲高，鄙俚爲朴。數名家始之，末流益甚。如王庭珪《送胡澹庵》『癡兒不了公家事』，口角輕薄；『男子要爲天下奇』，有悻悻之狀。俞秀老『夜深童子喚不醒，猛虎一聲山月高』，豈是佳事，而可入詩。至其折句法，尤可憎。如胡考『鸜鵒杯宜酌清濁，麒麟閣且畫丹青』，令人嘔噦。而楊次公之『八十丈虹晴卧影，一千頃玉碧無瑕』、僧顯萬『河摇星斗三更後，月挂梧桐一丈高』，總落粗俗。而姜白石詠雪『欲縮天人散花手，放渠奔走赴晨炊』，酸鄙扭捏。即劉過之『放開筆下閑風月，收拾胸中舊甲兵』，亦非雅談。」

「宋人力貶綺靡，求高淡，而隨入酸陋。如戴敏才『引些渠水添池滿，移箇柴門傍竹開』，二虚字惡甚。其子復古『一心似水惟平好，萬事如棋不著高』、高菊磵『主人一笑先呼酒，勸客三杯便當茶』，彼自以爲入情切事，而却是村兒之語，徒供後人捧腹。更有『山如仁者壽，水似聖之清』，太學究氣。『浮雲一任閒舒卷，萬古青山只麽青』，皆傷風雅。」

「宋人好用成語入四六，後并用之於詩，故多硬戇。如丁黼《送錢尉》云：『不能刺刺對婢子，已是昂昂真丈夫。』食生不化。范石湖《營壽域》詩云：『縱有千年鐵門限，終須一個土饅頭。』直欲笑殺。」

「宋人作詩極多蠢拙，而論詩過於苛細，止供識者一噱耳。如嚴維之『柳塘春水漫，花塢夕陽遲』，乃寫目前之景耳。劉貢父曰：『夕陽遲』係『花』，『水漫』不須『柳』。漁隱曰：『夕陽遲』乃係於『塢』，初不係『花』。二説於詩何益？又如『袖中諫草朝天去』，議者謂進諫必以章疏，無用疏草之理。安知非疏已上達，袖中乃留其草乎？」喬謂東漢章草以寫奏而名，縱不如黄公言，「草」字非杜撰也。

又曰：「『公道世間惟白髮，貴人頭上不曾饒』、『年年檢點人間事，惟有春風不世情』，最爲粗直，宋人反稱之。杜牧《華清宫》、《赤壁》詩，反加敲朴。」喬謂徐恒山言「二喬乃皖城事，用於赤壁爲不審」，如是説詩，真是可憐。

又曰：「宋初詩人全學晚唐，氣格不高，而中聯特多秀色。如李建中《懷湘南舊遊》云：『静尋緑徑煎茶寺，偏上紅牆賣酒樓。』楊徽之《漢陽晚泊》云：『疏鐘未徹聞寒雨，斜月初沈見遠燈。』《僧舍》云：『偶題巖石雲生筆，閒繞松庭露濕衣。』趙湘《春夕》云：『醉醒風傍池邊起，坐久月從花上來。』王操：『倚檻白雲供醉望，揞筇黄葉落吟身。』皆晚唐清警句也。」

「潘閬詩本於無可，間有詠氣。《夏日宿禪院》詩最佳，子瞻酷愛其『晚涼知有雨，院静若無僧』。

而《渭上秋夕》云：『殘陽初過雨，何樹不鳴[illegible]？』《落葉》云：『幾番經夜雨，一半是秋風。』其後變而爲楊、劉，正如久處蕭寺孤村，又必羨玉樓金屋。」

「魏野善爲塢壁間事，如『妻喜栽花活[illegible]兒誇鬭草贏』、『洗硯魚吞墨，烹茶鶴避煙』，田園之趣宛然。但句俊而體輕，輕則率，率則易俗，所以有『有名閒富貴，無事小神仙』等惡道語。曹良弼《過友人隱居》云：『旋收松上雪，來煮雨前茶。』魯交《江干》詩云：『遠山碧千里，夕陽紅半樓。』皆佳。」

「林逋泉石自娱，故詩清綺絶倫。時有晚唐卑調弱句。如《孤山寺》『破殿静披虀臼古，齋房閒試酪奴春』、《峽石寺》『燈驚獨鳥迴晴塢，鐘送遥帆落遠村』，俱工。又如『伶倫舊日無侯白，奴僕當時有衛青』、『返照未沈僧獨往，長煙如淡鳥横飛』、『松門過水無重數，石壁看霞到盡時』、『五畝自閒林下隱，一樽聊敵世間名』、『千里白雲隨野步，一湖明月上秋衣』、『煙含曉樹人家遠，雨濕春風燕子低』，誠一時之秀。鶴詩云：『春静棋邊窺野客，雨寒廊底夢滄洲。』妙矣。而永叔云：『萬里秋風天外意，日斜閒啄岸邊苔。』寄趣更遠。至和靖云：『白公睡閣幽如畫，張祜詩牌妙入神。』『不會剃頭無事者，幾人能老此禪扃。』狼籍甚矣！」

「宋初九僧詩，俱宗閬仙。惠崇居七，宇昭居八。崇畫家宗匠，撰句圖百聯，余尤愛其『歸禽動疏竹，落果[illegible]『寒塘』、『鳥歸松墮雪，僧定石沈雲』、『空潭聞鹿飲，疏樹見僧行』、『繁霜衣上積，殘月馬前低』、『磬斷蛩聲出，峰迴鶴影沈』、『松風吹髮亂，巖溜濺棋寒』、『禽寒時動竹，露重忽翻荷』、『落潮鳴下岸，飛雨暗中峰』、『驚蟬移古柳，鬭雀墮寒庭』，詩意畫景俱妙。《古今詩話》紀寇萊公招崇於池館分題，崇得『池鷺』，限『明』字韵，自午至晡，五押得之云：『雨歇芳塘溢，遲迴不復驚。曝翎沙日暖，引步島風清。照水千尋迥，棲煙一點明。主人池上鳳，見爾憶蓬瀛。』萊公稱善。此詩惟結句帶諂。」喬曰：「詩須寫我心入古人模範耳，偷勢亦是賊。且自心被束，不得清出。古詩既多，自必有偶同者。我既不偷，同亦何諱？惠崇詩句如此，寧屑作賊！『河分岡勢斷，春入燒痕青』，亦是偶同，妬其才名者妄加描畫。」

「僧宇昭有『餘花留暮蝶，幽草戀斜陽』。」

「西崑楊億、錢惟演、劉筠詩，經營位置，備極苦心。大年有《梨花》詩云：『九秋青女霜添味，五夜方諸月溜津。』思公《苦熱》云：『雪嶺却思迴博望，風窗猶欲傲羲皇。』後人誰及得？諸公亦不專使事，子儀有『舊山鶴怨無錢買，新竹僧同借宅栽』，大年有『梅花繞檻驚春早，布水當簷覺夏寒』，思公有『雪意未成雲著地，秋聲不斷雁連天』。歐公詆之，謬也。」喬曰：「詩文自有正道，著不得褊心。李獻吉怒賓之，故矯其詩，終不成造就。歐公怒惟演，既已誣貶其先世，詩亦從而詆之。今觀歐公詩，能勝楊、劉、錢三公否？祇自錮一世思路耳。」

「王禹偁秀韵天成，如『掃苔留嫩緑，寫葉惜殘紅』、『鶯花愁不覺，風雨病先知』、《題張居士溪居》『病來芳草生漁艇，睡起殘花落酒瓢』、《贈潘閬》『江城賣藥常攜鶴，古寺看碑不下驢』、《贈張録事》『上直未歸紅藥院，供吟先得白蘋洲』，雖學樂天，得其清，不得其俗。寇萊公，人多稱其『孤村芳草遠，斜日杏花飛』，余更喜其『數峰横夕照，孤笛起江船』。」

「梅、歐、江、謝俱出於晏氏之門，然殊自作，實西崑體也。其《安昌侯》詩曰：『蓮勺移家近七遷，魯儒章句世相傳。關中沃壤通涇渭，堂上繁華逐管絃。身服儒衣同蔡義，日將巵酒對彭宣。高墳丈五陽陵外，千古朱雲氣凛然。』首尾勻稱。（喬謂此詩不稱殊之爲人，次句「儒」字易「齊」字，則有本領。）《送人之洪州》云：『干斗氣沈龍已化，置芻人去榻猶懸。』誠警鍊精切。」

「李宗諤《南朝》詩云：『仙華玉壽曉沈沈，三閣齊雲複道深。平昔金鋪空廢苑，於今《玉樹》有遺音。珠簾映寢方成夢，麝壁飄香未稱心。惆悵雷塘都幾日，吟魂醉魄已相尋。』組練不及錢、劉，末句則妙。」

「大宋《落花》詩『淚臉補痕勞獺髓』，用鄧夫人事也，詩意細而曲矣！『舞臺收影費鸞腸』，孤鸞不舞，花枝倚風，有似於舞，妙在『影』字似幻似真，説得圓活。花落則影收，鸞應思之，不可以辭害志也。（喬謂詩思至此，終是無情，義山《落花》詩不然。）嘗嘆二詩之妙易見。夏竦獨以通篇不出『落』字，許事業過其弟祁。子京果終於侍從，人服竦精鑑。余謂是富貴人相詩法，風騷家不爾。莒公《春夕》詩『花低應露下，月暗覺雲來』，風致飄然；結云『無言聊隱几，萬物一靈臺』，陋腐。」

「小宋鏤刻遜兄，韵度殊勝。《守成都春宴北園》云：『天意歇餘芳，人間日始長。落花風觀閣，睡鴨雨池塘。稍倦持螯手，猶殘婪尾觴。春歸無所預，羈客自迴腸。』《十月宴江瀆亭》曰：『節去歡猶在，賓來賞倍延。悠揚初短日，淒緊乍寒天。霽沼原非漲，秋花自少妍。蟻留新獻酎，蕙續不殘煙。戲鰋銜餘藻，遊龜避折蓮。流芳真可惜，從此遂淍年。』善狀景候，兼有唐人音節。《遭劾出知亳州》

曰：『歌管嘈嘈月露前，且將身世付酡然。漫誇鼷鼠機頭箭，不識醯鷄甕外天。青史有人譏巧宦，黄金無術治流年。君看醉趣兼醒趣，始覺靈均更可憐。』西崑體加排宕矣。《出守還拜承旨》云：『傷禽縱奮愁痕重，厩馬雖還笑齒長。』尤善寫出意。」

「一代偉人，不可拘以詩句。而韓魏公《春陰》詩云：『草逕漫鋪留醉席，榆寒難擲買春錢。』大是風致。」

「趙清獻《除夕》云：『漏促已交新歲鼓，酒闌猶剪隔宵燈。』《餞别》云：『爲逢蕭寺千山好，不惜蘭舟一日留。』清味可啜。」

「蔡君謨初學西崑，後溺於歐、梅，始變其體，而五言古外，洗滌不淨。西崑人本不同，昌谷意奇，玉溪思奥，無不首尾貫徹；其外腴中枯，以瑰奇掩其錯雜者，惟温氏長篇耳。宋人學之，惟襲其貌。如君謨之『庭院簾帷一齊下，紅蠟陰沈霜滿瓦』，又云『鷄頭軟熟七月終，舉手分付玉杯把』，無怪歐、梅之詆斥也。其幽思藻句，亦不可掩。如『曉市人煙披霽旭，夜潭漁火鬬寒星』、『叠雲封日茜，斜雨著虹明』、『山樵斲晚日，野火著寒雲』，豈不勝於枯淡。其『龕明千像日』，却不韵；『波起一灘雷』，奇甚。絶句最妙，《憶從尹師魯宿香山石樓》云：『霜後丹楓照曲堤，酒闌明月下前溪。石樓夜半雲中嘯，驚起沙禽過水西。』《春日》云：『東風吹雨溼鞦韆，紅點棠梨爛欲然。擬買芳華贈年少，紫榆春淺未成錢。』風流旖旎。其《鄮陽行》不減元結《春陵行》。今人以『桃花盡日隨流水，洞口清溪何處邊』、『縱使晴明無雨色，入雲深處亦沾衣』爲張旭自書所作，不知是君謨也。」

「余靖《子規》詩『疏煙明月樹，微雨落花村』，唐人勝場也。『霧昏臨水寺，風勁欲霜天』，亦妙。尚仍賈島、姚合，宋初之風也。僧祕演『久雨寒蟬少，空山落葉深。危樓乘月上，遠寺聽鐘尋』，有無可之遺意。」

「歐公古詩，叙事處累千百言，不枝不衍，宛如面談。惜其意盡言中，無復餘意，而曲折變化處亦少。歐學韓，韓本别體，佳處不易得，徒淺直耳。且又有賦而全無比興。（喬謂今皆坐此病，不獨歐公。）《廬山高》自許甚重，然僅僅鋪叙，别無意味；至『君懷磊落』以下，横空盤硬語，實傖父耳。《琵琶引》前篇散叙處已是以文爲詩，至『推手爲琵却手琶』，訓詁語矣。後云『玉顔流落死天涯，琵琶却傳來漢家。漢宮争按新聲譜，遺恨已深聲更苦。纖纖女手坐洞房，學得琵琶不下堂。不識寒雲出塞苦，豈知此聲能斷腸』，稍嗚咽可誦。後篇亦落議論。結處『明妃去時淚，灑向枝上花。狂風日暮起，飄泊落誰家？紅顔勝人多薄命，莫怨東風當自嗟』，點染稍爲有情。（喬謂結亦無味。）此以追踪樂天《婦人苦》、《李夫人》諸篇猶大遠在，欲比李、杜，夸父逐日也。詩至廬陵，真是一厄。如《飛蓋橋望月》云：『乃於其兩間』、『矧夫人之靈』、『而我於此時』，開後人無數惡習。永叔本秀冶之才，忽爾嗜痂，竟成逐臭。作近體詩便露本質，雖慕平淡，逸韵自饒。其《蘇主簿洵挽歌》曰：『布衣馳譽入京都，丹旐俄驚返舊閭。諸老誰能先賈誼？君王猶未識相如。三年弟子行喪禮，千兩鄉人會葬車。我獨空齋掛塵榻，遺編時讀子雲書。』《遊石子澗》曰：『席間風起聞天籟，雨後山光入酒杯。泉落斷崖春壑響，花藏深崦過春開。』《送目》曰：『長隄柳曲妨回首，小苑花深礙倚樓。楚徑蕙風消病渴，洛城花雪蕩春愁。』

俱極風流富貴之致。《詠柳》曰：『長亭送客兼迎客，費盡長條贈別離。』態度綽約。」

「蘇舜欽恥與梅聖俞齊名，而詩唯粗豪。《垂虹橋》云『雲頭灩灩開金餅，水面沈沈卧玉虹』，已大不堪。又有『佛地化爲銀世界，仙家多住玉樓臺』，當爲聖俞所恥。寧取『晚泊孤舟古寺下，滿川風雨看潮生』，稍有清氣。」

「梅堯臣詩誠有品，而惡拙者亦復不少，名重招責，益動人口。讀楊、劉諸公詩，如入季倫之室，綺疏繡闥，絲竹肥鮮，忽見葭牆艾席、菁羹橡飯者，反覺高致。故歐與之把臂入林，一時俱爲傾動也。諸人不知矯枉之意，如『青苔井畔雀兒鬭，烏柏樹頭鴉舅鳴』。世事但知開口笑，俗情休要著心行』，及蟹詩之『滿腹紅膏肥似髓，貯盤青殼大於盆』，亦甚推之。風氣既移，前之美談，後之笑具矣。凡詩文之累，不由謗者，而由於譽者，可畏哉！」

「宋之詩文，皆至廬陵一變，有功於文，有罪於詩。自所作者害人淺，論他人詩害人深。宛陵雖尚平淡，其始猶有秀氣，中歲後始不堪耳。苟非群兒推奉，不敢毅然自恣，大傷雅道，豈非永叔使之然哉！晦菴亦云：『聖俞詩非平淡，乃枯槁。』公論也。然精腴雅潔，不乏佳句。如『五更千里夢，殘月一城鷄』、『犬鳴林外火，笛響月中村』、『窗冷孤螢入，宵長一雁過』、《春氣》之『吹花擁細草，送雨來高閣。江燕倚身輕，逆飛復前却』、《發匀陵》曰『孤樹望漸遠，去鳥飛已先。向晚雲漏日，微光人倚船』、《夏日對雨》曰『日日城頭雨，還添湖上波。窗中人自聽，門外潦應多。不畏禾生耳，還愁麥化蛾。吾廬無所有，頻看壁間梭』，生動却不平淡。」喬曰：「詩非一法所能盡，平淡孰如陶公，而壘塊處殊不少，況他人乎？」

又曰：「梅詩有極佳處，其《擬張曲江詠燕》曰：『眇眇雙飛燕，長年與社違。任從新曆改，只向舊巢歸。永日當人語，輕寒送雨飛。自親梁棟慣，不識海鷗機。』捐軀殉國之語也。其《送滕寺丞歸蘇州》曰：『驅車入蜀時，有弟母不往。留婦侍母旁，以子屬婦養。昨得閶門書，婦子死泉壤。此心那得安，棄官提轡鞅。東馳三千里，鬻馬求吴槳。吴槳速如飛，歸來拜堂上。堂前去時樹，已覺枝條長。豈無懷抱感，爲壽酌春醠。』欲解其悲，姑諷其孝也。不獎而勸，忠告善道極矣。温柔敦厚，梅詩之可敬在此。俗子稱其『焚香露蓮泣，聞磬霜鷗睡』，既是詩人，何患無一二摹古好句？」

「陶弼素有盛名，其《兵器》詩，如『自此兩河間，寂寂無戎備。卒閒喜夜歌，將老貪春睡。自此爲太平，恍逾三十歲。戎昊乘我閒，南馳賀蘭騎。陽關久夜開，樞朽不可閉。陣雲起秦雍，殺氣横涇渭。使臣股慄奏，宰相嗔目議。僉曰亟發兵，豎子坑甚易。倉皇築邊壘，未戰力先瘁。逼迫開庫兵，土蝕其鉎鋭。防秋採舊屯，推轂謀新寄。師復從中御，進退由閹寺。權輕號令冗，兩戰無遺類。吾兵自此喪，有詔新其製。朝廷急郡縣，郡縣急官吏。官吏無他術，下責蚩蚩輩。耕牛拔兩角，飛鳥禿翎翅。笴截會稽空，鐵烹華山碎。供億稍後期，鞭朴異他罪』，叙和戎忘備，倉卒用兵之害，最爲酸惻。又其《出嶺》詩曰：『江勢一兩曲，梅稍三四花。登高休問路，雲下是吾家。』可謂清絶。」喬曰：「含蓄甚深。」

「李覯《哀老婦》詩曰『里中一老婦，行行泣路隅。自悼未亡人，暮年從二夫。寡時十八九，嫁時六十餘。昔日遺腹兒，今兹垂白鬚。子豈不欲養？母豈不懷居？繇役及下户，此可知是新法之雇役也。財盡無所輸。異籍幸可免，嫁母乃良圖』云云。泰伯，希文門下士，所賦絶似元豐、熙寧間事。垂老見之，不禁哀悼。此與陶弼《兵詩》詩，可備鑑戒，不當忽也。」

「宋人先學樂天、無可，繼學義山，故失之輕淺綺靡。梅都官倡爲平淡，六一附之，僅在皮毛，未究神理，遂流於粗直。間雜長句，硬下險怪字湊韻，如山兕野麇，不復可耐。後雖屢變，而雅奏日湮，敷陳多於比興，藴藉少於發舒，求其意長筆短者，十不一二也。惟介甫詩能令人尋繹於語言之外，當其絶詣，實自可興可觀，特推爲宋人第一。最妙者，樂府五言古也，七言律次之，七言古又次之。五言律嫌安排，七言律嫌氣盛，而佳篇亦時有之。《送高執中秀才》曰：『薄飯午不羹，空爐夜無炭。勞勞日避席，烈烈風欺幔。謂予勿畏此，何爲向子嘆？長年客塵沙，無婦助親爨。寒暄慰白首，吾弟纔將冠。邅迴歲又晚，想見淮河漫。古人一日養，不以三公换。田園在勠力，且欲歸鋤畔。行矣子誠然，光陰未宜玩。負米力有餘，能無讀書伴？』前叙其不可不歸，後微諷其復來，曲折婉轉。介甫一生傲慢，此何温厚也？《送孫正之》曰：『雲山參差碧四圍，溪水詰曲豐城陴。溪窮壤斷至者誰？予獨與子相諧熙。山城之西鼓吹悲，水風蕭蕭不滿旗。子今去此來無期，予有不可誰余規？』孫不以養歸，故下語剴切。又《日出堂上飲》曰：『日出堂上飲，日入未云休。主人笑而歌，客子嘆以愀。指此堂上柱，始生在巖幽。雨露飽所滋，凌雲亦千秋。所願託永久，何言值君收。乃令卑濕地，百蟻上窮搜。丹青空外好，鎮壓已堪憂。爲君重去之，不使一蟻留。蟻力雖云小，能生萬蚍蜉。又能高其礎，不使繼者稠。

語客且勿然，百年等浮漚。爲客當酌酒，何預主人謀？』寫怡堂燕雀，直堪痛心。末數句即《衛風》『彼人是哉，子曰何其』意也，實《風》、《雅》正傳。又《吾欲往滄海》曰：『我欲往滄海，客來自河源。手探囊中膠，救此千載渾。我語客徒爾，當還治崑崙。嘆息謝不能，相看涕翻盆。客止我且住，濯髮扶桑根。春風吹我舟，萬里空自存。』即是前意，乃變法之本也。介甫未相時，不勝感慨，故《詳定試卷》則曰：『當時賜帛倡優等，今日論才將相中。』《偶成》則曰：『高論頗隨衰俗廢，壯懷難值故人留。』《登臺》則曰：『傾壺語罷還登眺，岸幘詩成却嘆嗟。』相後則深憤異議，故《詠雪》則曰：『勢合便宜包地盡，功成終欲放春回。』堅執自是，而有瞑眩瘳疾之意，故曰：『何妨舉世嫌迂闊，自有斯人慰寂寥。』而《雨過》云：『誰似浮雲知進退，纔成霖雨便歸山。』則平生實志也。其閒適詩亦甚妙。《定林寺》曰：『衆木凛交覆，孤泉静横分。楚老一枝笻，於此傲人群。城市少美蔬，想今困惔焚。且憑東北風，持寄嶺頭雲。』又《定林》曰：『漱甘涼病齒，坐曠息煩襟。因脱水邊屨，就敷巖上衾。但留雲對宿，仍值月相尋。真樂非無寄，悲蟲亦好音。』無所不佳。七律佳句，如《僧舍》云：『和風滿樹笙簧雜，霽雪兼山粉黛重。』《大風》云：『縱湧萬川冰柱立，分披千嶂土囊開。魯門未怪爰居至，鄭圃何妨禦寇來。』《梅花》云：『風亭把盞酬孤豔，雪徑迴輿認暗香。』《贈陳正叔》云：『已同元亮傾樽酒，更與靈均續舊文。』《金陵懷古》云：『黄旗已盡年三百，紫氣空收劍一雙。』刻鏤極工。其《送彦珍》云：『握手百憂空往事，還家一笑即芳時。』『胡床月下知誰對？鸞榼花前想自隨。』『一篇《封禪》才難學，五畝蓬蒿勢易求。』淡淡寫出，又好。《示妹》詩最佳：『孟光求婿得梁鴻，廡下相隨不諱窮。卓犖才名今日事，蕭條門巷古人風。《五噫》尚與時多忤，一笑兼忘我屢空。六月塵沙不相貸，泫然搔首又西東。』自解自悲，想見文士家庭之樂。『病身最覺風霜早，歸夢不知山水長』、『佳時流落真何得，勝事蹉跎自可憐』，不堪多詠。」

「王珪『六鼇』、『雙鳳』，尚不及唐人早朝應制。宮詞多佳，工鋪敘耳，非勸百諷一也。」

「舒亶《村居》云：『水遶陂田竹遶籬，榆錢落盡槿花稀。夕陽牛背無人卧，帶得寒鴉兩兩歸。』《敗荷》云：『忍看夜影分殘月，别送秋聲入晚風。』又有『宿雨閣雲千嶂碧，野花弄日一村香』，山川乃分靈於斯人乎？集之不傳，人累之也。」

「方子通，介甫友也。《紅梅》之『春風吹酒上凝脂』，最傳人口，遠勝毛澤民之『東牆羞頰逢誰笑，南國酡顔强自持』之句也。」

「温公詩絶無言及者，實自清醇。《哭張子厚》云：『人生會歸盡，但問愚與賢。借令陽虎壽，詎足驕顔淵！』固端人之語。最妙者，五言律《哀李牧》云：『椎牛享戰士，拔距養奇才。虜帳方驚避，秦金已暗來。旌旗移幕府，荆棘蔓叢臺。部曲依稀在，猶能話郭開。』《馬援》云：『一棺忠勇骨，飄泊瘴煙深。』《漢武》云：『方士陳丹術，飄飄意不疑。雲浮仲山鼎，風降壽宫祠。上藥行當就，殊庭庶可期。蓬萊何日返？五利不吾欺。』又『苜蓿花猶短，蒲萄葉未齊。更衣過柏谷，走馬宿棠梨。逆旅聊懷璽，田間共鬭鷄。猶思飲雲露，高舉出虹霓』，又『長掩柴荆避寒暑，只將花卉記冬春』、『行逕乍迴初見筍，浮舟正好未生蓮』，俱佳。」

「范純仁『倚錫静眠松下石，煮茶閒試竹間泉』、『吟榻未移溪上月，醉巾長拂野雲迴』、『長年已覺春如夢，遠客惟應醉是家』，俱好句也。」

「劉敞《荒田行》云：『大農棄田避征役，小農挈家就兵籍。良田茫茫少耕者，秋來雨竟生荆棘。縣官募兵有著令，募兵如率官有慶。從今無復官勸農，還逐漁鹽作亡命。』此詩方是大憂。」

「《擊壤集》中《月夜》云：『雨霽風自好，秋深天未寒。移床就階下，看月出林端。有酒欲共飲，無琴可獨彈。他時遇良友，此景復求難。』固自清嘉。」

又曰：「人謂曾子固不能詩，謬也。其『凭闌到處臨清泚，開閤終朝對翠微』、『詩書落落成孤論，耕稼依依憶舊遊』，如此不能詩耶！《閱武堂》云：『柳間自詑投壺樂，桑下方安佩犢行。』循良又儒將也。」

「鮮于侁詩曰：『一氣斡元造，爲功未嘗煩。群生自生妄，天地亦何言。凫脛不可增，楮葉不可鐫。欲益固爲損，勞心非自然。不見平陽侯，醇酒聊終年。』刺新法甚婉。」

「詩至慶曆，最畏俚俗，文同獨能修飾。《起夜來》曰：『曉窗明緑紗，蜀錦壓春卧。横腮琥魄冷，驚起新夢破。玲瓏轉條脱，縹緲梳鬟鬌。高軸響銀床，時誤君車過。』珠玉在瓦礫矣。如『百蟲促夜去，一雁領寒起』、『歸鳥亂飛葉，暮雲凝遠山』、『暖蟲垂到地，晴鳥語多時』，又云『萬嶺逼雲秋色裏，一峰擎雪夕陽中』、『惜去更看新畫壁，記來重注舊題名』、《梅花》云『破萼未深聊敵雪，收香不密任隨風』，俱清麗可喜。又有『檢書防落燼，下幕恐遺香』、《海棠》云『爲愛香苞照地紅，倚欄終日對芳叢。

夜深忽憶高枝好，把酒更來明月中』，尤自清越。」

「子瞻詩美不勝言，病不勝摘。大率多俊邁而少淵渟，得瑰奇而失詳慎，多粗豪滑稽草率，又多以文爲詩。然其才古今獨絶。子瞻《聞子由不赴商州》曰：『惟有王城最堪隱，萬人如海一身藏。』《倅杭》云：『南行千里成何事？一聽秋濤萬鼓音。』《過海》云：『空餘魯叟乘桴意，粗識軒轅奏樂聲。九死南荒吾不恨，兹遊奇絶冠平生。』如此胸襟，真天人矣。公詩本一往無餘，徐州後更恣縱。如《賈耘老水閣》云：『愛酒陶元亮，能詩張志和。青山來水檻，白雨滿漁蓑。淚垢添丁面，貧低舉案蛾。不知何所樂，竟夕獨酣歌。』寫曠懷藴藉。黄州詩尤不羈，『小屋如漁舟，濛濛水雲裏』一篇，最爲沈痛；『雨中看牡丹，依然暮還斂』，亦自惜幽姿，尤有雅人深致。其清空而妙者，如『野闊牛羊同雁鶩，天長草樹接雲霄』、『古琴彈罷風吹座，山閣醒時月照杯』、『狙公欺病來分栗，水伯知饞爲出魚』、『林下雪霜侵户月，枕中琴瑟落階泉』，俱佳。」

「子由才氣不如兄，而有醇醪飲人之致。閒適則有『遠泛便成終日醉，幽尋不盡數家園』、『簾中飛絮縈殘夢，窗外啼鶯伴獨吟』；風景則有『雨餘嶺上雲披絮，石淺溪頭水蹙鱗』；排遣則有『宦遊底處非巢燕，歸計何嫌誚沐猴』、『士師憔悴經三黜，陶令幽憂付一酣』、『懶將詞賦占鴞臆，頻夢江湖伴蟹螯』；慰人則如『舊傳北海偏憐客，新怪東方苦怨飢。應笑長安居不易，空吟原上草離離』；使事則有『峴首重尋碑墮淚，習池還指客横鞭。逃亡已覺依劉表，寒畯應須禮浩然』、『槖裝已笑分諸子，吏道何勞問薛公』；雜詩則有『蒼然澗下松，不願世雕刻。斧斤百夫手，牽挽千牛力。斲成華屋柱，加以綴衣飾。人心喜相羨，松心終自惜』，皆唐人詩也。北歸潁上後詩間雜詼諧，涉筆成趣。如《九日》云：『酒慳慚對客，風起任飄冠。』《葺居》云：『旋築高牆護鷄犬，稍容嵇阮醉喧嘩。』而《大檜》詩云：『便令殺身起大廈，亦恐衆材無匹敵。且留枝葉撓雲霓，猶得世人長太息。』傑然不凡。」

「昔人評秦少游詩，『如士女步春，終傷婉弱』。其『支枕星河横醉後，入簾風絮報春深』，真好姿態。而『屠龍肯自羞無用，畫虎從人笑未成』，却自骯髒，不如介甫之『鷄蟲得失何須問，鵬鷃逍遥各自知』之老手。」

「晁補之視少游有骨氣，如『虚齋閉疏窗，竹日光耿耿。更無司業酒，但有廣文詠。人憐出入獨，自喜往還省。時作苦語詩，幽泉汲修綆』。又《視田贈弟》曰：『一從學聱牙，世事百色廢。賣牛姑補室，歲晚霜雪至。』大有古音。」

「山谷詩，當取清空平易者。如《曲肱亭》云：『仲蔚蓬蒿宅，宣城詩句中。人賢忘巷陋，境勝失途窮。寒菹書萬卷，喪亂剛直胸。偃蹇勳業外，嘯歌山水重。晨鷄催不起，擁被聽松風。』不矯揉而佳。生平病在好奇，又喜使事。究其所得，實不如楊、劉。詠弈之『湘東一目誠堪死，天下中分尚可持』，巧累於理。而『霜林收鴨脚，春網薦琴高』，以『鴨脚』稱銀杏，是取其葉，以『琴高』作鯉，更不可。又《落星寺》詩云：『蜂房各自開户牖，蟻穴或夢封侯王。』上句言山腰寮舍衆多，下句出題外矣。（喬謂必是刺禪人，稱鄭稱楊耳。）《猩猩毛筆》云：『愛酒醉魂在，能言機事疏。平生幾兩屐，身後五車書。物色看《王會》，勳勞在石渠。拔毛能濟世，端爲謝楊朱。』雖題曰戲作，而使事天趣洋溢。至《接花》詩：

『雍也本犁子，仲由原鄙人。升堂與入室，只在一揮斤。』大雅掃地矣。（喬謂此與「好風聖之清」，止可於長排律中，以見句法變換，短排律已不可用，況八句律乎？）」

「坡詩傷於太盡，才大難降，筆走不守。魯直頗能開闢，虬髯倔强海外耳。陳師道以薦即得官正字，詩曰：『扶老趨嚴召，徐行及聖時。端能幾字正，敢恨十年遲。肯著金根誤，寧辭乳嫗譏。向來憂畏斷，不盡鹿門期。』用事切當。《雪》詩云：『木鳴端自語，鳥起不成飛。』不落色相。《九日寄秦覯》云：『疾風回雨水明霞，沙步叢祠欲暮鴉。九日清尊欺白髮，十年爲客負黄花。登高懷遠心如在，向老逢辰意有加。淮海少年天下士，獨能無地落烏紗？』殊有陋巷不改其樂之意。或推後山直接少陵，其五言律誠有相近處，此體猶未盡，何況諸體，而可言直接耶！」

「蘇門六子，文潛尤可喜。《海州道中》云：『渡頭鳴春村徑斜，悠悠小蝶飛豆花。逃屋無人草滿家，纍纍秋蔓懸寒瓜。』《廣化遇雨》云：『撞鐘寺門掩，晚霽尚殘滴。相攜下山去，塵静馬無跡。歸來解鞍歇，新月如破璧。但恐桃花源，回舟已青壁。』大是清越。七言律尤多秀句，如『緑野染成延晝永，亂紅吹盡放春歸』、『萬頃澤空供雪意，一枝梅笑破冬嚴』、『新月已生飛鳥外，落霞更在夕陽西』、『青引嫩苔留鳥篆，緑垂殘葉帶蟲書』、『歸鳥各尋芳樹去，夕陽微照遠村耕』，脱盡爾時惡習。又『何待挑琴知有術，未嘗驅豆更無謀』，不減温、李。《春日雜書》云：『昨日爲雨備，今晨乃大風。臨風謹自備，通夕雪迷空。備一失常計，盡備力難供。因之置不爲，拱手受禍凶。當爲不可壞，任彼萬變攻。築屋如金石，何勞計春冬？』只須此住，便有餘味。下云：『此道簡且安，古來家國同。』説盡便索然。東坡

《湖上夜歸》云：『我飲不盡器，半酣味尤長。籃輿湖上歸，春風吹面涼。行到孤山西，夜色已蒼蒼。清吟雜夢寐，得句旋已忘。尚記梨花村，時時聞暗香。』亦須只此住即妙。」

「賀鑄方回工於詞，而詩亦絶勝。如《放鶴亭》云：『萬頃白雲山缺處，一庭黄葉雨來時。』《茱萸灣晚泊》云：『荻浦漁歸初下雁，楓橋市散只啼鴉。』《漢上屬目》云：『白雲蒙山頭，清川山下流。芳洲采香女，薄暮漾歸舟。並蒂雙荷葉，逢迎一障羞。持情不得語，大婦在高樓。』皆妙。」

「晁叔用沖之，無咎弟也。《田中行》有古趣。又有『獵回漢苑秋高夜，飲罷秦臺雪作天』、『繫馬柳低當户葉，迎人桃出隔牆花』，俊氣可味。」

「高士徐積仲車詩有唐音。《送王潛聖》末云：『關西夫子雖遲暮，行笑行吟正安步。菑川海上牧羊兒，解説公孫放豚去。』磊落有氣度。」

「唐子西論詩可觀，所作不逮。『山静似太古，日長如小年』，警句也。餘語不稱。『山轉秋光曲，川長暝色横』，亦佳。《初到惠州》曰：『盧橘楊梅乃爾甜，肯容遷謫到眉尖。因行採藥非無得，取足看山未害廉。辨謗若爲家一喙，著書不值字三縑。老師補處吾何敢，政謂家風不敢謙。』『老師』謂東坡，『補處』用彌勒佛事。中聯小有丰致。至《湖上》之『佳月明作哲，好風聖之清』，文海泥犁也。」

「韓駒子蒼《冬日》云：『北風吹日晝多陰，日暮擁堦黄葉深。倦鵲遶枝翻凍影，飛鴻摩月墮孤音。推愁不去如相覓，與老無期稍見侵。顧藉微官少年事，病來那復一分心。』前寫景，後寫懷，隨句而轉，漸就衰颯，而恬讓之致可掬。《夜泊寧陵》詩雖不高尚，無惡習，款段馬也。曾、韓則本非千里才，惟蹄豁耳。」

「北宋詩，但非宛陵、豫章二派，即多可喜。如劉跂《題半隱堂》曰：『一堂圖籍自陶冶，三徑蕭蘭俱歲華。定非平恩許侯宅，會是仲長公理家。端居雅不煩屏當，佳處頗常成咄嗟。惟我閒身數來往，微絃一泛即生涯。』（喬謂此詩亦有宋人槎枒之氣。）韋冠之《寄荆南故人》曰：『餘生自是一虚舟，未害尋詩慰客愁。梅欲飄零猶藴藉，柳纔依約已風流。關心弟妹無黄犬，入夢江湖有白鷗。别後故人相念否？東風應倚仲宣樓。』二詩甚有風致。」

「洪覺範詩中名家，不當以僧論也。五言古詩，不獨清氣，用筆高老處，如記如畫。近體詩如《石臺夜坐》云：『永與世遺他日志，尚嫌山淺暮年心。凍雲未放僧窗曉，折竹方知夜雪深。』《上元宿百丈》云：『夜久雪猿啼嶽頂，夢迴明月在梅花。』秀骨嶷然。又『拾句書幽石，收茶踏亂雲』，亦有清致。」

「李伯紀云：『聞説飛蝗起自淮，勢如風雨渡江來。吾家歲事何須慮，只恐人言不是災。』得家信作，真賢宰相也。《記舊夢》、《泛舟循惠間》、《李嗣宗小圃》詩俱佳。」

「汪藻彦章《寧川驛》云：『過眼風光一餉休，坐狂猶得佐名州。雖遭瀧吏嗤韓子，却喜溪神識柳侯。盡日野田行穲稏，有時雲嶠聽鉤輈。會將新濯滄浪足，踏遍千巖萬壑秋。』俊逸似大蘇。又《醉别》云：『雙槳又乘清夜去，一樽聊發少年狂。』亦灑落可喜。胡澹菴乞斬王倫，被竄渡海，詩曰『銀山千疊酒微酣』，氣概如此！」

「劉屏山、朱韋齋詩最可喜。韋齋《謁吴公路許借論衡復留一日》云：『幽獨不自得，駕言款齋廬。

殷勤主人意，投轄恐回車。世途早已涉，此去將焉如？惟憂酒錢盡，使我詩腸枯。會合曾幾何，可復自爲疏？更當留一夕，帳中搜異書。』《送金確然歸弋陽》曰：『昔我雲溪居，送子雲溪濆。重來問何時，笑指溪上雲。一别四周星，坐此世事紛。衰顔兩非昔，華髮粲可耘。我纏風樹哀，終日無一忻。子乃水菽憂，南北奔走勤。對床語未終，别意如絲棼。歸夢尚隨子，何當嘆離群。』二詩有長厚之風。又《詠芍藥》云：『誰令玉頰紅成點，如意痕輕琥珀多。』丰神婉媚。屏山絶句云：『偶臨沙岸立多時，淡淡煙村日向低。幽事挽人歸不得，一枝梅影浸澄溪。』」喬謂絶似楊誠齋清淡詩。

「吕本中居仁有清致而多輕率。《柳州開元寺夏雨》云：『風雨蕭蕭似晚秋，鴉歸門掩伴僧幽。雲深不見千巖秀，水漲初聞萬壑流。鐘喚夢回空悵望，人傳書至竟沈浮。虎頭燕頷非吾相，莫羡班超拜列侯。』《西歸舟中懷人》曰：『一雙一隻路旁堠，乍有乍無天際星。亂葉入船侵敗衲，疾風吹水摧枯萍。山林何謝誰方駕？詩語曹劉可乞靈？酒盌茶甌俱不厭，爲公醉倒爲公醒。』韵度雖饒，終有緩頽之恨，皆韓子蒼流弊。」

「事莫病於僞。歐、梅之矯錢、楊，未盡爲詩害也，令歐任其秀冶，梅率其清温，原自名家。惟是筆力不高，飾爲勁悍，遂流於粗鄙，而惡聲出矣。魯直好奇，兼喜使事，實陰效錢、楊而變其音節，致多矯揉詰屈，不能自然。然氣清味冽，胸中亦自有權衡，故佳篇尚多。子蒼逸韵天生，疏率自喜，轉覺天趣有餘，結構不足，雖淵源豫章，實與魯直相背。」

「曾幾茶山天性粗劣，又崇豫章之粗率，備得諸公之惡境而效之，故皆啅噪之音。集中惟月詩之

『明時諒費銀河洗，缺處應須玉斧修』爲最警。而雪詩之『一夜紙窗明似月，多年布被冷如冰』，豈曰詩耶！一瞽登壇，群盲振鐸。自後論詩者日多，害詩也日甚。至江湖詩出，而此道遂淪長夜。大率宋詩三變，一變爲傖父，再變爲魑魅，三變爲群丐乞食之聲。《中州集》中，高者秀雅，卑者亦不至鄙俚。一時惡氣，獨集於東南，國之不祥，先見於筆墨耶？」

「選南宋詩，務取短中之長，一聯一句亦收之；首尾求全，幾無詩矣。陳與義簡齋詩以趣勝，而受病於此，俊氣終不可掩。如《雨晴》詩：『牆頭語雀衣猶濕，樓外殘雷氣未平。』《江漲》云：『疊浪并翻孤日去，西津横捲半天流。』《送瑞安令》云：『衣冠袞袞相逢處，草木蕭蕭未變時。聚散同驚一枕夢，悲歡各誦十年詩。山林有約吾當去，天地無情子亦飢。』雖無格調，語猶入情。陳淵幾叟勝於簡齋。《嚴陵約臺》云：『溪山有底好？適契貧士欲。敢論生不侯，但喜夢非僕。攜笻縱朝步，初日穿林麓。西風扶兩腋，一舉千里鵠。』意氣不凡，下語新警。」

「周必大益公氣骨不高，微有淹雅之度。如《詠園》云：『回環自斷三三逕，頃刻常開七七花。』有自然之致。（喬謂次句乃道得無情。）益公每舉歐陽鈇警句示人，其有韵態者，有『風色似傳花信到，夕陽微放柳梢晴』，餘即寒陋。」

「詩若字字牽入道理，則一厄也。選元晦詩，惟取多興趣者。如『惆悵江頭幾樹梅，杖藜行繞去還來。前時雪壓無尋處，昨夜月明依舊開』。（喬謂後聯有唐意，首聯宋氣重。）《詠雪》云：『不應琪樹猶含凍，翻笑楊花許耐寒。』甚妙。道學詩亦有佳句，如徐崇父《毅齋即事》云：『苔色上侵閒坐處，鳥聲來和獨吟時。』林㦌齋《送縣丞》云：『松廳莫笑無公事，蓮幕常能致俊流。』吕東萊云：『徑欲卜居從釣叟，垂楊缺處竹門開。』」

「陳傅良止齋《寄陳同甫》曰：『古來才大難爲用，納納乾坤著幾人？但把鷄豚宴同社，莫將鵝鴨惱比鄰。』上句即『民之失德，乾餱以愆』之意。今觀此兩句，可見俗情淺慮，恩怨本無大故，而毁譽由之。同甫屢經患難，故以爲戒。下云：『世非文字將焉託，身與兒孫竟孰親？』一語解紛吾豈敢，祇應行道亦酸辛。』可爲淚下。《冬夜感懷》云：『已覺二毛嗔婦問，可堪一飯患兒多。』真境真語。又有詩云：『珪璧襲繅藉，山龍飾衣裳。不聞遂古初，而興自虞唐。毁車崇騎射，隸作篆籀藏。至今人便之，秦亦忽以亡。』又曰：『累觴以爲歡，班荆以爲儀。交際貴如此，勿使至意虧。頗嘗怪《小雅》，《鹿鳴》至《魚麗》。賓主禮百拜，六經似支離。』重傷古道之不復也。次篇反語，令人自思，意真語亦雅。」

「宋人樂府尤遠。葉適水心《白紵詞》曰：『有美人兮來獨處，陟彼南山兮伐寒紵。挑燈細緝抽苦心，冰花織成雪爲縷。不憂絶技無人學，只愁不堪嫁時著。鄭僑吴札今悠悠，争看買笑錦纏頭。』嘆知音難得，又不忍決絶，徘徊婉轉，無限風流。」喬謂此僅望見張、王耳，在宋已成絶作。

「劉宰《猛虎行》云：『市有虎，毋妄言。當關虎士森戈鋋，市上一呼人駕肩。虎雖猛，那得前？市有虎，言非妄。君不見左馮翊，天下壯。斧斤聲斷林壑空，猛虎通衢恣來往。食人肉，飲人血，沈痛積怨那可説？凝香堂上紫煙浮，風流太守憂民憂。一朝下令開信賞，藉皮枕骨彌山丘。虎已滅，人患絶,夜永猶聞泣幽咽。泰山之側如可居,子後夫前甘死别。』漫塘倡,西涯祖之。」

「晚宋人詩有極佳而名不彰者。如吴龍翰詩云:『妾心江岸石,千古無變更。郎心江上水,倏忽風波生。』又云:『擊筑復擊筑,欲歌雙淚横。寶刀重如命,命如鴻毛輕。』二詩有古樂府意。」

「洪适之『青青河畔草,英英籬邊菊。雅雅當窗女,濯濯手如玉。淵淵錦中意,粲粲未盈幅。藁砧天一涯,刀頭誤行卜。御鑑怨新眉,誰教遠山緑』,又『迢迢牽牛星,奕奕停梭女。尋盟整遥轡,緘情遵漢渚。欣讌未斯須,别愁眉已度。黄月不我留,殘機忍重顧。翻羨巫山雲,朝朝楚王遇』,深情秀致,全在結語弄姿,寫出無聊之態。比擬漢人,在宋甚少。」

「裘萬頃元量《雨後》云:『秋事雨已畢,秋容晴爲妍。新香浮穲稏,餘潤溢潺湲。機杼蛩聲裏,犁鋤鷺影邊。吾生一何幸,田里又豐年。』《出門》云:『出門復出門,吾行竟安之?攜書北窗下,翻閲聊自怡。有懷千載人,掩卷還歔欷。采采首陽薇,戀戀商山芝。一裘或終身,欣然釣江湄。斯人不可作,古道日式微。目前稻粱謀,鳧雁方齊飛。青田寂無音,歲晚將疇依?慎勿出門去,塵埃染人衣。』元量生於豫章,略不沾其惡習,可敬也。其《雪》詩尤見義烈之概。」

「隆興後詩推范、陸、尤、楊。尤袤延之《海棠》詩:『曉粧無力胭脂重,春睡方酣酒暈深。』又《苦雨》詩:『十年江國水如注,怕見三秋雨作霖。可念田家妨卒歲,須煩風伯蕩層陰。禾頭昨夜憂生耳,木德何時却守心?歲星守心,天下大豐。兀坐書窗詩作祟,寒蛩嗚咽伴愁吟。』」

「楊誠齋萬里論詩最多妙語,自作則落粗豪一路。其《送丘宗卿帥蜀作》最有名,云:『諭蜀宣威百萬兵，不須號令自精明。酒揮勃律天西椀，鼓臥蓬婆雪外城。二月海棠傾國色，五更杜宇説鄉情。少陵山谷千年恨，不遇丘遲眼爲青。』（喬曰：「次聯似征羌出塞，後半氣不稱前半。其『傾國』虚用亦佳，『杜宇』句弄姿好，二物皆蜀有也。」）又其《夜坐》詩：『荒城日短溪山静，野寺人稀鸛雀鳴。』亦好。」

「選宋詩不可繩以古法，但汰其已甚者而已。吾於北宋愛子由，（喬謂：不言介甫，尊之也。）南宋愛范成大至能。《代人贈別》云：『一曲悲歌水倒流，樽前何計緩千憂？事如夢斷無尋處，人似春歸挽不留。草色黏天鶗鴂恨，雨聲連曉鷓鴣愁。迢迢緑浦帆飛去，今夜新晴獨倚樓。』《南徐道中》曰：『半生行路與心違，又逐孤帆劈浪飛。吴岫擁雲遮望眼，楚江浮月冷征衣。長歌悲似垂垂淚，短夢紛如草草歸。若使一廛供閉户，肯將青雀易柴扉？』《入秭歸界》有云：『幽禽不見但聞語，野草無名總着花。』《鄂州》結句云：『却笑鱸江垂釣手，武昌魚好便淹留。』用孫吴謡語能變化。《舟渡胥口》曰：『古來此地快蓬心，天遶明湖月照臨。一雁雲平時隱現，兩山波動對浮沈。衰顔都共荻花老，醉面不如楓葉深。罾户釣徒來問訊，去年盟在肯重尋？』又有『月從雪後皆奇夜，天向梅邊別有春』、『鵬鷃相安無可笑，熊魚自古不能兼』，俱有新趣。絶句則《兗州道中》云：『松林斷處前山缺，又見南湖數十峰。』《冬日雜興》云：『霜風掃盡千林葉，閒策笻枝數鶴巢。』皆秀淡可喜。」

「余初讀務觀詩於《瀛奎律髓》選宋詩中，覺得洋洋盈耳，因極賞之。及閱《劍南集》，前意頓減。大抵才具無多，意境不遠，善寫眼前景物，音節琅然。篇中必有一聯致語，葱翠欲滴。間出新脆語，如二月海棠，妖豔撩人。亦時有激昂之語，惟七律有之，因節取數篇於後。長篇惟《題少陵畫像》，敘事如見。《江樓醉中》云：『天上但聞星主酒，人間寧有地埋憂？』務觀爲石湖幕府，在局六年，以得縱懷。及守嚴陵，思舊述懷云：『桐君故隱兩經秋，小院孤燈夜夜愁。名酒過於求趙璧，異書渾似借荆州。溪山勝處身難到，風月佳時事不休。安得連雲車載釀，金鞭重作浣花遊。』此猶子美之思嚴武也。《後寓嘆》曰：『貂蟬未必出兜鍪，要是蒼鷹已下韝。彭澤竟歸端爲酒，輕車已老豈須侯！千年精衛心平海，三日於菟氣食牛。會與高人期物外，摩挲銅狄灞陵秋。』此當有後進妄生長短，如韓君平在夷門也。《書壁》有云：『天下不知誰竟是，古來惟有醉差賢。過堂未悟鐘當釁，睨柱誰知璧偶全。』《遣興》有云：『尚饒靈運先成佛，那計辛毗不作公。』放翁壯時有志經世，故《感舊》云：『歲晚猶思事鞍馬。當時那信老耕桑？』久歷世途，故有『此身幸已免虎口，有手但能持蟹螯』、『生來不啜猩猩酒，老去那營燕燕巢』之句。天啓、崇禎中，忽尚宋詩，實未知宋人三百年本末，止見一陸放翁；而放翁佳處亦未能見，止取其詩之易解，學之易成，遂無體格。不鍛鍊精思，但於中聯作弄姿語，起結草草，直寫俚諺。使放翁有靈，能無稱屈！」

「永嘉四靈，趙紫芝爲勝。佳句有『輔嗣《易》行無漢學，玄暉詩變有唐風』、『禽翻竹葉霜初下，人立梅花月正高』，又云『無欲自然心似水，有營何止事如毛』，仍出酸語，故爲嚴羽所輕。又有『野水多於地，春山半是雲』、『池成逢夜雨，籬壞出秋山』。其《延禧觀》之『鶴毛兼葉下，井氣與雲同』，井爲藏丹之所，此言丹氣也，妙甚。翁卷差遜趙師秀，佳句有『閒燈妨遠夢，秋雨亂愁吟』。二徐最劣，靈暉不及靈淵。徐照《瀑布》云：『千年流不盡，六月地常寒。』甚佳。結云：『人言深碧處，常有老龍蟠。』醜態仍見。徐璣佳句：『月生林欲曉，雨過夏如秋。』」

「讀嚴滄浪詩於宋人中，如諸於繡踞中見司隸將吏。古詩亦用功於太白，但力不逮耳。五言律有沈雲卿、岑嘉州之遺風，七言律於高適、李頎尤深。惟樂府不入古，但得之唐人耳。其送客絶句云：『川程極目渺空波，送爾歸舟奈别何！南國音書須早寄，江湖春雁已無多。』極似唐人。滄浪精於紀律，吾終推介甫於宋人爲第一，猶五祖令學人皆稱神秀偈，而衣鉢自付慧能耳。」

「豫章派最多惡習，蕭彦毓梅坡雖有『西昌有客學南昌』之號，猶似超出。其《西湖雜詠》曰：『花心亭上坐，滿眼似湖光。只爲便幽趣，能來倚夕陽。水邊春寺静，柳下小舟藏。不待清明近，鶯花已自忙。』雖淺不惡。」

「趙蕃昌父論詩，專祖曾、吕。嘗云：『若欲波瀾闊，規模須放弘。端由吾養氣，匪自歷階升。』如此弘闊，有何足取？佳句有『紅葉連村雨，黄花獨徑秋。詩窮真得瘦，酒薄不禁愁』、『正自摧頽同病鶴，況堪吟詠類寒蛩』、『潭水解令胡廣壽，夕英何補屈原飢』。」

「敖陶孫《詩評》，特妙於語言。其詩惟傳《哭趙忠定公》，中聯云『狼胡無地歸姬旦，魚腹終天痛屈原』，甚偉；而起云『左手旋乾右轉坤』，末云『休説渠家末世孫』，可惜。」

「楊用修稱劉後村《李夫人招魂歌》、《趙昭儀春浴行》、《東阿王紀夢行》，然僅西崑體之似耳，他篇粗鹵甚多。佳句如《挽陳師復》云：『闕下舉旛空太學，路旁攀轍卧遺民。』《自題小室》云：『閣上大夫投欲死，甕間吏部寢方酣。』又『喜延明月常開户，貪看青山懶下樓。』」

「江湖詩非無一二佳句，但全篇酸鄙。如韓無咎南澗《紅梅》云：『越女漫誇天下白，壽陽還作醉時粧。』其子澗泉《寒食》云：『吹盡海棠無步障，開成山柳有堆綿。』俱佳。戴式之，無行之尤者，亦有佳句。如《尋梅》云：『蜂黄塗額半含蕊，鶴膝翹空疏帶花。』『鶴膝』言枝，『蜂黄』言鬚也。結云：『此是尋梅端的處，折來須付與詩家。』打油醜殺。如群丐唱歌，非無亮喉，無奈通身是丐何！至其『夜涼風動竹，人静月當樓』、『雁影參差半江月，鷄聲咿喔數家村』、『千江月色令人醉，半夜梅花入夢香』、『白石岡頭聞杜宇，對他人墓亦沾巾』，却妙。」

「王鎡生宋末，亦法賈、姚。《溪村》云：『山路隨村轉，溪晴踏軟沙。斜陽漁晒網，疏竹露人家。行蟹上枯岸，飢禽銜落花。老翁分石坐，閒話到桑麻。』又有『晴雪添崖瀑，春雲雜曉煙』、『敲門僧踏梅花月，入夜猿啼楓樹霜』。」

「文信公不以詩重，而公實能詩。《雲端》云：『半空夭矯起層臺，人道劉安車馬來。山上自晴山下雨，倚欄平立看風雷。』有履險如夷之概。又『人皆有喜榮三仕，吾尚無文送五窮』、『酬菊醉餘披草坐，探梅吟罷帶花回』，佳句也。」

「詩壞而宋衰，垂亡而詩道反振。林景熙詩曰『開池納天影，種竹引秋聲』、『日斜禽影亂，水落樹根懸』、『香飄苔徑花誰惜？影落寒泉鶴自看』、『老愛歸田追靖節，狂思入海問安期』、『萱草堂深衣屨寄，桃花觀冷酒重攜』、『僧閒自與雲來往，鶴老應知城是非』，何讓唐人。《詠秦本紀》尤佳：『瑯琊臺上晚雲平，虎視耽耽隘八紘。萬里不知人半死，三山空覓草長生。兆來鬼璧沙丘近，威動神鞭海石輕。書外有書焚不得，一編圯上漢功名。』又『夢回荒館月籠秋，何處砧聲喚客愁？深夜無風蓮葉響，水寒更有未眠鷗』。」

「讀唐義士清父涇詩，令人泣下。如『鳳去只餘《韶》樂在，雁來還有帛書無』《江南》、『頻歲建杓移北斗，何人持節救東甌』《徙廣》、『大旗晻靄雲藏闕，水陣周遭雪壓城』《徙海》、『島上有人悲義士，水邊無處問君王』《崖山》，字字酸辛，不獨《冬青》詩也。」

「謝翺皋羽《效孟郊體》云：『牽牛秋正中，海白夜疑曙。野風吹空巢，波濤在孤樹。』酷似之矣。文亦似詩，得寒瘦之妙。」

又曰：「歐、梅惡西崑使事，力欲矯之。夫俗題不得雅事點染，何以成文？但不可排砌如類書耳。」

又曰：「宋人好用心於無用之地，如山谷之注『喚起』、『催歸』爲二鳥名，東坡之用『玉樓』、『銀海』於雪詩是也。」

又曰：「詩中使事如使材，在能者之運用耳。」

又曰：「詩嫌於盡。」

又曰：「煉字落險僻，即不雅而可憎。」

又曰：「作詩不必拘拘字句，然字不工即害句，句不工即害篇。」

# 圍爐詩話卷之六

崑山吴喬修齡氏述

諸英俊以陳卧子所選明詩畀余，曰：「丈丈高論，請於此指其實焉。」喬答之曰：「明初之詩，尚自平秀；弘治以後，化爲異物，不可謂之詩矣！獻吉立朝大節，一代偉人，而詩才之雄壯，明代亦推爲第一。其詩之深入唐人閫奥者，安敢没之？如『卧病一春違報主，啼鶯千里伴還鄉』，上句言坐獄，即退之《琴操》『臣罪當誅兮天王聖明』之意也；下句言人情寥落，即《楚詞》『波濤以來迎，魚鱗以媵余』、義山『歸去横塘晚，華星送寶鞍』之意也。使獻吉平心易氣，全集皆然，余安敢不推爲唐人，奉爲盟主？惟其粗心驕氣，不肯深究詩理，祇託少陵氣岸以壓人，遂開弘、嘉惡習。李于鱗之才遠下獻吉，踵而和之。淺夫又極推重，遂使二李並稱，瞎盛唐之流毒深入人心。不求詩意，惟求好句，不學二李，無非二李。今欲發明三唐詩道，推爲禍首，則余所極敬慕之偉人，口誅筆罰，不敢恕矣。蓋獻吉本非有得於杜詩而爲之也，自負其才，不得入翰林，致怨於李賓之，見其詩句平淺，故倚少陵而作高大强硬之語以反之。于鱗成進士後有意於詩，與其友請教於謝茂秦。茂秦在明人中錚錚，而未有見於唐人者也，教以取唐詩百十篇，日夜詠讀，倣其聲光以造句。于鱗從之，再起何、李之死灰，成七才子一路。卧子此選，即七才子之遺調也。」

唐、明詩相去天壤，今舉唐之最下者，與明之最高者較之，品位自見。許渾詩，當時謂爲「不如不做」者也。今又於渾詩中舉最死實者，如《題衛將軍廟》云：「武牢關下護龍旗，挾槊彎弓馬上飛。漢業未興王霸在，秦軍纔散魯連歸。墳穿大澤埋金劍，廟枕長淮挂鐵衣。欲奠忠魂何處問？葦花楓葉雨霏霏。」首聯言戰功，次聯言高蹈，三聯言墳廟，四聯以情景結之，題中之意自足，措詞無一字虚設。但許詩俱無遠神，故當時不重之耳。明初詠白燕者紛然，推袁凱第一，稱爲「袁白燕」。起句云「故國飄零事已非，舊時王謝見應稀」，失之於泛，燕亦可用。次聯云「月明漢水初無影，雪滿梁園尚未歸」，二語是操，第三聯應縱，而曰「柳絮池塘春入夢，梨花庭院雨沾衣」，與次聯輕重無別，如時文之後比，亦實做如中比也。唐人之中二聯無虚實者，必第七句轉，末句收。凱不知此法，其末聯云「趙家姊妹多相妬，莫向昭陽殿裏飛」，語泛與起同。八句中起結是燕，非白燕，第三聯重出，止有兩句是白燕，比《衛將軍廟》詩如何？使凱學識大進，重作此題，於「白燕」上一絲不漏，只可比崔珏《鴛鴦》、鄭谷《鷓鴣》死句，未是曹唐《病馬》活句，以無袁凱在其中，畫也，非詩也。詩須有爲而作，非自託則寄慨寄規。正德間有妓女詠骰子者云：「一片寒微骨，翻成面面心。自從遭點污，抛擲到如今。」字字切題，而又字字寄慨，有此妓在詩中，豈如袁凱詩止有二句畫白燕乎？凱詩雖非合作，而猶清新。弘、嘉陳濁者當拜凱以學畫，凱乃拜此妓以學詩。

明人見識力量只到得許渾而止，未見晚唐好詩，何況盛唐！空同最膾炙人口者，《朱仙鎮》詩，與許渾《衛將軍廟》詩何異？豈有纖微深意遠神，而以盛唐自許耶！

于鱗《詩删》去宋人，而以明人直接盛唐人。今有范氏所選歷代詩，亦然。余謂弘、嘉習氣流注人心，即此可驗。

獻吉高聲大氣，于鱗絢爛鏗鏘，遇湊手題，則能作殼硬浮華之語，以震眩無識；題不湊手，便如優人扮生旦，而身披綺紗袍子，口唱「大江東去」，爲牧齋所鄙笑。由其但學盛唐皮毛，全不知詩故也。

徒手入市而欲百物爲我有，不得不出於竊，瞎盛唐之謂也。竊國者在前，後人又竊其鉤。

二李於唐詩之意在言外，宋文之法度謹嚴，實無所見，故其文則蔑韓、歐而學《史》、《漢》，其詩則蔑韋、柳而學盛唐，敢言古文亡於昌黎，不讀大曆以後一字。禪者云：「吾參究三十年，方知識羞。」後之智人稱之曰：「好箇『識羞』二字。」彼既自以爲能，見韓、歐、韋、柳無《史》、《漢》、盛唐字句，故出此言，總爲無三十年參究苦心耳。元美於文章，以震川爲梗，晚知自傷。餘三公没齒不覺。夫韓、歐、韋、柳，才豈下於四公？班、馬、盛唐寧不效學，得其神者，不襲其形也。子受體於父，而四肢五官不能盡似，子既自成人身，自有引業滿業故也。若摶土刻木，以肖其人，無一不肖，本非人身故也。豈可以土木之肖者爲子，而望以烝嘗嗣續也哉！昌黎學子長而不似子長，永叔學昌黎而不似昌黎，以其雖取法乎古人，而自有見識學問也。詩文在神理，不在字句。古學如飲食，俗學如糞溺。飲食粗糲不妨，惟著少少糞溺，全缶俱棄。

卧子氣岸，其學詩也，纔知平仄，即齊肩於李、杜、高、岑，不須進第二步；其作詩也，凡題皆是《早朝》、《秋興》，更不曾有別題；其論詩也，一出語便接踵於西河、鍾嶸，更不慮他人有不奉行者，不意學問中有如是便易事也。

所謂才子者，須是王子安，弱冠之年，學問文章如江如海，乃可稱之。《滕王閣序》之「王將軍之武庫」，古今惟楊升菴知是王僧辨。《釋迦佛成道記》貫串釋典，高僧爲之挂綫注釋。受年非多，不知何以能爾！明之才子，拔茅連茹，只可其黨自稱耳。年至四十，須作學者，若稱才子，是四十而稱娘子，祖珽所以取譏也。前七才子者，北地李夢陽、信陽何景明、武功康海、鄠杜王九思、吳郡徐禎卿、儀封王廷相、濟南邊貢。

復古須是陳拾遺之詩、韓退之之文，乃足當之。獻吉撏剥盛唐，元美掃剥班、馬，妄稱復古，遺禍無識。

余之深恨二李也有故：天啓癸亥，年始十三，自不知揣量，妄意學詩，得何人所刻《盛明詩選》，陳朽穢惡之物。童稚無知，見其鏗鏘絢麗，竟以盛明直接盛唐，視大曆如無有，何況開成。自居千古人物，李、杜、高、岑乃堪爲友，鼻息拂雲者十年。癸酉冬，讀唐人全集，乃知詩道不然，返觀《盛明詩選》，無不蟣咟其外，敗絮其中。自所作詩與平日言論，如醉後失禮於人，醒時思之，慚汗無地。吳地有秋根之名，謂本無所知能，而自以爲甚知甚能者也。如吳喬者，秋根何辭！年七八十，一句不辨，始謀不臧致之也。「曾爲蕩子偏憐客」，是以不遮醜態而極陳之。辛未、壬申，余於歐、蘇稍有一隙之明矣，猶謂明人文不合宋，詩不違唐，次年始知其謬。邪説之易於惑人，下愚之難於改步如此。

宋轅文《北行》詩曰：「鴻雁自南人自北，一時來往月明中。」懷鄉之意，不言自見，唐人句也。卧子《過陳徵君故居》詩有曰：「白楊漫指東西路，叢桂空留大小山。」通篇清婉，不讓唐人。李舒章云：

「青樓隨意入，不信有相思。」清新俊逸，竟是崔國輔語。此選慢世，盡舉二李之醜態，以警逐臭者耳。其讚美語乃是淆訛公案。機輪轉處，作者猶迷，人勿被三君换却眼珠也。

劉青田詩稍傷筆重，而力厚思深，有由心語，可觀者多，在明初可稱作手。楊孟載詩可比韋莊，工力細密。高季迪各體俱工，七律有數十篇可觀。王伯安胸襟好，七律得子美骨，有數十篇可觀。而此中收之甚少，以其不合於盛唐皮毛耳。棄不合皮毛之清新，而取合皮毛之陳濁，其貽害於鄉里後來者大矣！嘉定以震川故，文章有唐叔達諸公；常熟以牧齋故，士人學問都有根本。鄉先達之關係，顧不重哉！

丙申、丁酉，余在都中，與臥子高足張青琱相晨夕，熟聞此集中議論。積久難忍，因調之曰：「王文肅公之紀綱，有阿五、阿七。阿五之廝養曰：『我天下第四人也。』聞者驚叩其故。曰：『第一朝廷，第二老爺，第三我阿爹，第四豈容多讓？』少陵第一，空同第二，臥子第三，第四更無他人也。」又嘗語之曰：「君須進生大黄一斤，瀉去腹中陳臥子，始有語話分。」渠大不懌，而無以復也。青琱又云：「臥子爲紹興推官時，巡按某問以明朝文人孰爲大家？對曰：『弇州各體俱備。』又問以後爲誰？答曰：『某甲。』」余謂之曰：「《四部稿》如夏月大庖，穢氣逆鼻，艾千子之言最爲忠告，君何以不勉，使深心細讀耶？」又不懌。雲間才藪，明眼猶在，必不盡如青琱作第四人也。

弘、嘉詩文爲錢牧齋、艾千子所抨擊，醜態畢露矣。以彼家門徑易知易行，便於應酬，而又冒班、馬、盛唐之名，所以屢仆屢起。

于鱗甜邪俗賴，惑人更甚獻吉。凡外瞻中乾者，皆其習氣所誤也。

震川之文，明人之最善者也。猶當讀之一過，以知其造詣比古人如何而已。既有暇日，何不深讀唐、宋人之文章耶？漢、魏、六朝、三唐之詩如連山大海，而切切然於弘、嘉之詩，絶不可解。

全唐詩何可勝計，于鱗抽取幾篇，以爲唐詩盡於此矣。何異太倉之粟，陳陳相因，而盜擇升斗，以爲盡王家之蓄積哉！唐人之詩工，所失雖多，所收自好。明人之詩不工，所取皆陳濁膚殼無味之物，若牧齋《列朝詩》早出，此選或不發刻耳。卧子選明詩，亦每人一二篇，非獨學于鱗，乃是惟取高聲大氣、重緑濃紅，似乎二李者也。生長三家村，見百金者，以爲崇、愷，入縣城而知爲不然，況入通都大邑乎？斤斤二李，蓋不見唐詩耳。不服者曰：「難道唐詩彼不曾見？」答曰：「幾曾見來？」有現證在：季天中謫遼左，選此者作送行詩曰：「鐵嶺金州道路難。」其徒絶嘆爲盛唐。余曰：「易『銅』以『鐵』則更勁，易『珠』以『金』則更煉，何患不盛唐？」張謂此詩首聯云「銅柱珠崖道路難，伏波横海舊登壇」，言險遠而獷也；次聯云「越人自貢珊瑚樹，漢使何勞獬豸冠」，譏求金求車遣法官也；三聯云「疲馬山中愁日晚，孤舟江上畏春寒」，恐誨盜，又愛友也；結云「由來此貨稱難得，多恐君王不忍看」，諷黷貨勞民也。其後竟有中官吕太一收珠阻亂之事，少陵詩亦曾及之。謂詩深廣有關係如是，今乃截取一句，換字以爲盛唐。呵呵！讀書須眼光透過紙背，勿在紙面浮去。蓋此中物如銅鑼銅鼓，京師新開店面者，以爲鬧市聚人之用。

人有問作詩之法者，仲默指堦下花曰：「色而已矣。」其本領可知。仲默設色之善者，宛似唐人。

以意求之，方知其僞。獻吉病笨重，氣又傲，如對傖父，酪羶蒜臭觸鼻。

獻吉亦知詩妙處在有言外之意，求工於字句，心勞日拙，而所作反是。元美之譏錢起「佳氣長浮仗外峰」爲泛，亦然。

煅者有冷鎚，於成刀後細密加鎚也。精鐵得此愈見堅利，毛鐵則破碎矣。注釋，詩文之冷鎚也。有意則精彩倍加，無意則破碎不堪矣。請以此中所鄙而不收之魏澤《過侯城里》詩，與所收之驚心動魄之李獻吉《秋望》詩，並注而同論之。侯城里，乃方正學之故里。成祖之待建文忠臣，從古所未有。爲之臣者，既不可明言，而正學之謀國不無可議，事既至此，又不忍深咎，此其立言之難也。詩曰：「筍輿衝雨過侯城，俯仰令人感慨生。黄鳥叫人空百囀，清猿啼淚只三聲。」能融景入情矣。又曰：「山中自可全高節，天下難居是盛名。」當時豈無雪菴輩，而方不容然者，名爲之也。「盛名」，虚名也。方固正人，而非文種、范蠡謀國之才，太祖拔之以付建文，遂柄國政，又爲道衍所薦，成祖必欲屈而用之，以致言語抗激，而成十族大禍，是「難居」也。誅竄之濫，及於朋友門人，郡邑爲之蕭索。然帝王與匹夫言語争勝，淫刑至此，大喪君德。故託之正學神魂所不忍見，則貽禍於親戚朋友之過自在其中，而成祖之過舉亦自見。故結云：「却憶令威千載後，重歸華表不勝情。」澤於當時未有詩名，而情深詞婉有如此。選者以其無高聲大氣、重緑濃紅，目如不見也。獻吉《秋望》詩曰：「黄河水繞漢宫牆。」水而繞牆，近之至也，是漢何宫？瓠子宫與下文不合。謂以古比今，則明無離宫。「牆」字本趁韵，而違礙實甚。又云：「河上秋風雁幾行。」在蘭州及娘娘灘猶可，餘處則爲瞎話，篇中無處可據也。又云：

「客子過濠追野馬，將軍韜箭射天狼。」刺避敵也。在大同則「濠」字不落空，其城沿邊有濠有地網，餘處則「濠」字落空，湊數矣。又云：「黄塵古渡迷飛輓。」渡須有水，是説何處？又云：「白月横空冷戰場。」釋典謂朔爲黑月，望爲白月，言時非言月也。彼見「白月」二字新僻，於明月即爾用之，不知出處意義也。月體如杯，何可言横？月光徧地，横又不可。選者謂此詩驚心動魄，當是以文理全無，故如是耳。如次聯意，結當用唐休璟、張仁愿有邊功者，而曰：「聞道朔方多勇略，只今誰是郭汾陽？」汾陽有破賊功，無邊功，其便橋之事乃和戎，非戰功也。若指郭登，上文又無土木事意。直是湊字湊句，見韵即趁。一經注釋，百雜碎耳。其《秋懷》詩曰：「慶陽亦是先王地，門對東山不窋墳。白豹寨頭惟皎月，野狐山北盡黄雲。天清障塞收禾黍，日落溪山散馬群。回首可憐鼙鼓急，祇今誰是郭將軍？」若在趙元昊時，可以「先王地」寄慨，弘治時何故説此？非作地志，不定方向，何故言「門對東山不窋墳」？且其城只有一門矣。宋楊蟠《金山》詩曰：「天末樓臺横北固，夜深燈火見揚州。」遠勝於此。王平甫猶曰：「莊宅牙人語，解量四至。」見此當何如耶？首句已出「慶陽」，次聯又用「白豹寨」、「野狐山」，重複無意。「惟皎月」、「盡黄雲」，言無民物也；第三聯却云「收禾黍」、「散馬群」，則又有民物矣。任手寫去，竟不思量。此聯隔斷，遂致結意與次聯不相接。其二云：「宣宗玉殿空山裏，野寺霜黄鎖碧梧。不見虎賁移大内，尚聞龍舸戲西湖。芙蓉斷絶秋江冷，環珮淒涼夜月孤。辛苦調羹三相國，十年垂拱一愁無？」明無離宫，西山梵宇乃内侍倚懿旨爲之，何以言「宣宗玉殿」？「虎賁」、「龍舸」屬對精工，名下無虚，而「移大内」、「戲西湖」是何事何意？二句與「空山」、「玉殿」有何關涉？燕地何以有江？此句抄「魚龍寂寞秋江冷」而换四字，下句抄「環珮空歸月夜魂」而换三字，倒一字也。人臣安得以高緯比宣宗，由北地、大梁竟無《北齊書》也？第三首曰：「苑西遼后洗粧樓，檻外芳湖静不流。」如此起手，與子美「清江一曲抱村流，長夏江村事事幽」同法，而獻吉續以亂世君臣，何也？又曰「松柏深愁」，似陵廟，不似宫苑矣。《秋興》之「雕闌繡柱圍黄鵠，錦纜牙檣起白鷗」，言無人也。此竊之曰：「雕欄玉柱留天女。」意者用詰汾事以寓刺亦可，而又竊之曰：「錦石秋花隱御舟。」則賦實事矣，是何意耶？結曰：「萬古中華還此地，我皇親爲掃神州。」是收上文何意？莫非滿紙散錢。

明詩之爲異物，於叙景最爲顯著。詩以身經目見者爲景，故情得融之爲一。若叙景過於遠大，即與情不關，惟登臨形勝不同耳。獻吉《桂殿》詩曰：「桑乾斜映千門月。」桑乾水自大同而來，相去甚遠，何以映宫門之月？又云：「碣石長吹萬里風。」并無「千門」字面，可用之川、廣、雲、貴矣。其《喬太師宅飲别》云：「燕地雪霜連海嶠，漢家簫鼓動長安。」大且遠矣，與當時情事何涉？雖有哀樂之情，融化不得，豈非如牛頭阿旁異物耶！

獻吉《潼關》詩曰：「咸東天險設重關，閃日旌旗虎豹閑。隘地黄河吞渭水，炎天白雪壓秦山。舊京想像千官入，餘恨逡巡六國還。滿眼無非棄繻者，寄言關吏莫嗔顔。」函谷關，在漢武時，楊僕移之而東，置於新安，去舊地三百里，仍名函谷關。獻帝建安四年之前，仍移置於舊關之西三十里，始名潼關。東西二關，互爲興廢，何以曰「重關」耶？「炎天」，太煞無謂，或者别有出處乎？「白雪」，言歌則無謂，言雪則剩「白」字，亦不敢測。「秦山」者，終南深處也，與潼關無涉。宫門乃可用「千官」，與關門無涉。惟第六句用《過秦論》有根本，真是才子大家。結用「棄繻」，疑是與其侶公車出關之作。夫事可寄意者甚多，何至用此耶！總爲胸中不曾立得一意，五十六箇盛唐字面在筆端亂跳，勉强押韵捱拈，湊在紙上而已。宋人即不然。胡宿詩曰「天開函谷壯關中，萬古驚塵向此空」，言其扼要也。「望氣已能知老子，棄繻何不識終童」，或者譏守關人乎？「漫持白水先生論，未抵鳴鷄下客功」，二聯用四人，點鬼簿宜避。「符命已歸如掌地，一丸曾悮隗王東」，收上文不住，未爲合作，比獻吉爲有頭緒矣。明人不成詩，以不知題意當如何立。宋人無高致，以其惟恐去却題目也。唐人更不然，崔顥《題潼關樓》云：「客行逢雨霽，歇馬上津樓。山勢雄三輔，關門扼九州。川從陝路去，河遶華陰流。向晚登臨處，風煙萬里愁。」氣度視宋、明人如何？

空同《朱仙鎮》詩結處獨承第三句，何也？野泊而曰「水立黃龍鬭」，景耶？情耶？豈非牛頭阿旁之異物耶？獻吉亦有「蠻方故啓流官路，漢史終收痛哭書」，何故不盡如此造句耶？《平涼》詩，刺諸王語也。前後都無照應，何也？

唐人王貞白《太液池》詩「此波涵帝澤」，以「波」與「澤」犯而改爲「中」。獻吉之「深夜悲歌泣孝宗」，好句也，却「悲」、「泣」相犯而不知，心粗故也。心粗者無一事有成。

仲默《戲效義山》云：「班女愁來賦興豪。」「戲效」者，不屑之詞也。義山詩如是乎？呵呵！

仲默不作豪態，不甚可厭，筆比獻吉稍輕秀，最宜今日應酬。

教職彭民望落魄不遇，李賓之贈以詩云：「斫地高歌興未闌，歸來長鋏尚須彈。秋風布褐衣猶短，夜雨江湖夢亦寒。木葉下時驚歲晚，人情閲盡見交難。長安旅食淹留地，慚愧先生苜蓿盤。」此詩細密，獻吉必不能辨，何以妄輕賓之？山谷官葉縣尉，有詩云：「俗學近知回首晚，病身全覺折腰難。」介甫見之，以爲非奔走俗吏，除北京教授。獻吉、于鱗之横行，總由居上位者無目爾。

于鱗《入覲賀建儲》云：「伏謁不違顔咫尺，十年西省愧爲郎。」此二句有意可誦，不同他篇。明朝黨禍，成於册立之緩。詩若爲此事，恨不早諫，則少陵也；若以昔不在翰林，不得近君，至外轉入覲，得見天顔，則淺矣。然非集盛唐字以成句者也。

句中虚字多則薄弱，實字多則窒塞，猶是皮毛之論。子美之「數回細寫愁仍破，萬顆匀圓訝許同」，不見薄弱；「落花遊絲白日静，鳴鳩乳燕青春深」，不見窒塞，有意故也。于鱗之「河堤使者大司空」、「上客相如漢大夫」、「東方千騎古諸侯」、「仙郎起草漢明光」、「牂牁萬里越王臺」，有何意味？是飽噉棗栗，窒塞欲死者之語也。

于鱗惟「春流無恙桃花水，秋色依然瓠子宫」是佳句，而元人已有「舊河通瓠子，新浪漲桃花」矣。《懷泰山》乃《夢遊天姥》之類，非遊也。于鱗乃曰：「河流曉挂天門樹，海色秋高日觀峰。金篋何人探漢策，白雲千載護秦封。」直是遊泰山矣，且四句全無意思。

于鱗倣漢人樂府，爲牧齋所攻者，直是笑具。

于鱗送之任慶陽者曰：「大漠清秋迷隴樹，黄河日落見層城。」十四字中畫作六截。大漠在塞外數千里，隴山在慶陽南千里，何以大漠清秋迷得隴山之樹？慶陽城去黄河東西北三面皆千里，何以黄河日落得見慶陽之城？文理通乎？縱令沙漠之清秋得迷隴山之樹，黄河之落日得見慶陽之城，與别情何涉？王右丞、高達夫送别七律具在，豈曾如此？喬至不才，代筆送别，詭遇之談，亦不如是。至於「江漢日高天子氣，樓臺秋敞大王風」，吴門謔好大者，題其銘旌曰「申相國壁鄰王媽媽之柩」也，直是昏狂醉夢。

于鱗曰：「地坼黄河趨碣石。」真是唐人語。若是明人，即知黄河在宋真宗時入淮矣。偖大白雪樓，竟無一册山經地志。

于鱗只學李頎之「新加大邑綬仍黄」，故以少陵爲頽放。題有「望」字，方可説到千萬里，而盧綰《長安春望》、司空曙《長安秋望》皆不然。若在二李，岷山、滇江俱作詩材，大家故也。

李頎諸體俱佳，七律中之《題璿公山池》、《宿瑩公禪房》、《題盧五舊居》亦是佳作，惟《送盧員外》、《寄綦毋三》、《送魏萬》、《送李回》者是燦爛鏗鏘、膚殼無情之語。于鱗於盛唐只學四首，而自謂盡諸公能事。

元美《贈楊武選》云：「漢壁晨馳大將牀。」武選不當用將帥事，且「牀」字用華元事也，可用「晨」字乎？「高城雨過涼生袂」，涼從雨來；「殘夜花明月滿樓」，月從花來乎？全失造句之法。

元美《書庚戌秋事》略不及嚴嵩縱敵、仇鸞欺君，只寫「琱弓」、「玉几」等字，以爲盛唐。子美諸詩如是乎？

余題此選七律云：「甚好四平戲，喉聲徹太空。人人關壯繆，齣齣《大江東》。鑼鼓繁而振，衫袍紫又紅。座中腦盡裂，笑樂殺村童。」此選即臥子所選明詩。

詩人不跳過弘、嘉深没頂闊百丈之糞溝，終是四平腔戲子。不惟其意而惟其詞，必跳不過。

劉夢得云：「新詩一聯出，白髮數莖生。」不肯襲前人舊樣，並不落自心淺近處也。弘、嘉不用自心，只以唐人詩句爲樣子。獻吉以「三峽樓臺淹日月，五溪衣服共雲山」、「錦江春色來天地，玉壘浮雲變古今」爲句樣，仲默以「花迎劍珮星初落，柳拂旌旗露未乾」、「春城月出人皆醉，野戍花深鳥去遲」爲句樣，元美以「萬里悲秋常作客，百年多病獨登臺」、「風塵荏苒音書絶，關塞蕭條行路難」爲句樣，于鱗以「秦地立春傳太史，漢宫題柱憶仙郎」、「顧盼一過丞相府，風流三接令公香」爲句樣。不須閒暇，於昏酣匆遽中得題便作，不立意，不布局，惟置句樣於心目間，依而爲之，冠冕鏗鏘，即以盛唐自命。故其得意句皆自樣中脱出，如糖澆鴛鴦，隻隻相似，求以飛鳴宿食，無有似處，祇堪打破啗兒童而已。彼亦有好句，若求之以意，求之以局，則爲一屋散錢。杜詩如「暫往比鄰去」篇，有何好句，而人不能及者，有意故耳。有意則有情，自然意味無窮也。余癸酉以前視此輩詩如金玉，癸酉以後視此輩詩如瓦礫，丁亥以後視此輩詩如糞穢矣。

二李派詩句，换其題，皆是絶妙好詞。《喬太師宅》之詩，「燕地雪霜連海嶠」移之登臨，移「吟猿見月移孤樹」於山中，移「宿雁驚人起别灘」於江南，皆合作矣。結云「二十逢君同躍馬，十年迴首笑彈冠」，既用「彈冠」事，移之譏喬不薦拔，即合作矣。「上客相如漢大夫」，移之爲趙炎則妙矣。徐禎卿《贈别》云：「徘徊桂樹涼風發，仰視明河秋夜長。」别時草草匆匆，那有此孤獨寂寥景象？移之懷人，即相稱矣。此輩詩皆極好有意，只是題目差耳。盡改其題爲眺望登臨，莫非合作矣。

余之乞食詩句，使一生如此作數百篇，加以闊大挺拔，昂然自命盛唐，誰其禁之？以返之自心，於哀情樂意，略不相關，故不爲也。我自有我身心，蘇、李之高，鍾、譚之陋，總是彼物，與我何與？呵呵！竊謂選此者，猶是吴喬十五六時以盛明直接盛唐之見識，而弘、嘉名公之詩，只到得吴喬《乞食草》而止。此言在我雖妄，在彼宜自考也。

又問曰：「某篇壓卷之論，鍾、譚亦不伏，尊意與之同乎？」答曰：「鍾、譚爲誰？有何著作？我皆不之知也。凡詩對境當情，即堪壓卷。余於長途驢背困頓無聊中，偶吟韓琮詩云：『秦川如畫渭如絲，去國還鄉一望時。公子王孫莫來好，嶺花多是斷腸枝。』對境當情，真足壓卷。癸卯再入京師，舊館翁以事謫遼左，余過其故第，偶吟王涣詩云：『陳宫興廢事難期，三閣空餘蕙草基。狎客淪亡麗華死，他年江令獨來時。』道盡賓主情境，泣下沾巾，真足壓卷。又於閩南道上，吟唐人詩曰：『北畔是山南畔海，祇堪圖畫不堪行。』又足壓卷。余讀子美『旌旗日暖龍蛇動，宫殿風微燕雀高』，不見其叙景之妙。有朝士言殿廷間儀衛風物，十四字中道盡，亦對境當情故也，二語必壓卷矣。余所謂壓卷者如是。」

弘、嘉派實自二高發之，廷禮之《早朝》詩、季迪之《大祀》詩，與弘、嘉何異？季迪比孟載有氣岸，而細密不如。

明初人詩猶守本分，不作過頭大話。

于鱗見元美文學《史》、《漢》，乃學《左傳》，欲以勝之。笨伯固宜如此。湯若士，慧人也，亦欲學初唐以勝二李，何歟？袁中郎亦欲翻二李，而識淺力薄，反開鍾、譚門竇。

唐詢仲言，奇士也。幼瞽而博學，於崔國輔《魏宮詞》、李義山《漢宮詞》，皆能識其隱奥之意，惟於于鱗、鍾、譚不敢一掃去之，爲可惜耳！

七言排律，子美止有二篇，亦不甚佳，其難可知。明人以爲能事，文長不免也。

吴梅村詩曰：「不好詣人貪客過，慣遲作答愛書來。」意簡倨而詞微婉。《北上》云：「身是淮王舊鷄犬，不隨仙去落人間。」哀感發於至情，唐人句也。

于鱗有「海内知名兄弟少，天涯宦跡左遷多」，甚清新。却將唐人塞斷自心，甚可惜也。

唐子畏《題墨菊》云：「黄花無主爲誰容，冷落疏籬曲徑中。錯把黄金買脂粉，一生顔色付西風。」寄託生平盡矣，明詩所少。

張汝弼云：「東家女兒髮委地，日日高樓理雲髻。西家女兒髮齊肩，買粧假髻亦峩然。花鈿玉珥重重綴，眼底誰能辨真僞？瑣窗二月來春風，假髻美人先入宫。」可比張籍。

明人有諷友人云：「十年心事酒杯間，坐對江鷗去復還。一帶西山青入眼，幾人青眼似西山？」唐人詩也。

無好句不動人，而好句實非至極處。唐人至極處乃在不著議論聲色，含蓄深遠耳。以此求明詩，合者十不得一。惟求好句，則叢然矣。如高啓有「函關月落聽鷄度，華嶽雲開立馬看」、「梁苑鐘來殘月落，漢宫砧斷早鴻過」、「兵馳空壁三千幟，客宴高堂十萬錢」、「松風吹壁鶴翎墮，梅雨過溪魚子生」、「雪滿山中高士卧，月明林下美人來」、「不共人言惟獨笑，忽疑君到正相思」、「白下有山皆繞郭，清明無客不思家」，郭子章有「家在淮南青桂老，門臨湖水白蘋深」，王禕有「夕陽元度飛輪塔，曉雨文通夢筆橋」，劉基有「夜永星河低半樹，天清猿鶴響空山」，宋濂有「紅錦裁雲朝奠雁，紫簫吹月夜乘鸞」，楊基有「六朝舊恨斜陽外，南浦新愁細雨中」、「春水染衣鸚鵡緑，江花落酒杜鵑紅」、「斜陽芳草遲遲暮，流水桃花去去春」、「席因留客常虚左，簾爲青山盡捲西」、「松下琴書晴亦潤，竹西窗户晚猶明」，孫左司有「天與數書皆鳥跡，家傳一劍是龍精」，楊訓文有「小姑殘照收江左，大别寒煙鎖漢陽」，郭丹屋有「湖勢欲浮雙塔去，山形如擁五峰來」，徐璲有「郢中《白雪》無人和，湖上青山有夢歸」，顧觀有「重經白下橋邊路，頗憶玄都觀裏花」、「鴻雁一聲天接水，蒹葭八月露爲霜」，浦長源有「雲邊路遶巴山色，樹裏河流漢水聲」、「衣上暮寒吴苑雨，馬頭秋色晉陵山」，張士珩有「地與樓臺相上下，天連星斗共浮沈」，謝元功有「天日可明歸漢志，風雲猶似下齊兵」《淮陰廟》，方行有「採窮江漢無靈藥，歸到驪山有劫灰」，瞿佑有「射虎何人逢李廣，聞鷄中夜舞劉琨」，陳汝言有「佳人擣練秋如水，壯士悲笳月滿城」，解縉有「黄菊花開高士醉，青門瓜熟故侯歸」，王文安有「夜斬單于冰上渡，曉驅番馬雪中騎」，夏瓊有「白雪作花人面落，青山如鳳馬頭看」，劉崧有「林花落處頻中酒，海燕飛時獨倚樓」，甘瑾有「東風門巷桃花落，流水池塘燕子飛」，曾棨有「《玉樹》歌殘猶有曲，錦帆歸去已無家」，林鴻有「堤柳欲眠鶯唤起，宫花乍落鳥銜來」，劉欽謨有「一春空自聞啼鳥，半夜誰來問守宫」，陳思賢有「山雲映水摇秋色，浦樹含風送晚涼」，王希範有「歸去天涯雙白鬢，夢回江上一青山」，輓舒原有「珠崖日落天低海，銅柱雲寒雨過城」，許彬有「黄河九曲天邊落，華嶽三峰馬上來」，郭登有「青海四年覊旅客，白頭雙淚倚門親」，劉績有「孤鐘暗渡新豐柳，遊騎晴驕上苑花」，張光啓有「雲深蜀魄呼名語，月冷玄猿傍客啼」，姚廣孝有「林封茅屋常疑雨，泉響松巖半是風」，吴振三有「青山遠戍寒煙積，芳草平沙夕照多」，史鑑有「華髮鏡中看漸短，故人天際信全稀」，沈周有「匈奴久自忘甥舅，僕射今誰託弟兄？雲外旌旗娑勒渡，月中刁斗受降城」，童軒有「黄菊酒香人病後，白蘋風冷雁來初」，劉大夏有「幾處白雲前代寺，數村流水野人家」，文太僕有「相思人在青山外，盡日舟行細雨中」，薛瑄有「翼軫衆星朝北極，岷嶓諸嶺導南條。天連巫峽長多雨，江過潯陽始上潮」，莊昶有「溪聲夢醒偏隨枕，山色樓高不礙牆」、「狂搔短髮孤鴻外，病卧高樓細雨中」、「殘書楚漢燈前壘，小閣江山霧裏詩」《病目》、「化石未成猶有淚，舞鸞雖在不驚塵」，陳憲章有「竹林背水題將徧，石笋穿沙坐欲平」，王伯安有「萬里滄江生白髮，幾人燈火坐黄昏」、「半空虚閣有雲住，六月深松無暑來」、「春山日暮成孤坐，遊子天涯正憶歸」、「沙邊宿鷺寒無影，洞口流雲夜有聲」、「幽人月出每孤往，棲鳥山空時一鳴」、「山色古今餘王氣，江流天地變秋聲」、「棋聲竹裏消殘晝，藥案窗前對病僧」，顧璘有「古寺頻來僧盡老，重陽欲近蟹争肥」、「御前却輦言無忌，衆裏當熊死不辭」、「寒菊抱花餘舊摘，慈烏將子試新飛」，王穉登有「共道麻姑如好女，笑看萊子似嬰兒」、「美人學舞魚腸劍，廝養能開兕角弓」、「重過楊家舊亭子，深悲侯氏老門人」，莊定山《舟中》云「千家小聚村村暝，萬里河流岸岸同」，又「北海風回帆腹滿，長河霜冷岸痕高」，又云「心無牛口干秦穆，跡繼龍頭愧邴原」，又云「電懸雙眼凝秋水，髩擁三花御野風」，又云「天闕星辰遺舊履，橘洲歲月有殘棋」，又云「招隱誰甘同寂寞，著書不獨爲窮愁」，又云「後時自許甘溝壑，前席將無問鬼神。浮世虛名非得已，出山小草却悲人」，宗子相有「誰家羌笛吹明月，無數梅花落早春」，又云「愁邊鴻雁中原去，眼底梅花畏露多」，王直夫有「舊時僧去竹房冷，今日客來山路生」，王越有「鬢被胡笳吹作雪，心因烽火煉成丹」，桑民懌《過禰衡墓》云「能言賈禍真鸚鵡，覽德冥飛愧鳳皇」，袁仁有「三月鶯花雙短屐，百年天地一閒人」。

弘、嘉諸公所以致此者，有六故焉：一時文，二早捷，三高才，四隨邪，五事繁，六泛交。詩與古文門徑絶異，時文於二者更異。彼既長於時文，即以時文見識爲古文、詩，骨髓之疾也。早捷則心驕，忠言無聞。才高則筆下易得斐然，不以古人自考離合。隨邪則纔執筆便似唐人，終身更無進步。事繁則應酬如麻，無暇苦吟詳讀。泛交則逼迫徵求，不容量入而出。六病環攻，雖青蓮、少陵，不能不爲二李。

黄公云：「謝茂秦謂阮公『一身不自保，何暇戀妻子』，不如裴説『避亂一身多』云云。如是，詩只在一句耶？得心應手，偶爾寫懷，兩句非衍，一句非縮；承接處各有氣脉，一篇自有大旨，那得如此苛斷？」

又曰：「專於謝者失之餖飣，專於陶者失之淺易。」此言得之。

又曰：「立意易，措詞難。專乎意，則涉議論而入於宋；工乎詞，或傷氣格而流爲晚唐。」此亦妙論。

「茂秦屢誨人以悟，然其所云悟，特聲律耳。得處爲淹雅，失處則流爲平熟。」

又曰：「袁石公盛推宋人詩文，有可以超秦、漢而軼盛唐者。韓、柳、元、白、歐則詩之聖，蘇則詩之神，陶僅取其趣，謝僅取其料，李、杜稍假以大家，出六子之下。石公從陝還，亦知自悔，而年已不逮。」

修齡先生所撰《圍爐詩話》，膾炙藝林。其排擊七子，探源六義，議論精到，發前人之所未發。惟詞鋒凌厲，間傷忠厚，殆以王、李之派迷溺已深，有激使然歟？是本爲先大父漢昇公所貽。大父性耽吟詠，論詩最善修齡之説。所著《自娱集》、《寄廬詩鈔》，抒寫性靈，不襲僞體。曾客江右石成峨中丞幕，未一載，亟歸省親。繼中丞屢以書招，公答詩云：「失期已驗姓名問，黄鶴即祖諱從來去不還。莫道野人同鹿豕，只緣日影薄西山。」杜門色養，不復出也。此書即在幕中手録者，又假别本是正。手澤猶新，洵爲善本。今春若雲先生購是書付梓，爰舉以相贈。繕録後參校一過，因綴數語於末。時嘉慶戊辰閏五月，黄廷鑑識。

吴修齡先生《圍爐詩話》六卷，持論名通，一掃皎然《詩式》、《滄浪詩話》之陋。其所服膺在馮氏定遠、賀氏黄公，故採録二家之説爲多。而其自抒心得，尤足以鍼膏肓而起廢疾。其説謂詩中當有人在，固屬千古名言。謂唐人不違比興，自宋以後，比興全失，則六義之奥，《風》、《騷》之旨，導積石而溯崑崙矣。趙秋谷《談龍録》云：「三客吴門，偏求其書不可得。」蓋當時已珍秘之甚。余從琴六黄君處得其家藏鈔本，繕録詳校，復從業師陳海木先生假得别本是正，遂與修齡所著《手臂録》同付剞劂，以成雙璧。修齡本畸人，名殳，亦名喬，太倉人，贅於崑，故又爲崑山籍。兹刻名稱里籍，各仍其原書之舊云。虞山張海鵬識。

# 秋星閣詩話

# 秋星閣詩話提要

《秋星閣詩話》一卷，據康熙三十六年刊《昭代叢書》甲集本點校。撰者李沂（一六一六——一七零一），字子化，一字艾山，晚號壺庵，江南興化人。明末諸生，入清不仕。有《鸞嘯堂集》。按，蔣寅據張潮《尺牘友聲偶存》卷九《寄張渭濱》，謂李氏卒於康熙四十年。此篇六則，篇末自跋謂康熙二十年辛酉過維揚應諸子請而作。雖云指導初學，説甚淺要，然「實爲老於詩者之所不能外」（張潮語）。「審趨向」一則頗揚前明詩，於二李抑于鱗，此則不脱當日習見耳。

# 秋星閣詩話小引

李唐之世，無所謂詩話也，而言詩者必推李唐。詩話之興，大約在宋、元之世，而宋、元之詩不及唐人遠甚。然則詩話誠不足以盡詩乎？夫唐人無詩話，所謂「善《易》者不言《易》」也。然余則謂唯善《易》者始可言《易》。苟以爲善者不言，而遂置不復道，其不善者聞之，必且摇唇鼓舌，作爲文章而無所顧忌，不幾爲斯道之蠹乎？昭陽李子艾山，固所稱善詩者也，所著《壺山詩集》，久矣膾炙人口。從而學詩者實繁有徒，應之不勝其應，因有《秋星閣詩話》六則之編。雖其所言祇爲初學而發，而實爲老於詩者之所不能外；且非獨詩家所不能外，即推而爲古文、爲詞賦，又豈能外於「多讀、多講、多作、多改」之八言，而别有所致力乎哉？艾山年已八十，精神充裕，步履矍鑠，不減強健少年，類有得於道者。君之先爲李伯陽，其五千言爲道家綱領。今艾山《詩話》則不滿二千言，殆如伯陽所云「爲道日損，損之又損」者乎？不然，何其能以少許勝人多多許也？心齋張潮撰。

# 秋星閣詩話

營山李沂艾山著

## 八字訣

學詩有八字訣，曰：多讀、多講、多作、多改而已。蓋作詩先問是非，後分工拙。初學須日課一首，或間日課一首。勤作則心專徑熟，漸開門路。否則勉強支吾，終篇爲幸，未可云是，遑論工拙乎？然非多讀古人之詩，即多作亦無用，譬無源之水，立見其涸矣。夫貴多讀者，非欲諜襲意調、偷用字句也，惟取觸發我之性靈耳。但古人之詩，思理精妙，法則嚴密，非淺衷俗學可得而窺。篇有無窮之格，句有無窮之調，字有無窮之義。審問明辨，而後旨趣可得。是故詩欲多講，苟草草讀過，漫同嚼蠟，雖盈腹笥何益？宜其握管運思，如墮煙霧也。若作而不改，尤爲不可。作詩安能落筆便好？能改則瑕可爲瑜，瓦礫可爲珠玉。子美云：「新詩改罷自長吟。」子美詩聖，猶以改而後工，下此可知矣。昔人謂：「作詩如食胡桃、宣栗，剥三層皮方有佳味。」作而不改，是食有刺栗與青皮胡桃也。又云：「一首五言律，如四十位賢人，不可著一屠沽兒。」言一字之疵，足爲通篇之累，而可不審乎？苟依此訣，不患詩不進矣。

## 勸虚心

詩能自改，尚矣。但恐不能自知其病，必資師友之助。粧必待明鏡者，妍媸不能自見也。特患自滿，不屑就正於人。病不求醫，必成錮疾矣。當今不乏美才之士，皆以自滿之故，累千萬篇，自誇富有，而不足傳後。譬舂米既熟，乃可入腹，糠粃則愈多愈厭耳。彼盜虚聲者，務速務多，以欺聾人，不足言也。苟有求工之心，則必曰親師友，虚懷請益，去其瑕疵，歸於純粹，可以成名而無難。曹子建《與楊德祖書》云：「世人著作，不能無病。僕常好人譏彈其文，有不善，應時改定。」夫以曹子建之才，猶欲就正於人，以自知其所不足。今人專自滿假，吾不知今人之才與子建何如也！夫心不虚，由不好學耳，未有好學而心不虚者。先兄平庵，識高學博，時人罕當其意。席間作詩，或爲之更一二字，即喜動顔色；江右魏叔子，當今文章鉅公，人或指其未安處，援筆立改，皆予所目擊者。蓋虚受益，滿招損，心虚而後學進，學愈進，心愈虚。虚心者爲學之門，亦爲學之驗也。

## 審趨向

人皆知當學唐詩，而乃有云不必學唐詩者；人皆知當學盛唐，而乃有云不必學盛唐者，此好立異之過也。唐以詩取士，萃數百年天下人之精神揣摩研究；盛唐尤爲極盛，到今如日月中天。好異者舍之，謬矣！遡而上之，當學漢、魏，但恐徒得漢、魏之糟粕耳。優孟衣冠，不足貴也。至於六朝，五言當學陶，七言當學鮑。初唐乍興正始之音，然尚帶六朝餘習；盛唐始盡善；中、晚如強弩之末，氣骨日卑矣。近日士人喜學中、晚，一友素號能詩，不幸而嬰此疾。後見其詩，總不成章，寡識自誤也。取法乎上，僅得乎中；取法乎下，將何得乎？宋、元彌下矣，至有明始一振。國初諸賢，頓軼元、宋、中、晚唐而上之。厥後名流輩出，李獻吉則一代詩人之冠冕也。但學濟南則鶩藻麗而害清真，學竟陵則蹈空虛而傷氣格，不可不知耳。夫人自有性情，原不必摹倣前人。然善射者不能舍的，良匠不能舍規矩。師心自用，謂古不足法，非狂則愚也。孔子曰：「信而好古。」苟欲修身，必希賢聖，詩文何獨不然？況入手時歧路甚多，尤宜審擇。派苟不正，則如背康莊，由邪徑，費精神於無用之地，而終不足以成名，不亦重可惜乎？

## 指陋習

陋習略舉有五：一曰不擇題；二曰限韵；三曰步韵；四曰濫用；五曰犯古人成語。夫欲作好詩，必先擇好題。今人作詩喜用纖小之題，或用俗題，或用自撰不穩之題。觀其題劣，則詩不覽可知矣。若夫限韵，不過欲以險字窘人耳。不求詩工，衹誇韵險，井蛙之見，非大方所取也。步韵尤今日通病，此例宋人作俑，前此未有也。觀唐人唱和之什，不必同韵、同體，況步韵乎？今一詩成，步者紛紛，一韵屢見，如蔗柤重嚼，有何滋味？牽扯湊合，梏人才情，導人苟簡。詿誤後學，莫此爲甚！濫用者由欲廣聲氣，故索之即應，有以介壽索者，有以哀輓索者，有以歌頌索者，有以旌表索者，此等甚多。詩既不佳，徒勞神思。或預辦套語，臨時書付。詩名愈廣，詩品愈卑。更有逢人輒贈，用充禮物。詩之不幸，一至於此，大可傷也。偷句最爲鈍賊，詞家深以爲戒。連用三字，便覺索然，偶犯，速改可也。

## 戒輕梓

詩穩而後示人。然不穩而示人，猶可改也。今人詩尚未穩輒付梓，付梓則播之通國，不可復改，深足惜也。原其付梓之意，本因好名。若詩果佳，斯得名矣。苟詩未穩，兼多謬戾，人將指摘非笑，何名之可得？雖謂之不好名可也。予每言今日好名者寡，正謂此耳。詩穩而後示人，此乃真好名者也。必欲求穩，則愈知詩之不可不改也。夫輕梓非獨其人之過，抑亦友之過也。吾未見以詩質之於友，而友肯直言其疵者；吾未見覽人之詩，而不極口贊之者。彼見人之極贊之也，曰：「可梓矣！」遂肆然而梓之。殊不悟邀譽者乃招毁之物，博名者即敗名之具也。是猶女子欲衒容色，而誤以泥塗爲粉黛，施諸顔面。人望見之，必掩口而走矣。

## 勉讀書

讀書非爲詩也，而學詩不可不讀書。詩須識高，而非讀書則識不高；詩須力厚，而非讀書則力不厚；詩須學富，而非讀書則學不富。昔人謂子美詩無一字無來處，由讀書多也。故其詩曰：「讀書破萬卷，下筆如有神。」此老自言其得力處。又嘗以教其子曰：「熟精《文選》理，休覓綵衣輕。」竊見人於應酬、嬉遊、宴會、博弈及蓄種種玩好，莫不殫精竭力而爲之，至於讀書則否。縱多才多藝，叩以學術，無異面墻也。苟以應酬、嬉遊、宴會、博弈及蓄種種玩好之精神用之於讀書，則識見日益高，力量日益厚，學問日益富；詩之神理乃日益出，詩之精彩乃日益焕，何患不能樹幟於詞壇而蜚聲於後世乎？

予衰年閒放，人事一無所與。邑中諸子不察譾陋，以詩屬訂。辛酉偶過維揚，維揚諸子亦然。予非敢曰知詩，既蒙來質，不敢不竭。兹數則乃促膝相勗之語，慮其忘也，書而授之。壺菴李沂識。

# 跋

有以評古人詩爲話者，有以教今人作詩爲話者。夫古人之詩，即微我之評，亦復何損？若夫教今人作詩，則其話爲有功矣。李子艾山所爲《詩話》，皆實實可以遵行，非泛設者，誠斯道干城哉！心齋居士題。

# 逸樓四論・論詩

# 逸樓四論·論詩提要

《逸樓四論·論詩》一卷，據康熙間王鶴山刊《四論奇賞》本點校。撰者李中黄，字子石，號逸樓，湖北麻城人。有《逸樓焚餘詩詞》等。按：「四論」爲論史、論詩、論文及論禪。據其子李延喜跋，曾由中黄弟中素刊於揚州，後板毁於火，延喜重爲梓行。《四論》首有康熙二十一年冒辟疆序，贊其貫穿廿一史，具讀破萬卷之膽識；尚論詩文，真獨得古人之性情云云。此卷論古今詩，略以性情、藴藉爲旨，故大抵於歷代詩揚唐前，於唐詩揚李，於杜則尊其五、七古，而竟不識杜之七律，尤不能識元、白之長慶體。至其論前明詩則具體而微，有足資參考處。

# 論詩小引

李子曰：詩以道性情也，自君臣理亂，以及風俗正變，詠吟而諷刺之，以爲興觀群怨，詩之旨也。後乃用之於山水游覽、花鳥閒適之間，異矣，然猶自道其性情也。至唐以之取士，又異矣。然唐人取士爲一詩，性情爲一詩，詩固在也。今且以之分别門户，愈異矣。夫詩以道性情，人各有性情，則非一人之言、一家之體製也。若乃濟南盛，絶清言；竟陵興，鮮麗語；北地起，中晚廢；公安出，漢魏清，此何爲者乎？作《論詩》。

# 逸樓四論・論詩

楚麻城李中黄子石著

古歌、曲、操、引、民謡、俗諺，皆詩也。若銘、箴、誄、記，及《繇辭》、《易林》，雖叶韵，不得謂之詩矣，況諸子中韵語，荀卿、陳相、范蠡、蘇秦之言乎！今編詩者類收入，非六義所係矣。然騷、賦、怨、諷，却是古詩之遺。

漢《古詩十九首》與古樂府，實接《三百篇》之傳，然古詩五言，古樂府長短句，何嘗亦作四言各幾章、章幾句乎？李于鱗輩擬古詩，必作《十九首》；擬古樂府，必效其句之長短。其音調語氣，莫不一一倣之，貌似而神愈離矣。是故漢古詩、古樂府自佳也，于鱗而後，人人擬效一番；六朝《子夜》、《讀曲》諸歌自佳也，鍾、譚而後，人人擬效一番。數見不鮮，幾令人並古人原作亦厭觀之。效顰之罪，豈黥劓所能盡哉！

古今帝王能詩，當推漢武帝第一，《瓠子》二歌，竟可嗣音《雲漢》矣；《秋風》慨慷，英雄本色；即《哀蟬》諸什，亦非六朝人主所辦。

《卷阿》而後，《柏梁》最爲盛事。其詩中不成語之句亦妙，由其氣運之古也。吾尤賞者，「枇杷橘栗桃李梅」。

《國風》、《小雅》間有婦女之作，然《頌》則無之。婦女作頌，古今惟唐山夫人而已。《房中歌》本四言，後或三言，或七言，最爲古雅，誠絶響矣。唐武后郊祀樂章，當是詞臣代撰，不必論。

東方先生《誡子詩》疑是贋作，蓋曼倩奇人，胸中自有一段原委，而是詩不過老、莊通套語，不足佳也。《漢書》取作本傳贊，想班氏亦未具眼，不然，只看龐德公《於忽操》何等奥妙，豈先生而反不若哉？

李少卿三詩是别蘇子卿作，若子卿四詩，則非但别少卿也。後人摘詩中「江漢」語以證其僞，豈其然乎！楊用修分注四詩，極明曉。

韋孟《在鄒詩》較《諷諫》爲佳，《諷諫》前半自敘家世處未免太多，且諫王而自敘其家世，有何切當乎？然漢人手筆，自非潘、陸輩可比。

息夫躬自知不得其死，預作《絶命詞》，卒如所料。奸人之雄，亦不凡也。然其詩特似楚騷，較漢諸公續騷者反覺真至，蓋情迫於中耳。然則情迫於中，雖奸人之辭亦合；興生於擬，雖君子之辭亦離，豈非誠僞之分乎？

以司馬子長之才，不應無詩；班孟堅數作，又弗能佳，吾甚悵焉。然劉子政、唐陸宣公詩俱不傳。

張平子《同聲歌》極婉媚，《四愁詩》却慷慨。《同聲歌》作兒女語，妙在盡情；《四愁詩》是丈夫語，妙在只説大意。詩有不必盡情、只説大意者，難爲衆人言也。

「青青河邊草」，人人誦之不厭，時時誦之不厭。前半纏綿婉轉，極意説入；末後奇情遠想，忽又説開。樂府妙解，非常情所及矣。疑出西京，非蔡中郎作。

古樂府：「白鹿乃在上林西苑中，射工尚復得白鹿脯。唶我黄鵠摩天極高飛，後宫尚復得烹煮之。鯉魚乃在洛水深淵中，釣鈎尚得鯉魚口。」謂此身無處存活也。仲長統詩：「寄愁天上，埋憂地下。」則并此心無處安頓矣。其《樂志論》亦從此發出。士生末世，時而抱不測之悲，時作一歡樂之想，總之無可奈何也，悲夫！

孔北海是何等氣概！「吕望老匹夫，管仲小囚臣」，彼其眼中，視老瞞如狐鼠耳。只此二語，亦斷無苟全亂世之理。

龐德公《於忽操》首章言時不可爲，二章言偷安之戒，其三章蓋自警也。末云：「吾於饑而後，噫！雞兮豕兮，死以是兮。」妙在翻從自身悟出許多天人理欲，禍福吉凶，只一「饑」字内分界，誦之凛然。

讀諸葛武侯《梁甫吟》，似以三士爲武安、武穆，而晏子乃應侯、秦檜矣。然晏子豈讒人者乎？或者只言世道可畏，不以文害辭可也。按：公好爲《梁甫吟》，當亦不止此作。

世所傳《胡茄十八拍》，讀之令人欲嘔。伯喈女固不肖，何得卑俗若此。其一段口吻聲調，却似俗傳《三國演義》一般，斷非漢、魏間語也。只看《悲憤》二詩，則知《十八拍》贋作無疑。

「行行重行行」一語驚絶，合全首誦之，正復留連不盡也。至于「冉冉孤生竹」，其旨厚；「西北有高樓」，其意悲；「生年不滿百」，若嘲若傷；「明月皎夜光」，自言自語。《詩歸》謂古詩使人思，不其然乎！若《録别》詩「鳳凰鳴高岡，有翼不好飛」，是説自己身分；「安知鳳凰德，貴其來見稀」，是笑世人眼孔，與他古詩別一調。

「橘柚垂華實」，妙在只説橘柚；「四坐且莫喧」，妙在只説銅鑪；「客從北方來」，妙在只説鳳凰子。至云「百金我不欲，千金難爲市」，欲置我於季、孟之間乎？然三代而下，雖數十金，或亦市之矣。良可憫笑。

「前日風雪中，故人從此去」，漢古詩也。今云是太白詩，然不辱了太白？「春水滿四澤」，不知何人詩也。今云是淵明詩，却恐羞殺淵明。

《帝臨》五詩，端端重重，匏土之音，郊祀歌之正也。誰信《日出入》乃作如此奇調乎！《戰城南》、《有所思》便已有鮑明遠、李太白意致，然較樸；而《烏生》憂思深遠，《君馬黄》忠愛切到，《折楊柳行》告誡森嚴，則尤古也。《折楊柳行》曰大曲，可知有爲而作。

《臨高臺》云：「江有香草目以蘭，黄鵠高飛離哉翩。」夫草、蘭不辨，黄鵠之所以高飛也。至云「關弓射鵠，令我主壽萬年」，曲終打諢，若認真，若不認真，妙絶，雅絶。

《滿歌行》，蓋大臣退避之詩。《隴西行》：「健婦持門户，亦勝一丈夫。」雖其風俗如此，豈當時母后臨朝，或亦借此以諷乎？

細閲羅敷《陌上桑》，一饒舌婦人耳，且夫壻雖殊，何如使君？固不如「烏鵲高飛，不樂鳳凰」也。以詩作傳奇，樂府之所由設也。《焦仲卿》敘事極詳，人所不説，我必説到，里巷翁嫗，瑣細俗態，不盡致不已。

《木蘭詩》敘事却略，人所説到，我不必説，只大段寫一俠烈行徑，皆千秋絶調也。若《長恨歌》則《下里巴人》，固宜和之者衆。

樂府有敘事，《焦仲卿》、《木蘭詩》是也；有寫意，《蒿里》、《薤露》、《華山畿》是也。敘事者妙在盡情；寫意者又妙在不甚切，只作泛常悲悼，忽忽無端，然貌不瘁而神傷矣。

魏武帝諸詩橫絶一世，彼李白、杜甫政如劉備、孫權耳。老賊直如此可恨。「東臨碣石，以觀滄海」二語，便有挾天子令諸侯之意。朱子曰：「曹操只説酒令，亦説到周公上去，可見是賊。」予謂老瞞説周公，説文王，都從至情至性中出，若一味是假，則小偷兒矣，能成何事乎？總之，不但作詩要真，作賊亦要真；不但作詩要厚，作賊亦要厚。魏武諸詩有慨慷悲壯處，有熱腸厚道處，此大奸雄本領也。「詩可以觀」，此之謂也。

詩以道性情，非僞者所能與也。魏文帝《艶歌何嘗行》深厚極矣，讀《與吳季重》二書，畢竟是他於故舊間有一段真情至性，故筆端繚繞，意興淋漓如此。不然，《短歌行》「懷我聖老」，何貌瘁而神不傷，望而知其不情耶？不可誣也。

《詩評》稱曹子建如「三河少年」，蓋謂《箜篌引》、《白馬篇》諸作耳。然非陳思佳處也。陳思如《聖皇篇》悲而婉，《怨詩行》、《怨歌行》激而厚，雖《國風》、楚《騷》何加焉。《贈白馬王彪》七首，沈鬱痛快，杜少陵之宗。

「吾欲竟此曲，此曲悲且長。今日樂相樂，别後莫相忘」，此通用語耳，有何要緊？子建《怨詩行》、

《怨歌行》皆此四語作結，而讀者自爲不堪。可見詩有性情，作詩有節奏，不惟其語之佳也。故泛常語或動人，警切語或更遠，要當於詠吟間求之。

魏明帝《步出夏門行》全録其父、祖成語，而别爲淒淡之音，可見詩不在詞。

甄后《塘上行》直逼風人，但論詩，則欲過班姬矣。

詩稱漢、魏，固也，若世所云「建安體」，則吾所不解。蓋彼所云「建安體」，不過曹氏兄弟壯麗之篇、王粲諸子從軍、公讌之作，而武帝之雄高、文帝之和柔、陳思之深厚，反若置焉。每讀昭明《選》詩及李于鱗《唐詩選》，正不知昔人以何者爲詩，何者爲佳否，只是將「性情」二字束之高閣耳。固哉！

謝康樂《擬鄴中》八詩尤無謂，至謂陳思「不及世事，但美遨遊，頗有憂生之嗟」，何其謬耶！

論詩源者謂陶淵明出於應璩。夫詩有何源可出？應璩、陶公有何相干耶？此等邪説，恨不起昔人於地下而面詰之。

六朝士大夫之詩皆矜莊修飾，所謂《選》體是也；其里巷歌謡則淫艷驚奇，《子夜》、《讀曲》之類是也。然《選》體每令人厭觀，而《子夜》、《讀曲》之類好之忘倦。蓋六朝風俗之靡久矣，其士大夫既不能變風俗，又不肯即風俗爲詩，故皆僞詩；其里巷歌謡各言其風俗之所尚，而不必别求所爲詩，故皆真詩也。夫士大夫之詩，《雅》也；里巷歌謡，《風》也。故《風》存於真，《雅》亡於僞，詩道盛衰，豈不以風俗哉！

漢以上謡諺造語獨妙，六朝則《子夜》、《讀曲》，唐人則《楊柳》、《竹枝》，皆出自民間，所謂真詩也。

若今之吴歌乃太俗，未若《十二月》、《采茶歌》樸而有致。

晉人談老、莊，雖廢用，尚能不俗，至用以入詩，則厭甚矣。如云「莫壽如殤子，彭祖猶爲夭」、「天地爲洪爐，萬物一何小」，此等腐爛語彌望皆是，真是不堪。夫世間許多好詩與草木同朽，而厭甚不堪者陳陳相因，傳百千年不絶，亦不平之一也。

晉人引老、莊語，謝康樂引經語，多涉惡道。惟古詩「晨風懷苦心，蟋蟀傷局促」，意味自佳。潘、陸詩俱不見佳，而陸尤爲笨伯。予嘗評陸士衡如巨人衣錦，非不華麗，無乃太肉也。

傅休奕樂府妙手，此士大夫能自爲真詩而不墮《選》體者也，蓋鮑明遠、李太白之先聲。

左太沖有「振衣」、「濯足」之概，作《三都賦》不患無才；有「山水清音」之趣，作《三都賦》方能入妙。駱丞詩無俊句，賦安得佳！

劉越石《扶風歌》英雄本色，亦有聞雞起舞、乘月清嘯之概。若「豈意百鍊剛，化爲繞指柔」，風氣頓盡矣。細人不能説，假人又不肯説，令我惻然。

陶淵明自是千古一人，或謂之清真，或謂之淡遠，或謂之枯而腴、質而綺，未必無當於陶，而不足以盡陶也。詩家以少陵擬孔子，以淵明擬伯夷，庶幾近之矣，然亦不足以盡陶也。蓋淵明孤高處似伯夷，和厚處又似柳下，如「直爲親舊故，未忍言索居」，又「游好非久長，一遇盡殷勤」，正復平易近人。若乃「顧我抱茲獨，黽勉四十年」，又「遥遥望白雲，懷古一何深」，則眼空一世矣。

李卓吾陶、王合刻，可謂韓、老同傳。王維何如人、何如詩，乃與淵明伍耶？白樂天又何如人、何如詩，亦作《效陶》二十首，尤爲可笑！夫右丞仕宦熱客，樂天温飽俗人，而故爲曠遠之音，神者先離矣。蘇子瞻生平無冗贅筆墨，不知何故，將陶詩一一和遍。今讀之，味如嚼蠟。總之，富貴而擬陶，則失其高；窮賤而擬陶，則失其厚。須知飲酒、采菊、田園、節序不可以爲陶，猶芳蘅、杜若、蘭芷、蓀荃不可以爲《騷》也。試觀漢人《九歎》、《九懷》、《九思》，剌剌不休，於屈、宋何當乎？

《歸鳥》詩：「和風不洽，翻翮求心。」「求心」二字有性情，有身分。洽則伊、吕，不洽則夷、齊，亦曰「求心」而已矣。

「饑來驅我去，不知竟何之」，何其易也；「行行至斯里，扣門拙言詞」，何其難也。發情止義之間，自然風雅。「衆鳥欣有托，吾亦愛吾廬」，真有道者之言也。覺老杜「意愜關飛動」、程子「萬物静觀皆自得」，俱説得不妙。

「此行誰使然，似爲饑所驅。傾身營一飽，少許便有餘」，亦是自嘲自慨，然語氣和厚。末云「恐此非名計，息駕歸閒居」，則又凛然正色矣。

《自祭文》其旨達，《挽歌》三章則爲他人作也，其感深。至云：「千年不復朝，賢達將奈何？向者相送人，各自歸其家。親戚或餘悲，他人亦已歌。」何其哀也。雖然，不歸家又將奈何？既死矣，悲與歌何有於我哉！

隱士有樂處，亦有苦處。「採菊東籬下，悠然見南山」，樂也；「披褐守長夜，晨鷄不肯鳴」，苦也。人但向樂處求淵明，不向苦處求淵明，便淺。

陶公稍帶俠氣，但渾厚不覺耳，《詠荊卿》、《詠田子春》，已自露出。世人看陶公，作一村農之長者而已。

謝康樂雅麗矜莊，顧眄自喜，與陶公却是兩派。陶詩妙在自然，謝詩妙在不自然；陶詩高士隱者之詩，謝詩公子文人之詩也。然温厚和平、優柔不迫之意則同，故世稱陶、謝。

讀康樂詩急性不得，譬諸調琴，先平其氣，然後一彈再鼓。康樂詩望之似板重，静讀之，水之迢迢，不足爲其情矣。

退之云：「李杜文章在，光燄萬丈長。」夫詩乃光燄萬丈，尚何言温厚和平、優柔不迫之意乎？朱子謂杜詩常忙了，然唐以後詩太緩，則酸弱不堪，故陶、謝未易擬也。

譬諸書法，陶、謝，鍾、王也；李、杜，顔、柳也。顔、柳出而鍾、王之格衰，李、杜盛而陶、謝之韵微矣。謝詩雕琢已極，論者廼比之「初日芙蓉」，正以逸致猶存耳。

「池塘生春草」，是病後初起，着此一語，所以可想。

鮑明遠古樂府，筆端起落如天驥行空，使讀者飄飄有凌雲之氣，蓋李太白之前便有此俊快矣。古詩秀拔，具見逸才。

必如鮑明遠、李太白，方可稱爲才子，他人詩雖工，不得與焉。

李太白古樂府似鮑明遠，古詩好謝玄暉。蓋淵明、康樂稱陶、謝，其詩遠，有一唱三歎之聲；明遠、玄暉稱鮑、謝，其詩俊，有心開目朗之樂。

「天際識歸舟，雲中辨江樹」，雨景也，亦曉景也；「餘霞散成綺，澄江浄如練」，霽景也，亦晚景也。然「澄江」句雖太白所賞，却不如。

鮑令暉體氣高妙，絶似參軍，是古詩好手；沈滿願是近體好手，此六朝香奩之最也。若唐劉采春《囉嗩曲》，其女周德華「二十年前舊板橋」，膾炙人口，幾欲《子夜》、《莫愁》等矣，是歌曲好手。

顔延年謂湯惠休「下里巴人」，此報「錯彩鏤金」之誚耳。然惠休詩雖佳，亦太少道氣，不如遠公不失高僧本色。

《淫思古意》，顔峻所作也，題是「淫思」，詩乃言貞節。六朝艷詩，此首最有身分。

沈休文《别范安成》一詩極似李少卿，蓋情到至處，不期似而自似。若有意擬之，反不似矣。詩道之妙，真是難言。

江文通以一人而遍擬諸家之詩，幸而不似，使其似，其性情變亂，無乃太甚乎！且以人之性情爲詩，何若以己之性情爲詩？優孟學孫叔敖，偶一爲之可也。

「山中何所有，嶺上多白雲。只可自怡悦，不堪持寄君。」此詩高而不傲，婉而不卑，答人主可，答常人可，答奸雄暴客亦俱無不可，真有道者之言也。是齊、梁間僅作。

昭明謂《閒情賦》「白璧微瑕」，固非。亡友梅淡克云：「靖節即不作此亦可。」此言却是。蓋陶隱居《寒夜怨》、孟襄陽艷詩數首，俱不必存。

蕭梁父子兄弟詩文之勝，猶曹魏父子兄弟詩文之勝也。魏武奸雄，三世富貴；梁武仁慈，除昭明太子外，舉家橫死，豈不亦悲哉！簡文宮體，最爲光艷動人。「落星依遠戍，斜月半平林」，唐人中極佳之句。史稱周師已逼，元帝猶登城爲詩，豈即此耶？「空梁落燕泥」，全詩俱佳；「庭草無人隨意緑」，語雖韵，稍涉填詞，然非煬帝拈出，或俱湮没，無人知矣。世眼碌碌，求一忌才者亦不易得，可歎也。

唐詩分初、盛、中、晚，猶歲序分春、夏、秋、冬也。坡公謂四時之變，無如寒食、重九。蓋太白當春夏之間，如寒食；昌黎在秋冬之際，似重九；而老杜則四時之氣皆備。陳正字力追大雅，爲詩中起衰，猶昌黎爲文中起衰也。但昌黎實自成一氣運，正字深者似杳，淺者太粗，其閎中肆外弗如矣。鍾竟陵謂阮公《詠懷》不如正字，予則謂正字《感遇》不如張曲江。蓋曲江廣大清明，亦自成一氣運，雖太白《古風》，尚覺差遜云。

「前不見古人，後不見來者。念天地之悠悠，獨愴然而泣下。」此乃胸中先有一段感慨，蓋天蓋地而出，然後爲詩。若《感遇》諸詩，則先有一「感遇」題目，乃作許多感事入理之譚，未免費力矣。吾論古今詩文，全持此意，其平奇工拙次之。

崔顥《黄鶴樓》自勝「盧家少婦鬱金堂」，然是歌行體，非七言律之正也。《詩歸》首取「毘陵震澤九州通」，甚冠冕。「不愁明月盡，自有夜珠來」，結句之妙，稱譽一時。予謂「曲終人不見，江上數峰青」，錢員外此結更有神助。

劉希夷《代悲白頭翁》、《下里巴人》耳，以此殺身，當入枉死市矣。若「秋天瑟瑟夜漫漫」，却值一死。

李于鱗謂「唐無五言古詩」，彼所謂「古詩」者，蓋指《選》體耳。不知既爲唐人，便自有唐人之詩，何必寬衣博帶，作莊嚴之態乎！劉昚虛静遠深厚，能出脱《選》體，而不失陶、謝諸公之意，雖止數作，可爲唐詩正宗。

世人好王賢於好孟，吾之好孟賢於好王。吾非故爲異也。右丞詩太妙，佳句太多，好者太衆，不善學之，幾何而不爲詩中鄉原耶？浩然寥寥數言，然望而知其高人之作，其格勝耳。故食不可不甘，亦不必太甘；人不可不好，亦不必太好。孔子曰：「鄉人皆好之，未可也。」知其解者，旦暮遇之。

《獻始興公》、《送李睢陽》音調較别，右丞詩皆如此，好之者鮮矣。若《桃源行》，則不好不得。《桃源行》自是絶唱，近有摘篇中重字大肆訾議者，不知詩禁重字，政以口齒間有礙耳。若不覺有礙，重字何妨哉！小兒强解事，致遠恐泥，此可概推也。

「下馬飲君酒，問君何所之。君言不得意，歸卧南山陲。但去莫復問，白雲無盡時。」此等假藴藉語，每爲淺人就便，識者辨焉。

「芙蓉露下落，楊柳月中疏」，是麗句，其詞工；「蟬噪林逾静，鳥鳴山更幽」，是警句，其意工。「微雲淡河漢，疏雨滴梧桐」，清絶之句，是高人之詩；「古木無人徑，深山何處鐘」，空妙之句，是静者之詩。

「古木無人徑」，寂然不動也；「深山何處鐘」，感而遂通也，是悟境。「行到水窮處，坐看雲起時」，正與麽時也，是定境。

「人事有代謝，往來成古今。江山留勝跡，我輩復登臨」，平平四語，許多閲世之感，諷吟不盡，真絶唱也。孟浩然吊羊叔子，自合有此詩。

孟襄陽詩無一點烟火氣。讀其詩，想見其人。

張謂「去年上策不見收，今年寄食仍淹留」，粗惡極矣。李于鱗因云「終年著書一字無，終歲學道仍狂夫」，豈《下里巴人》皆有傳本耶？王摩詰「北闕獻書寢不報」亦然。

「歸鴻欲度千門雪，侍女新添五夜香」，若此時文思枯澀，便是苦海；文不能佳，更屬惡道矣。固不如三家村學究，抱膝高吟耳。一笑。

昔人謂高、岑悲壯，此定論也。然高妙在壯，岑尤妙在悲。達夫詩，望而知爲一爽烈男子。嘉州如清秋畫角，自爲凄激之音。其五言諸律，只如説話相似。而王弇州謂二公於此體俱不能佳，豈其然乎？

「戰士軍前半死生，美人帳下猶歌舞」，予年十四五即好誦之，至「大漠窮秋」，輒唾壺欲裂。

《早朝》詩，嘉州較諸公爲勝，但音節間稍覺板重耳。少陵「旌旗日暖」却是巳午間景象，右丞「衣冠」字太多，賈舍人殊少佳句，俱差遜也。予謂《小雅》「夜如何其」，雍雍肅肅，末句「言觀其旂」，一「觀」字寫天色漸明，尤妙。老杜匆匆，想未思及此語。

曹子建詩「盛年處房室，中夜起長歎」，君子固窮；若崔國輔「時芳不待妾，玉珮無處誇。悔不盛年時，嫁與青樓家」，小人窮斯濫矣。然總只爲「玉珮無處誇」耳，可不悲哉，可不戒哉！

常尉詩光明映徹，猶如琉璃。《詩歸》評之爲佛，真佛矣。若王龍標，其菩薩乎？菩薩乘獅跨象，示現神通；龍標證得如幻三昧，尤令人驚喜莫測也。或問：佛、菩薩固詩之極致乎？曰：竟陵論詩主神理，則以佛、菩薩爲極致；歷下論詩主氣格，則以文人、才士爲極致。若予論詩，則主性情，要當以聖賢爲極致也。夫《三百篇》，聖人所删，而楚《騷》，賢大夫所作，盍亦反其本矣。

所謂性情者，上而君臣理亂，下及風俗正變，其興觀群怨有當於聖賢之旨也。蓋聖賢亦推神理，然不專主神理，故靈妙之説次之；亦尚氣格，然不專主氣格，故壯麗之説次之。世人日奔走歷下、竟陵之門，方搆訟未已，得無將君臣理亂、風俗正變、興觀群怨之旨置而不問乎？噫！性情之謂何？

龍標《箜篌引》，分明一邊城老將自言自語，訴得有頭有緒，可泣可歌。樂府如此，雖漢、魏不多得也，真正性情之詩。友人王右之獨賞此作。

龍標宫詞音節稍壯，却似《出塞曲》一般。世皆稱之，吾不知其何佳矣。夫龍標自有詩，而世稱其七言絶；太白自有詩，而世稱其五、七言絶；少陵自有詩，而世稱其七言律。一盲而衆盲隨之，滔滔者天下皆是也。

李太白咳唾珠玉，眉宇天人，其曠遠處是何等胸界，高妙處是何等筆墨，俊逸處是何等風神！其樂府歌行如龍飛鳳舞，真絶世才也。世不於此等處着眼，但稱其五、七絶句，皆認龍之一甲、鳳之一毛，而自以爲得之者也，何足以語秋水之觀乎？

陶淵明、李太白皆好言酒，遂爲淺人所喜；又坡公戲筆，亦爲淺人所喜。夫陶、謝並稱，而淺人獨喜陶；李、杜並稱，而淺人獨喜李；韓、蘇並稱，而淺人獨喜蘇，亦三公之不幸也。至如「天若不愛酒」等詩，在太白集中自是贋作，亦「笑矣乎」、「悲來乎」之類，而稱太白者必稱是詩，無乃以太白爲一市中醉漢乎？抑又悲矣！

《把酒問月》、《答山中俗人》，此等題予俱不喜。

肅宗中李輔國之讒，而上皇堯幽囚矣。故《遠別離》爲上皇禪位而作也，《蜀道難》爲幸蜀而作也，《戰城南》爲雲南覆師而作也。昔人謂太白擬古樂府，不如少陵以時事創新題。然借古諷今，亦何必如長慶之分明道破哉！

「我願執爾手，爾方達我情」，說得有肝腸；「臨當上馬時，我獨與君言」，說得有聲價；「空手無壯士，窮居使人低」，悲憤語，說得有氣概；「欲道心下事，時人疑夜光」，低徊語，說得有抱負。讀太白詩，當於此等處求之。

「明月出天山，蒼茫雲海間。長風幾萬里，吹度玉門關。」每誦此詩，輒作天際真人之想。又「瑶臺雪花數千點，片片吹落春風香」，豈不驚絶！

杜少陵五言古詩似《左傳》，七言歌行似《史記》，此其最勝處；五言律、五言排律亦極佳。而世乃稱其七言律，是以臧哀伯諫郜鼎、季文子去莒僕稱《左傳》者無異也。七言絶句磊落崎嶔，可笑人別爲一調。論者謂老杜一飯不忘君，其說似迂，然在老杜實乃至情至性，其胸中君臣理亂與山水奔走、兒女飢寒打成一片，不擇地而出，不擇時而言，非淺者所知，非僞者所能托也。

蓋太白，詩中之仙；常尉，詩中之佛；而老杜尤有道氣，則詩中之聖賢也。此諸家之辨也。

漢而後詩文氣運漸降，即西京亦自難及，況先秦以上乎！獨少陵五言古詩，其神理實與《左傳》相似。蓋《左傳》奥妙數見愈鮮，杜五言古詩亦奥妙數見愈鮮。非若他詩文，雖極佳，一再過便了了也。世或以《選》體律少陵，此取麒麟楦，遺生龍活虎耳。亦知《左傳》之文，固非寬衣博帶，假矜莊之可比哉！

宋人以退之《南山》詩擬《北征》，又有謂《南山》詩不如《北征》者，亦但從體面上起見耳。不知《北征》奇正相生，歌哭盡變，自是千秋絶調。《南山》詩只用許多「或」字句成篇，在退之集中已非極致，何足相提而論乎！若樂天《悟真寺》，則愈下。

《哀王孫》云：「金鞭斷折九馬死，骨肉不待同馳驅。」較之《長恨歌》「翠華摇摇行復止，西出都門百餘里」，何但天淵。又「竊聞太子已傳位，聖德北服南單于」，却似遞一信與王孫一般，草野邂逅之間，豈不悲絶？《畫馬圖引》波濤奔瀉，《丹青引》風雲變化，《二角鷹》甲兵森稜，《渼陂行》鬼神出没，猶龍門列傳諸文也。若《桃竹杖》，故作奇調，其實平平。

杜寫景入微者，如舟行詩，「稍知花改岸，始驗鳥隨舟」，是寫舟行之緩；「青惜峰巒過，黄知橘柚來」，是寫舟行之快；「風蝶勤依槳，汀鷗懶避船」，是寫舟行之平；「石出倒聽楓葉下，櫓摇背指菊花開」，是寫舟行之險。

「大江闊千里，孤舟無四鄰。惟餘故樓月，遠近必隨人」，此夜月也。若老杜「水面月出藍田關」，則是晝月。又「吹角當城片月孤」，是夜月；「不夜月臨關」，是晝月。

《史記·司馬相如傳》，或曰長卿自作，或曰非也。王子猷則謂長卿謾世，其意遠矣。杜詩云：「茂陵多病後，尚愛卓文君。酒肆人間世，琴臺日暮雲。」亦説得有道氣。

《秋興》八首不如《詠懷古跡》五首，《詠懷古跡》五首不如《諸將》五首，而于鱗獨取《秋興》；《玉華宫》不如《哀江頭》，《哀江頭》不如「劍外忽傳收薊北」，而伯敬俱不入選，何耶？

《縛鷄行》前七句纏帳極矣，末忽云「注目寒江倚山閣」，如魚鳥破網而出，頓覺海闊天空，此禪家所謂「冷灰中爆出一粒豆」也。又「郡人入夜争餘瀝，稚子尋源獨不聞」，蓋尋源則有餘，争瀝則不足。一切讀書學道、治國用兵，皆可悟入。郡人正鬧，寧暇及此乎？二詩極似聞道之作。

後世擬《三百篇》，輒作四言幾章、章幾句，惶恐甚矣。老杜從不作四言詩，然《行次昭陵》二排律，與《周》、《魯》、《商頌》何以異焉？可爲識者道也。

作詩與作文不同，要當吟詠而出之。杜《垂老别》、《新安吏》諸篇，猶有風人之旨；若《前》、《後出塞》太説意，風人之旨微矣。于鱗獨取「落日大旗」，亦一解。

「吴楚東南坼，乾坤日夜浮」，世所共稱也。二句殊不遠。而「親朋」、「老病」，對洞庭作此語，胸臆亦卑。太白云：「萬里寫入胸懷間。」一洗杜陵之滯。

太白佳處，皆太白以前之詩，然鮑、謝諸公無其神彩；少陵佳處，皆少陵以後之詩，然韓、蘇諸公無其奥厚。

元次山如冰稜霜鍔，使人毛骨森然，蓋唐詩之變也。然其筆法亦自《小雅》「鶴鳴于九皋」來。近日鍾竟陵頗與同調，而和婉過之。

詩至元次山、孟東野，真可斷瘧止小兒啼矣，想其人是一鐵漢子也。吾敬評之曰：「枝高出手寒。」

觀次山所選《篋中集》，寥寥數作，其性情孤孑，亦自可想。

任華《寄李白》、《寄杜甫》、《寄王維》三詩，無恥極矣。唐仲言比之「乞兒唱《蓮花落》，摇頭眨眼」，不誣也。最可惡者，寄太白便學太白作放達語，真是辱莫殺人。

讀初、盛唐詩，正如海嶽雄奇，京都壯麗，觀止矣。及見劉文房之作，則又如平郊曠野，花木脩然，令人有濠濮間想。詩能移情，不其然乎！蓋中唐之有文房，猶盛唐之有右丞。氣不必奥，而妙在閑；格不必高，而妙在俊。雖時俗共賞，而有識者不厭，真詩家中正之派也。大曆十才子，固推文房爲首。

李、杜而後，詩二家耳。能爲其大，則法其大，其高者曰昌黎，其卑者曰香山；不爲其大，則趨其變，其清者曰東野，其麗者曰長吉。皆心知其意者也。已不爲其大，又不趨其變，沾沾焉局促其性情，而曰「清淡直率，古之音也」，非其才之儉，則其識之固也。故柳、韋之作，非詩家上乘也。柳、韋俱法陶，而蘇州稍雜《選》體，然意味殊薄矣。今之爲制藝者，遠效成、弘，作三百許言，號曰先輩，則世皆譏之。非謂不合時宜，抑以文其短耳。詩道何獨不然乎！

試取儲光羲《田家雜興》與柳州《田家》詩並觀，便有深淺厚薄之別。予所賞者，「欲持一尊酒，遠慰風雨夕」、「落葉滿空山，何處尋行跡」。《聽嘉陵江水聲寄深上人》，蘇州詩也。聽水聲便説悟道，便寄僧，亦是淺人套子。

論元、白者，或曰俚俗，或曰淺直，此皆不足病。所病者，一「凡」耳。凡則不貴，不貴則賤；凡則不遠，不遠則卑。

白香山論詩，必使老嫗能解乃爲佳，而三家村學究遂奉爲第一義諦。試取《三百篇》、楚《騷》誦之，雖有俊嫗，其能遽解耶？長慶樂府凡近不待言，每曲終必要道破，却似恐老嫗不解者，此意真不可解也。

作詩與作文不同，文貴説明，要使可解；詩不必説明，要使可解不可解。

予於詩文鮮能成誦，獨《長恨歌》、兩《赤壁賦》，小時篤好，今雖棄去，然尚一字不忘。可發一笑。白雖凡近，猶自成一家；若元微之，定是惡道。

漢桓榮曰：「今日所蒙，稽古之力也。」予每讀至此，輒爲之耳赤。而元稹以爵位之榮，作詩誇内，真所謂「驕其妻妾」者也。

五言排律百韵，老杜集中一首而已，元、白頗以此見長，亦名之所由歸也。然詩以道性情，才力贍給，何與人事！祖詠應試，止得四句，而主司拔之，此真具眼矣。

韓昌黎飄逸不如李，精奥不如杜，而光燄萬丈，則仿佛並之。黄山谷云：「退之於詩本無解，直才大耳。」本無解却妙。彼夫字有眼，句有法，弄許多小家伎倆，皆解者之爲也。予亦云：郭汾陽於兵本無解，惟本無解，方形容出大人氣象，非曲士所知。

韓詩王霸雜用，有秦皇、漢武之風。獨間作學究語，未免開宋人酸派。

徐文長曰：「韓愈、孟郊、盧仝、李賀詩，近頗閱之，乃知李、杜外復有如此奇種，眼界始覺空闊。不知近日學王、孟人，何故伎倆狹小如此！菽粟固可貴，不信有却龍肝鳳髓都不理會耶？」此文長曠觀之談也，袁石公極闡此義。今人局促日甚，此四家如六合之外，存而不論矣。

《元和聖德詩》殊不雅馴。總之，四言詩不宜作也。若《琴操》十首却佳。

韓、孟聯句只戲耳，詩以道性情，豈争長角技之具哉！押險韵及以限韵爲工者，皆世俗之見。

李長吉雲霞作衣，冰雪爲骨，善讀者當看其未落筆時一段翩躚繚繞之致，真天才也。世人但見「鬼」字、「血」字、「死」字、「泣」字，便生無量怖畏。政如屠沽筵中出龍鮓餉客，客驚走，其長老則正色曰：「此何奇，終不如猪肉得正味耳。」此何足以論長吉乎！

徐文長掊「元氣茫茫收不得」一語，以駁杜牧之「理不及辭」之謬，不知唐帝每以金丹致疾，而作詩諷諫，即此便是君臣激發之理矣。若其詞之或正或奇，或隱或顯，則隨作者托寄。如必求一二語之似乎理者以爲理，此宋人之理，而非詩之理也。與牧之所見間不能寸。

騷及唐分二派：《九歌》、《招魂》，長吉以之；《九章》、《九辨》，東野以之。長吉偏得風人之致。《申胡子觱篥歌》，長吉托此向世眼解嘲耳，畢竟不似陶、謝。然才如長吉，又何必陶、謝哉！

坡公不好孟東野，未爲無見，但云「如食小魚」則不然。蓋東野非小魚，乃酸梨澀柚耳。是故退之鼎烹也，長吉海錯也，東野梨柚也，子厚鹽虀也，樂天豆腐也。坡公不好東野而好子厚、樂天，正乃棄梨柚而啖鹽虀、豆腐耳。即小魚，不猶愈乎？

俗謂少陵作詩苦，遂訛太白有「飯顆山頭」之誚。予謂少陵何所苦？若賈閬仙則真苦耳。閬仙除「秋風渭水」外，遂無一快人之句，不過銖銖兩兩，求工於字句之間。此詩家之黔敖、鮑焦、陳仲子也，良足悲也。

閬仙云：「秋風吹渭水，落葉滿長安。」子厚云：「美人隔湘浦，一夕生秋風。」皆中、晚所無之句。詩有神助，氣運不得而限之。

少時極好盧玉川，謂粗服亂頭皆好。後有人曰：「玉川何足佳，一街坊間厮駡漢耳。」自是好頗減。莫謂予不信讒也。

少曾抄玉川《月蝕詩》、樊紹述《絳記》爲一帙，號曰「晚唐二奇」，今亦失去。

張文昌樂府最爲清麗，其《節婦吟》猶有發乎情、止乎禮義之意。而論者謂文昌時有詠氣。予謂「詠氣」二字，若顧逋翁正當之耳。如《箜篌引》，誦之甚妙，乃云：「急彈好，遲亦好。宜遠聽，宜近聽。」便是優伶口角。《詠畫》云：「忽如空中有物，物中有聲。」則張打油、胡釘鉸語也，奚取於大雅之堂？

晚唐詩，聶夷中全用樸，曹鄴全用快。然晚唐無真樸詩，固不如快者之爲妙也。曹鄴如急管繁絃，正不必更思雅樂，況土缶瓦器耶！

「昔日蘭亭無艷質，今朝金谷有高人」，此成何語！而曰「壓倒元、白」，彼元、白者亦且望而退舍，識趣可知矣。大抵世俗自有一種相應好句，衆皆悦之，自以爲是，而不可入風雅之林。孟子惡鄉原，恐其亂德也。予豈好辨哉？噫，難言也！

詩作理語有三厭：蕪也、酸也、僻也。蕪如晉，酸如宋，無論已。最可惡者，皇甫松《古松感興》云：「皇天后土力，使我生此身。」此與王無功《石竹詠》「昔我未生時，誰者令我萌」，皆假鬼話、混語，六義之賊也。其實有何理？而《詩歸》以爲厚、以爲樸、以爲深，不亦大可怪笑乎！

《錦瑟》詩云：「莊生曉夢迷蝴蝶，望帝春心托杜鵑。滄海月明珠有泪，藍田日暖玉生煙。」四句隱「適」、「怨」、「清」、「和」四字。詩如此，竟是一謎矣，固不如詩餘、南北曲猶能感動人心。

宋詩不如唐，固也，然一代有一代之詩，曷可誣哉！予謂北宋詩多似中唐，南宋詩多似晚唐。若「奥厚深遠」，此四字宋人從未之及。

六朝詩至陳、隋，宋詩至南渡，氣愈衰矣。陳、隋詩大半婦女脂粉氣，南渡以後詩大半學究頭巾氣。若論人，則婦女不如學究；若論詩，則頭巾不如脂粉。

賞花釣魚，徘徊太多，遂使升庵數盡珍秘。夫唐人應製從無間言，宋偶一爲之，輒被優伶所誚，亦足見其詩道之不競也。

歐陽公詩，高古不如其文，而暢溢過之。意之所到，無不極之意；口所欲言，無不悉之言；寫景怡情，必淋漓滿志而出，誠詩家之一快也。大抵歐、蘇詩皆學韓，去其奇崛，從其博大，其氣象之間豁如也。東坡謂六一詩似太白。太白則未也，然豪視一世矣。

歐七言古詩最勝，五言古詩次之，皆宋人所難也。五、七言律非其所長，具體而已。韓亦止「三百六旬」一律。子美贈太白詩極多，太白寄子美詩却少；蘇詩多稱歐公，歐詩却不道及蘇子。亦可見古人任意爲詩，不似今人應酬煩苦，有許多不容已處。

先輩多謂蘇子瞻長於文而累於詩。又有讀子瞻文，見其才而不見其學；讀子瞻詩，見其學而不見其才之説。審如是，是子瞻之文乃諢白打油之文，子瞻之詩乃飣餖堆積之詩，而何足爲子瞻乎！夫子瞻文不待言，若其詩，鼓吹物象，出入風雅，而使事之妙，自經史百家、稗官佛典、里歌巷謡，無不點瓦礫成黄金，攬長河爲酥酪，真奇觀也。蓋坡公詩初亦學韓，而較韓尤韵；間有似太白者，由其風神之合耳。予則云：讀子瞻文，見其才而愈見其學；讀子瞻詩，見其學而愈見其才。

坡公七言律尤爲可歌可詠。蓋七言律肇於唐，其格勝；妙於坡公，其韵勝。若方、陸諸公，雖望之似豪，然格、韵俱降矣。

邵堯夫，聖人也；白玉蟾，仙人也。詩皆妙極，然不入風雅之宗，不學故也。乃知孔子好學、侯道華讀書，不是多事。

只要妙極，不論風格，則堯夫、玉蟾已是詩家絶唱矣，何必樂天。

太白：「衆鳥高飛盡，孤雲獨去閑。相看兩不厭，只有敬亭山。」此詩具大人相，所謂性境現量也。

若司馬温公：「四月清和雨乍晴，南山當户轉分明。更無柳絮因風起，惟有葵花嚮日傾。」亦説出静中景象。

米襄陽詩清瘦，不愧高士。《詠潮》云：「吴征越戰歸何處，一曲漁歌過晚村。」使人吟詠不盡。

唐子西詩：「鈴聲今古道，柳色短長亭。」只十字，寫出苦海茫茫，風塵奔走，一切可悲可感之狀。又云：「山静似太古，日永如小年。」此境界則知之者鮮矣。二聯最是其佳處。

老杜五言律，字有眼，句有法，沉着有味，老健有情，此其一班耳。陳後山全副精神，盡用於此。譬傚法孔子，但擇《鄉黨》章中一二事，非善學孔子者也。且夫詩之道大矣，而求工於尺寸之間，豈不隘哉！故後山之狷，不如放翁之狂。

昨夜偶病，遂爾委頓。今病幸愈，頗覺自在，家中缺柴少米，總不計也。朱子詩云：「昨夜扁舟雨一簑，滿江風浪夜如何？今朝試揭孤篷看，依舊青山緑樹多。」雖是太平話，却甚親切。

陸放翁生平詩萬首。予昔有《渭南全集》，少時嘗恣閲之。信口信筆，雖不甚工，而亦不落惡道。其氣頗豪，力頗健，但少藴藉耳。然宋人詩藴藉自難，不獨放翁也。世所稱「小樓一夜聽春雨，深巷明朝賣杏花」，又「名酒過於求趙璧，異書渾似借荆州」、「溪山勝處身難到，風月佳時事不休」，放翁此等句自多。

放翁豪於詩，辛稼軒豪於詞。詞是宋人所長，則稼軒較勝。

方秋崖七言律極多佳句，《詠梅》云：「三讀《離騷》多楚怨，一生知己是林逋。」此則宋人滑調，而友夏亟稱之，何哉？

晚唐諸僧詩皆清絶，然無和尚氣。宋真山民、翁卷、宋伯仁、二戴、二徐詩亦清絶，但未免頭巾氣耳。

詩以道性情也。盛世而爲詭激之音，變亂而作和平之調，非性情之正矣。宋亡，謝皋羽以文丞相故客，痛切爲詩，其詞幽，其旨憤，其語多奇，而或不可解。論者謂似李長吉，不知興亡之感迫於其中，既不得正言之，又不敢明言之，蓋《騷》之苗裔，聲氣自合，非好爲奇也。《宋鐃歌鼓吹》，原宋得天下以道也；《古釵歎》、《冬青引》，傷宋失天下之不幸也。蓋長吉當唐衰之時，雖石破天驚，不失其正；皋羽值宋亡之際，即牛鬼蛇神，不可謂奇；若徐文長自傷不遇，物不得其平則鳴，皆非無疾而呻者也。孟子曰：「誦其詩，讀其書，不知其人，可乎？是以論其世也。」而或者望其奇而駭之，豈知詩者乎？又鄭所南者，著《鐵函經》，語顯切，藏諸井。

金之有元遺山，猶宋之有謝皋羽也。其詩雋永有力，不墮宋人酸餡氣。

元文無能改於宋，而詩則自異。宋詩尚清老，元詩尚風華。宋詩法少陵，然無少陵之奥；元詩宗太白，然乏太白之神。

薩天錫是鮑明遠、李太白以後一人，其七言歌行輕綺跌宕，亦一才子也。予昔曾選薩詩，遺其《江南怨》，友人萬三雅爲補之。《江南怨》，諷買官也，詩只作閨中兒女悵望之詞，極得風人意致。「旌旗日暖將軍府，絃管春深宰相家」，能説出都城景象。又「春色不隨亡國盡，野花只作舊時開」，與唐人「香消南國」、「怨入春風」同一悲慨矣。

只看趙子昂《耕織》二十四詩，則李長吉《十二月樂府》非復煙火人間語也。人謂長吉鬼才，吾謂長吉天才耳。

吴淵穎詩亦莽蕩有退之之意，不但雕鎪耳。予昔曾見其全集，尤好其詩。

楊鐵崖樂府歌行，聲調節奏、口吻眉睫之間，一一仿佛太白，蓋青蓮復出，謫仙重來矣，然神者弗似也。夫作詩當出己意，豈宜效人？似其神且不可，况但似其形乎！鐵崖才氣豪縱，不患不自名一家，而向太白轅下作活計，吾甚不取。

倪雲林高士，詩亦豪縱可喜。其才氣雖不如鐵崖，然無摹倣太白之跡。

宋、元梅花詩非無佳句，然相習成風，動輒七言律十首，漸覺可厭。中峰禪師《梅花》百律工整贍麗，亦人所難，但頗似館賓幕客之作，殊少塵外氣。

高學士季迪爲明初風雅之宗，詩如此自妙。覺後人「壯麗」、「空靈」，互相詆擊，未免多事。

「月明星稀，烏鵲南飛。繞樹三匝，無枝可依」，曹公自慨慷也，《文選》注謂其誚昭烈；「光細弦欲上，影斜輪未安」，少陵自詠月也，《千家注》謂其譏肅宗。小儒强解事，可笑之極。若姚少師「譙樓年來戰血干」一律，却語語有意。

昔人謂宋廣平冰心鐵骨而賦梅花，今觀于忠肅詩，亦清麗如此。世疑大人君子未必工詩，即詩，未必清麗者，豈其然乎！是故楊素、嚴武，武將也，詩較文人更静；韓希孟、金華宋氏，女子也，詩比男子尤烈。若夫張睢陽詩慷慨，顔魯公詩從容，文信國詩悲婉，又未可以一概觀耳。

昔人詠史多似歷代史論，此雖詩，政猶文耳。李西涯被之歌詠，爲古樂府，得勸懲之道矣。其筆端尤勁折可喜。

先檢齋公，十一世伯祖也。初成進士，相萬安屬題《雨鳩圖》。公口占云：「春來風雨尋常事，莫把天恩作己恩。」拂衣而去。若公者，可謂真正風人矣。「不學《詩》，無以言」，「不學《禮》，無以立」。「《詩》」、「《禮》」二字，公其克盡矣乎！

明詩正宗，自當首推李獻吉。其古樂府亦效漢，然不必字句短長，語語擬似如于鱗也。其五言古詩亦效《選》體，然不必曰「唐無五言古詩」，執而不通如于鱗也。歌行亦效老杜，律詩亦法盛唐，乃其筆墨高秀，意思深厚，得古人之神而不必避其貌，較于鱗輩學其貌反失其神者，不同日語矣。楊用修服膺空同，極與予合。王元美獨推于鱗，更謂獻吉何處生活。一言以爲不智，言不可不慎也。

空同樂府如《黄鵠篇》、《董逃行》、《郭公謡》、《内教場歌》諸作，真正風雅之遺。

詩家短長各見，瑕瑜不相掩，是故王、李失之粗，鍾、譚失之薄，楊升庵失之纖，徐天池失之野。若李空同之深厚，何大復之和平，殆無過不及者乎？大復詩正猶歐陽六一之文，蓋雲英《韶箾》，鼓吹太平，真盛世之音也。其七言律尤爲洋洋盈耳。

文人往往晚謬。何大復七言歌行馳騁宕激，極似少陵，後乃更稱王、楊、盧、駱，此何説也？

楊升庵法效太白，其實弗似也，蓋徐、庾之間耳。然波瀾較闊，詩亦綺麗動人。獨論詩每矜博奥，如「依簾野馬合，當户昔耶生」，便極稱賞，却是小兒情性。杜詩「大家《東征》逐子回」，升庵云「逐」字無義，當作「將子」，取古詩「一母將九雛」之義。予按：大家《東征賦》「余隨子乎東征」，則原是「隨」字也。二字點畫相近，故訛耳。升庵博極群書，《東征賦》首一行便忽過。孔子「闕文」，豈非至訓？

王夢澤古樂府如黄鐘大吕，氣力獨厚，非依様畫葫蘆者比也。王渼川七言律每似歌行，其才大，八句不足以展耳，然稍粗。蓋二公予俱見其全集，而夢澤詩文尤不凡。

詩以道性情，温厚和平，一唱三歎，安取才氣？況才取其壯，氣尚其豪乎？李滄溟如大浄當場，錦衣高唱，聲聞數里。然悲歡離合，吾思得生旦一觀耳。乃其古詩矜莊，律體雄麗，固非卑卑者所能辦也，亦足以起衰立懦。

濟南亦一世之雄，公安而後，人多詆之。予嘗笑曰：于麟雄得没性情，公等亦弱得没性情。

王弇州諸體俱備，各極其勝，真此道大觀也。其樂府變即事感諷，則予尤取之。

于鱗、元美，視子桓、子建則不及；明卿、子相，視仲宣、公幹則過之。若謝山人，拈一「天」字便得四十語，此村學究奉《詩學大成》爲秘密藏耳，曷足道哉！

歸子慕詩：「默然對客坐，竟坐無一語。亦欲道殷勤，尋思了無取。」予每有此苦，見之不覺失笑。又「采藥欲何爲，采藥亦無庸。村人競采藥，娱情聊與同」，大哉言乎！然村人可同對客，何以又默也？儲光羲云：「見人乃恭敬，曾不問賢愚。雖若不能言，中心亦難誣。」大胸中大學問，自是常不輕菩薩果位。

「前程兩袖黄金淚，公案三生白骨禪。老後思量應不悔，衲衣持鉢院門前」，唐伯虎《悵悵詞》也，妙在極沾滯却又極放達，極沉溺却極高明，其胸次正自可想。又《落花詩》：「休向東風訴恩怨，自來春夢不分明。」此結尤遠。

徐文長五言古詩雄奇幽險，每出一語，輒石破天驚；七言古詩效長吉，其神理弗如也；七言律則變態百出，妙絶古今，可謂奇而又奇，雖佛燈蜃市，不足以喻矣；絶句離披自放，讀題畫諸作，亦可想見其人。

袁景文《白燕》詩：「柳絮池塘香入夢，梨花庭苑冷侵衣。」妙有遠韵。文長則云：「漢將玉門投老入，趙妃雪夜待人歸。」更出意想之外矣。袁公安《雁字》似從此出。

王百穀詩亦佳，但每帶脂粉氣，若「愁過一春容鬢改，吟成五字帶圍寬」，已涉靡調；「書生薄命原同妾，丞相憐才不論官」，竟是元、白下品矣。

作人怕是俗，作詩尤怕是俗。然安於鄙俚，其俗猶淺；故作清態，其俗轉深。譬之仙人化乞兒，玄風自足；優伶扮文士，骨格終卑。吾於眉公先生，不以爲可也。

袁公安五言古詩法東坡，七言古詩法長吉，律詩法元、白，然故作佳語，而苦不得佳。蓋石破天驚，非人力所能强也。其論詩則大開眼界，一豁從前障蔽，而闢于鱗，推文長，尤有功詩道不小。大抵建立則不足，掃盪則有餘。

鍾竟陵詩實從静中而出，然是彼一人獨得，又字句間每用一二助語，亦是彼法爾爾。乃竟陵而後，幽光冥妙，「而」、「以」、「之」、「其」等字面遂遍海内，此沈雨若所以有「空則有之，靈則未也」之誚也。與以「乾坤」、「日月」爲歷下者何異哉？

「人意有所向，岸草與堤楊。已覺耳目際，先有一青黄」，又「共在香光内，分行澗壑間」，此等蓋前人所未有。

《東宫出講》二律意思至到，是鍾集中佳作。今但向山水靈妙處求之，此等或未必著眼。

譚友夏故作静語，而神理實浮，其五、七言律淺率無味者，開卷皆是也。友朋聲氣、車馬塵逐中無益如此。伯敬作《簡遠堂詩序》，其意遠矣。獨《鵠灣文》極可觀。

今人論詩，輒譏竟陵不響，謂之無音韵。不知歷下有歷下之響，竟陵有竟陵之響。歷下之響，鐘鼓也；竟陵之響，琴瑟也。謂鐘鼓有音韵而琴瑟無音韵，可乎？且推敲聲病，律中宫商，是八歲小學之事；深厚和平，性情感諷，是十五以後大學之事。今乃以灑掃進退之伎倆而詆斥成人，真小兒强解事也。

世謂竟陵實攻濟南，非也，攻濟南自公安始。竟陵生公安後，謂矯枉過直，驅天下於元、白、宋、元之下，而不知漢、唐以上自有真詩。選《詩歸》開示本來面目，蓋泥古而貌，與廢古而俚，兩無取焉。雖亦訾濟南，其實陰救公安之失，此竟陵意也。乃爲濟南護法者，每以公安、竟陵同類共斷，甚且舍公安而獨怨竟陵，則亦不思而已矣。

濟南作詩勝其所選，竟陵選詩勝其所作。《詩歸》一書闡發古今，實前此所未有，非若《隱秀集》孤雲别調而已。但纖碎俚僻者十之三，而古來佳詩或見遺，又世所共賞者必不録，則甚謬。駁《詩歸》者謂古闕文類作「□」，鍾、譚作四「口」字；又「蛾眉參意畫」作「叄意畫」云云。予謂銘不可以爲詩，如此十餘首皆可删。詩尚大雅，左右新婚，豈宜入選？蓋纖碎俚僻者固十之三也，不從此等著眼，而計較瑣屑，泥裏洗土塊，孰能辨其得失乎？

唐仲言駁《詩歸》亦多當處，及求其所極賞者，則「御柳遥隨天仗發，林花不待曉風開」也。咦！却在這裏作活計！

仲言《唐詩解》一依高、李二選，獨入《連昌宫詞》、《琵琶行》、《長恨歌》三詩，其識趣可知矣。且謂李、杜五言長篇乏古雅，殆中于鱗毒而盲於心者歟？

近有選空同、大復、滄溟、弇州詩者，謂之「四傑」。其得失不必論也，獨引注事實有不合者。如空同《贈何君遷太僕少卿》云「還朝賈誼元前席」，此句指何君；「去國虞生合著書」，此句自慨也，注乃謂二句言其未遷太僕時係逐臣。大復《元明宫行》云「我朝中官誰最貴，前有王振後曹氏」，蓋曹欽父子也，注乃謂内侍單增。《關門》云「中使西來訊，千官北望心。天寒漢宫闕，翠蓋憶春臨」，此爲武宗邊游而作，乃長安盼望遠塞也，注謂寫遠塞盼望長安之狀。滄溟《贈友人》云「天上還看周亞夫」，用劇孟「將軍從天而下」語也，注引獄吏反地下之言。弇州《雜詩》云「春卉依都尉，秋條屬金吾。問姓良欲陳，後主恐復殊」，即諺所謂「千年田地八百主」也，注引漢人尹都尉種楊法及較尉主天下材木。《詠史》云「握秉五十年，山東半爲秦。應侯功不多，況乃疏間親」，爲穰侯訟不平也，注謂大贊范睢。又

「中興八葉唐成王，手挈太阿歸權璫」，指代宗寵程元振、魚朝恩也，注謂玄宗任楊思勗、高力士。又「塔外風傳群帝樂」，詠天寧寺鈴聲也，注謂佛圖澄事。又古樂府《上陵》諷世宗好仙也，故有「橋陵衣冠」之疑；樂府變《白蓮花》謂嚴氏殺沈青霞也，故有「折却桃李」之喻，注俱憒憒。觀其援引記聞，没相干涉者亦牽入，意在矜博，而詩中本來事實偏誤却，可笑矣！或曰：然則錢牧齋注杜詩盡善矣乎？曰：牧翁注杜極該博，傅會當時事實甚苦心。若論少陵真精神，則全未之及也。然古文巨匠，吾輩何敢反唇哉！

吾邑劉格庵先生實爲古學，當竟陵之盛，獨好鑱刻之思，雖譚子所極推，然清言妙理，弗屑也。其《龍井崖集》未刻者勝已刻者，予昔自有選本，今失之矣。蓋竟陵而後，有徐元歎、張草臣、于司直及先生，而先生詩尤峭云。

節婦劉文貞有詩集行於世，「桃花暮雨煙中閣，燕子春風月下樓」，其最著也。此與唐人「鷄聲茅店月，人跡板橋霜」，皆不入一虚字成句。若胡兆麟「十里鶯花桃葉渡，半帆煙雨木蘭舟」，抑其次矣。「文貞」蓋邑士大夫私謚云。

先君子數歲時作《避暑》詩，有「雨細猶嫌熱，亭高得早涼」之句，極爲先伯祖冢宰公所賞。不孝幼孤，先子詩文所存者少記，曾見手評杜詩，今亦失去。

吾黨之能詩者有人焉，爲先師曾季沅先生，爲出谷、休庵兩上人，爲喻無功、曹石霞兩先輩，爲萬三雅、王右之、喻無美、田在履、劉仲夏、梅淡克、王無擇、彭與丹、先伯父公楫翁、家弟子鵠，皆千百人中求之者也。先師居恒口不離「杜工部」三字，詩亦得杜之神，依上下平聲作七言三十律，風雨鬼神，淋漓欲絶，謝晞髮、徐天池同響矣。休庵大雅，無美嶙峋。淡克五言律直逼唐人，無擇五言古詩横絶一世。家弟諸體俱勝，氣力圓滿如其射。予以發憤，盡焚平生詩文。使諸子詩不與草木同朽，後必有謂予知言者也。予雖不留隻字，何憾焉？

（吴忱、楊君點校）

# 詩律蒙告

# 詩律蒙告提要

《詩律蒙告》一卷，據民國三十四年刊郭則澐《敬躋堂叢書二種》本點校。撰者顧炎武（一六一三——一六八二），初名絳，字寧人，别號亭林、蔣山傭等，江南崑山人。明諸生。入清不仕。著述甚富，有《音論》、《日知録》、《亭林詩文集》等。《清史稿》卷四八一有傳。亭林先生音學大家，此篇乃談律詩作法，寥寥數則，旨在流動、活法，又戒人不可先學律詩，至有通於人之德行際遇之處，而未及平仄押韵，可謂通達之至。吴騫《拜經樓詩話》全文載之，其子壽暘《拜經樓藏書題跋記》則疑非全本。

# 詩律蒙告

顧炎武

律詩如岑嘉州「嬌歌急管雜青絲」，止是不粘，不謂之拗；如子美「去年登高郪縣北」，乃是拗也。拗非律之正體，中唐始有之，拗須拗到底。

古詩尤忌湊韵，有一句湊韵，即是懈處，通篇格力都減。

律詩中八句，其流動處，轉一句，深一層，乃爲合格。若上深下淺，上紆下直，便是不稱。上兩句對立，若上比下賦、上賦下比，皆詩格所無。是知作近體者，亦不可不知六義。

詩家於敘事之中，有一句二句用譬喻或故事，俗謂之襯貼。則古人未嘗不用，但或在敘事前，或在轉折處，或正意已足，須得引證。若於賦中突出一句比，便是湊句。

凡律中二聯，用字稍有雕刻不妨，首末二聯須老成渾脱〔一〕。

【校勘記】

〔一〕「渾脱」二字原闕，據吴騫《拜經樓詩話》所引補。

首聯如春，中聯如夏、秋，末聯如冬，八句中具四時之氣，方爲合格。

詩避三巧：巧句、巧意、巧對，三者大家之所忌也。

律詩中有活對者，有不對者，必其用意處也。意活則詩亦從之〔一〕，小有參差不害，然其上下文必有整齊之句，無通篇活對者〔二〕。

【校勘記】

〔一〕「詩」，原誤作「是」，據《拜經樓詩話》所引改。

〔二〕「活」字原脱，據《拜經樓詩話》所引補。

李白《送殷淑》：「白鷺洲前月，天明送客迴。青龍山後日，早出海雲來。」李太白「真訣」對「恩波」。孟浩然「雲夢澤」對「岳陽城」。杜子美「龍種」對「驌驦」。「古廟杉松」對「歲時伏臘」。邵博：子美以「鄭李」對「文章」，「嚴僕射」對「望鄉臺」，「春苜蓿」對「霍嫖姚」。

李義山《杏花》詩：「上國昔相值，亭亭如欲言。異鄉今暫賞，脈脈豈無恩。」

律詩中二聯，往往一聯寫情，一聯即景。情聯多活，活則神氣生動；景聯多板，板則格法端詳。此一定之法，亦自然之文也。

律詩下四字押韵，大率半虛半實。其有四虛四實、四板四活最難用，唯有大筆力者能之。啞韵能響者，其人必貴；險韵能穩者，其人必安。子曰：「知者樂，仁者壽。」吾於詩見之。

打鼓鳴鑼何處船。赤腳門子搖大扇。

學詩不可但學句法，須以一氣渾成爲上，若逐句做去者不足言詩。

學詩不可先學律詩。

# 蠖齋詩話

# 蠖齋詩話提要

《蠖齋詩話》二卷，據乾隆十二年刊《施愚山全集》本點校。撰者施閏章（一六一八——一六八三），字尚白，號愚山，江南宣城人。順治六年進士，康熙十八年舉鴻博，官至翰林院侍讀。有《學餘堂集》等。《清史稿》卷四八四有傳。施氏詩名甚籍，當時有「南施北宋（琬）」之目。又嘗自言與漁洋詩學之別，一則「縹緲俱在天際」，一則「一一須就平地築起」，漁洋録入《詩話》，亦無異辭。此書議論頗雜，古人今人，典故韵律，民俗傳聞，字句之法，皆隨手摘記。以近於考訂，故杭世駿《訂訛類編》每採其說。而《四庫存目提要》則以直録舊文以爲己語而責其爲不經意之作，實則亦有灼見。即如取《劉貢父詩話》謂李義山《錦瑟》詩乃令狐楚家青衣一説，《四庫提要》斥爲無稽，然此處正可窺愚山詩學尚實之趣也。《昭代叢書》本與《清詩話》本併二卷爲一卷，又遺潘思榘序，非舊觀也。

# 序

宛陵施愚山先生，詩古文辭隻立偉絶，海内宗之爲指南，西昌陳伯璣歎爲今日聖俞復起，匪阿焉耳。洎予與令嗣孫得仍同官東粤，清琴明燭，數典而念其祖，出先生《蠖齋詩話》、《矩齋雜記》。手擘細諦，張皇幽渺，或本天咫，或象物宜；或搜神達，或穿窈窔；或千年公案，單筆破疑；或聚訟諸家，引證獲解；其他升降古人，嶒崆考稽，設神道之教，絶傅會之宗者，不減闇室一燈，洪爐點雪矣。聞先生視學齊、魯，禮伏生，祀孫復，嘘枯吹燼，廣厲風化。後持節西江，清峻猶昔，凡宫湖、匡阜、紅泉、華岡諸勝，罔不洞涉，發爲詩歌，奕世傳其盛事。固知具蓋世才，出一切種種圓相，歸本於覺性，始扶道脉，往往如是，初不媿於閎誕迂夸、潛宗隘蚪者也。昔楚左史能讀《丘》《索》，見重於其君；漢東方朔號稱博物，聲施當代。以是編展肆按題，瞭如指掌，《薈蕞》、《雜俎》、《演繁露》諸書，直可坐廢。予方知夫天下之大，古今名山之藏，都被下士秕子眼看煞，少見多怪，抑獨何歟！然而聖天子文治日宣，蒸髦蔚起，山陬海澨，應必有辨豹文之鼠，識貳負之尸者，視此珍同拱璧矣。曩先生應選鴻博，爲政風流，久已膾炙儒林。兹乃印綬微露時，等身著述具在也。倘斤斤執此以名淹貫，是猶泥《家語》所載吴門匹練、勞薪嫛哭，以云孔子博學也，豈理也哉？嗚呼！後生可畏，來者難誣。予颺筆之餘，先生迎之欲起，其有感於老成典型如孔北海之見虎賁者，又未嘗不爲之慨然而三歎也。陽湖後學潘思榘拜手謹識。

# 蠖齋詩話卷一

宣城施閏章愚山著

## 玉山

玉山慧照寺，在宣城東郭外八里。宋治平中爲會勝院，有沃洲亭，梅尚書詢嘗讀書院中。聖俞詩：「當年吾叔讀書處，夜夜濕螢來復去。」李含章亦嘗隱此，每風月良夕，吹鐵笛，吟嘯自如。元張浚明詩：「春風跨馬銀鞍穩，夜月騎牛鐵笛閒。」自注：「梅尚書遊此，乘銀鞍馬。」皆玉山佳話也。山起平野，臨東谿，如拳而曲。寺嵌山阿，竹樹叢蔽。予有「迴峰陰寺閣，深竹静巖扉」，邢孟貞以爲山之實録。少時每春秋佳日，必往遊。嘗看新笋作短歌，有僧杜心可語，能燒筍相待。今作吏數十年矣，未嘗不夢遊山中也。

## 周紫芝

紫芝字少隱，讀書陵陽山，姿骨殊異。父覺目之曰：「是子骨相當貴，然肩聳而好吟，其終窮乎？」後宦果不顯。有《竹坡詩話》行世。秦檜嘗愛其詩云：「秋聲歸草木，寒色上衣裘。」今郡志作

「到衣裘」，止更一字，風韵迥别。

## 詩有本

山谷言：「近世少年不肯深治經史，徒取助詩，故致遠則泥。」此最爲詩人鍼砭。詩如其人，不可不慎。浮華者浪子，叫嚎者麤人，窘瘠者淺，痴肥者俗。風雲月露，鋪張滿眼。識者見之，直是一葉空紙耳。故曰：君子以言有物。

詩不可無道氣，稍著迹，輒敗人興。右丞體具禪悦，供奉身有仙骨，靖節則近乎道矣。鳶飛魚躍，不知於道何與？一落宋賢，便多笨伯。

「江之永矣」四句，止詠嘆江、漢，而文王化行南國，許多難言處含藴略盡。漢、魏、六朝以來，詩人多用景語，是其遺意。純用賦而無比興，則索然矣。

## 詩用故典

古人詩入三昧，更無從堆垛學問，正如眼中着不得金屑。坡公謂浩然詩韵高才短，嫌其少料。評孟良是，然坡詩正患多料耳。坡胸中萬卷書，下筆無半點塵，爲詩何獨不然？

## 雪詩

韓昌黎：「隨車翻縞帶，逐馬散銀盃。」而歐陽公與江鄰幾更取「坳中初蓋底，凸處已成堆」爲勝，殆不可解。

## 杜詩

杜廣大精微，如天地爐冶，隨物賦物。一一效之，不無利鈍。單從五、七字求生活，矮子觀場耳。陳無己教學者先黄後韓，不由黄、韓入者，失之拙易。此語去杜幾里？

## 西山

予遊西山翠巖寺，一宿得詩二首，僧碧浪又索題四絶句。或以爲少，予笑曰：「正恐西山僧揶揄，當盡焚耳。宋時西山詩版甚多，一僧遍覽不當意，因自吟曰：『洪州太白方，積翠倚穹蒼。萬古遮新月，半江無夕陽。』使遇如此僧，詩豈易作？」客爲咋舌。

## 錦瑟

《劉貢父詩話》一卷，語多雜碎。稱李義山《錦瑟》詩是令狐楚家青衣名，似可破從前之疑。

## 樂官山

曹彬攻下江南，諸將置酒歡宴。樂人擲樂器大慟，因盡殺而聚瘞之，名樂官山。伶雖賤工，各爲其主，殺之過當，未免爲曹武惠盛德之累。李君實載一詩云：「城破轅門宴賞頻，伶倫執樂淚沾巾。駢頭就死緣家國，媿煞南歸結綬人。」近時陳士業宏緒亦有詩云：「風雨千年痛哭聲，海天寥落聽《韶》《誤》。澄心堂内新詞好，銜璧淒涼媿衆伶。」

## 楊世忠

忠字蓋台，吾邑之雙谿人。萬曆中爲諸生。家貧苦吟，罕知者。家叔父嘗記一首云：「君下榆林關，妾上望夫山。化鳥不化石，飛去復飛還。」又絶句：「來人盡道風波險，去客如何又放船？」又：

「但使洞庭渾是酒，與君吸盡楚天秋。」二語有太白、龍標之遺，惜不見全首。今子孫零落，求其稿，亡矣。

## 老痴

吾鄉前輩詩人稱楊老痴，以布衣不甚顯，詩亦散亡。余嘗爲作傳，遺一事未載，今補録之：莊定山嘗訪老痴，痴荷鋤在野。莊問：「老痴何在？」痴口吟曰：「門外數竿竹，庭前一樹花。亂茅堆屋脊，便是老痴家。」莊謂曰：「先生即老痴耶？」遂大笑，下車徑造其家。

## 鄭媛

太平縣陳淑聖妻鄭氏，能詩，有才辨。其初蓋鐵工女。隣有老學究授館，女喜聞讀書聲，遂往受學。及將笄，通曉書籍。嘗與其夫論詩文，夫不能答，詬曰：「鄭聲淫。」鄭應聲曰：「陳絶糧。」陳謂：「奈何截一字？」鄭曰：「卿試於四書中别覓出成語，我當輸卿。」先君子在廣陵見其寄夫詩：「北雁南來愁欲往，東流西去繫人思。一秋橘緑橙黄日，幾度天涯夢裏時。」又：「君在東兮妾在西，妾念君兮君不知。蓍草問殘三月信，鐙花剔盡五更時。」作行草書，有林下風味。先君子送陳歸里云：「綺窗應有句，把酒與君論。」蓋謂是也。其手評杜詩一册，予兒時嘗見之，後爲友人攫去。

## 小青

小青詩盛傳於世，近有辯者，謂實無其人，蓋析「情」字爲「小」、「青」耳。予至武陵，詢之陸麗京圻。曰：「此故馮具區之子雲將妾也。所謂某夫人者，錢塘進士楊廷槐玄蔭妻也。楊與馮親舊，夫人雅諳文史，故相憐愛，頻借書與讀。嘗欲爲作計，令脱身他歸，小青不可。及夫人從官北去，小青鬱無可語，遺書爲訣。書中云云，皆實録也。小青以命薄甘死，寧作霜中蘭，不肯作風中絮，豈徒以才色重哉？」客問：「小青固能詩，恐未免文人潤色？」陸笑曰：「西湖上正少此捉刀人。」

## 七言古歌

往見何大復《昔遊篇》五百五十五字，凡十轉，皆平；近時龔中丞孝升《老蕩子行》四百七十字，凡八轉，皆仄。古今相望，各自一體。然宋禮部員外裴悦《寄邊衣》詩二十句，凡五換，皆仄韵，情致淒緊。此體不自大復始矣。

## 須字

劉辰翁號須溪，有疑爲「鬚」字者[一]，謂「須」字當音卉。非也。廬陵有龍鬚山，溪出其下，「須」即古「鬚」字。曹輔《送周吉州》詩：「廬陵太守告我行，先把廬陵爲君説。龍鬚山對殷侯池，池面山容兩清絶。」

【校勘記】

〔一〕「鬚」，原文作「須」，據文意改。

## 惶恐灘

「惶恐灘頭説惶恐，零丁洋裏歎零丁」，偶用取巧，然實黄公灘也。子瞻誤用之，遂成佳話。癸卯二月二十七日，余舟過之，正寒食節，直作起句：「灘頭到惶恐，節序屬清明。」客見之曰：「即此憔悴得人。」

## 爲陸僉事紀異

陸僉事，吴人。嘗於某公席上賞其歌姬唾花，姬亦流盼數四。主人老病，以姬囑陸，陸遜謝不果。

已而姬嫁，失意鬱鬱死，陸追悼久之。忽署中老乳嫗發狂作歌，其聲淒楚，頻呼「仙珂」。「仙珂」，陸字也。陸驚問曰：「爾豈唾花耶？」嫗痛哭點頭，索陸髮作髲。群妾婢詬笑之，嫗厲聲：「汝何人？敢詈我！我自是情人，豈妖祟耶？生不得與郎君定情，斷髮不食死，願乞郎君髮，綰結以殉。」陸夫人深加憐慰，許爲醮拔。良久仆地，閱日乃甦，時戊戌正月朔日。陸爲余言，余戲紀以詩云：「杜牧鍾情可奈何，目成身死恨偏多。洛濱虛憶珊瑚枕，神女重聞宛轉歌。黄土玉環深涕淚，明珠金屋悔蹉跎。他生倘遂同心結，猶恐含嬌怨綺羅。」

## 靈巖

僧浄域來自五臺，不持鉢乞食。順治戊戌夏，余過靈巖，見般舟殿圮，謂僧盍募新之，僧力任是役。既落成，以卷乞余書，聊記其事：「我遊靈巖山，莫宿靈巖寺。鐘磬聲在耳，松篁影在地。乘月坐石上，清光不能寐。雖非禪和子，側見西來意。曉起陟峰頂，艱險了不避。學道肯如是，自然得智慧。古殿名般舟，莊嚴舊稱最。浩刧到空王，梵宇乃傾墜。佛無一切相，成毁非有二。我作有相觀，歡喜作佛事。長老聽我言，努力無退志。經營任土木，丹雘窮妙麗。菩薩開懽顔，諸天皆擁衛。金碧與瓦礫，畢竟誰真諦？開山法定師，彈指逾千歲。廢興同夢覺，孰受如來偈？僧有出世心，須明無上義。眼前皆浄域，東西復何異？試語朗公石，石也點頭未？」

## 試士遇雨

丁酉三月十九日，余初至東萊校士。唱名畢，雷雨大作，平地水尺餘，霤聲洶洶如崩屋。諸生皆雲集堂上，不復得試。是時苦旱久矣，書口號以壯多士：「滿目明珠絳帳開，久晴一日走風雷。敢言化雨隨車至，應有蛟龍出海來。」「咫尺蓬萊山可移，雨師風伯颸靈旂。從教滄海添春漲，會取珊瑚百丈枝。」諸生和者十餘人，高密王颸昌最見賞異，後官至大宗伯。

## 諸生告老詩

學政故事，諸生非先期告老，臨場概不得請。及試其文，常八九黜。余校士青州，既鎖院，復有三叟乞衣頂，憐而破例許之。日中未得出，與以酒食。偶作詩云：「一領青衫兩鬢斑，春風特放此身閒。掉頭歸去休惆悵，無恙相看是舊山。」

## 燕磯詞

「幾番欲放長歌，歌喉咽，歌不出。又幾番載酒覓知音，尋不着，空歸去。可憐如許大江山，没箇題詩處。」此不知誰作，書在燕子磯石壁，余叔父嘗見之。比年江行上下，欲一艤舟尋覓，恨風利不得泊也。

## 傳詩之誤

世傳羅一峰起用時，哭友詩有「九原若遇南陽李，爲報羅生已復官」。予疑其忿狹，不類一峰。偶問施偉長，則御史薛之綱輓廬陵陳莊靖者也。其詩云：「學士先生早蓋棺，薤歌聲裏路人歡。填門客散名猶在，附郭田多死亦安。鹽井已非今日利，冰山不似舊時寒。九原若遇南陽李，爲報羅生已復官。」蓋陳不協鄉評，又嘗與李同齮齕羅公者也。

## 宋蕙湘

蕙湘，秦淮女子，題衛輝驛壁云：「風動江空羯鼓催，降旗飄颺鳳城開。將軍不戰君王繫，薄命紅顔馬上來。」「廣陌紅塵暗髻鴉，朔風吹面落鉛華。可憐夜月《箜篌引》，幾度穹廬伴莫笳。」「盈盈十五破瓜時，已作明妃别故帷。誰散千金齊孟德，鑲黄旗下贖文姬。」

## 洞庭烈女

蕪湖施天驊，字河采。嘗泊舟漢江。有女某氏自洞庭來，投江死。土人瘞之，得胸前尺帛，書十絶句。今録其六：「征帆聞説過雙姑，掩淚聲聲怯夜烏。葬入江魚沉底後，不留青塚在單于。」「骨肉輕辭弟與兄，依人千里夢長驚。歸魂欲近家園路，報説雙親已不生。」「遮身猶是舊羅衣，夢到瀟湘何日歸？遠涉風濤誰作伴，吞聲遥祝兩靈妃。」「生小伶仃畫閣時，詩書曾託母兄師。濤聲夜夜悲何急，猶記挑燈讀《楚辭》。」「當年閨閣惜如珍，何事牽裾逐水濱？報與雙親休眷戀，入江原是女兒身。」「照影江干無限悲，永辭鸞鏡畫蛾眉。朱門空許成秦晉，死後相逢總不知。」

## 徐州驛

康熙丁巳，余友劉緝生見徐州驛壁題云：「望斷鄉關行路難，可憐春色已摧殘。兒家夫壻長安道，止恐相逢不忍看。」末署「江西難婦」四字，無邑里姓氏。相傳建昌某孝廉之妻，不知後能贖回否？

## 女兒港

「彭蠡湖邊女兒港，秋水未乾湖水長。女兒一去幾經秋，時有行人來繫舟。岸柳汀花濕紅翠，柳似顰眉花濺淚。茅屋參差石徑斜，港口人煙凡幾家。當初知是誰家女，後來嫁作誰家婦？嫁時湖上墮弓鞋，至今尚想淩波步。我欲回頭問小姑，小姑迢迢隔重湖。我欲前從大姑問，大姑脉脉凝新恨。紅顏薄命真堪惜，女兒名姓無人識。年去年來湖水春，空使行人弔陳迹。君不見古來多少大丈夫，老死湖山名亦無。」此詩爲永豐學士曾公棨作，而其《巢睫集》不載。偉長泊舟港口，得之長年口誦。長年故自可人。

## 詩用而字

「結廬在人境，而無車馬喧」，陶公偶然入妙；次之「孰是都不營，而以求自安」，便下一格。劉繪「別離不可再，而我更重之」、孟浩然「榜人苦奔峭，而我忘險艱」，二語差不覺。至杜審言「重以崇班閡，而云勝托捐」、浩然「聞君重高節，而得奉清歡」，稍覺索然。甚且用作五律起句，如《送蘇六從軍》「才有幕中畫，而無塞上勳」，更使不得。

## 用焉字

「焉」字用作押韵最難穩。劉楨「我獨抱深感，不得與比焉」，用法清健。其次則元結「豈不如賊焉」、杜甫「古人歌已矣，吾道卜終焉」，在排律百韵中，間用飄逸。杜必簡「澄清得使者，作頌有人焉」、杜甫「枕帶還相似，柴荆即有焉」，俱不佳。梅聖俞「窮通可問焉」，用作結句，尤收不住。

## 用哉字

潘尼「協心毗聖世，畢力讚康哉」、謝朓「耳目暫無擾，懷古信悠哉」、沈約「洞房殊未曉，清光信悠哉」、陳子昂「五陵盡喬木，昭王安在哉」、杜甫「往來時屢改，川陵日悠哉」、「狼狽風塵裏，群臣安在哉」、「疏鑿功雖美，陶鈞力壯哉」、「野橋齊渡馬，秋望轉悠哉」、「江流大自在，坐穩興悠哉」，略可，餘未免有心學步。沈、陳風韵氣概，已勝潘、謝。至于鱗「登高作賦大夫哉」，殆不成語。

## 用之字

阮籍「千秋萬歲後，榮名安所之」、老杜「客愁全爲減，捨此欲何之」、「萬方聲一概，吾道竟何之」、

「干戈猶未已，弟妹各何之」，稍弱。又「出門轉盼已陳蹟，藥餌扶吾隨所之」，差可。至杜荀鶴「干人不得已，非我欲爲之」、「白髮多生矣，青山可住之」，五言律長城壞矣。

## 五言排律

有謂排律無單韵，如老杜集中止有十韵、十二、十四、二十、二十四、三十、四十、五十韵之類，並無十一、十三、十五韵者。考之杜集，良然。按：此體唐人以沈、宋爲宗，及考盛唐諸家，沈佺期諸君用五韵、七韵者頗多；駱丞「樓觀滄海日，門對浙江潮」亦七韵，不害爲名作。其餘九韵、十一、十三韵、二十五韵各有之，具摘於後。大抵以對仗精嚴、聲格流麗爲長，未嘗數韵限字，勒定雙韵。其雙韵者，十八、二十二、二十八、三十二皆有之，未嘗取盈於三十、四十也。初、盛惟沈佺期《答魑魅》四十八韵爲最長，中腹四韵殊少警句。杜審言排律皆雙韵，《和李大夫嗣真》四十韵，沈雄老健，開闔排蕩，壁壘與諸家不同。子美承之，遂爾旌旗整肅，開疆拓土，故是家法。然往往五十韵、百韵中韵重意複，瑕瑜互見，似可稍省。鄭□□云：「長篇沉着頓挫，指事陳情，有根節骨格，此老杜獨擅之長。宋人每每學之，遂以詩當文，冗濫不已，詩遂大壞。皆老杜啓之。」此言雖激，亦自有見。近見才人不百韵則以爲儉腹短才，不知沈、宋、王、孟大抵皆貴精不貴多也。吾讀方密之《述懷》二百韵，歎爲奇觀，已如讀《三都賦》；至關中李大青有三百韵詩，便當盡焚古今經史子集，單看此一篇排律矣。

## 排律單韻

五韻：宋之問《始安秋日》，楊炯《途中》，盧照隣《至望喜矚目》，駱賓王《過張平子墓》、《海曲書情》、《和李明府》，王維《沈拾遺新竹》、《山中示弟》、《青龍寺送熊九》。

七韻：沈佺期《登瀛州南樓》，宋之問《酬李丹徒》，盧照隣《宿晉安寺》、《贈左丞》、《哭韋郎中》、《春晚從李長史》、《冬日野望》、《夏夜憶張二》、《靈隱寺》、《寒夜獨坐》，王維《田家》、《過盧員外》。

九韻：駱賓王《四月八日題七級》，王維《贈焦鍊師》。

十一韻：沈佺期《扈從出長安》，宋之問《雲門寺》、《早入清遠峽》，盧照隣《結客少年場》，駱賓王《詠懷》。

十三韻：宋之問《入瀧洲江》。

二十五韻：楊炯《和劉長史》。

## 顔魯公

公爲臨川内史，邑有楊志堅者，嗜學酷貧，饘藿不給。妻王厭之，索書求離。志堅送以詩曰：「平生志業在琴詩，頭上如今有二絲。漁父尚知溪谷暗，山妻不信出身遲。荊釵任意撩新鬢，鸞鏡從教畫別眉。今日便同行路客，相逢即是下山時。」妻持詩詣州求判別，公判曰：「楊志堅素爲儒流，雅嫻篇詠。愚妻睹其未遇，遂有離心。王歡之廩既虚，豈遵黄卷；朱叟之妻必去，寧見錦衣？汚辱鄉閭，敗傷風俗。若無褒貶，莫示勸懲。阿王決二十後任改嫁，楊秀才贈布、絹各二十匹，米二十石，便署隨軍江左。」後遂莫有敢棄其夫者。

按：朱買臣、楊志堅妻並求去，然亦有妻才而夫甘棄之者，佻薄可恨！如南楚材之於薛媛，嚴灌夫之於慎氏。二婦詩才佳絶，而夫有異心，何耶？

## 李翺

翺在潭州，席上有舞《柘枝》者，顏色憂悴。殷堯藩侍御當筵贈詩曰：「姑蘇太守青娥女，流落長沙舞《柘枝》。滿座繡衣皆不識，可憐紅臉淚雙垂。」翺詰其事，乃姑蘇韋中丞侍姬所生女也。自言昆弟夭喪，委身樂部，恥辱先人，涕咽不能堪。合坐吁歎，遂命更其舞衣，延與韓夫人相見，撫如己女，遂於賓榻中選士嫁之。舒元輿侍郎聞之，自京師馳詩贈翺曰：「湘江舞罷忽成悲，便脱蠻靴出絳帷。誰是蔡邕琴酒客，魏公懷舊嫁文姬。」

## 禁捕放生魚

唐元相國□□廉察江東，修龜山寺魚池爲放生之所。戒其僧曰：「勸汝諸僧好護持，不須垂釣引青絲。雲山莫厭看經坐，便是浮生得道時。」後李相國紳到鎮，入寺覩元公詩，笑曰：「僧有漁罟之事，必投於鏡湖。後有犯者，堅不恕焉。」復爲二絶示之：「剃髮多緣是代耕，好聞人死惡聞生。祇園説法無高下，爾輩何勞尚世情？」「汲水添池活白蓮，十年鬐鬣盡生天。凡庸不識慈悲意，自葬江魚入九泉。」

## 近體結句

結句有承上意者，須蛛絲馬蹟乃佳。如杜《八月十五夜月》，六句「林棲見羽毛」，下又云：「此時瞻白兔，直欲數秋毫。」《西閣雨望》，六句「秋林駐遠情」，下又云：「滴池朱檻濕，萬慮倚簷楹。」《茅堂檢校收稻》，六句「嘗新破旅顔」，下又云：「紅鱗終日有，玉粒未吾慳。」就事直結，畢竟犯複少味。

## 胡釘鉸

胡生，鄭人也。性落拓，家貧，少爲洗鏡、釘鉸之業。其里有列禦寇墓，禁樵採。生每遇甘果、名茶、美醖，輒以祭列子祠壠，以祈聰慧，而思學道。歷稔，忽夢一人刀劃其腹開，以一卷書置之心腑。及覺，而吟詠之句皆綺美之詞，所得不由於師友也。遠近號爲「胡釘鉸」，太守名流皆仰之。而門多長者，或有遺賂，必見拒也；或持酒茗以來，則欣然接奉。

## 廖有方

廖有方校書，元和十年，失意遊蜀。於旅舍忽聞呻吟之聲，迹之，見暗室中一貧病兒郎。問其疾苦行止，强而對曰：「辛勤數舉，未遇知音。」盼睞叩頭，久而復語，惟以殘骸相托，餘不能言，俄而奄逝。廖遂賤鬻所乘鞍馬，備棺瘞之。恨不知其姓名，銘爲「金門同人」。臨歧悽斷，復爲詩曰：「嗟君没世垂空囊，幾度勞心翰墨場。半面爲君申一慟，不知何處是家鄉？」及廖自蜀歸，取道東川，至靈合驛。驛將迎歸私第，及見其妻，素衣再拜，嗚咽徘徊，設辭有同親懿。淹留半月，款讌甚厚。臨别，其妻又悲泣，贈罎及繒錦一馱，直數百金。驛將曰：「郎君今春所瘞胡秀瑄秀才，即某妻室之季兄。」始知亡者姓字。廖堅辭其餽曰：「僕爲男子，粗識古今，偶然葬一同流，何敢當兹厚惠？」遂促轡而别。驛將捆載，奔騎而送，復逾驛。廖終不顧，驛將亦不挈還，東西各去，乃棄其物於林野。鄉老以義事申州，州以表奏。其時文武宰僚頗識有方，共爲導引。明年，李侍郎逢吉放有方及第，改名遊卿，聲動中外，群稱義士。其主驛戴克勤，堂牒本道節度，甄昇至於顯職。克勤名誼，與廖同述焉。

## 韓　孟

韓文公與孟東野友善。韓公文至高，孟長於五言，時號「孟詩韓筆」。

## 前輩奬進

韓文公愈、柳柳州宗元、李尚書翺、皇甫郎中湜，皆以引接後學爲務。楊祭酒□尤深於奬善，得一佳句，終日在口。人以爲癖，終不易初心。見《因話録》。

## 大羅洞

華山東二十里有大羅洞，里人祀唐韓湘之地也。考《世景表》：湘字北渚，長慶三年進士，官大理丞，爲文公從孫。嘗從行至潮州貶所，文公數見之詩。雖它無表見，然能左右文公於患難之中，其孝謹有可徵者。而後世詫之爲神仙，謂「雲横秦嶺」二句，湘嘗先言之。不知牡丹見别詩，别有一江淮術士，爲文公族子。今文公遺集有《贈族姪》詩云「擊門者誰子，問言乃吾宗。自云有奇術，妙探知天工」者，當即其人也，于湘何涉？且以孫爲姪，並紊其家世矣。

## 孟詩

襄陽五言律、絶句，清空自在，淡然有餘；衍作五言排律，轉覺易盡，大遜右丞。蓋長篇中須警策語耐看，不得專以氣體取勝也。故必推老杜擅場。

李空同看孟詩，不甚許可，每嫌調雜。似謂《選》體與唐調雜也？余謂襄陽不近《選》體；唐人佳句亦有偶帶《選》體者，李、杜諸公詩，何嘗不兼有漢、魏、六朝語乎？空同自分其五言古作「《選》古」、「唐古」二種，正其所見不廣處。《國風》、《雅》、《頌》，就其一體中，不相類者頗多也。

## 月詩

浩然「沿月棹歌還」、「招月伴人還」、「沿月下湘流」、「江清月近人」，並妙於言月。右丞「松際露微月，清光猶爲君」、老杜「捲簾還照客，倚杖更隨人」，説出性情；「江月去人止數尺」尤趣，不容更著一語。陸暢《山齋玩月》云：「野性平生惟好月，新晴夜半覩嬋娟。起來自擘書窗破，恰露清光到枕前。」別有風致可想。

## 詩讖

「有官真似水，無夢不還家」，予寄懷同年侯藍山句也。侯竟卒於官，友人以爲詩讖，然此語故未嘗言其不還也。浩然《送王七尉松滋》：「愁君此去爲仙尉，便逐行雲去不迴。」老杜《送鄭虔》：「便與先生應永訣，九重泉路盡交期。」更不復忌諱，何也？

## 白簡

今人言彈劾則言「白簡從事」。晉傅玄性急，每有奏劾，或值日暮，捧白簡，坐以待旦，竦踊不寐，臺閣生風。晉本又云：白簡，簡略狀。《南史·任昉傳》注。然用作推薦語，便以爲誤。孟詩《同曹三御史泛湖》有「白簡徒推薦，滄江久拂衣」。

## 楊誠齋牡丹詩

周益公牡丹有白花青緣者，楊誠齋作二詩，有「白玉盃將青玉緣，碧羅領襯素羅裳。冰霜洗出東風面，翡翠輕稜疊雪裝」，詠色雖工，而着相甚矣。

## 三友詩

唐人用「桃花」、「燕子」作對，往往入妙。近見吾友邢昉孟貞：「平蕪燕子風初下，野寺桃花日共尋。」葛遷非馬：「桃花欲放湖邊寺，燕子初歸江上村。」梅磊杓司：「楊柳風低棲海燕，桃花水漲上河豚。」

## 喻宣仲

新建喻應夔，字宣仲，喻太守邦相之子。遊金陵，與曹能始同賦六朝懷古詩，中有「晴天鬼火燒枯樹，秋水漁燈照廢宮」，盛傳於時。其詠廬陵金牛寺落句：「誰言流水去，長在寺門前。」蕭伯玉、劉晉卿諸公嗟賞閣筆。李梅公先生爲余言之。今喻集《虹玉樓詩》十卷不載。

## 麻姑酒

余遊盱江，以麻姑酒遺伯衡，戲束絶句云：「水漲桃花江路紆，遊山雖好興愁孤。人間何處尋仙洞？分取麻姑酒一壺。」伯衡得詩，謂衝口直出，正爾唐人三昧。遂答云：「愚山東去訪麻姑，分寄麻姑酒一壺。一葉扁舟蕩兩槳，真堪畫作剡溪圖。」亦自瀟灑。

## 用經語

詩用經語，有增一字而複者，潘安仁「畏此簡書忌」；增一字而妙者，杜工部「馬鳴風蕭蕭」。

## 奇句

「空梁落燕泥」，自是偶然；「楓落吴江冷」，不聞對語；「庭草無人隨意緑」亦然。此物何關天巧，亦若爲造物所靳？至「無可奈何花落去」，晏元獻以「似曾相識燕歸來」偶句，當時稱爲神合，然舍此亦别無可着語。

# 蠖齋詩話卷二

## 娱酒不廢

《招魂》云：「娱酒不廢，沉日夜些。」言飲酒晝夜不輟也。古樂府：「廢禮送客出。」亦當作「止」字用。注謂飲酒不廢政事；又以「廢」爲「發」，引「明發不寐」，並非。

## 鐵佛寺袈裟

臨江天寧寺，一稱鐵佛寺。有藏經全部，明正統十一年頒自京師，敕書具存。又聞有宫繡千佛袈裟，佛頂各一珠，領以玉環。兵後僧貧，質之民家，二十餘年矣。丁未，予裁缺將行，爲贖而歸之。佛頂珠、玉環皆無有。慮寺僧之終不能守也，題數語使藏之閣上：「老樹千年殿閣青，先朝勅賜出彤庭。摩挲留取袈裟古，珍重誰繙貝葉經？」

## 簿領

劉楨：「職事煩填委，文墨紛消散。沈迷簿領間，回回自昏亂。」陸機：「終朝理文案，薄莫不遑眠。」文人性畏簿書，古今同病。曹氏父子往往從馬上、軍中賦詩，更唱迭詠，意氣雄絶。然則簿書之累，更甚戎馬。

## 山谷

《泰和縣舊志》稱山谷作令時，往往窮搜巖壑，賦詩題壁。今按：《快閣》詩外殊寥寥。官亦能累山谷耶？

## 杜句

「羞將短髮還吹帽，笑倩旁人爲正冠」，語意聯貫，論者尚嫌複。劉越石：「宣尼悲獲麟，西狩泣孔丘。」一事作兩句，略無分别，古人全不暇檢點。

## 劉琨

《贈盧湛》：「何意百鍊剛，化爲繞指柔。」非英雄失志，身經多難之人，不知此語酸鼻。

## 灞橋詩

十八日鄭八宅觀法帖，有石刻云：「渭水橋邊不見人，摩挲高冢石麒麟。千秋萬歲功名骨，盡作咸陽原上塵。」「漢苑秦宮半夕陽，幾家墟落野花香。灞橋斫盡青青柳，不是行人也斷腸。」二詩草書奇縱而無題識，下書「閒閒」二小字，風調悽婉，非唐人不能辨也。

## 賈句

賈閬仙嘗得句云：「獨行潭底影。」苦難屬對。久之，聯以「數息樹邊身」，自注云：「二句三年得，一吟雙淚流。」後續成一律，送無可上人：「圭峰霽色新，送此草堂人。麈尾同離寺，蛩鳴暫別親。獨行潭底影，數息樹邊身。終有煙霞約，天台作近隣。」余謂此語宜是山行野望，心目間偶得之，不作送人詩當更勝。誦老杜「力稀經樹歇，老困撥書眠」，氣象全別矣。

## 老妓詩

淳化三年冬十月，太平興國寺牡丹紅紫盛開，有踰春月。冠蓋雲集，僧舍填駢。有老妓題寺壁曰：「曾趁東風看幾巡，冒霜開唤滿城人。殘脂剩粉憐猶在，欲向彌陀借小春。」此妓遂復車馬盈門。

## 于鱗七律

于鱗自喜高調，於登臨尤擅場。然登太行、太華山絶頂各四首，竭盡氣力，聲格俱壯。細看四首景象，無甚差别，前後亦少層次，總似一首可盡，故知七律不貴多也。杜老《秋興八首》《詠懷古蹟》五首各有所指，自可不厭。今人摇筆四首、八首，以十爲率，强半不知痛癢耳。

## 杜注

注杜詩者，謂杜語必有出處。然添卻故事，減卻詩好處。如「五更鼓角聲悲壯，三峽星河影動摇」，蓋言峽流傾注，上撼星河，語有興象。竹坡乃引《天官書》「天一鎗棓矛盾，動摇角，大兵起」，謂語中暗見用兵之意，頓覺索然。且上句已明言「鼓角」矣，何復暗用爲哉？「子規夜啼山竹裂，王母晝下雲旂翻」，正以白晝仙靈下降，爲要眇神奇之語。李君實援張邦基《墨莊漫録》，乃言「王母」鳥名，尾甚長，飛則尾張如兩旗。信如此説，視作西王母解者孰勝？咀調自見，不在徒逞博洽。杜詩蒙冤如此者甚衆也。

杜七歌之四：「嗚呼四歌兮歌四奏，林猿爲我啼清晝。」李日華謂：「『林猿』本作『竹林』，鳥名也，同州有之，色正青如雀，善啼。後注者妄改耳。」以余觀之，即有鳥名「竹林」，亦未必勝「林猿」悲切感人也。

## 唐人絶句

太白、龍標外，人各擅能。有一口直述，絶無含蓄轉折，自然入妙，如：「昔年今日此門中，人面桃花相映紅。人面不知何處去，桃花依舊笑春風。」「清江一曲柳千條，二十年前舊板橋。曾與美人橋上别，恨無消息到今朝。」「畫松一似真松樹，待我尋思記得無。曾在天台山上見，石橋南畔第三株。」此等着不得氣力學問，所謂詩家三昧，直讓唐人獨步。宋賢要入議論，着見解，力可拔山，去之彌遠。

## 早朝詩

毛子大可夜酌，嘗言：「酬和詩不易作，如老杜一代詩豪，其和王維、岑參詩皆遜；和賈至《早朝》『春色仙桃』，語既近俗；即『日暖龍蛇』、『風微燕雀』，並非早朝時所見；五、六遽言朝罷，殊少次第，故當遠讓王、岑。然王作氣象壓岑，而『衣』字犯重，末又微拗，推岑作獨步矣。」一日語少子恪，恪誦吟一過，笑曰：「洵如毛説，則早朝時無『鶯囀』，亦不見『春色』。」余更思不可得。一日卧舟中，忽改數字云：「雞鳴禁苑漏聲殘，馬簇天街曙色寒。」景切而語貫，且免複末句「春」字，直是無瑕可指矣。《紫桃軒雜綴》又云：「王警句『九天閶闔開宮殿，萬國衣冠拜冕旒』，岑則『花迎劍佩星初落，柳拂旌旗露未乾』，賈則『劍佩聲隨玉墀步，衣冠身惹御爐香』，氣象誠高闊，終是落境語耳。杜子美則云：『旌旗日暖龍蛇動，宫殿風微燕雀高。』以所畫之『龍蛇』對『燕雀』，已極變化；而『動』字、『高』字俱含生氣，『風微』字則以『燕雀』因『風微』得至殿屋，且大厦成而燕雀高，又見朝廷寬大，群情樂附之意；有比有興，六義具涵，杜真詩聖，三子咸當北面。」詩之無定論如此。愚意「日暖」二句雖工，卻非早朝時所見，畢竟毛見爲是。

## 錢陌

烏江廟詩：「三分天下猶嫌少，一陌黄錢值幾文？」初不曉「陌」字義，一日閲小書，梁時用錢，自破嶺以東，八十爲陌，名曰「東錢」；江郢以上，七十爲陌，名「西錢」；京師以九十爲陌，名曰「長錢」；中大同元年詔通用足陌而民不從，錢陌益少；末年至以三十五爲陌。今京師宴會席賞，率三十文當一百，亦古遺俗也。

## 題門

京師執政巨公未嘗堅拒客，而閽者班役例索門包錢，拒士不得見。或題於門云：「吐握風流頗渴賢，禰衡懷刺竟難傳。調羹叉手中堂坐，衹爲閽人苦掙錢。」

## 蘇詩

蘇武《録别》第二首，「黄鵠」、「胡馬」、「飛龍」、「黄鵠」凡四見；且起句「黄鵠一遠别」，結用「願爲雙黄鵠」;「弦歌曲」、「遊子吟」、「清商曲」又三見。古人悲思煩促,錯互迷離,有繁絃雜奏之意。《楚辭》一篇中,言紉佩則「江蘺」、「申椒」、「蘭」、「菊」、「菌」、「桂」、「蕙」、「茝」、「留夸」、「揭車」、「杜蘅」、「薜荔」、「芰」、「荷」、「芙蓉」、「香草」疊出言駕馭則「騏驥」、「玉虬」、「飛龍」、「玉鸞」、「蛟龍」、「玉駄」、「八龍」,意言屢複,其法從《三百篇》來,「荇菜」、「芣苡」、「江水」、「漢廣」之類是也。後人含毫修飾效之則勦同,至句裁字削,惟恐犯重,阡陌井然,望之立盡。

## 詩名人

賀方回嘗作《青玉案》詞,有「梅子黄時雨」之句,時人謂之「賀梅子」。此亦何異「鄭鷓鴣」?近之「袁白燕」亦是。

## 劉忠宣

公平生不刻意作詩,間有爲而作,皆事核意真,情到興具。如《撫諭田州》句云:「如何萬頃桑麻地,天與夸人作戰場?」雖土官岑溥亦感也。《出錦衣獄中》有句云:「紅塵未了清時債,白髮重來此地遊。」蓋公爲兵部郎中,嘗下獄也。謫戍甘肅,《過六盤山》句云:「緑野誤爲三品地,白頭今到六盤山。」蓋以爲終於侍郎不起，未必有此謫也。《謫所示子姪》句云：「報國未能平海宇，充軍終是累兒孫。」蓋以逆瑾有「劉某永遠充軍」之批旨也。又云：「猶有先朝宣召夢，急趣黄屋面承恩。」蓋思孝廟君臣相遇，千載一時，雖在謫所，不忘情也。《謫所贈同事》詩曰：「時事何人苦變更，邊城持戟半儒生。」蓋刺瑾用事，士大夫有罪，多遣謫甘肅也。至赦歸過六盤，則直述其事曰：「憑誰寄語中州子，前度劉郎今已還。」蓋公下獄充軍，雖出於瑾，而禍機則發於大學士劉宇也。宇，河南人，嘗告瑾抄劄公云。

## 詩改一字

元薩天錫詩：「地濕厭聞天竺雨，月明來聽景陽鐘。」膾炙於時。山東一叟鄙之，薩往問故〔一〕。曰：「此聯固善，『聞』、『聽』二字一合耳。」薩問：「當易以何字？」叟徐曰：「『看天竺雨』。」薩疑「看」字所出，叟曰：「唐人有『林下老僧來看雨』。」薩俯首，拜爲一字師。

【校勘記】

〔一〕「薩」，原文誤作「元」，據文意改。下文同。

## 錢唐

唐，象山人。元末隱居避亂，年將六十。洪武初赴京，陳王道，先獻一詩曰：「大明洪武元年春，春雷一聲天地響。龍飛在天雨如膏，天地山川增氣象。山人昔住東海山，山形如象山名丹。丹山之南有白石，山人隱遁松林間。一朝陰氣蔽白石，天昏地暗人變顔。人人變顔心鐵黑，山人鐵心仍鐵肝。山人名不挂唇齒，山人不與人相似。吴江江上吴山青，吴山有城高百雉。好風吹步上京師，竹杖麻鞋見天子。天顔悦懌天開明，謹身殿中承聖旨。致身堯舜端有時，山人事業當如此。」詩奏稱旨，授刑部尚書。明年，上摘孟子「視君寇讐」等語，罷其配享。有旨敢諫者，即射殺之。唐上疏，袒胸當箭。上悟，命醫療箭創，配享得不廢。成化初，有黄先生詩曰：「引棺絶粒箭當胸，拚死扶持亞聖公。那得殊恩旌偉節，泮宫東畔置祠宫。」

## 琵琶記

元末永嘉高明，字則誠，登至正四年進士，歷慶元路推官，以文行名。方國珍據慶元，避地於鄞縣櫟社，用詞曲自娱。因劉後村有「死後是非誰管得，滿村聽唱蔡中郎」之句，乃編《琵琶記》，以雪伯喈之恥。按：今《琵琶》仍是痛詆伯喈舛悖不倫，不審何云雪恥？

## 史痴翁

史忠，字廷直，金陵人。少不慧，年十七方能言。忽通詩詞，畫山水木石，縱筆揮寫。性豪俠負氣，不喜近權貴人。與沈石田善。自號痴翁。樓近冶城，署曰卧痴。與客飲酒，沾唇輒醉，醉則搦管爲新聲樂府，略不搆思。有女笄當嫁，壻貧不能具禮。會燈夕，風月佳甚，詭詞攜女觀燈，與其婦送之壻家，呼壻出拜，大噱而去。嘗見其絶句云：「癡老平生性僻疏，胸中塵垢半星無。歲寒起坐燒銀燭，寫箇江山雪霽圖。」

## 摘詩

偶閲《海鹽志》，見朱西村詩，《漫興》有云：「楝花風過蠶蛾老，麥秀城深雉子斑。」《上巳郊行》：「三月三日出郭行，風和日暄天氣晴。銜泥補巢舊家燕，隔水唤春何處鶯？壚頭小姬酒正熟，道旁古墳人自耕。勸君行樂貴及早，明日東風花滿城。」西村名朴，字元吉。時有陳鑑字用明，與朴齊名；有《勾溪集》。《寒食書懷》云：「江上客居三十年，每逢寒食一悽然。青山笑人不歸去，白髮滿頭空自憐。茅簷幾處插楊柳，梨花半開聞杜鵑。身世崎嶇杜陵老，蓼蘋風水洞庭船。」又：「石潭小魚自出没，草閣老樹相因依。」最爲警句。

## 龍濟寺

在吉水城東南，踞東山勝處。蘇長公謫嶺外過此，題句曰：「天上樓臺山上寺，雲邊鐘鼓月邊僧。」手書刻柱，明末尚存。或曰：「此坡公詩中一聯也。」惜不見全篇。

## 鍾州寺

「祠山道士我前身，猶記當年廟貌真。一墮塵緣甘混俗，碧天青嶂暗傷神。」此詩題於廣德州祠山廟，萬曆元年知州事鍾堅筆也。堅，楚人，别號瀾石。到州謁廟，忽悟前身爲道士，猶記廟中某事某物，曾募建某殿。在州政蹟，多所修舉云。

## 詩有本

今人輕用其詩贈送不情，僅同於充餽遺筐篚之具而已，豈不鄙哉！謝安石聞怨歌誦「爲君既不易，爲臣良獨難」，出席流涕。羊曇過西州，詠「生存華屋處，零落歸山丘」。此二事，千載爲之感動。今人作述懷、述感，未必動人如是。無它，不得其意，而專求之體製、風調、音響故也。

## 辭激取禍

石介作《慶曆聖德頌》，太激，邪佞切齒。其頌至范仲淹曰：「太后乘勢，湯沸火熱。汝時小臣，危言嶫嶫。」「太后」一語，仁宗含之在中，不敢出之口者，臣下所不宜言。其最儆心者，如「衆賢之進，如茅斯拔。大奸之去，如距斯脱」。又曰：「神武不殺，其默如淵。聖人不測，其動如天。」時韓魏公與范文正公自陝來朝，竦之密姻有令於闋者，手録此頌進二公，且口道竦非，爲諸君子慶。二公去闋，范拊股謂韓曰：「爲此輩鬼怪壞之也。」韓曰：「天下事不可如此，必壞。」孫復聞之，亦曰：「石守道禍始於此矣。」

## 詩讖

壽山艮岳在汴城東北隅，徽宗所築，周圍十餘里，窮極侈麗。宣和五年，朱勔取太湖大石，廣高數丈，載以大舟，挽以千夫，鑿河斷橋，毁堰拆牐，數月乃至。會初得燕山之地，賜號「敷慶神運石」。旁植兩檜，一夭矯者，名「朝日升龍之檜」；一偃蹇者，名「卧雲伏龍之檜」，皆立牌金字書之。徽宗御題云：「拔翠琪樹林，雙檜植靈囿。上梢蟠木枝，下拂龍髯茂。撐拏天半分，連卷虹南負。爲棟復爲梁，夾輔我皇構。」嗟乎！檜以和議作相，不能恢復中原，已兆於「半分」、「南負」；而一結更見高廟御名皆前定也。

## 字讖

嘗見內庫書《金樓子》，有李後主手題曰：「梁孝元謂王仲宣昔在荆州，著書數十篇。荆州壞，盡焚其書。今在者一篇，知名之士咸重之。見虎一毛，不知其斑。後西魏破江陵，帝亦盡火其書，曰：『文武之道，盡今夜矣！』何荆州之壞，焚書二語，先後一轍也？」詩以慨之曰：「牙籤萬軸裹紅綃，王粲書同付火燒。不是祖龍留面目，遺篇那得到今朝？」書卷皆薛濤紙所抄，惟「今朝」誤作「金朝」。徽宗惡之，以筆抹去，後竟如其讖入金也。

## 新嘉驛女子詩

驛在滋陽縣北四十里，池臺古柏，劇有幽致。驛後土壁，故會稽女子題詩處。詩傳於世，而驛壁字無存者。余至詢之，有老驛卒秦登科，年七十矣，能誦其詩。言：某將軍挈家過此，不知其姓名，僕妾甚盛。既早發，失一燭檠，尋覓得之壁間石碣上，始見是詩，蓋女子秉燭夜題者也。世傳死驛中，當時實未死，或永夜沉吟，含悽達旦耳。然豈能久人間哉？事在萬曆四十七年。又四十年，予爲刻之於石，且次其詩曰：「美人零落泣風塵，不惜明珠掌上身。淚入郵亭千尺土，莫教楊柳更生春。」「環珮魂歸何處游，若耶溪畔路悠悠。生前不作鴛鴦夢，定化孤鴻叫隴頭。」「借問蕭郎是阿誰，笑啼不解坐生悲。可憐一夕魂銷盡，博得千年客淚垂。」又次亭碑韵曰：「蔓草荒臺合，危橋曲沼分。庭霑春過雨，樹老晝成陰。疲馬何時歇，啼鶯不可聞。美人題字處，腸斷對斜曛。」

附録女子詩，自序云：「余生長會稽，幼攻書史。年方及笄，適於燕客。嗟林下之風致，事腹負之將軍。加以河東獅子，日吼數聲。今早薄言往愬，逢彼之怒。鞭箠亂下，辱等奴婢。余氣溢填胸，幾不能起。嗟乎！余籠中人耳，死何足惜！但恐委身草莽，湮没無聞。故忍死須臾，候諸妮子睡熟，潛步後亭，以淚和墨，題三絶於壁。庶知音讀之，悲余生之不辰，則余死且不朽！」「銀紅衫子半蒙塵，一盞孤燈伴此身。恰似梨花經雨後，可憐零落舊時春。」「終日如同虎豹遊，含情默坐恨悠悠。老天生妾非無意，留與風流作話頭。」「萬種憂愁訴與誰，對人强笑背人悲。此詩莫作尋常看，一句詩成千淚垂。」

## 杜五言古

杜不擬古樂府，用新題紀時事，自是創識。就中《潼關吏》、《新安》、《石壕》、《新婚》、《垂老》、《無家》等篇，妙在痛快，亦傷太盡。《垂老别》云：「老妻卧路啼，歲暮衣裳單。孰知是死别，且復傷其寒。」曲折已明。又云：「此去必不歸，還聞勸加餐。」觀王粲《七哀》「路逢饑婦人，抱子棄草間。未知身死處，焉能兩相完。驅馬棄之去，不忍聽此言。南登灞陵道，回首望長安」，醖藉差别；至子建「明月照高樓」，更不可思議，無處着人間别離語。

## 石壕詩誤字

杜「莫投石壕村，有吏夜捉人」，本古韵元、真通用；「老翁逾墻走，老婦出門看」，二語不相叶。顧寧人謂「詩有不必韵者」，此類是也。余細讀此詩，凡六轉，俱各用古韵，何獨「走」、「看」二字不叶？《詩通》又載：「人」字本《列女頌》，叶法作「如延」切，與「看」字亦古通。終覺牽强。近閱舊刻本，作「老婦出門首」，則「走」音同韵。既立門首，則張皇顧望，情勢躍然，不言「看」而意在其中矣。且六句連换三韵，與「青青河畔草」詩同體。

## 詩限梟韵

辛丑夏，同諸詞人晚坐湖上，值曹司農秋岳取扇面平聲字分韵限賦，次及錢瞻伯，得「梟」字。客皆謂此韵不佳。秋岳戲曰：「正須梟此賊。」錢詩成，曰：「卻憐殊月好，頻擲不成梟。」後歲餘，竟坐法死，説者以爲詩讖。

## 蓴菜

余過西湖，始嘗蓴羹，作歌云：「質柔膚滑不留手，白汁盈盈如水晶。」見者以爲絶肖。後閲袁中郎《湖上雜叙》，稱其葉微類初出水荷錢，枝如珊瑚而細，又如鹿角菜；其凍如冰，如白膠附枝葉間，清液泠泠欲滴；其味香脆滑柔，略似魚髓、蟹脂，而輕清遠勝。可謂形容都盡。其不足信者，謂蓴採自西湖，浸湘湖一宿然後佳，若浸他湖便無味。此語終耳食。按：湘湖産蓴甚多，不採之西湖；湖蓴用湖水浸之頗佳，亦不聞遠浸湘湖；且生摘作羹，有新香，不必皆浸也。李長蘅有《煮蓴歌》，亦可稱蓴之小紀矣。歌曰：「怪我生長居江東，不識江東蓴菜美。今年四月來西湖，西湖蓴生滿湖水。朝朝暮暮來採蓴，西湖城中無一人。西湖蓴菜蕭山賣，千擔萬擔湘湖濱。吾友數人偏好事，時呼輕舠致此味。柔花嫩葉出水新，小摘輕醃雜生氣。微施薑桂猶清真，未下鹽豉已高貴。吾家平頭解烹煮，間出新意殊可喜。一朝能作千里羹，頓使吾徒摇食指。琉璃盌盛碧玉光，五味紛錯生馨香。出盤四座已歎息，舉筯不敢争先嘗。淺斟細嚼意未足，指點盃盤戀餘馥。但知脆滑利齒牙，不覺清虚累口腹。血肉腥臊草木苦，此味超然離品目。京師黄芽軟似酥，家園燕筍白如玉。差堪與汝爲執友，菁根杞苗皆臣僕。君不見區區芋魁亦遭逢，西湖蓴生人不顧。季鷹之後有吾徒，此物千年免沉錮。君爲我飲我作歌，得此十斗不足多。世人耳食不貴近，更須遠挹湘湖波。」

## 劉長卿

劉長卿郎中因人謂前有沈、宋、王、杜，後有錢、郎、劉、李，乃曰：「李嘉祐、郎士元何得與予齊稱耶？」每題詩不署姓，但署長卿而已，以海内合知之耳。

## 綦毋潛

潛詩：「塔影挂清漢，鐘聲和白雲。」論者謂遜張祜「樹影中流見，鐘聲兩岸聞」，誠然。至白尚書以祜《觀獵》詩，謂張三較王右丞未敢優劣，似尚非篤論。祜詩曰：「曉出禁城東，分圍淺草中。紅旗開向日，白馬驟迎風。背手抽金鏃，翻身控角弓。萬人齊指處，一雁落寒空。」細讀之，與右丞氣象全别。

## 龔芝麓

龔宗伯《讀韞林集有悼顧夫人善持君四絶句感而遥和》亦自風流可愛：「九年騎省斷腸人，一曲清商倍損神。珍重紅閨兩行淚，西風吹上舊羅巾。」「塵生錦瑟倚空牀，玉笛當風别恨長。憑仗敬亭雲一片，返魂香欲駐斜陽。」「青溪曾擬結芳鄰，春水臨妝拜洛神。回憶幽蘭風絮散，慧難兼福是前因。」「感舊憐才似此無，玉琴紈扇女相如。何緣更倩簪花筆，重點零香斷粉書。」愚欲改第二首煞句「憑仗敬亭同調在，銷魂詩作返魂香」。林氏爲吾宣王友姬人也，能詩，能作蘭竹，有林下風致。所著有《韞林集》。

## 虞姬墓

弔虞姬詩甚多，余獨喜韓聖秋一絶曰：「詞人下馬惜佳人，不愛君王愛妾身。叱咤那曾輪嫚駡，遭逢各自有君臣。」想項王麤豪人，「拔山」一歌，重念「虞兮」，煞甚悽婉，有放不下處。姬毅然先死，以報恩寵，豈徒一美婦人耶！又如明妃詩甚多，吾友宋荔裳有「穹廬滿地皆霜雪，不敵西宫一夜寒」，佳甚。然以視前詩，則又別有下淚處也。

## 詩人不可無傳

《唐史・文藝傳序》稱：韋應物、沈亞之、閻防、祖詠、薛能、鄭谷等，其類尚多，皆班班有文在人間，史家逸其行事，故弗得稱述云。按此，則詩文人不可無傳如此。

## 戴笠圖

西昌蕭伯玉太常舊藏《杜陵戴笠圖》，高可盈尺，純用白描，而神采高寒，趙文敏筆也。劉公子高題句云：「杜陵短褐鬢如絲，飯顆悽涼日午時。爲報西流夜郎客，錦袍霜冷更相思。」末自署「洪武庚申中秋仲珠林生劉崧書」。解縉春雨又書長歌其上云：「碧鷄坊裏春風顛，浣花溪邊晴日暄。浩歌一曲花弄影，慷慨不及開元前。飯顆山頭憶相見，歷下新亭舊時面。吟詩未遣髭鬚愁，愁絶胡塵暗河縣。平生落筆五嶽摇，調笑不作兒女嬌。錦袍仙人伯仲耳，孰謂有作徒相嘲？詩卷長留兩不滅，玉顔癯骨俱清絶。萬古詩人照膽寒，松柏蒼然傲冰雪。吴興公子真天人，落影自與韓衆親。新圖古色照秋水，如此子美方逼真。槎翁老仙我所敬，十年寤寐遊珠林。新詩墨妙聚片紙，令我觀之諧夙心。嗟余豈是諸公徒，青天空行一字無。紛紛餘子風斯下，獨立惟見明星孤。吁嗟杜陵焉可呼！」此詩既佳，而解集失載。字體作指大行草，遒潤有法，絶非世所傳解書體也。時以趙畫劉、解兩公題爲三絶。余官湖西，從蕭氏孟昉見之，賞異作詩。蕭輒欲見贈，不受。及歸田，再贈，始受之。時一展對，如揖浣花老人也。

## 乩詩

武進吴南岱，字泰巖，予同年也，爲濟南守。告予曰：宜興孝廉徐某歿後，降乩寄硯友毛禹門士龍，是其所親見。云：「一入迷途去，迷途去更迷。不分時晝夜，難辨路東西。怕聽嬌妻哭，愁聞老母啼。殷勤寄良友，弱子望提攜。」毛時已成進士，得詩垂淚，竟厚恤其家。

# 瀛山筆記

# 瀛山筆記提要

《瀛山筆記》二卷，據乾隆三十年繡雪堂刊本點校。撰者黄士塤（一六三五—一六八七）字伯龢，號瀛山，廣東海陽人。康熙十二年進士，官翰林院編修。有《宏雅堂集》。此書據從孫黄煜跋，久湮無聞，乾隆乙酉始從原本抄録梓行。卷二下半頗雜文史異聞，卷一亦偶有不涉詩者，故曰「筆記」，然終以話詩録詩爲主，實詩話也。除記己事已見外，録吴日千（騏）之語及詩亦復不少，可補吴氏《顑頷集》。其見大抵重漢魏而輕六朝，所謂「凡事窮源勝於隨流」。又頗及明人明事，詩則重李于鱗，而不喜公安、竟陵，皆屬穩當一般之見也。

# 序

海陽太史黄公，以高才宿學爲康熙中詞林眉目。詩文著撰甚富，當時已流播遠近，獨《瀛山筆記》一種未經鍥梓。其從孫硯樵念先世遺書，不可不廣其傳，乃訪求原本，是正譌謬，刻諸雲間寓齋。「筆記」之名，昉自陸放翁《老學庵》，其餘「筆録」、「筆談」皆其類也。後人編入《説郛》、《稗海》，踵而爲者滋多。古今率推夢溪、放翁兩家，爲其異聞軼事，往往於此可攷，而剸之以理，裁之以識，足當詩文著撰之外篇也。否則以齊給濟其小辯，甚者且爲道之賊而文之蠹，曷足尚哉！此書雖卷帙無多，然名言雋旨，層見疊出，安石碎金，有不必兼函累櫝而可寶者。硯樵嚅嚌風雅，欬唾英華，家學之師承遠矣。

乾隆歲次乙酉九月，雲間後學王永祺謹序。

# 瀛山筆記卷一

海陽黃士塤伯龢著　從孫煜硯樵校

予家敝廬之前有山曰瀛山，今一椽不存矣。存此名以誌明發之意耳。

五代蔣密詠桑句云：「綺羅因片葉，桃李漫同時。」爲人所稱。此語與李公垂「鋤禾日午」同妙。余嘗記明時有照磨某詠木棉句云：「采采西風雪滿籃，禦寒功已倍春蠶。世間多少閒花草，無補生民也自慚。」語意頗佳，堪與蔣句並傳。士大夫僥倖一時，而經濟罔聞者，誦此寧不汗顔耶？

李長吉《雁門太守行》云：「黑雲壓城城欲摧，甲光向日金鱗開。」王安石曰：「是兒言不相副。方黑雲如此，安得耀日之甲光也？」余謂荆公之偏僻好議人，即此可見。豈無黑雲乍開乍合，映射甲光之時乎？

楊鐵崖賦楊妃襪一聯云：「安危豈料關天步，生死猶能繫俗情。」可稱妙絶。予謂詠事詩必有此等句方爲絶唱。如唐人《愛妾换馬》云：「恩勞未盡情先盡，暗泣嘶風兩意同。」此等佳致，要是中唐以後開闢，初盛諸公未有也。

唐李山甫云：「三尺焦桐七條線，子期師曠兩沉沉。」士處當世，知音實少，世態難堪，誠有我思古人之感。金雷琯送李汾云：「明日春風一杯酒，與君同酹信陵墳。」此真無可奈何之語。

淮陰報漂母，亦是感其意耳。今人作漂母祠詩、記，沾沾一飯，何其視淮陰太小也。余甲辰冬過漂母祠，曾題詩云：「英雄落魄日塵埃，踪跡因人自可哀。未必王孫能餓死，誰知阿母獨憐才。」又云：「舉世須眉那足論，惟聞阿母啗王孫。憐才自是無今古，千載猶銜一飯恩。」亦此意也。余又有二詩云：「武媪壚頭酒，王孫竟漂餐。壺飧何足道，此意亦良難。」「咄咄亭長妻，曾不殊丘嫂。縱使肯嗟來，臨饋誰能飽。」斯亦爲王孫占地步耳。

遇合之難，古今同慨，浩然有松月之吟，東野有棄置之詠。余癸卯下第，作《踏莎行》云：「窮鬼生憎，文魔叵耐，書空久矣殊堪怪。秋風直是太無情，年年做盡炎涼態。　縱酒何聊，悲秋無賴，十年辛苦今安在。人生窮達且休論，幾時填滿風簷債。」予自辛卯至癸卯，被刖者五，蓋滋味飽嘗矣。

東坡《赤壁賦》中吹洞簫者爲道士楊世昌，成都人。吴文定有詩及此，云「數行石刻舊家藏」，謂長公自註也。然詩殊乏情味。予《題畫赤壁圖》絶句云：「山月江風引興長，匏樽桂棹泝流光。應知入夢翩躚羽，猶是吹簫楊世昌。」自謂差勝。

釣臺詩作者多矣，未見有絶唱者。程奕先一聯云：「功名一代鄧馮外，俎豆千年耕釣身。」殊有別致。

子陵，新野人，避亂江南，娶梅福女，因居會稽。《漢書》以爲餘姚人，誤也。

梅花詩自少陵五七言外，佳句不可多得。宋人酷稱林和靖，顧「暗香」、「疏影」，格調殊卑，品題滋俗。高季迪諸作頗近宋人，李滄溟一代宗工，而「驛使」、「仙郎」、「關山」、「笛裏」，亦大家之率筆耳。要之，熟調纖音，避此入彼著色相則損天真，言清空則乏風骨，此其所以不能佳也。

雪詩之難與梅花同。宋人有云：「看來天地不知夜，飛入園林總是春。」妙矣，然自是宋人佳句，猶之和靖之「暗香」、「疏影」也。予詩云：「山川同氣象，天地轉高寒。」吴日千極爲擊節，以爲不減少陵。殆非敢望，但或少異宋人爾。吴亦有句云：「萬家同彷彿，入夜轉光輝。」語境超絶，詩眼[illegible]相同，意象則有别。

吴日千有《徐侍中篇》，絶類《焦仲卿古詩》，近代長篇第一作也。吴又有句云：「白業遲回首，青山一汗顔。」絶似老杜。

元楊奂題《管寧濯足圖》云：「踏徧遼東未是癡，藜床欲穴只心知。好留一掬黄泥水，熳却曹郎受禪碑。」詩極警策，然頗藴藉，不似宋人詠史作圭角盡露也。予亦有題扇二絶句，其一繪少陵「畫紙」、「敲針」句者，云：「玄黄争一局，得失總如鈎。輸與杜陵叟，江村事事幽。」其一寫楊妃而過肥，因戲題云：「罷舞霓裳後，豐姿動醉眸。三郎憔悴色，應不爲韓休。」詩雖率筆，亦足解頤。

丙午秋，有以蘆雁索題者，予戲書一絶云：「踪跡菰蘆冷，心期烟水長。層雲千萬里，横絶向秋光。」吴日千見之，以爲獲雋之兆。榜發果然，殆近詩讖也。

十年前在吴門，有友人邀飲。座中一瞽妓，彈琵琶侑酒，手持扇上三絶，今已不能全記。其一曰：「亦知世上無青眼，一種芳心暗裏傳。」一曰：「天公也恐卿飛去，畫就嫦娥不點睛。」一云：「琵琶撥盡相思調，滿座裙釵妬眼看。」語語切瞽目，而各具一意，巧思雅致，自是才人手筆，惜不得其姓名。

曩見有作竹杖銘者，曰：「足不力，倚於手。孤竹君，真老友。」可稱古峭。

余製墨有銘云：「吾敬爾之清剛，吾愛爾之黝然之光，吾服爾之多文而善藏。」

唐子畏《題半身美人圖》云：「動人情處不曾描。」太近俚傷雅矣。近見傳奇中有詠此者云：「丹青不是無完筆，寫到纖腰已斷魂。」此則今人遠勝古人之句也。

詠物詩有宜著題者，有不必著題而妙者，如李空同桃花詩云：「入門風片時時墜，近酒春枝故故斜。」此真大家詠物句也。

友人程奕先有句云：「水痕秋讓石，雨氣夜侵燈。」俞子政云：「泉聲迎石壯，人影入溪清。」並唐人名句也。僕每舟行溪山中，輒諷詠之。

吴日千《感懷》古體云：「玉顔苟自愛，不嫁庸何傷。」是漢人佳處，風雅之遺也。又嘗見一詩云：「少長深閨裏，經今十五年。春來雖有思，只在鏡臺前。」日千極賞之，以爲真風雅。

先君子深於詩道，兵燹之餘，篇章盡失。塤猶記避亂時，有弔金正希、汪長源二先生詩一聯云：「南北海陽雙義士，後先翰苑兩詞臣。」汪死于北，金死于南，皆海陽人，其精當簡括如此。

王敬夫將填詞，以厚貲募國工，杜門學唱三年，然後操筆。湯若士才情妙絶一時，知音者猶訾其不協律。二十年前，余見梨園新曲絶少，今填詞度曲幾徧海内，是何關、白、馬、鄭之多也！蓋前輩動筆便爲傳世計，故不苟如此。今人只知射利，豈復顧爾許耶？

余《有感》詩云：「勇怯何勞較市前，男兒七尺不輕捐。漫言壯士能相辱，世上應多似少年。」

吴日千有小序儷語云：「女子善懷，豈無膏沐；男兒意氣，何用錢刀。」純用成句，可謂絶工。

七才子自有流弊，然廓清之功不少。袁中郎小有致耳，而輕呰王、李。今試取袁與鍾、譚詩，較王、李諸大家觀之，真不啻黄鐘與瓦缶矣。袁作嚴子陵祠詩，而曰「乞我上上籤」，此何等語也？滄溟詩中多用「風塵」字，議之者呼爲「李風塵」。予謂口頭慣用字句，大家時有之，擅場處亦不藉此。且老杜詩中率用「蒼茫」、「牢落」、「白頭」字，何不呼之爲「杜蒼茫」、「杜牢落」、「杜白頭」耶？「中原」、「萬里」、「黄金」、「白雪」，吠聲者知其説矣，予獨以爲顧用之何如耳。予往時有句云：「白雪懲孤唱，黄金閲世情。」亦故用此等字也。

「野日荒荒白，春流泯泯清。」「荒荒」，言無際；「泯泯」，言無聲也。此二字從未經人道，自工部拈出，便似天造地設。

葉石林評杜《八哀詩》，謂長篇最難，晉魏以前，無過十韵，常使人以意逆志，初不以叙事傾倒爲工。旨哉言乎。知此者，可與論漢魏矣。微獨古詩，即歌行亦有之。如香山《長恨歌》、微之《連昌宫》作，乃真傳奇體也。

「揮金應物理，拖玉豈吾身。」他人説知足知止，無此藴藉。

老杜數稱其弟爲令弟，今人頗駭之。余謂俗間稱呼，相沿不覺耳。今自呼其弟爲賢，呼人之弟爲令，稱兄則曰家兄，稱弟則曰舍弟，試思賢與令、家與舍有何分别？思之真可發笑也。

少陵有《寄族弟唐十八》詩。《左傳》：「在周爲唐。」杜氏故唐人，異姓亦猶稱族，綽有古意。昌黎云：「韓與何近。」亦同此。

往時泛月雲間橫雲山下，作詩，有聯云：「中流澄野月，入夜淡秋雲。」私謂「淡」字則「微雲淡河漢」，古人有之，「澄」字從前或未有用者。後讀老杜「喬木澄稀影」、王摩詰「薄霜澄夜月」，乃嘆今人終不能出古人範圍也。

五言古詩須論氣味。漢魏之作，從此辨之。氣味是矣，然後論工拙。所謂工者，非雕琢之謂，乃鍛鍊澄汰之至。氣味絶似，而詞句又是古人所未曾經道，此擬古極則也。

蘇李、《十九首》，總無著力字樣，所謂自然之至也。若用一著力字，便是詩眼，非復古詩矣。僕生平不喜看六朝詩，亦以此耳。

五言擬古勿多涉晉、宋以後，爲其體愈雜而法愈離也。作律詩、絶句須略帶晉、宋、齊、梁風致，反覺饒味。蓋凡事窮源勝於隨流耳。作字亦然。

七言古若擬漢魏者，不可攙入唐音，亦猶五言也。唐體又有分別，其爲初唐者，流麗爲主；其爲少陵者，以蒼老爲主。要之各有佳境，不可偏廢，但下筆時慎勿雜出耳。又漢魏韵有旁通，與唐有別。

景帝之崩，爲中官蔣英以帛勒死，諸史傳所不載。予丙午闈中明史論内有云：「南宫復而燭影之踪跡傳疑。」蓋謂此也。

「名應不朽輕仙骨，理到忘機近佛心。」司空表聖此句真不愧名士。

陶靖節雪詩云：「傾耳無希聲，在目皓已潔。」少陵云：「燭斜初近見，舟重竟無聞。」只用形似，不須明言，而已知其爲咏雪，真自然妙句也。唐明皇「賦象恒依物，縈迴屢逐風」，亦佳。

甲辰秋，與查匡來同舟入都，途中擬元人《一半兒》詞十首。今遂失草稿，猶記其一云：「緑波淡蕩送行舟，垂柳陰陰映荻洲，天際旅人無限愁。助悲秋，一半兒離騷一半兒酒。」可謂《一半兒》詞中創語。

石門吴穉文先生有詠淮陰句云：「生死王孫兩婦人。」警策之極，惜不及見其全集。風塵困人，丈夫會有受辱時，然不挫折，烏得激乎？余《讀史有感》二絶云：「倚劍休歌《行路難》，浮雲自幻太虛寬。而今縱遇淮陰少，也作橋邊黄石看。」「落拓因人迹易沉，憑誰激發壯夫心。須知亭長晨炊婦，恩比分餐漂母深。」

公孫弘年六十，徵爲博士。使匈奴，還報不合意。武帝以爲不能，免歸。元光五年，復徵賢良，郡國復推弘。弘曰：「前已嘗西，用不能罷，願更選。」辭不獲，就徵。對策，擢第一。召入，見容貌甚麗，拜官，日親貴，累遷至宰相，封侯。夫猶是弘也，始而免，繼而用，數年之間，迥如天淵，何耶？陸宣公爲考官，韓昌黎《不貳過論》被黜。再爲考官，復出此題，韓仍用前作，不易一字，陸稱賞置上第。古今若此何限，豈非時爲之哉？

趙充國屯田，奏自金城至長安千餘里，往返倍之，中間更下公卿廷議。而六月戊申奏上，七月甲寅璽書報從，首尾纔七日，漢時章奏議論之簡速如此。今時本章下部覆，動輒經月，何也？漢時廷議，自丞相以至博士，人抒所見，惟是之從，雖卑亦用。今廷議率大僚主之，會議徒名耳。且往代章奏可否，出自宸斷居多，而近必由部，又覆稿必由吏書，千篇一律，絶無卓見。天下事，豈二三吏胥可辦乎？欲革此陋習致太平，必須天子日日視朝，凡章奏皆面與大臣商摧批行，此最要務。

王右丞《西施咏》：「賤日豈殊衆，貴來方悟希。」此就皮相世態言之耳。斯飢季女，從來空粉黛之群；落魄英雄，原自抱風雲之概。何必日後始知也？

金華永康縣延真觀，前唐道士馬自然過此，指庭松曰：「此松已三千年，當化爲石。」至夕大風雨，其松果化。永康至今出松化石，其皮節膚理色質宛然，望之無異，真奇跡也。余戊申至義烏，覓得之，咏以詩云：「可怪青葱質，何年變化新。歲寒心不異，勁節久彌真。膚寸能生澍，嶙峋信有神。莫言丘壑相，終是近龍鱗。」安丘孫夫子令義烏八年矣，謂予曰：「旦夕薄轉一官，去此土，一肩行李，無長物，惟松化石二段，道遠，重不可致耳。」先生廉甚，孤行一意，不畏强禦。獨處衙齋者五年，惟二三僕從同居，淡泊堅苦，有寒士所難堪者。嘗出城丈量，先期戒里胥不得供飲食。比至城外，有獻杯茗者即杖之。其介如此。予時入署中，見其坐卧器用，率皆白木無漆者。坐榻折一足，從者將毁爲薪。先生適見之，怒曰：「此亦民膏民脂也。」東陽陳大尹從郡中還，先生留之署中宿。時暑多蚊，署無一帷，夜開城門，至予寓借用，亦異事也。馭下極嚴，受訟，惟令里保呼集赴審，從無一胥下鄉。然有所示諭，亦如期必至，無敢濡滯者。訟者至，鞫得情實，立爲剖決，民莫不畏而愛之。政績爲兩浙最，督撫薦舉卓異。以廉不能具苞苴，部胥摘他事未銷者駁出，復疏得白。久之，僅轉邳州守，竟以微文詿誤，鬱鬱而卒。廉吏不可爲，痛哉！

制府趙公嘗檄下屬吏，各條陳利弊。孫夫子顧予嘆息曰：「今利弊無不備講矣，然年來天下事何一非陽奉陰違者耶？」此言真洞切時弊。

司空表聖《秦坑銘》云：「秦術戾儒，厥民斯酷。秦儒既坑，厥祀隨覆。秦坑儒耶？儒坑秦耶？」小文字有此大曲折，又極古奥，可以爲法。

今世耳食者輒云史筆貴簡，此論大謬。予嘗謂史之妙，妙在繁，繁而有法乃真簡，非削去事迹以爲簡也。子長妙絶千古，其佳處正在能繁。今就其書論之，其簡者止是述綴五經、《左》、《國》者耳。子長之書，自戰國後以及本朝，方始淋漓可喜。若其簡者，非子長之簡，乃五經、《左》、《國》之簡也。子長於小事片言，無緊要處，傳神著色，故能妙絶千古。今取其書枚舉論之，如《伯夷傳》入後代人手，只讓國，叩馬，采薇數行可了，豈肯排宕至此？熟讀《報任安書》，何等排宕？則子長之善用繁，非虚語也。如《李廣傳》中「豈吾相不當侯耶？且固命也」，班孟堅削去「且固命也」四字，便覺意味短索，相去遠甚。至斬灞陵尉之後，武帝賜詔，子長缺此一段，孟堅增入，乃更濃溢。二書如此甚多，難以縷悉也。《新唐書》所以不如《舊》，正在此。《五代史》亦然。然歐公得子長之感慨，故事實或有傷簡之處，而氣味有近於子長者。不特此也。陳壽之書，已爲簡字所誤，遠遜《史》、《漢》，實在於此。故修史不可立意求簡也。明世王公諱宗沐者著《資治後編》，尤坐此病。如宋臣舒亶坐用官厨錢，事覺，詐爲目録，以自文飾，神宗以爲自盜可恕，欺詐難逭，削其兩秩。而《後編》記事止云：「坐詐爲目録，削秩。」而已失去其前後。而云「詐爲目録」，使未涉獵者見之，不知爲何等語。脩史如此，豈不誤人耶。

杜拾遺：「明朝有封事，數問夜如何。」岑嘉州：「聖朝無闕事，自覺諫書稀。」同是佳語，然立言不可不慎，亦微分忠佞矣。且唐此時何時，而云「無闕事」耶？

錢武子語余，京師西山明景帝陵後，建文帝陵在焉，題曰「天下大和尚墓」。余謂建文帝無失德，遜位令終，今已革代，若得稍爲修葺，易其碑題，崇以帝號，豈非盛德事耶？武子有截句云：「塚上殘碑野草紅，年年杜宇哭秋風。長陵麥飯無人問，枉説金川靖難功。」令人讀之凄然。王敬齋先生，燕人也，云西山無此墓，確係訛傳。

吴日千云：「世宗曲庇嚴嵩，以其貌似興獻王也。」此語必有所據。因記唐王孝傑陷吐蕃事，極與此相類。

坐次論及樂府，吴日千云：「嘗記有友人謂《孔雀東南飛》是漢人彈詞。」錢武子因云：「《木蘭歌》是六朝彈詞。」皆確論也。

史謂嚴武欲殺杜甫，不知何據。武性頗倜儻任俠，待甫極厚，非以喜怒小節輒殺故人者。且老杜落落權勢之外，豈有地分相軋，而武遂不能容也？余謂甫與武同朝，晚爲其客，牢落感慨，時或有之，故暫爲幕客，旋返溪上。觀其詩云：「白頭趨幕府，深覺負平生。」略可想見。後人因兹遂不免附會耳。

同人讌集，謝提月押「羊」字爲韵數首，最後得句云：「一時邾莒盡牽羊。」予爲之擊節。固知作詩不厭苦吟，率爾下筆，必無警句也。

李于鱗《羅敷曲》云：「春日照城隅，羅敷陌上趨。自使停五馬，不是使君愚。」姿神雋絶，古今來才人俱不能不擱筆矣。即漢人原詞，亦當遜其簡妙。

張江陵與人柬論文云：「將試，不必多作文，但凝神養氣。曹孟德臨戰意思安閒，如不欲戰。亦可以武喻文。」董文敏謂臨試須養喜神，皆作文要訣。

唐高祖是封君天子，趙普是門館元勛，僕頗不滿於此二人。唐祖不如竇建德有開國氣象，李勣不如劉黑闥，趙普遠出梁震、孫晟之下。世人以成敗論人，烏足以語此。

金時詩人杜佺作《馬嵬坡》詩云：「楊柳依依水拍堤，春晴茅屋燕爭泥。海棠正好東風惡，狼藉殘紅襯馬蹄。」自晚唐以及宋元詩人詠古好發議論，無復藴藉婉麗之妙。此首何其拔萃。

梅妃，貞女子也。《太真傳贊》云：「豈特二女子之罪哉。」同類並觀，徒以其色而已。余有詩云：「一斛珠殘祇自傷，此身終不愧君王。海棠零落隨行路，爭及江梅徹骨香。」稍爲梅精吐氣。

# 瀛山筆記卷二

海陽黄士塤伯龢著　從孫煜硯樵校

山水奇秀者有之，若西湖之精麗，殆未有兩也。然湖心亭已與官署無殊，登之者止寓目遊人，屬耳笙歌而已，神情豈復與山水相關耶？俞企延先生詩云：「遊人樓上醉，西山獨自看。」真實録也。

「平生壯士懷，萬古腐儒志。一入殿最程，不出催科位。」此程奕先宰石門所作詩也。普天下作令者讀之，强半應爲淚下。

「晨露每看花蕊折，夕陽頻見樹陰移。」放翁此聯，真得閒寂之趣。「雨聲已斷猶聞滴，雲氣將歸别起峰。」閒中妙語也。「百年竟向愁邊老，萬事原輸静處看。」讀之令人感慨。「身外豈關吾輩事，鏡中已换昔時人。」便是此二語意。

「南北迢迢悲往事，古今莽莽歎浮生。伯倫一鍤君休笑，冢象祈連亦已平。」此放翁律詩半首也。余嘗截取題《負鍤圖》，倍覺佳切。

「塵埃幸已賒腰折，富貴深知欠面團。」雖是宋人佳處，然「面團」成何等語耶？

「無窮江水與天接，不斷海風吹月來。」拗句殊有氣力，頗得少陵鱗甲。

徐弘祖字霞客，江陰人。生有奇趣，好遊，凡宇内諸名山及外國山川，無不周覽。嘗窮崑崙，著《溯江紀源》，謂河自崑崙之北，江自崑崙之南，其源同出。《禹貢》稱「岷山導江」，乃泛濫中國之始，非發源也。所著有《遠遊日紀》，惜未之見。人問徐遊歷四海山川，何處最佳。曰：薄海内外，總不若徽之黄山。登黄山，天下無山，觀止矣。晚年將老於黄山，會病不果。其好義獨行，錢牧齋詩中備述之。

朱眉方説，太平邑戊午孝廉邵樸元堅苦篤行，嘗問友人計偕費用幾何。答云：「一主二僕，費及百二十金。」邵大笑，曰：「余只一身襆被，徒步往返，共費六金耳。」此等風味，在今日物力艱難時未得其人，何況處豐盛耶。

劉青田仲子璟所著《遇恩録》，述爲舍人家居時，擒得山賊，送京，明太祖即呼解役入見。是時厮役下人得見至尊，可謂得泰之象矣。又洪武時，糧長亦得入見，古所未有。蘇軾云：「極泰之朝，細民得以上通；極否之朝，禁近無以自達。」從來治亂盛衰之機，何莫不由于此。

黄石齋崇禎時上疏有云：「凡絶餌而去者，必非鰌魚；戀棧而來者，必非良馬。以唯諾取士，則所取者必市利之臣；以箠楚驅人，則就驅者必駑駘之骨。」可謂痛切。

黄山麓湯泉之前爲祥符寺，寺中真武殿兩壁有二絶句云：「紫翠林中便赤脚，白龍潭上看青山。藥爐丹井在何處，三十六峰烟月寒。」「何年白日騎黄鶴，踏破天都峰上雲。欲起軒轅問九鼎，道衣長侍玉虚君。」旁寫「南宫謫吏雲谷樵夫書」。僧云是羅仙作，指念庵太史也。朱眉方疑爲羅近溪筆。近溪名汝芳，嘗守寧國，此地山川多有其題詠。聞登天都峰者，惟先生一人。又近溪相傳父子仙去，念庵亦傳仙去。余謂近溪爲郡守，必由部曹出此，云南宫謫吏，想曾爲禮曹郎也，屬近溪爲多。

黄山高處有古松而無茂樹。因少土，松根盡附石上，高不過丈，大約數尺者多，皆幾千年物，穉者亦數百年。昔人詩云：「石上松曾見古皇。」余有句云：「托根全在石，結氣半依雲。」又云：「陵霜纔數尺，偃蓋已千年。」俱實録也。夭矯飛舞，曲折蒼秀如龍形。移種盆中最難活。活者，雖在盆百十年不加長。但在山，松針短細可愛，入盆中則針漸長耳。宜瘠土，稍肥不活。耐暑，耐凍。夏天但每日清晨澆清水，撿去蟲蟻，防其侵蝕。冬則不必澆水也。

廣東陳元誠少未嘗識字，一日感激，取四子書終日拜之，忽能識字。見歸震川序中。

凡望氣占候，皆在子午卯酉之時。康熙癸丑十月頒朔，朔旦，余入朝，坐次，見午門中間黑氣如屋，問諸同列，或以爲霧。比退朝，傳聞氣從殿廷中出，予私憂之。及臘而兵端應矣，異哉！

古鏡銘，一云：「鳳凰雙，瓊瑶裝。陰陽合爲配，日月常相會。」梁簡文銘云：「金精玉英，冰輝沼清。雲開月見，水净珠明。」唐人云：「儀天寫質，象日開輪。」可稱古雅清潔至當。「眉寫翠對，臉傳紅則。」麗語也。「儀天」二語，絶似唐賦破題。

弓足，人以爲始於五代。楊升庵援樂府《雙行纏》，謂起於六朝。予謂先秦文「學邯鄲之步，匍匐而歸」，此古人弓足一證。邯鄲，晉地，今山右尚甲天下。宋人帥太原者，有「吃冷茶」之謔。又成帝持合德足，不勝至欲，豈非確據乎？張平子《同聲歌》「鞮芬以狄香」，鞮，履也，諸人皆未引此。

孔明云：「我心如秤，不能爲人作低昻。」真宰相語也。所謂「一心正，兩眼明」。嗚呼，難言之矣。

《莊子》「藏舟於壑，夜半，有大力者負之而趨」，向不得其解。予壬子冬初入都，舟次近京閘河，見土人多掘岸泥爲坑，埋小舟其内，恐冰凍損也。舟甚小，一人有力者可負。非虚言，蓋實事耳。

《墨子·尚賢篇》：「文王舉太顛、閎夭於罝網之中，授之政而西土服。」此段可作《兔罝》疏。《汲冢周書·克殷解》：「乃命南宮忽，振鹿臺之財。乃命南宮百達、史佚，遷九鼎三巫。」此段可作《八士章》疏。

汝州井皆以夾錫錢數千鎮之，曰沙入井中，人飲成癭，錫錢所以制沙土也。惠山泉甲於諸泉，豈亦以山有錫歟？

《欸乃曲》，「欸」，歎聲，乃讀作襖。今人多誤。

謝康樂「明月入綺牕，彷彿想蕙質」，較《十九首》「燕趙佳人」等語，何其簡雋，然趨於時矣。

杜工部：「梅蕊臘前破，梅花年後多。絶知春意好，最奈客愁何。雪樹元同色，江風亦自波。故園不可見，巫岫鬱嵯峨。」足稱梅花佳唱。王弇州何以不舉此詩？

陳堯佐《吴江》詩云：「平波渺渺烟蒼蒼，菰蒲纔熟楊柳黄。扁舟繫岸不忍去，西風斜日鱸魚香。」又《碧瀾堂》詩云：「苕溪清淺霅溪斜，碧玉光函一萬家。誰向月明中夜聽，洞庭漁笛隔蘆花。」與東坡《題李世南秋景》詩云：「野水參差落漲痕，疏林欹側出霜根。浩歌一棹歸何處，家在江南黄葉村。」王介甫六言云：「楊柳鳴蜩緑暗，荷花落日紅酣。三十六陂春水，白頭想見江南。」皆寫江南景物如畫。軟塵十丈，回首家山，誦此不覺悵然。

錢飲光：「日斜川上收虹飲，雷過城頭挾雨飛。」用字確，寫景奇，真善學少陵之句。又「白酒儘拚秋晚醉，黄花肯負歲寒交」，又「野草花鋪紅毯闊，新秧風熨翠濤平」，並是七言佳境。錢五言尤首尾一氣似杜。

錢飲光：「蛛網閒終日，蚊雷鬧一時。」與徐方虎《露筋廟》「世盡能銷骨，天寧縱聚蚊」，俱長於風刺。

錢飲光五言如「潮上溪流轉，江明水面高」，又「帖天鷹漸没，困雨鴨知歸」，殊有風骨。又「報霜新雁過，警露草蟲譁」，亦佳。

「伯仲之間見伊吕，指揮若定失蕭曹。」向以爲創語耳。錢牧齋箋云：「張輔《名士優劣論》：『孔明殆將伊吕争儔，豈徒樂毅爲伍？』崔浩著論謂：『孔明不能爲蕭曹，陳壽未爲失實。』少陵相提而論，所以伸張輔之説，而抑崔浩之黨壽也。」從來讀杜者未能見到，此老真不可及。且因此愈見少陵立言有根據也。

「兵戈猶在眼，儒術豈謀身。苦被微官縛，低頭愧野人」，又「天下尚未寧，健兒勝腐儒。飄飖風塵際，何地置老夫」，讀之不禁感慨霑襟。詩之感人如此，亦由情境相似也。

唐李衛公《積薪賦》云：「雖後來之高處，必居上而先焚。」語殊可味。

韓昌黎《送李愿歸盤谷序》，今人因此遂以愿爲高蹈者。考之史，愿，李晟之子，生長富貴，性奢侈，後爲宣武節度使，以此致變，踰城走。則知昌黎文中所述，乃是譏切其侈泰而規之耳。

吴兢記張説證魏元忠事，不肯少假借，世稱其直。吾意以爲不必然。君子之善善也長，所以與人爲善也，何必如酷吏斷獄乎？

李林甫知明皇欲用韓休，因爲休請，休既相，重德林甫，乃薦林甫有宰相才，遂柄用。然則唐之亂，乃休基之也。天下必肥，豈其然乎？

晁錯爲景帝畫策，欲使帝自將，而己居守。《史記》無之，惟《漢書》增入此段。孟堅或亦有見於家令得禍之由在此歟？蘇文忠著論，正從《史》《漢》異同處尋出耳。古人讀書固自細心也。

范增勸項羽立楚後，直爲羽謀，借此收服人心耳，非爲芈氏也。文忠謂懷王與增誼同存亡，得毋固乎？

昭烈逃竄之餘，寄命於吴，非得巴蜀、用武侯，無死所矣。潁濱謂棄天下而入巴蜀，何異晉惠之肉糜哉？

崔與之奏疏云："天生人才，自足以供一代之用。或謂世數將衰，則人才凋謝，此殆不然。惟陛下收攬大權，歸之獨斷。獨斷以兼聽爲先，倘不兼聽而斷，其勢必至於偏聽。"可味可味。

唐武后時，瑯琊王冲起兵坐誅。後有告人豫冲謀者，有司議，以爲更赦令，當流。侍御史魏元忠謂宜殊死而籍其家，徐有功駁之。武后怒詰，不撓，得免。魏，賢者也，而附會酷吏，豈一時風氣所移，賢者亦不免也？世固無真人品，末路委蛇，韋庶人何怪哉！

興王之世，未嘗無亡國之策，如唐高祖時畏狄，議遷都是也。亡國之際，未嘗無興王之策，如即墨大夫説齊王建者是也。漢高屢敗，留侯一言而滅項；石勒困敝，張賓決策而開基，興亡在俄頃間耳。故曰：君道在乎用人。

漢宣帝云：「俗儒不達時宜，好是古非今，使人眩於名，寔不知所守。」此真論治至言。諸葛武侯、王景略、李贊皇知之，近代惟張江陵差可語此。

魏武下令云：「若必廉士而後可用，則齊桓其何以霸世？」又下令云：「陳平定漢業，蘇秦濟弱燕，士有偏短，庸可廢乎？」阿瞞用法至嚴，而求才之令，於此惓惓至再，豈好貪吏哉？

唐太宗云：「若但行文書，誰不可爲，何必擇才也。」寇萊公云：「執簿呼名，一吏足矣。」張曲江云：「始造簿書，備遺忘耳。今反求精於案牘，而忽於人才，是所謂遺劍中流，契舟以記者也。」可爲太息。

程伊川之諫折柳，乃三代保傅遺意。

樂毅《報燕惠王書》：「善作者不必善成，善始者不必善終。」二句之下，即以伍子胥立論。此一轉最妙，可見古人厚道，亦可見古人妙手。若今人，則必道破。

仲長統《昌言》云：「君子居位，爲士民之長，固宜重肉累帛，朱輪駟馬。今反謂薄屋者爲高，藿食者爲清，既失天地之性，又開虚僞之名。得細潔而失才能，非立功之實也。」切實之論，所謂王道本乎人情。

「夫決水於江河淮海也，順道而行，滔滔汩汩，日夜不止，衝砥柱，絶吕梁，放江河而納之海。其舒爲淪漣，鼓爲波濤，激爲風飈，怒爲雷霆，蛟龍魚鱉，噴薄出没，是水之奇變也。水之初，豈若是哉？順道而決之，因其所遇而變生焉。」此張文潛論文也。世俗所謂印板之文，不知有變化，而管窺者又求變化於理法之外，均之不足與言文也。

李伯時畫以立意爲先，布置緣飾爲次。其成染精緻，俗工或可學焉，至率略簡易處，則終不近也。余謂詩文亦然。立意爲先，此是要領，人或知之；至率略簡易之妙，非苦心此道者，未易與語也。

凡相研，首觀其質，質以細潤爲貴，是即君子小人之分。質不佳，其餘可弗問也。質佳矣，乃論其才。才以發墨爲貴，體用之謂也。才質兼，乃視其所養。養期於久，如君子進德脩業，日積月累，非可襲取。久而古色照映，望之温然，所謂有德之形容也。三者，研之能事畢矣。又必器大，然後以觀則美，以用則宏。四者全，聖乎研者也，觀止矣。器不大而三者無憾，賢乎研者也，其次也。若器本大而琢者小之，器本小而琢者大之，或咎焉，或功焉，人力所造，品亦因之也。質美而短於才，然所養已成，終難委棄。才質美而養未至，尚可俟之，又其次也。若粗而發墨，是爲礪而已矣。小人之才，祇以厚敗，吾無取焉。嘗見宣和蓬萊研，大可徑尺，而磨墨處甚窄。余有一研甚小，而磨墨處頗寬。

趙承旨廣北苑筆意，寫《扁舟詩思圖》，小楷題云：「至大三年六月望日，吴興趙孟頫爲吴彦良畫。」又行書云：「岸静樹陰合，江清雲氣流。可憐無限景，詩思落扁舟。子昂再題。」席帽山人王原吉題云：「吴興名邦山水曲，上箬下箬蘭苕緑。翰林學士偶歸來，小立鷗亭送吟目。亭前倒開天十頃，玻璃風動珊瑚影。鹿頭舫子漁家郎，想有蠻歌度深静。故人徵畫復徵詩，真行妙墨陵羲之。鄭虔三絶世無有，嗚呼何幸再見至大三年時。至正壬寅白露日王逢題。」軸頭片紙云：「檇李項元汴家藏寶秘。」余觀世俗所傳趙畫，類皆工細如吴下所摹仇十洲伎倆耳。此幀純用墨筆，惟亭子、人物稍著色，姿神腕力迥然不同。董宗伯謂趙得北苑之髓，信非虛語。觀其用墨，知吳仲圭諸人皆出於趙，名手自有淵源也。平波數筆，匀細如絲，縈紆流動之致畢備。鹿頭舫子，恍如摇蕩於楮墨之間，誠所謂筆有化工者耶。此畫向在京口張仲欽先生家，董宗伯嘗以《浮嵐暖翠》請易，張謝不應。今歸大司農梁玉立先生。余恨無力留此，有類趙明誠所歎，因紀其略，時一披覽，以當卧遊耳。

《蓬窗日録》有云：「維持國命在紀綱修舉。使舉朝志氣委靡，無振奮激烈之圖，必一槩苟且了事，其患有不可言者。」又云：「士大夫無遠機長睹，難以經世。」噫！何其明於治術也。

蘇文忠公云：「凡文字，少小時須令氣象峥嶸，采色絢爛；漸老漸熟，乃造平淡。其實不是平淡，乃絢爛之極也。」劉文安公定之言：「爲文必先博而後約，若收斂太早，則其地無所容。」至言也。

元處士王紹文云：「利人之事可周旋處，雖獨力亦當自爲。害人之事於戲謔中，雖一念不可妄發。」可銘座右。

周公論三宗、文王之壽，必歸之無逸。吕成公釋之曰：「主静則悠遠，博厚自强則堅實，精明操存則血氣循軌而不亂，收斂則精神内守而不浮。」此養生名言。

《蓬窗日録》云：「趙括言兵，父不能難；阮瞻無鬼，鬼爲之屈。事有其理昭然，而横辯之，勝不可折者。」予每聽强辭，輒思此言之確。

真西山謝表：「竊觀列聖之用人，雖待詞臣而加禮。蓋於言語文章之外，責其論思獻納之忠。」後世詞臣，以時事爲諱，可爲太息。余有詩云：「皋夔昔日無窮事，俯首雕蟲愧對揚。」亦此意也。

柳子厚《吏商説》教人修政事、名譽以干進，是巧宦之術也。然商而吏者實衆矣，余更欲著《商吏論》。

董文敏題《開皇蘭亭》云：「禊序雖出於文皇之世，乃隋開皇時已自刻石。此本實蕭翼之間諜，智果辨才之讐也。尤延之、王順伯諸公見此，必不聚訟於《定武》。趙子固見此，必不捨命於昇山。子昂見此，必不盤旋於獨孤、東屏之二本，而十三、十七題跋不置。顧余何人，遘此奇寶，後舉者勝，豈非平生之快哉！高鴻臚博雅好古，多藏名人真蹟。余從江右試士歸，宿其齋中信宿，得盡發而品題之，以此本與郭忠恕《輞川圖》爲第一。余以報命嚴程，恨不能臨寫《蘭亭》一徧，如慶喜見阿閦佛耳。萬曆丁酉九月，董其昌書。」又一行云：「乙卯仲夏，重觀於畫禪室。予另有跋，載在《鑒賞紀略》。」董跋所稱高鴻臚，武林高士深，著《遵生八牋》者也。

泰和尹公《瑣綴録》云：「翰林之官，不可以品秩論。蓋上自公卿，下至百執事，咸可周旋抗禮。譬若權焉，重自萬鈞，輕至銖兩，無不與之均稱而平等，特一移動遠近之間耳。今人每以冷熱分別，予謂吾輩之所以異于人者，正在此耳。上可以陪玉皇大帝，下可以陪卑田院乞兒。」雖以解嘲，亦確論也。

《宋書·柳元景傳》云：「柳光世爲魏河北太守，司徒崔浩其姊夫也。魏主燾南侵，浩密有異圖。光世約河北義士爲應，謀泄被誅，連坐者甚衆。」則浩之禍非以史也。

鍾繇之「繇」與咎繇之「繇」同，今人多誤讀。

夢中與人論鬼神禍福之事，余云：「鬼神者，所以濟王法之窮也。」覺而繹此言，頗似子書意。謂人之作惡，或政刑之所不及，或勢力之所隱庇，不有冥誅，人復何畏乎？至治之世，其鬼不神，蓋亦謂冥誅之所得加者寡耳。

蛇傷痛苦欲死，用兩刀在水内相磨，取水飲之，效。見《瑯環記》。

余在休寧時，一僧爲蛇傷，余偶記宋人有方，用香白芷爲末，加鴨觜、膽礬、麝香各少許，先用温水洗浄，再敷末藥，俟惡水湧盡，再洗再敷，試之，即愈。

高叔祖瀛山公，休陽高源人。自幼天資奇敏，長益刻勵讀書，博洽無所不通。年十三，入浙江嘉興府石門縣學。康熙丙午舉孝廉，癸丑成進士，官翰林院編修。以詩古文辭擅場，人仰之若祥麟威鳳、泰山北斗。丙辰會試，分房得翁鐵菴先生卷，首薦於主司。主司未應，公奮曰：「茲卷不中，即中而不元，何以服天下？」已而鐵菴爲亞元，由公争之力故也。一時最相契者，若林姬士、俞以除、程宏執、查秦望、汪蛟門、李念兹、顧見山、顔脩來諸先生，皆負當代重名。凡文酒宴會，登臨山水，所在必與，俱金春玉應，詩文日出，積有數千餘篇，今零落殆盡矣。存惟《宏雅堂集》、《柏林寤書》二書。至《瀛山筆記》，向聞其名，而未之見。煜在雲間，從友人所借録，因分爲上下卷，鍥梓傳之。其它著述，將次第蒐訪，彙成一家之言。乾隆乙酉冬至日，從孫煜謹識於雲間寓齋。

（劉奕、楊焄點校）

# 詩譯

# 詩譯提要

《詩譯》一卷(《薑齋詩話》卷一),據同治四年曾國荃刊《船山遺書》本點校。撰者王夫之(一六一九—一六九二)字而農,號薑齋,湖南衡陽人。明崇禎十五年舉鄉試,後任南明桂王永曆朝行人司行人。抗清失敗後潛歸故里,隱居石船山,著述以終。世稱船山先生。後人輯其著述爲《船山遺書》。船山涉詩之著,除幾種詩選外,主要有《詩譯》、《夕堂永日緒論·内編》及《南窗漫記》,道光間即已被編爲《薑齋詩話》三卷(鄧顯鶴《船山著述目録》)。同治初曾氏重刻本以之爲副題,而仍各自分開,以示三種有同有異,甚善。此種乃專以《詩三百》爲律度,縱論後世詩之合與不合。大抵詮釋《三百篇》頗有發明,衡裁後世尤其是唐宋詩則不免偏失。如能不增字而説通「興、觀、群、怨」爲一體,誠爲高論;然卻不能認識老杜「詩史」之義,則不過與楊用修同一見地耳。又如釋《小雅·采薇》「昔我往矣」句,創爲「以哀景寫樂,以樂景寫哀,一倍增其哀樂」之説,深爲現代學者所賞,然卻不必連類而譏杜句爲淺隘矣。諸如此類,可知船山詩學乃「形上的」也,「形下」每不能通,當分别觀之。

# 詩譯

衡陽王夫之譔

王仲淹氏之續經，見廢於先儒，舊矣。續而僭者，《七制》之詔策也。仲淹不任刪，《七制》之主臣，尤不足述也。《春秋》者，衰世之事，聖人之刑書也。平、桓之天子，齊、晉之諸侯，荆、吴、徐、越之僭僞，其視六代、十六國相去無幾，事不必廢也，而詩亦如之。衛宣、陳靈下逮乎《溱洧》之士女，《葛屨》之公子，亦奚必賢於曹、劉、沈、謝乎？仲淹之刪，非聖人之刪也，而何損於采風之旨邪？故漢、魏以還之比興，可上通於《風》、《雅》；檜、曹而上之條理，可近譯以三唐。元韵之機，兆在人心，流連泆宕，一出一入，均此情之哀樂，必永於言者也。故藝苑之士，不原本於《三百篇》之律度，則爲刻木之桃李；釋經之儒，不證合於漢、魏、唐、宋之正變，抑爲株守之兔罝。陶冶性情，別有風旨，不可以典册、簡牘、訓詁之學與焉也。隨舉兩端，可通三隅。

「詩可以興，可以觀，可以群，可以怨。」盡矣！辨漢、魏、唐、宋之雅俗得失以此，讀《三百篇》者必此也。「可以」云者，隨所「以」而皆「可」也。於所興而可觀，其興也深；於所觀而可興，其觀也審。以其群者而怨，怨愈不忘；以其怨者而群，群乃益摯。出於四情之外，以生起四情；遊於四情之中，情無所窒。作者用一致之思，讀者各以其情而自得。故《關雎》，興也；康王晏朝，而即爲冰鑑。「訏謨定命，遠猷辰告」，觀也，謝安欣賞，而增其遐心。人情之遊也無涯，而各以其情遇，斯所貴於有詩。是故延年不如康樂，而宋、唐之所繇升降也。謝疊山、虞道園之説詩，井畫而根掘之，惡足知此！

「采采芣苢」，意在言先，亦在言後，從容涵泳，自然生其氣象。即五言中，《十九首》猶有得此意者，陶令差能彷彿，下此絶矣。「采菊東籬下，悠然見南山」、「衆鳥欣有託，吾亦愛吾廬」，非韋應物「兵衛森畫戟，燕寢凝清香」所得而問津也。

「昔我往矣，楊柳依依；今我來思，雨雪霏霏」，以樂景寫哀，以哀景寫樂，一倍增其哀樂。知此，則「影静千官裏，心蘇七校前」，與「唯有終南山色在，晴明依舊滿長安」，情之深淺宏隘見矣。況孟郊之乍笑而心迷，乍啼而魂喪者乎？

唐人《少年行》云：「白馬金鞍從武皇，旌旗十萬獵長楊。樓頭少婦鳴箏坐，遥見飛塵入建章。」想知少婦遥望之情，以自矜得意，此善於取影者也。「春日遲遲，卉木萋萋。倉庚喈喈，采蘩祁祁。執訊獲醜，薄言還歸。赫赫南仲，玁狁于夷」，其妙正在此。訓詁家不能領悟，謂婦方采蘩而見歸師，旨趣索然矣。建旌旗，舉矛戟，車馬喧闐，凱樂競奏之下，倉庚何能不驚飛，而尚聞其喈喈？六師在道，雖曰勿擾，采蘩之婦，亦何事暴面於三軍之側邪？征人歸矣，度其婦方采蘩，而聞歸師之凱旋，故遲遲之日，萋萋之草，鳥鳴之和，皆爲助喜；而南仲之功，震於閨閣。室家之欣幸，遥想其然，而征人之意得可知矣。乃以此而稱南仲，又影中取影，曲盡人情之極至者也。

始而欲得其歡，已而稱頌之，終乃有所求焉，細人必出於此。《鹿鳴》之一章曰：「示我周行。」二章曰：「示民不恌，君子是則是效。」三章曰：「以燕樂嘉賓之心。」異於彼矣。此之謂「大音希聲」。

「希聲」，不如其始之勤勤也。杜子美之於韋左丞，亦嘗知此乎？

「庭燎有煇」，鄉晨之景，莫妙於此。晨色漸明，赤光雜煙靉靆，但以「有煇」二字寫之。唐人《除夕》詩「殿庭銀燭上熏天」之句，寫除夜之景，與此彷彿，而簡至不逮遠矣。「花迎劍佩」四字，差爲曉色朦朧傳神；而又云「星初落」，則痕迹露盡。益歎《三百篇》之不可及也！

蘇子瞻謂「桑之未落，其葉沃若」，體物之工，非「沃若」不足以言桑，非桑不足以當「沃若」。固也，然得物態，未得物理。「桃之夭夭，其葉蓁蓁」、「灼灼其華」、「有蕡其實」，乃窮物理。「夭夭」者，桃之穉者也。桃至拱把以上則液流蠹結，花不榮，葉不盛，實不蕃。小樹弱枝，婀娜妍茂，爲有加耳。

「子之不淑，云如之何」、「胡然我念之」、「亦可懷也」，皆意藏篇中。杜子美「故國平居有所思」，上下七首，於此維繫，其源出此。俗筆必於篇終結鎖，不然則迎頭便喝。

句絶而語不絶，韻變而意不變，此詩家必不容昧之幾也。「天命玄鳥，降而生商」，「降」者，玄鳥降也，句可絶而語未終也。「薄污我私，薄澣我衣。害澣害否，歸寧父母」，意相承而韻移也。盡古今作者，未有不率繇乎此。不然，氣絶神散，如斷蛇剖瓜矣。近有吴中顧夢麟者，以帖括塾師之識説詩，遇轉則割裂，別立一意。不以詩解詩，而以學究之陋解詩，令古人雅度微言不相比附。陋子學詩，其弊必至於此。

知「池塘生春草」、「胡蝶飛南園」之妙，則知「楊柳依依」、「零雨其濛」之聖於詩，司空表聖所謂「規以象外，得之圜中」者也。

「賜名大國虢與秦」，與「美孟姜矣」、「美孟弋矣」、「美孟庸矣」一轍，古有不諱之言也，乃《國風》之怨而誹，直而絞者也。夫子存而弗删，以見衛之政散民離，人誣其上；而子美以得「詩史」之譽。夫詩之不可以史爲，若口與目之不相爲代也，久矣。《魯頌》，魯風也；《商頌》，宋風也：以其用天子之禮樂，故仍其名曰「頌」。其郊禘之升歌也，乃文之無慚，侈心形焉。「鼓咽咽，醉言歸。于胥樂兮」，與《鐃吹》、《白紵》同其管急絃繁之度，雜霸之風也。鮑照、李白、曹鄴以之。

「女也不爽，士貳其行。士也罔極，二三其德」，語似排偶，而下三語與上一語相匹。李白「劍閣重開蜀北門，上皇車馬若雲屯。少帝長安開紫極，雙懸日月照乾坤」，竊取此法而逆用之。蓋從無截然四方八段之風雅也。

謝靈運一意回旋往復，以盡思理，吟之使人卞躁之意消。《小宛》抑不僅此，情相若，理尤居勝也。王敬美謂：「詩有妙悟，非關理也。」非理抑將何悟？

用複字者，亦形容之意，「河水洋洋」一章是也。「青青河畔草，鬱鬱園中柳」，顧用之以駘宕。善學詩者，何必有所規畫以取材？

興在有意無意之間，比亦不容雕刻。關情者景，自與情相爲珀芥也。情、景雖有在心、在物之分，而景生情，情生景，哀樂之觸，榮悴之迎，互藏其宅。天情物理，可哀而可樂，用之無窮，流而不滯，窮且滯者不知爾。「吴楚東南坼，乾坤日夜浮」，乍讀之若雄豪，然而適與「親朋無一字，老病有孤舟」相爲融浹。當知「倬彼雲漢」，頌作人者增其輝光，憂旱甚者益其炎赫，無適而無不適也。唐末人不能及此，爲「玉合底蓋」之説，孟郊、温庭筠分爲二壘。天與物其能爲爾鬮分乎？

# 夕堂永日緒論内編

# 夕堂永日緒論内編提要

《夕堂永日緒論·内編》一卷(《薑齋詩話》卷二),據《船山遺書》本點校。撰者王夫之生平見《詩譯》提要。《緒論》有庚午(康熙二十九年)自序,則較《南窗漫録》晚兩年,姑依《遺書》本之卷次列於前。自序謂一生閲詩不下十萬首,此篇乃晚年定論也。開篇即重申「興觀群怨隨所以而皆可」之舊説,或示人此爲《詩譯》續篇乎。全篇哲人擅思之長亦不減,其精義約在「言情短篇」與「叙事長篇」之分上,所謂「一詩止於一時一事」與「歷數日月事者合爲一章」,乃是以時空長短廣狹分别詩之體制。有此探本之見,故所言較一般枝節論者不同,如情景、言意、虚實關係等,陳義甚高,爲現代詩學前所僅見。惟畢其思於言情詩一面,雖謂立於「詩」之本義,然無論叙事,終屬遺「詩」之半。故詩體亦只重五七言絶句,不取「律截」之説,致篇中律詩之析,竟未脱絶句之藩籬。又以此故而首肯李于鱗「唐無五言古詩」之説,然亦是别解耳。叙事一體則只到《大雅》及樂府《焦仲卿》、《木蘭》而止。又以反對「門户」而全盤否定明詩主流各派各家,僅於袁中郎稍存恕辭。凡此皆流於一家之言矣。船山以經史學家治詩學,其見或有近於稍後之王士禛處,然遠不如漁洋詩學之當行本色也。《緒論》另有外編一卷,以非論詩,《船山遺書》即未視作詩話,今亦不收。

# 序

《周禮》：大司樂以樂德、樂語教國子，成童而習之。迨聖德已成，而學《韶》者三月。上以迪士，君子以自成，一惟於此。蓋涵泳淫泆，引性情以入微，而超事功之煩黷，其用神矣！世教淪夷，樂崩而降於優俳。乃天機不可式遏，旁出而生學士之心，樂語孤傳爲詩。詩抑不足以盡樂德之形容，又旁出而爲經義。經義雖無音律，而比次成章，才以舒，情以導，亦所謂言之不足而長言之，則固樂語之流也。二者一以心之元聲爲至。捨固有之心，受陳人之束，則其卑陋不靈，病相若也。韵以之諧，度以之雅，微以之發，遠以之致。有宣昭而無罨靄，有淡宕而無獷戾。明於樂者，可以論詩，可以論經義矣。余自束髮受業經義，十六而學韵語，閱古今人所作詩不下十萬，經義亦數萬首。既乘山中孤寂之暇，有所點定，因論其大約如此。可言者，言及之；有不可言者，誰其知之？庚午補天穿日船山老夫敘。

# 夕堂永日緒論内編

衡陽王夫之譔

興、觀、群、怨，詩盡於是矣。經生家析《鹿鳴》、《嘉魚》爲群，《柏舟》、《小弁》爲怨。小人一往之喜怒耳，何足以言詩？「可以」云者，隨所「以」而皆「可」也。《詩三百篇》而下，唯《十九首》能然，李、杜亦髣髴遇之。然其能俾人隨觸而皆可，亦不數數也。又下或一可焉，或無一可者。故許渾允爲惡詩，王僧孺、庾肩吾及宋人皆爾。

無論詩歌與長行文字，俱以意爲主。意猶帥也。無帥之兵，謂之烏合。李、杜所以稱大家者，無意之詩十不得一二也。煙雲泉石，花鳥苔林，金鋪錦帳，寓意則靈。若齊、梁綺語，宋人摶合成句之出處，宋人論詩，字字求出處。役心向彼掇索，而不恤己情之所自發，此之謂小家數，總在圈繢中求活計也。

把定一題、一人、一事、一物，於其上求形模，求比似，求詞采，求故實，如鈍斧子劈櫟柞，皮屑紛霏，何嘗動得一絲紋理？以意爲主，勢次之。勢者，意中之神理也。唯謝康樂爲能取勢，宛轉屈伸，以求盡其意，意已盡則止，殆無剩語。夭矯連蜷，煙雲繚繞，乃真龍，非畫龍也。

「池塘生春草」、「胡蝶飛南園」、「明月照積雪」，皆心中、目中與相融浹，一出語時即得珠圓玉潤，要亦各視其所懷來，而與景相迎者也。「日暮天無雲，春風散微和」，想見陶令當時胸次，豈夾雜鉛汞人能作此語？程子謂見濂溪一月，坐春風中。非程子不能知濂溪如此，非陶令不能自知如此也。

「僧敲月下門」，祇是妄想揣摩，如説他人夢，縱令形容酷似，何嘗毫髮關心？知然者，以其沈吟「推」、「敲」二字，就他作想也。若即景會心，則或「推」或「敲」，必居其一，因景因情，自然靈妙，何勞擬議哉？「長河落日圓」，初無定景；「隔水問樵夫」，初非想得，則禪家所謂「現量」也。

詩文俱有主賓。無主之賓，謂之烏合。俗論以比爲賓，以賦爲主；以反爲賓，以正爲主，皆塾師賺童子死法耳。立一主以待賓，賓無非主之賓者，乃俱有情而相浹洽。若夫「秋風吹渭水，落葉滿長安」，於賈島何與？「湘潭雲盡暮煙出，巴蜀雪消春水來」，於許渾奚涉？皆烏合也。「影静千官裏，心蘇七校前」，得主矣，尚有痕迹；「花迎劍佩星初落」，則賓主歷然，鎔合一片。

身之所歷，目之所見，是鐵門限。即極寫大景，如「陰晴衆壑殊」、「乾坤日夜浮」，亦必不踰此限。非按輿地圖便可云「平野入青徐」也，抑登樓所得見者耳。隔垣聽演雜劇，可聞其歌，不見其舞；更遠則但聞鼓聲，而可云所演何齣乎？前有齊、梁，後有晚唐及宋人，皆欺心以炫巧。

一詩止於一時一事，自《十九首》至陶、謝皆然。「夔府孤城落日斜」，繼以「月映荻花」，亦自日斜至月出，詩乃成耳。若杜陵長篇，有歷數月日事者，合爲一章，《大雅》有此體。後唯《焦仲卿》、《木蘭》二詩爲然。要以從旁追叙，非言情之章也。爲歌行則合，五言固不宜爾。

古詩無定體，似可任筆爲之，不知自有天然不可越之榘矱。故李于鱗謂「唐無五古詩」，言亦近是。無即不無，但百不得一二而已。所謂「榘矱」者，意不枝，詞不蕩，曲折而無痕，戌削而不競之謂。若于鱗所云「無古詩」，又唯無其形埒字句與其粗豪之氣耳。不爾，則「子房未虎嘯」及《玉華宫》二詩，乃李、杜集中霸氣滅盡、和平温厚之意者，何以獨入其選中？

古詩及歌行换韵者，必須韵、意不雙轉。自《三百篇》以至庾、鮑七言，皆不待鈎鎖，自然蟬連不絶。此法可通於時文，使股法相承，股中换氣。近有顧夢麟者，作《詩經塾講》，以轉韵立界限，劃斷意旨。劣經生桎梏古人，可惡孰甚焉！晉《清商》、《三洲》曲及唐人所作，有長篇拆開可作數絶句者，皆蛣蟲相續成一青蛇之陋習也。

以神理相取，在遠近之間。纔著手便煞，一放手又飄忽去。如「物在人亡無見期」，捉煞了也。如宋人《詠河魨》云：「春洲生荻芽，春岸飛楊花。」饒他有理，終是於河魨没交涉。「青青河畔草」與「綿綿思遠道」，何以相因依，相含吐？神理湊合時，自然恰得。

太白胸中浩渺之致，漢人皆有之，特以微言點出，包舉自宏。太白樂府歌行，則傾囊而出耳。如射者引弓極滿，或即發矢，或遲審久之，能忍不能忍，其力之大小可知已。要至於太白止矣。一失而爲白樂天，本無浩渺之才，如決池水，旋踵而涸。再失而爲蘇子瞻，萎花敗葉，隨流而漾，胸次局促，亂節狂興，所必然也。

「海暗三山雨」接「此鄉多寶玉」不得，迤邐説到「花明五嶺春」，然後彼句可來，又豈嘗無法哉？非皎然、高棅之法耳。若果足爲法，烏容破之？非法之法，則破之不盡，終不得法。詩之有皎然、虞伯生，經義之有茅鹿門、湯賓尹、袁了凡，皆畫地成牢以陷人者，有死法也。死法之立，總緣識量狹小。如演雜劇，在方丈臺上，故有花樣步位，稍移一步則錯亂。若馳騁康莊，取塗千里，而用此步法，雖至愚者不爲也。

情、景名爲二，而實不可離。神於詩者，妙合無垠。巧者則有情中景、景中情。景中情者，如「長安一片月」，自然是孤棲憶遠之情；「影静千官裏」，自然是喜達行在之情。情中景尤難曲寫，如「詩成珠玉在揮毫」，寫出才人翰墨淋漓、自心欣賞之景。凡此類，知者遇之。非然，亦鶻突看過，作等閒語耳。

「更喜年芳入睿才」與「詩成珠玉在揮毫」，可稱雙絶。不知者以「入」字、「在」字爲用字之巧，不知渠自順手湊著。

「欲投人處宿，隔水問樵夫」，則山之遼廓荒遠可知，與上六句初無異致，且得賓主分明，非獨頭意識，懸相描摹也。「親朋無一字，老病有孤舟」，自然是登岳陽樓詩。嘗試設身作杜陵，憑軒遠望觀，則心目中二語居然出現，此亦情中景也。孟浩然以「舟楫」、「垂釣」鈎鎖合題，卻自全無干涉。

近體中二聯，一情一景，一法也。「雲霞出海曙，梅柳渡江春。淑氣催黄鳥，晴光轉綠蘋」、「雲飛北闕輕陰散，雨歇南山積翠來。御柳已争梅信發，林花不待曉風開」，皆景也，何者爲情？若四句俱情而無景語者，尤不可勝數，其得謂之非法乎？夫景以情合，情以景生，初不相離，唯意所適。截分兩橛，則情不足興，而景非其景。且如「九月寒砧催木葉」二句之中，情景作對；「片石孤雲窺色相」四句，情景雙收，更從何處分析？陋人標陋格，乃謂「吴楚東南坼」四句，上景下情，爲律詩憲典，不顧杜陵九原大笑。愚不可瘳，亦孰與療之？

起承轉收，一法也。試取初、盛唐律驗之，誰必株守此法者？法莫要於成章；立此四法，則不成章矣。且道「盧家少婦」一詩作何解？是何章法？又如「火樹銀花合」，渾然一氣；「亦知戍不返」，曲折無端。其他或平鋪六句，以二語括之；或六、七句意已無餘，末句用飛白法颺開，義趣超遠。起不必起，收不必收，乃使生氣靈通，成章而達。至若「故國平居有所思」，「有所」二字虛籠喝起，以下「曲江」、「蓬萊」、「昆明」、「紫閣」，皆所思者，此自《大雅》來。謝客五言長篇用爲章法；杜更藏鋒不露，摶合無垠。何起何收？何承何轉？陋人之法，烏足展騏驥之足哉！近世唯楊用修辨之甚悉。用修工於用法，唯其能破陋人之法也。

起承轉收以論詩，用教幕客作應酬或可。其或可者，八句自爲一首尾也。塾師乃以此作經義法，一篇之中，四起四收，非蛞蟲相銜成青竹蛇而何？兩間萬物之生，無有尻下出頭、枝末生根之理。不謂之不通，其可得乎？

《樂記》云：「凡音之起，從人心生也。」固當以穆耳協心爲音律之準。「一三五不論，二四六分明」之説，不可恃爲典要。「昔聞洞庭水」，「聞」、「庭」二字俱平，正爾振起；若「今上岳陽樓」，易第三字爲平聲，云「今上巴陵樓」，則語蹇而戾於聽矣。「八月湖水平」，「月」、「水」二字皆仄，自可；若「涵虛混太清」易作「混虛涵太清」，爲泥磬土鼓而已。又如「太清上初日」，音律自可；若云「太清初上日」，以求合於粘，則情文索然，不復能成佳句。又如楊用修警句云：「誰起東山謝安石，爲君談笑浄烽煙。」若謂「安」字失粘，更云「誰起東山謝太傅」，拖沓便不成響。足見凡言法者，皆非法也。釋氏有言：

「法尚應捨，何況非法？」藝文家知此，思過半矣。

作詩亦須識字。如「思」、「應」、「教」、「令」、「吹」、「燒」之類，有平、仄二聲，音別則義亦異。若粘與押韵於此鶻突，則荒謬止堪嗤笑。唐人不尋出處，不誇字學，而犯此者百無一二。宋人以博核見長，偏於此多誤。杜陵以鄭侯「鄭」字作「才何切」，平聲粘，緣《史》、《漢》注自有兩説，非不識字也。至廉頗音「婆」，相如音「湘」，則考據精切矣。蘇子瞻不知《軒轅彌明詩序》「長頸高結」「結」字作「潔」音，稺子之所恥爲，而孟浪若此！近見有和人韵者，以「葑菲」作「芳菲」字音押，雖不足道，亦可爲不學人永鑒。

唯孟浩然「氣蒸雲夢澤」，不知「雲土夢作乂」，「夢」本音「蒙」；「青陽逼歲除」，不知「日月其除」，「除」本音「住」。浩然山人之雄長，時有秀句，而輕飄短味，不得與高、岑、王、儲齒。近世文徵仲輕秀與相頡頏，而思致密贍，駸駸欲度其前。

王子敬作一筆草書，遂欲跨右軍而上。字各有形埒，不相因仍，尚以一筆爲妙境，何況詩文本相承遞邪？一時、一事、一意，約之止一兩句。長言永歎，以寫纏綿悱惻之情，詩本教也。《十九首》及《上山采蘼蕪》等篇，止以一筆入聖證。自潘岳以淩雜之心作蕪亂之調，而後元聲幾熄。唐以後間有能此者，多得之絶句耳。一意中但取一句，「松下問童子」是已。如「怪來妝閣閉」，又止半句，愈入化境。近世郭奎「多病文園渴未消」一絶，髣髴得之。劉伯温、楊用修、湯義仍、徐文長有純淨者，亦無歇筆。至若晚唐餖湊，宋人支離，俱令生氣頓絶。「承恩不在貌，教妾若爲容？風暖鳥聲碎，日高花影重」，醫家名爲關格，死不治。

不能作景語，又何能作情語邪？古人絶唱句多景語，如「高臺多悲風」、「胡蝶飛南園」、「池塘生春草」、「亭皋木葉下」、「芙蓉露下落」，皆是也，而情寓其中矣。以寫景之心理言情，則身心中獨喻之微，輕安拈出。謝太傅於《毛詩》取「訏謨定命，遠猷辰告」，以此八句如一串珠，將大臣經營國事之心曲寫出次第，故與「昔我往矣，楊柳依依；今我來思，雨雪霏霏」同一達情之妙。

有大景，有小景，有大景中小景。「柳葉開時任好風」、「花覆千官淑景移」及「風正一帆懸」、「青靄入看無」，皆以小景傳大景之神。若「江流天地外，山色有無中」、「江山如有待，花柳更無私」，張皇使大，反令落拓不親。宋人所喜，偏在此而不在彼。近唯文徵仲《齋宿》等詩能解此妙。

情語能以轉折爲含蓄者，唯杜陵居勝，「清渭無情極，愁時獨向東」、「柔艣輕鷗外，含悽覺汝賢」之類是也。此又與「忽聞歌古調，歸思欲霑巾」更進一格，益使風力遒上。

含情而能達，會景而生心，體物而得神，則自有靈通之句，參化工之妙。若但於句求巧，則性情先爲外蕩，生意索然矣。松陵體永墮小乘者，以無句不巧也。然皮、陸二子差有興會，猶堪諷詠。若韓退之以險韵、奇字、古句、方言矜其餖飣之巧，巧誠巧矣，而於心情、興會一無所涉，適可爲酒令而已。黄魯直、米元章益墮此障中。近則王謔菴承其下游，不恤才情，别尋蹊徑，良可惜也。

對偶有極巧者，亦是偶然湊手，如「金吾」「玉漏」、「尋常」「七十」之類，初不以此礙於理趣。求巧則適足取笑而已。賈島詩：「高人燒藥罷，下馬此林間。」以「下馬」對「高人」，噫！是何言與？

一解弈者，以誨人弈爲遊資。後遇一高手，與對弈，至十數子，輒揶揄之曰：「此教師碁耳！」詩文立門庭，使人學己，人一學即似者，自詡爲「大家」，爲「才子」，亦藝苑教師而已。高廷禮、李獻吉、何大復、李于鱗、王元美、鍾伯敬、譚友夏，所尚異科，其歸一也。纔立一門庭，則但有其局格，更無性情，更無興會，更無思致。自縛縛人，誰爲之解者？昭代風雅，自不屬此數公。若劉伯温之思理，高季迪之韵度，劉彦昺之高華，貝廷琚之俊逸，湯義仍之靈警，絶壁孤騫，無可攀躡，人固望洋而返；而後以其亭亭嶽嶽之風神，與古人相輝映。次則孫仲衍之暢適，周履道之蕭清，徐昌穀之密贍，高子業之戌削，李賓之之流麗，徐文長之豪邁，各擅勝場，沈酣自得；正以不懸牌開肆，充風雅牙行，要使光燄熊熊，莫能揜抑，豈與碌碌餘子争市易之場哉？李文饒有云：「好驢馬不逐隊行。」立門庭與依傍門庭者，皆逐隊者也。

建立門庭，自建安始。曹子建鋪排整飾，立階級以賺人升堂，用此致諸趨赴之客，容易成名。伸紙揮毫，雷同一律。子桓精思逸韵，以絶人攀躋，故人不樂從，反爲所掩。子建以是壓倒阿兄，奪其名譽。實則子桓天才駿發，豈子建所能壓倒邪？故嗣是而興者，如郭景純、阮嗣宗、謝客、陶公，乃至左太沖、張景陽，皆不屑染指建安之羹鼎，視子建蔑如矣。降而蕭梁宫體，降而王、楊、盧、駱，降而大曆十才子，降而温、李、楊、劉，降而江西宗派，降而北地、信陽、琅邪、歴下，降而竟陵，所翕然從之者，皆一時和哄漢耳。宫體盛時，即有庾子山之歌行，健筆縱横，不屑煙花簇湊。唐初比偶，即有陳子昂、張子壽扢揚大雅。繼以李、杜代興，杯酒論文，雅稱同調。而李不襲杜，杜不謀李，未嘗黨同伐異，畫疆墨守。沿及宋人，始争疆壘。歐陽永叔亟反楊億、劉筠之靡麗，而矯枉已迫，還入於枉，遂使一代無詩，掇拾誇新，殆同觴令。胡元浮豔，又以矯宋爲工。蠻觸之争，要於興、觀、群、怨，絲毫未有當也。伯温、季迪以和緩受之，不與元人競勝，而自問風雅之津。故洪武間詩教中興，洗四百年三變之陋。是知立「才子」之目，標一成之法，扇動庸才，旦仿而夕肖者，原不足以羈絡騏驥。唯世無伯樂，則駕鹽車上太行者，自鳴駿足耳。

所以門庭一立，舉世稱爲「才子」、爲「名家」者有故。如欲作李、何、王、李門下厮養，但買得《韵府群玉》、《詩學大成》、《萬姓統宗》、《廣輿記》四書置案頭，遇題查湊，即無不足。若欲吮竟陵之唾液，則更不須爾，但就措大家所誦時文「之」、「於」、「其」、「以」、「静」、「澹」、「歸」、「懷」熟活字句湊泊將去，即已居然詞客。如源休一收圖籍，即自謂酇侯，何得不向白華殿擁戴朱泚邪？爲朱泚者，遂褎然自以爲天子矣。舉世悠悠，才不敏、學不充、思不精、情不屬者，十姓百家而皆是。有此開方便門大功德主，誰能捨之而去？又其下更有皎然《詩式》一派，下游印紙門神待填朱緑者，亦號爲詩。《莊子》曰：「人莫悲於心死。」心死矣，何不可圖度予雄邪？

曹子建之於子桓，有僊凡之隔。而人稱子建，不知有子桓，俗論大抵如此。王敬美風神藴藉，高出元美上者數等。而俗所歸依，獨在元美。元美如吴夫差，倚豪氣以争執牛耳，勢之所淩灼，亦且如之何哉？敬美論詩，大有玄微之旨。其云「河下傭」者，阿兄即是。揮毫落紙，非雲非煙，爲五里霧耳。如《送蔡子木》詩：「一去蔡邕誰倒屣？可憐王粲獨登樓。」恰好安排，一呼即集，非「河下傭」而何？

元美末年以蘇子瞻自任，時人亦譽爲「長公再來」。子瞻詩文雖多滅裂，而以元美擬之，則辱子瞻太甚。子瞻，野狐禪也；元美則吹螺摇鈴，演《梁皇懺》一應付僧耳。「爲報鄰雞莫驚覺，更容殘夢到江南」，元美竭盡生平，能作此兩句不？

立門庭者必飣餖，非飣餖不可以立門庭。蓋心靈人所自有而不相貸，無從開方便法門，任陋人支借也。人譏西崑體爲「獺祭魚」，蘇子瞻、黄魯直亦獺耳！彼所祭者，肥油江豚；此所祭者，吹沙跳浪之鱨鯊也。除卻書本子，則更無詩。如劉彦昺詩：「山圍曉氣蟠龍虎，臺枕東風憶鳳皇。」貝廷琚詩：「我别語兒溪上宅，月當二十四回新。」「如何萬國尚戎馬，只恐四鄰無故人。」用事不用事，總以曲寫心靈，動人興、觀、群、怨，卻使陋人無從支借。唯其不可支借，故無有推建門庭者，而獨起四百年之衰。

「落日照大旗，馬鳴風蕭蕭」，豈以「蕭蕭馬鳴，悠悠旆旌」爲出處邪？用意别，則悲愉之景原不相貸，出語時偶然湊合耳。必求出處，宋人之陋也。其尤酸迂不通者，既於詩求出處，抑以詩爲出處，考證事理。杜詩：「我欲相就沽斗酒，恰有三百青銅錢。」遂據以爲唐時酒價。崔國輔詩：「與沽一斗酒，恰用十千錢。」就杜陵沽處販酒，向崔國輔賣，豈不三十倍獲息錢邪？求出處者，其可笑類如此。

一部杜詩，爲劉會孟堙塞者十之五，爲《千家註》沈埋者十之七，爲謝疊山、虞伯生汙蔑更無一字矣。開卷《龍門奉先寺》詩：「天闕象緯逼，雲卧衣裳冷。」盡人解一「卧」字不得，衹作人卧雲中，故於「闕」字生許多胡猜亂度。此等下字法，乃子美早年未醇處，從陰鏗、何遜來，向後脱卸乃盡，豈黄魯直所知邪？至「沙上鳧雛傍母眠」，誣爲嘲誚楊貴妃、安禄山，則市井惡少造謡歌，誚鄰人閨閫惡習，施之君父，罪不容於死矣。

《小雅·鶴鳴》之詩，全用比體，不道破一句，《三百篇》中創調也。要以俯仰物理而詠歎之，用見理隨物顯，唯人所感，皆可類通。初非有所指斥一人一事，不敢明言，而姑爲隱語也。若他詩有所指斥，則皇父、尹氏、暴公，不憚直斥其名，歷數其慝，而且自顯其爲家父，爲寺人孟子，無所規避。詩教雖云温厚，然光昭之志，無畏於天，無恤於人，揭日月而行，豈女子、小人半含不吐之態乎？《離騷》雖多引喻，而直言處亦無所諱。宋人騎兩頭馬，欲博忠直之名，又畏禍及，多作影子語，巧相彈射，然以此受禍者不少。既示人以可疑之端，則雖無所誹誚，亦可加以羅織。觀蘇子瞻烏臺詩案，其遠謫窮荒，誠自取之矣。而抑不能昂首舒吭以一鳴，三木加身，則曰「聖主如天萬物春」，可恥孰甚焉！近人多效此者，不知輕薄圓頭惡習，君子所不屑久矣。

近體，梁、陳已有，至杜審言而始叶於度；歌行，鮑、庾初製，至李太白而後極其致。蓋創作猶魚之初漾於洲渚，繼起者乃泳游自恣，情舒而鱗鬐始展也。七言絶句，初、盛唐既饒有之，稍以鄭重，故損其風神。至劉夢得，而後宏放出於天然，於以揚扢性情，馺娑景物，無不宛爾成章，誠小詩之聖證矣。此體一以才情爲主。言簡者最忌局促，局促則必有滯累；苟無滯累，又蕭索無餘。非有紅罏點雪之襟宇，則方欲馳騁，忽爾蹇躓；意在矜莊，祇成疲苶。以此求之，知率筆口占之難，倍於按律合轍也。夢得而後，唯天分高朗者能步其芳塵。白樂天、蘇子瞻皆有合作，近則湯義仍、徐文長、袁中郎往往能居勝地，無不以夢得爲活譜。才與無才，情與無情，唯此體可以驗之。不能作五言古詩，不足入風雅之室；不能作七言絶句，直是不當作詩。區區近體中覓好對語，一四六幕客而已。

七言絶句，唯王江寧能無疵纇，儲光羲、崔國輔其次者。至若「秦時明月漢時關」，句非不鍊，格非不高，但可作律詩起句，施之小詩，未免有頭重之病。若「水盡南天不見雲」、「永和三日盪輕舟」、「囊無一物獻尊親」、「玉帳分弓射虜營」，皆所謂滯累，以有襯字故也。其免於滯累者，如「只今唯有西江月，曾照吴王宫裏人」、「黄鶴樓中吹玉笛，江城五月落梅花」、「此夜曲中聞《折柳》，何人不起故園情」，則又疲苶無生氣，似欲匆匆結煞。

作詩但求好句，已落下乘。況絶句只此數語，拆開作一俊語，豈復成詩？「百戰方夷項，三章且易秦。功歸蕭相國，氣盡戚夫人」，恰似一漢高帝謎子，擲開成四片，全不相關通。如此作詩，所謂「佛出世也救不得」也。

建立門庭，已絶望風雅。然其中有本無才情，以此爲安身立命之本者，如高廷禮、何大復、王元美、鍾伯敬是也。有才情固自足用，而以立門庭故自桎梏者，李獻吉是也。其次則譚友夏，亦有牙後慧，使不與鍾爲徒，幾可分文徵仲一席，當於其五、七言絶句驗之。

論畫者曰：「咫尺有萬里之勢。」一「勢」字宜着眼。若不論「勢」，則縮萬里於咫尺，直是《廣輿記》前一天下圖耳。五言絶句以此爲落想時第一義，唯盛唐人能得其妙。如「君家住何處？妾住在横塘。停船暫借問，或恐是同鄉」，墨氣所射，四表無窮，無字處皆其意也。李獻吉詩：「浩浩長江水，黄州若箇邊？岸回山一轉，船到堞樓前。」固自不失此風味。

五言絶句自五言古詩來，七言絶句自歌行來。此二體本在律詩之前，律詩從此出，演令充暢耳。有云：絶句者，截取律詩一半，或絶前四句，或絶後四句，或絶首尾各二句，或絶中兩聯。審爾，斷頭刖足，爲刑人而已。不知誰作此說，戕人生理！自五言古詩來者，就一意中圓浄成章，字外含遠神，以使人思；自歌行來者，就一氣中駘宕靈通，句中有餘韵，以感人情。脩短雖殊，而不可雜冗滯累則一也。五言絶句有平鋪兩聯者，亦陰鏗、何遜古詩之支裔。七言絶句有對偶，如「故鄉今夜思千里，霜鬢明朝又一年」，亦流動不羈，終不可作「江間波浪兼天湧，塞上風雲接地陰」平實語。足知絶律四句之說，牙行賺客語，皮下有血人不受他和哄。

《大雅》中理語造極精微，除是周公道得，漢以下無人能嗣其響。陳正字、張曲江始倡《感遇》之作，雖所詣不深，而本地風光，駘宕人性情，以引名教之樂者。風雅源流，於斯不昧矣。朱子和陳、張之作，亦曠世而一遇。此後唯陳白沙爲能以風韵寫天真，使讀之者如脱鈎而游杜蘅之沚。王伯安厲聲吆喝：「箇箇人心有仲尼。」乃游食髠徒夜敲木板叫街語，驕横鹵莽，以鳴其「蠢動含靈，皆有佛性」之說，志荒而氣因之躁，陋矣哉！

門庭之外，更有數種惡詩：有似婦人者，有似衲子者，有似鄉塾師者，有似游食客者。婦人、衲子，非無小慧；塾師、游客，亦侈高談。但其識量不出鍼綫蔬筍、數米量鹽、抽豐告貸之中，古今上下哀樂，了不相關。即令揣度言之，亦粤人詠雪，但言白冷而已。然此數者，亦有所自來，以爲依據：似婦人者，倣《國風》而失其不淫之度。晉、宋以後，柔曼移於壯夫；近則王辰玉、譚友夏中之。似衲子者，其源自東晉來。鍾嶸謂陶令爲「隱逸詩人之宗」，亦以其量不弘而氣不勝，下此者可知已。自是而賈島，固其本色；陳無己刻意冥搜，止墮齏鹽窠臼；近則鍾伯敬通身陷入；陳仲醇縱饒綺語，亦宋初九僧之流亞耳。似塾師、游客者，《衛風・北門》實爲作俑。彼所謂「政散民流，誣上行私而不可止」者，夫子録之，以著衛爲狄滅之因耳。陶公「飢來驅我去」，誤墮其中；杜陵不審，鼓其餘波；嗣後啼飢號寒、望門求索之子奉爲羔雉，至陳昂、宋登春而醜穢極矣。學詩者一染此數家之習，白練受污，終不可復白，尚戒之哉！

豔詩有述歡好者，有述怨情者，《三百篇》亦所不廢。顧皆流覽而達其定情，非沈迷不反，以身爲妖冶之媒也。嗣是作者，如「荷葉羅裙一色裁」、「昨夜風開露井桃」，皆豔極而有所止。至如太白《烏栖曲》諸篇，則又寓意高遠，尤爲雅奏。其述怨情者，在漢人則有「青青河畔草，鬱鬱園中柳」，唐人則「閨中少婦不知愁」、「西宫夜静百花香」，婉孌中自矜風軌。迨元、白起，而後將身化作妖冶女子，備述衾裯中醜態。杜牧之惡其蠱人心，敗風俗，欲施以典刑，非已甚也。近則湯義仍屢爲泚筆，而固不失雅步。唯譚友夏渾作青樓淫咬，鬚眉盡喪。潘之恒輩又無論已。《清商曲》起自晉、宋，蓋里巷淫哇，初非文人所作，猶今之《劈破玉》、《銀紐絲》耳。操觚者即不惜廉隅，亦何至作《懊儂歌》、《子夜》、《讀曲》？

前所列諸惡詩，極矣；更有猥賤於此者，則詩傭是也。詩傭者，衰腐廣文，應上官之徵索；望門幕客，受主人之僱託也。彼皆不得已而爲之。而宗子相一流得已不已，閒則繙書以求之，迫則傾腹以出之，攢眉叉手，自苦何爲？其法：姓氏官爵、邑里山川、寒暄慶弔，各以類從；移易故實，就其腔殼；千篇一律，代人悲歡；迎頭便喝，結煞無餘；一起一伏，一虚一實，自詫全體無瑕，不知透心全死。風雅下游，至此而濁穢無加矣。宋以上未嘗有也。高廷禮作俑於先，宗子相承其衣鉢。凡爲傭者，得此以擿埴而行。而天下之言詩者，車載斗量矣。此可爲風雅痛哭者也！

詠物詩，齊、梁始多有之。其標格高下，猶畫之有匠作，有士氣。徵故實，寫色澤，廣比譬，雖極鏤繪之工，皆匠氣也。又其卑者，餖湊成篇，謎也，非詩也。李嶠稱「大手筆」，詠物尤其屬意之作，裁剪整齊而生意索然，亦匠筆耳。至盛唐以後，始有即物達情之作。「自是寢園春薦後，非關御苑鳥銜殘」，貼切櫻桃，而句皆有意，所謂「正在阿堵中」也。「黄鶯弄不足，含入未央宫」，斷不可移詠梅、桃、李、杏，而超然玄遠，如九轉還丹，仙胎自孕矣。宋人於此茫然，愈工愈拙，非但「認桃無緑葉，道杏有青枝」爲可姍笑已也。嗣是作者益趨匠畫，里耳喧傳，非俗不賞。袁凱以《白燕》得名，而「月明漢水初無影，雪滿梁園尚未歸」，按字求之，總成窒礙。高季迪《梅花》非無雅韵，世所傳誦者，偏在「雪滿山中」、「月明林下」之句。徐文長、袁中郎皆以此衒巧。要之，文心不屬，何巧之有哉？杜陵《白小》諸篇，踸踔自尋別路，雖風韵不足，而如黄大癡寫景，蒼莽不群。作者去彼取此，不猶善乎？禪家有「三量」，唯「現量」發光，爲依佛性；「比量」稍有不審，便入「非量」；況直從「非量」中施朱而赤，施粉而白，勺水洗之，無鹽之色敗露無餘，明眼人豈爲所欺邪？

夕堂永日内編終

# 南窗漫記

# 南窗漫記提要

《南窗漫記》一卷(《薑齋詩話》卷三),據《船山遺書》本點校。撰者王夫之生平見《詩譯》提要。南窗者,即船山晚年所居之湘西草堂南窗也,在石船山下。有戊辰(康熙二十七年)自序,時已届七十歲,然「寸心猶昔」,故有此感懷憶舊之作。所記多爲南明之難臣難友遺詩,頗存彼時之孤懷清節。詩外亦自有事,如記方以智書贈劉安士(禮)一詩,乃爲力勸船山出家作也。

# 南窗漫記

衡陽王夫之譔

先徵君受學於伍學父諱定相先生。先生詩文爲南楚領袖。先徵君與仲父牧石翁杖履周旋，時相唱和。末年斂意深静，不復屬意。夫之幼曾見一箋，爲釋復攴和先君韵者，今忘之矣。唯於卷尾得見《過應山絶頂》一絶句：「原草青青入望新，歸雲將雨潤輕塵。只今江北春將盡，渺渺江南愁殺人。」戊辰春作也。

牧石翁有詩數百首，亂後無一存者。憶得《三十六灣》一首：「千里平湖水，支分六六灣。風横帆影亂，鑿斷艣聲閒。南北迷鄉望，紆回滯客顔。湘靈愁倚瑟，徙倚碧雲間。」

梁東銘先生志仁，上元人，早受學於吾鄉曾舜徵先生鳳儀，以鄉舉宰衡陽。清執不合於上官，左調羅田。甲戌流寇陷城，死之。涖官繁冗，不廢吟咏。曾見其書扇一絶，二句云：「再來只恐無尋處，好記懸崖一古松。」可謂清絶。又《入覲道中寄家兄叔稽》近體四首，中一聯云：「渡江十日酒，遮屋五更霜。」置之薛許昌集中，亦爲拔萃矣。

亡友文小勇之勇有句云：「人誰從問字，風不可開門。」於江西宗派體中自居勝地，而其荒涼寒苦之狀、簡傲絶俗之致，亦概可見矣。小勇所居，僦郊外一破屋，每旦待糴而炊，而長日一卷，嘯傲自如。斯人亡後，戚戚憂貧、未壯而氣衰者成乎風俗，不復知此風味矣。

揭偶句於門廡柱壁，蓋春帖之變體也，以簡故益不易工。己卯自鄂歸，至城陵磯，風厲檣折，幸得登陸。步自磯上，走岳陽，小憩岳侯祠，見王澄川先生諱永祚題祠柱云：「爲臣死忠，爲子死孝，大丈夫當如此矣；南人歸南，北人歸北，小朝廷豈求活邪？」允爲警切矣。庚寅秋，與鄭子遺中丞遇於韶州。子遺問黄鶴樓柱帖誰佳，余未有以對。子遺云：「『禰衡洲上千年恨，崔顥樓頭一首詩』，豈非獨步？」子遺名古愛，江夏人。

壬午初秋，黄岡王又沂源曾、熊渭公泳會同人於黄鶴樓，與者百人，各拈韵賦詩。渭公作四言，末章云：「試望木末，好花翩翩。清明佳氣，勃發楹前。」渭公以禫制不與秋試，爲同人祝也。命意不落凡近。「清明」者，豈科名足以當之？渭公篤志正學，有《與李文孫論致知書》，破姚江之僻。爲余序詩，以眉山、淮海爲戒。著《緯恤》一帙，皆四言也。有云：「帝命元老，黄屋左纛。黄屋左纛，命之莫保。」以追刺武陵相荆襄債事而死也。

壬午殘臘，小艇泊南昌城下，寒雪透篷窗，不可忍。時張都御史鳳翔方履江撫之任，自揚州駕大官舫，已登陸，舟停水次，因僦之度歲。其中窗間有題句云：「行人莫上長堤望，楓葉蘆花處處愁。」似是古句，墨迹尚新。於時天下方將亂，事無不可悲者，見此令增慘澹。鳳翔以監司賄致節鉞，志意已滿，當不知有此語。或其幕客所書，則亦一有心人也。

南昌城北龍沙，四圍素沙環擁，如銀城雪島。中平敞，爲禪室，有湯義仍手書門聯云：「池開沙月白，門對杏榆清。」數十年矣，楮墨未損，悠然想見其揮毫之頃。

滕王閣連甍市廛，名不稱實。徒以王勃一序，膾炙今古。求所謂「飛閣流丹」、「飛雲捲雨」者，何有也？吴下管元心正傳令永新，作一絶書版懸閣上，末句云：「争傳畫棟珠簾句，江上蘋風笑殺人。」

高彙旃先生選士於濂溪書院課習之，省試後，慰諸不第者以詩，一聯云：「烏自嚶喬木，魚無羡武昌。」敦友誼，薄榮名，人師之語也。

「河山無地求弓劍，臣子何心飽稻秔」、「滅絶耳根猶有恨，破除心事倍多情」，章文毅公守湘陰時作也，見之巴陵李天玉興瑋扇頭。天玉，公門人，攝臨武令，城陷死之。

堵牧遊先生遊南嶽，問余兄弟避寇處於方廣道中，有句云：「雙溪濺水鳴絲竹，一壁初晴負畫圖。」

牧遊先生於德慶舟中授余軍謡十首，令傳之。其題則《月家鄉》、《馬兒女》、《雨漿洗》、《風曬晾》、《筆先鋒》、《口打仗》、《報瘧疾》、《碁金丹》、《血筵席》、《營十殿》，備喪亂艱危之狀。天下之不支，公心之徒苦，俱於此乎傳之。流離中遽失其稿，唯憶其《營十殿》云：「烏雲覆眼血牙紅，九殿不及十殿凶。九殿披枷還帶索，十殿披毛更戴角。生生死死九殿中，慎勿喫他犬豕藥。」

上湘洪伯修業嘉與同邑龍季霞孔蒸以吟咏相尚，擺脱凡近，往往得霜鶴唳空之致。丙戌，開楚闈於衡陽，伯修落第，歸徑嶽後賦詩六章，寄意弘遠，視唐人「榜前潛下淚，衆裏卻嫌身」，如鼈欬耳。如云：「峒雲無故常飛雨，蕙帳何心獨嗜蘭。」既俯仰卓然矣；至云：「雕弓白馬三軍客，碧杜青蘅一港風。」憂世之心，視杜陵爲尤藴藉；又云：「自有古今皆作客，河山相看不相知。曹劉咄咄三分耳，孫阮僊僊一嘯時。」此豈經生心腎中所能有此種性者？未幾，爲亂兵所害。何從更得斯人，與遊大雅哉！

季霞與王山長岱夜話詩云：「竊聽誰窗外，琅然動壁琴。」蓋季霞欲與湖上作者矯竟陵纖弱之習，追蹤大雅。而有志無時，與伯修同時遇害，悲夫！

丁亥春，余以窮愁客上湘，日與伯修、季霞、歐陽予私淑、江陵李廣生芳先痛飲忘昏曉。一夕渡漣水，就宿僧舍，斜月未沈，碧波流映。余舉楊大年以「鏡中人似面前人」對「水底月如天上月」，語犯合掌，而意味短淺。季霞曰：「何似『鬢邊霜作鏡中霜』？」余代云：「夢中身是故鄉身。」

劉杜三自煜雖早託胎於竟陵，而不全墮彼法，往往有深秀之句。其將入閩應召，徑衡，有夜宿前溪去郡三十里見寄詩：「飄零吾久矣，離亂欲何之？愁絶遥天暮，哀餘斫地時。南音同在耳，西爽獨支頤。相見情無限，何能盡所思。」固自惻惻，警人不昧。

杜三後有寄予山中詩，亦足增人愴然之懷：「病鶴無枝帶箭飛，經年蕪穢惜漁磯。繞牀行腳同香飯，哀筑當筵仍故衣。築室喜聞名士竝，望門真被酒傭非。一蛇霧隱南天遠，綿上何人問割腓。」

丙戌屯師湖上，未能前進一咫，而賦斂之重十倍。少司馬天門郭公都賢《咏雪》詩云：「四望郊寒連島瘦，一天白起奈蕭何。」督使聞之怒甚，嗾悍帥害之。會潰敗，不果。公卒以文字取禍，卒於江陵。倪文正公贈公詩云：「愛他風骨耐他巖。」善於言公者也。

僧詩本不足拊於檜、曹之末。唐、宋諸名髡，技止此耳，況今日哉！識量止於其域，大無能攝，微無能入也。余所見者僧法智一絶有云：「一步一花無別意，香來熏透破袈裟。」差爲蔬笋之雄。

郭季林有《涉園草》一帙，竟陵體也。其有意致者，良自灑然，爲摘録之：「性情皆有託，不但得爲人。即如彼風雨，孰知非周親。至德不礙己，豈復以等倫？」《觀賽》「天山不可名，雲氣與之平。暑退石苔潤，凉生樹葉輕。細聽蟬翼寂，遥感鴈來聲。澹爾平林際，深黄半熟橙。」《秋雨》「萬山環列一茅亭，兀立横空出杳冥。聞説高人長飲此，只堪獨醉不堪醒。」《過劉子參山亭》「豈非天下士，所重世間名。令我南原上，長吟憶耦耕。」此季林見懷詩也。余度嶺孤心，雖未能見諒，然季林自率其退静之情，殷勤以相規正，固自不忍忘之。季林名鳳蹮。

東莞張太史家玉，謚文烈，以全髪起義，兵敗墜馬而卒。家人刻其軍中遺稿，有詩近百首。唯記其一聯云：「真同喪狗生無賴，縱比流螢死有光。」

太傅山陰嚴公于端州行宫閣内書芭蕉葉云：「臣節唯知懷一冷，王言不敢褻雙温。」於時有卿貳蒙温旨者，但得一褒語，因詆公不知典故，票擬失辭，云：「九卿例得雙温。」蓋競躁之妄言耳。故公書此以見意。黄岡晏雲章奉常雩明作排律二十韵，以「内閣芭蕉」爲題，余和之，今皆忘矣。唯記晏作一聯云：「天情垂湛露，海氣避嚴霜。」余亦有句云：「甘露憂多變，緑雲望已長。」

「挑鐙説鬼亦無聊，飽食長眠未易消。雲壓江心天渾噩，蝨居豕背地寬饒。禍來只有膠投漆，病在生憎蝶與鯈。劣得狂朋争一笑，虚舟虚谷儘逍遥。」金衛公堡詔獄後足折卧舟中，余往省之，書此見示。時余拜疏忤群小怒，亦將謝病入山矣。

太傅瞿公築别館於桂林東岸，宫詹張公題春帖云：「當堦古樹思堯叟，隔岸江山憶伏波。」桂林道上松，宋陳堯叟所種；桂林東門外有伏波試劍石，故云。二忠遺筆流傳人間，自有傳之者，此亦吉光片羽。

芋巖李敬公國相遺稿屬余訂定，今録其佳句云：「春流一道飛蒙茸，嫩柳柔荑間新紅。輕鷗點點飛掠水，夾岸桃花笑春風。春風度水摇青練，溪上落花如飛霰。初陽掩映白雲間，唯有白雲光一片。」《春日溪上有寄》「頻年寒食山之陲，柳綿撲人今者悲。春草漫生滿芳甸，春風飄落桃李枝。桃李花飛春欲晚，溪流東逐長江遠。白雲飛去還飛來，飛盡白雲人未遠。」《寒食山中懷人》「絶壑愁難託，遑知自有身。因之徵旅況，能不念伊人？日月無私照，山川有異垠。懷哉于役者，落落聽風塵。」《懷管治仲百粤》「孤櫬淪荒域，生離一夢慳。問天孤鴈字，無地釣魚灣。挂劍情誰寄，焚琴恨未删。蒼梧有舜蹟，君志在其間。」《哭夏叔直九疑》

「朅來祁連風，鴈行吹忽斷。南北各天涯，驚魂落空彈。沙漠嚴寒難久客，遥望衡陽孤岫隔。洞庭秋水眇愁余，日落長汀蘆花白。欲往從之煙水迷，誰嚮深林送飛帛？開函讀之淚横流，一别二十有八秋。鴻飛冥冥千仞外，稻粱滿野非所求。孤鴈孤飛孤自哀，多君兄弟共裴回。獨我此心無可語，深秋夢逐鴈峰來。」嘉魚李雨蒼占解己酉寄余此詩，云欲涉湖相訪，時年七十矣。閲兩歲遂長逝，不果所至。雨蒼，大崖先生裔孫，國亡後不應公車。唐須竹爲余過其家省之，蕭清户庭，猶楚雲臺風味也。楚雲臺，白沙築於嶺南，以館大崖者。

方密之閣學逃禪潔己，授覺浪記莂，主青原。屢招余，將有所授，誦「人各有心」之詩以答之。意乃愈迫，書示吉水劉安士詩，以寓從臾之至。余終不能從，而不忍忘其繾綣，因録於此：「藥鐺□□一鑪煎，霜雪堆頭紙信傳。松葉到春原墮地，竹花再種更參天。縱遊泉石知同好，踏過刀鎗亦偶然。何不翻身行別路，瓠落出没五湖煙。」

小築如拳之室，戲作數詩。或和之，唯芋巖一首深爲枯木撒花：「軀殼爲誰留？相看已白頭。從人嗤倔强，責自備《春秋》。寒盡鴻聲斷，春歸草色柔。餘霞擎晚照，峰翠逐人流。」「鳳皇集阿閣，麋鹿遊山樊。物性固有常，甘苦能竝存。偶思遠塵囂，隨意尋桃源。自怡得開曠，臨江啓柴門。江光散白雲，高枕清心魂。形骸已漸忘，涕淚聲久吞。徒欲憤韓讐，深負國士恩。材與不材間，願共達者論。」此雲壑於普市見寄詩。余之交於雲壑以此。人無知雲壑者，勿望其更知余也。「君歸耽石室，余亦泛星槎。自度桃源境，頻尋洞口花。江清一鴈遠，天碧數峰斜。雲水蒼茫際，相思路轉賒。」雲壑介弟聯珵寄余作也。

蒙聖功給事正發《欸乃聲》九十首，曾授余訂之。其警句則有「片帆影挂前川月，透枕霜清五夜鐘」、「藥市藏名嫌有價，鷗群不亂信忘機」、「荆臺不樂呼先輩，高閣從來束腐儒」、「千里孤身分兩地，一天雪意釀同雲」、「潭經積雪波增力，樹過重陽葉盡凋」、「更擬卜居遷赤甲，遥憐知己在丹霞丹霞，澹歸所居。澹歸者，金道隱堡」、「盡簡圖書藏一葉，併裝風雨過三門」、「臨流蒼壁霑衣翠，隔岸懸崖當畫看」、「高峰影浸寒潭黑，絶壁光生晚照紅」、「明犀照水終嫌逼，寶劍沈淵免再探」、「小槳不驚浴鷺穩，回潭時積落花深」，詎可不謂句意雙到？

# 原詩

# 原詩提要

《原詩》四卷，據康熙二十五年二葉草堂刊《已畦文集》本點校。撰者葉燮（一六二七—一七〇三），字星期，號已畦，江南吴江人。康熙九年進士，曾任揚州寶應知縣年餘，因不附上官去職。隱居蘇州横山講學，人稱横山先生。有《已畦詩文集》等。《清史稿》卷四八四有傳。此書林雲銘序有「丙寅九月招余至草堂出而見示」等語，沈珩序亦署康熙丙寅，應即成於是年（康熙二十五年）。書名「原」者，推究詩之本原也。故其體例與一般詩話不同，「是作論之體，非評詩之體」（《四庫全書總目》）。又分内、外篇，「内篇標宗旨，外篇肆博辨」（沈珩序），皆深具用心。大旨不出郭紹虞《清詩話前言》所言，約有二端：一爲詩史流變之原，一爲詩法之本原。其詩史流變觀之異乎尋常者，乃在「正」與「變」、「盛」與「衰」、前代與後世之間保持平衡，「惟正有漸衰，故變能啓盛」，「不得謂正爲源而長盛，變爲流而始衰」，「後人無前人，何以有其端緒；前人無後人，何以盡其引申」，一反明人正盛變衰之「代降」論，然亦非後出轉精之「進化」論，而得其平。一部詩史，即前「因」後「創」變化前行之謂也。其論詩法亦非就詩論詩，而能推原至客體之「理、事、情」及「氣」四概念，又析出詩人主體之「才、膽、識、力」，所謂「胸襟」四要素，「以在我之四衡在物之三（四）」，則詩成矣。此論之尤見精辟者，乃在闡明詩中之理、事、情，爲「不可明言之幽渺之理」，「不可施見之想象之事」，「不可徑達之惝恍之情」，而非可言、可執之實在物理，一言探本，可息王維「雪中芭蕉」以來之聚訟。又標舉杜、韓、蘇爲三大家，以七律爲各體之「總持三昧之門」，皆可證其高論爲得旨矣。其論之「形上」之趣，獨與王夫之《薑齋詩話》並世爲二，他家不能仰及。《四庫提要》目爲「英雄欺人之語」，似未識其義也。此書《昭代叢書》本合爲一卷，一九七九年人民文學出版社霍松林校注本《内篇》二卷分合有異，皆不甚妥，今仍其舊。

# 原詩叙

古書多用韵語，不獨詩爲然，其工拙總在理勝。後世以用韵者爲詩，不必用韵者爲文，且於詞句中較工拙，於是遂有限之以體式、聲調，將歷代所作斷以己意，大約尊古而卑今，其所從來舊矣。凡此皆未覩乎詩之原也。嘉善葉子星期，詩文宗匠，著有《原詩》内、外篇四卷，直抉古今來作詩本領，而痛掃後世各持所見以論詩流弊，娓娓雄辯，靡不高踞絶頂，擲撲不破。歲丙寅九月，招余至其草堂，出而見示，促膝諷誦竟日。余作而歎曰：「今人論詩，斷斷聚訟，猶齊人井飲相捽，得此方有定論矣。」記余少時未讀《南華》、《楞嚴》，每私擬宇宙間必有此一種大義理，惟以不見於經傳爲疑。及得二書讀之，恍若不出鄙意所揣。今星期所著，悉余二十年來胸臆中揆度、欲吐而不能即吐之語。一玩味間，不覺鼓掌稱快，如獲故物，雖欲加贊一詞而不可得。乃知古人之詩與今人之詩，皆宇宙所必有之數，不必相師。即星期《原詩》内、外諸篇，亦未始非宇宙所必有之數，不必相謀也。化聲之相待，若其不相待，此作詩之原，亦即論詩者之原。千百年中知其解者，旦暮遇之矣。是爲序。晉安同學弟林雲銘西仲撰。

# 原詩叙

詩自唐以後迄於有明，六七百年中間，非雄才自喜、力能上薄風騷者，不敢揚蹤以進；然且偏畸間出，餘子或附離以起，亦不數數稱也；非若元嘉迄唐四百餘年間，人握鉛槧者比。且以有唐之盛，間按其時作家所論次，大率謂宗工崛起，學者得其門而歷堂奥，探驪珠，當代不過數人。其嚴若此，是必專門師匠，口傳心授，有詩之所以爲説者存。非其説，雖工弗尚也。惟其不敢不慎，而詩存。今則不然，手繙四聲，筆涉五字、七字，皆詩人。稍稍致語屬綴，其徒輒自相國色，則以家驪人璧，而詩亡。不特此也，詩亡而益曼衍乎詩，沿譌揚波，以逢世而欺人，浸淫不止，非世道人心之憂乎哉！憂不獨在詩，然自古宗工宿匠所以稱詩之説，僅散見評騭間一支一節之常者耳；未嘗有創闢其識，綜貫成一家言，出以砭其迷、開其悟。何怪乎群焉不知蜀道之巉曲，而思宿舂糧以驅轂者之貿貿哉！星期先生，其才揮斥八極，而又馳騁百家。讀《已畦詩》，風格真大家宗傳。其銛鋒絶識，洞空達幽，足方駕少陵、昌黎、眉山三君子。乃復憫學者障錮於淫詖，惄焉憂之，發爲《原詩》内、外篇，内篇標宗旨也，外篇肆博辨也。非以詩言詩也，凡天地間日月、雲物、山川、類族之所以動盪，虬龍杳幻、鼪鼯悲嘯之所以神奇，皇帝王霸、忠賢節俠之所以明其尚，神鬼感通、愛惡好毁之所以彰其機，莫不條引夫端倪，摹畫夫毫芒，而以之權衡乎詩之正變與諸家持論之得失。語語如震霆之破睡，可謂精矣神矣！其文之牢籠萬象，出没變化，蓋自昔《南華》、《鴻烈》以逮經世觀物諸子所成一家之言是也。而不惟是也，若所標示胸襟品量之説，不特古人心地之隱由詩而較然千古，抑朝廷可以得國士，交遊氣類中可以得豪傑碩賢，塵俗世故之外可以得浩落超絶之異人，功在學術流品豈小哉！讀先生是編，使知古人嚴爲論詩之旨，與作者慎爲屬詩之義，則詩之亡者以存。詩存而距塞其逢世欺人之浸淫，則世道人心之繫亦以詩存。嗟乎！彼宗工宿匠所不肯舉其心得之儲，俾學者捆載以去；先生乃不靳開左藏以貸貧，而抑以援其溺，斯其胸襟品量何等耶！康熙丙寅冬十月，年通家世侍海寧沈珩拜手譔。

# 原詩卷一

嘉善葉燮星期

## 内篇上

詩始於《三百篇》，而規模體具於漢。自是而魏，而六朝、三唐，歷宋、元、明以至昭代，上下三千餘年間，詩之質文、體裁、格律、聲調、辭句，遞嬗升降不同。而要之，詩有源必有流，有本必達末；又有因流而溯源，循末以返本。其學無窮，其理日出。乃知詩之爲道，未有一日不相續相禪而或息者也。但就一時而論，有盛必有衰；綜千古而論，則盛而必至於衰，又必自衰而復盛。非在前者之必居於盛，後者之必居於衰也。乃近代論詩者則曰：《三百篇》尚矣，五言必建安、黄初，其餘諸體，必唐之初、盛而後可。非是者必斥焉。如明李夢陽不讀唐以後書，李攀龍謂唐無古詩，又謂陳子昂以其古詩爲古詩，弗取也。自若輩之論出，天下從而和之，推爲詩家正宗，家絃而户習。習之既久，乃有起而掊之、矯而反之者，誠是也。然又往往溺於偏畸之私説。其説勝，則出乎陳腐而入乎頗僻；不勝，則兩敝，而詩道遂淪而不可救。由稱詩之人才短力弱，識又矇焉而不知所衷。既不能知詩之源流、本末、正變、盛衰互爲循環，並不能辨古今作者之心思、才力、深淺、高下、長短，孰爲沿爲革，孰爲創爲因，孰爲流弊而衰，孰爲救衰而盛，一一剖析而縷分之，兼綜而條貫之。徒自詡矜張，爲郛廓隔膜之談，以欺人而自欺也。於是百喙争鳴，互自標榜，膠固一偏，勦獵成説。後生小子，耳食者多，是非淆而性情汩，不能不三歎於風雅之日衰也。蓋自有天地以來，古今世運氣數，遞變遷以相禪。古云：「天道十年一變。」此理也，亦勢也，無事無物不然，寧獨詩之一道膠固而不變乎？今就《三百篇》言之：《風》有正《風》，有變《風》；《雅》有正《雅》，有變《雅》。《風》、《雅》已不能不由正而變，吾夫子亦不能存正而刪變也。則後此爲《風》、《雅》之流者，其不能伸正而詘變也明矣。漢蘇、李始創爲五言，其時又有亡名氏之《十九首》，皆因乎《三百篇》者也。然不可謂即無異於《三百篇》，而實蘇、李創之也。建安、黄初之詩，因於蘇、李與《十九首》者也；然《十九首》止自言其情，建安、黄初之詩乃有獻酬、紀行、頌德諸體，遂開後世種種應酬等類，則因而實爲創，此變之始也。《三百篇》一變而爲蘇、李，再變而爲建安、黄初。建安、黄初之詩，大約敦厚而渾樸，中正而達情。一變而爲晉，如陸機之纏綿鋪麗，左思之卓犖磅礴，各不同也。其間屢變而爲鮑照之逸俊，謝靈運之警秀，陶潛之澹遠；又如顔延之之藻繢，謝朓之高華，江淹之韶嫵，庾信之清新，此數子者，各不相師，咸矯然自成一家。不肯沿襲前人以爲依傍，蓋自六朝而已然矣。其間健者，如何遜，如陰鏗，如沈炯，如薛道衡，差能自立。此外繁辭縟節，隨波日下，歷梁、陳、隋以迄唐之垂拱，踵其習而益甚，勢不能不變。小變於沈、宋、雲、龍之間，而大變於開元、天寶高、岑、王、孟、李，此數人者，雖各有所因，而實一一能爲創。而集大成如杜甫，傑出如韓愈，專家如柳宗元，如劉禹錫，如李賀，如李商隱，如杜牧，如陸龜蒙諸子，一一皆特立興起。其他弱者，則因循世運，隨乎波流，不能振拔，所謂唐人本色也。宋初詩襲唐人之舊，如徐鉉、王禹偁輩，純是唐音。蘇舜欽、梅堯臣出，始一大變，歐陽修亟稱二人不置。自後諸大家迭興，所造各有至極，今人一概稱爲宋詩者也。自是南宋、金、元作者不一，大家如陸游、范成大、元好問爲最，各能自見其才。有明之初，高啓爲冠，兼唐、宋、元人之長，初不於唐、宋、元人之詩有所爲軒輊也。自「不讀唐以後書」之論出，於是稱詩者必曰唐詩，苟稱其人之詩爲宋詩，無異於唾罵。謂唐無古詩，并謂唐中、晚且無詩也。噫！亦可怪矣！今之人豈無有能知其非者？然建安、盛唐之説，錮習沁入於中心，而時發於口吻，弊流而不可挽，則其説之爲害烈也。原夫作詩者之肇端而有事乎此也，必先有所觸以興起其意，而後措諸辭，屬爲句，敷之而成章。當其有所觸而興起也，其意、其辭、其句劈空而起，皆自無而有，隨在取之於心；出而爲情、爲景、爲事，人未嘗言之，而自我始言之。故言者與聞其言者，誠可悦而永也。使即此意、此辭、此句雖有小異，再見焉，諷詠者已不擊節，數見則益不鮮。陳陳踵見，齒牙餘唾，有掩鼻而過耳。譬之上古之世，飯土簋，啜土鉶，當飲食未具時，進以一臠，必爲驚喜；逮後世臛臇炰膾之法興，羅珍搜錯，無所不至，而猶以土簋、土鉶之庖進，可乎？上古之音樂，擊土鼓而歌「康衢」；其後乃有絲、竹、匏、革之制，流至於今，極於九宫南譜，聲律之妙，日異月新。若必返古而聽《擊壤》之歌，斯爲樂乎？古者穴居而巢處，乃制爲宫室，不過衛風雨耳；後世遂有璇題瑶室，土文繡而木綈錦。古者儷皮爲禮；後世易之以玉帛，遂有千純百璧之侈。使今日告人居以巢穴，行禮以儷皮，孰不嗤之者乎？大凡物之踵事增華，以漸而進，以至於極。故人之智慧心思，在古人始用之，又漸出之，而未窮未盡者，得後人精求之，而益用之出之。乾坤一日不息，則人之智慧心思必無盡與窮之日。惟叛於道，戾於經，乖於事理，則爲反古之愚賤耳。苟於此數者無尤焉，此如治器然，切磋琢磨，屢治而益精，不可謂後此者不有加乎其前也。彼虞廷「喜」、「起」之歌，詩之土簋、擊壤、穴居、儷皮耳。一增華於《三百篇》，再增華於漢，又增於魏，自後盡態極妍，争新競異，千狀萬態，差别井然。苟於情、於事、於景、於理隨在有得，而不戾乎風人永言之旨，則就其詩論工拙可耳，何得以一定之程格之，而抗言《風》、《雅》哉？如人適千里者，唐、虞之詩如第一步，三代之詩如第二步，彼漢、魏之詩以漸而及，如第三、第四步耳。作詩者知此數步爲道途發始之所必經，而不可謂行路者之必於此數步焉爲歸宿，遂棄前途而弗邁也。且今之稱詩者，祧唐、虞而禘商、周，宗祀漢、魏於明堂，是也；何以漢、魏以後之詩，遂皆爲不得入廟之主？此大不可解也。譬之井田封建，未嘗非治天下之大經，今時必欲復古而行之，不亦天下之大愚也哉？且蘇、李五言與亡名氏之《十九首》，至建安、黄初，作者既已增華矣，如必取法乎初，當以蘇、李與《十九首》爲宗，則亦吐棄建安、黄初之詩可也。詩盛於鄴下，然蘇、李《十九首》之意，則寖衰矣。使鄴中諸子，欲其一一摹倣蘇、李，尚且不能，且亦不欲，乃於數千載之後，胥天下而盡倣曹、劉之口吻，得乎哉？或曰：「温柔敦厚，詩教也。漢、魏去古未遠，此意猶存，後此者不及也。」不知「温柔敦厚」，其意也，所以爲體也，措之於用則不同；辭者，其文也，所以爲用也，返之於體則不異。漢、魏之辭，有漢、魏之温柔敦厚；唐、宋、元之辭，有唐、宋、元之温柔敦厚。譬之一草一木，無不得天地之陽春以發生。草木以億萬計，其發生之情狀亦以億萬計，而未嘗有相同一定之形，無不盎然皆具陽春之意。豈得曰：若者得天地之陽春，而若者爲不得者哉？且温柔敦厚之旨，亦在作者神而明之。

如必執而泥之，則《巷伯》「投畀」之章，亦難合於斯言矣。從來豪傑之士，未嘗不隨風會而出，而其力則嘗能轉風會。人見其隨乎風會也，則曰其所作者，真古人也；見能轉風會者，以其不襲古人也，則曰今人不及古人也。無論居古人千年之後，即如左思，去魏未遠，其才豈不能爲建安詩耶？觀其縱横躑踏，睥睨千古，絶無絲毫曹、劉餘習。鮑照之才，迥出儕偶，而杜甫稱其俊逸，夫俊逸則非建安本色矣。千載後無不擊節此兩人之詩者，正以其不襲建安也。奈何去古益遠，翻以此繩人耶？且夫《風》、《雅》之有正有變，其正變係乎時，謂政治、風俗之由得而失，由隆而污，此以時言詩。時有變而詩因之，時變而失正，詩變而仍不失其正。故有盛無衰，詩之源也。吾言後代之詩，有正有變，其正變係乎詩，謂體格、聲調、命意、措辭、新故、升降之不同，此以詩言時。詩遞變而時隨之，故有漢、魏、六朝、唐、宋、元、明之互爲盛衰，惟變以救正之衰，故遞衰遞盛，詩之流也。從其源而論，如百川之發源各異，其所從出雖萬派，而皆朝宗於海，無弗同也；從其流而論，如河流之經行天下，而忽播爲九河，河分九而俱朝宗於海，則亦無弗同也。歷攷漢、魏以來之詩，循其源流升降，不得謂正爲源而長盛，變爲流而始衰。惟正有漸衰，故變能啓盛。如建安之詩，正矣，盛矣，相沿久而流於衰。後之人力大者大變，力小者小變。六朝諸詩人，間能小變，而不能獨開生面。唐初沿其卑靡浮豔之習，句櫛字比，非古非律，詩之極衰也。而陋者必曰：此詩之相沿至正也。不知實正之積弊而衰也。迨開、寶諸詩人，始一大變。彼陋者亦曰：此詩之至正也。不知實因正之至衰，變而爲至盛也。盛唐諸詩人，惟能不爲建安之古詩，吾乃謂唐有古詩。若必摹漢、魏之聲調、字句，此漢、魏有詩，而唐無古詩矣。且彼所謂

「陳子昂以其古詩爲古詩」，正惟子昂能自爲古詩，所以爲子昂之詩耳。然吾猶謂子昂古詩尚蹈襲漢、魏蹊徑，竟有全似阮籍《詠懷》之作者，失自家體段，猶訾子昂不能以其古詩爲古詩，乃翻勿取其自爲古詩，不亦異乎？杜甫之詩，包源流，綜正變。自甫以前，如漢、魏之渾朴古雅，六朝之藻麗穠纖、澹遠韶秀，甫詩無一不備。然出於甫，皆甫之詩，無一字句爲前人之詩也。自甫以後，在唐如韓愈、李賀之奇奡，劉禹錫、杜牧之雄傑，劉長卿之流利，温庭筠、李商隱之輕豔，以至宋、金、元、明之詩家，稱巨擘者無慮數十百人，各自炫奇翻異，而甫無一不爲之開先。此其巧無不到，力無不舉，長盛於千古，不能衰，不可衰者也。今之人固群然宗杜矣，亦知杜之爲杜，乃合漢、魏、六朝并後代千百年之詩人而陶鑄之者乎？唐詩爲八代以來一大變，韓愈爲唐詩之一大變，其力大，其思雄，崛起特爲鼻祖。宋之蘇、梅、歐、蘇、王、黄，皆愈爲之發其端，可謂極盛。而俗儒且謂愈詩大變漢、魏，大變盛唐，格格而不許，何異居蚯蚓之穴，習聞其長鳴，聽洪鐘之響而怪之，竊竊然議之也！且愈豈不能擁其鼻，肖其吻，而效俗儒爲建安、開、寶之詩乎哉？開、寶之詩，一時非不盛，遞至大曆、貞元、元和之間，沿其影響字句者且百年，此百餘年之詩，其傳者已少殊尤出類之作，不傳者更可知矣。必待有人焉起而撥正之，則不得不改絃而更張之。愈嘗自謂「陳言之務去」，想其時陳言之爲禍，必有出於目不忍見、耳不堪聞者。使天下人之心思智慧，日腐爛埋没於陳言中，排之者比於救焚拯溺，可不力乎？而俗儒且栩栩然俎豆愈所斥之陳言，以爲秘異而相授受，可不哀耶！故晚唐詩人亦以陳言爲病，但無愈之才力，故日趨於尖新纖巧，俗儒即以此爲晚唐詬厲。嗚呼！亦可謂愚矣！至於宋人之心手，日益以啓，縱横鉤致，發揮無餘蘊，非故好爲穿鑿也。譬之石中有寶，不穿之鑿之，則寶不出。且未穿未鑿以前，人人皆作模稜皮相之語，何如穿之鑿之之實有得也。如蘇軾之詩，其境界皆開闢古今之所未有，天地萬物，嬉笑怒駡，無不鼓舞於筆端，而適如其意之所欲出。此韓愈後之一大變也，而盛極矣。自後或數十年而一變，或百餘年而一變；或一人獨自爲變，或數人而共爲變，皆變之小者也。其間或有因變而得盛者，然亦不能無因變而益衰者。大抵古今作者，卓然自命，必以其才智與古人相衡，不肯稍爲依傍，寄人籬下，以竊其餘唾。竊之而似，則優孟衣冠；竊之而不似，則畫虎不成矣。故寧甘作偏裨，自領一隊，如皮、陸諸人是也。乃才不及健兒，假他人餘焰，妄自僭王稱霸，實則一土偶耳。生機既無，面目塗飾，洪潦一至，皮骨不存。而猶侈口而談，亦何謂耶？惟有明末造，諸稱詩者專以依傍臨摹爲事，不能得古人之興會神理，句剽字竊，依樣葫蘆。如小兒學語，徒有喔咿，聲音雖似，都無成説，令人噦而却走耳。乃妄自稱許曰：此得古人某某之法。尊盛唐者，盛唐以後，俱不掛齒。近或有以錢、劉爲標榜者，舉世從風，以劉長卿爲正派。究其實，不過以錢、劉淺利輕圓，易於摹倣，遂呵宋斥元。又推崇宋詩者，竊陸游、范成大與元之元好問諸人婉秀便麗之句，以爲秘本。昔李攀龍襲漢、魏古詩、樂府，易一二字便居爲己作；今有用陸、范及元詩句，或顛倒一二字，或全竊其面目，以盛誇於世，儼主騷壇，傲睨今古，豈惟風雅道衰，抑可窺其術智矣。大凡人無才則心思不出，無膽則筆墨畏縮，無識則不能取捨，無力則不能自成一家。而且謂古人可罔，世人可欺，稱格稱律，推求字句，動以法度緊嚴，扳駁銖兩。內既無具，援一古人爲門户，藉以壓倒衆口。究之何嘗見古人之真面目，而辨其詩之源流、本末、正變、盛衰之相因哉！更有竊其腐餘，高自論説，互相祖述，此真詩運之厄。故竊不揣，謹以數千年詩之正變、盛衰之所以然，略爲發明，以俟古人之復起。更列數端於左：

或問於余曰：「詩可學而能乎？」曰：「可。」曰：「多讀古人之詩，而求工於詩而傳焉，可乎？」曰：「否。」曰：「詩既可學而能，而又謂讀古人之詩以求工爲未可，竊惑焉。其義安在？」余應之曰：「詩之可學而能者，盡天下之人皆能讀古人之詩而能詩，今天下之稱詩者是也；而求詩之工而可傳者，則不在是。何則？大凡天姿人力，次敘先後，雖有生學、困知之不同，而欲其詩之工而可傳，則非就詩以求詩者也。我今與子以詩言詩，子固未能知也，不若借事物以譬之，而可曉然矣。今有人焉，擁數萬金而謀起一大宅，門堂樓廡，將無一不極輪奐之美。是宅也，必非憑空結撰，如海上之蜃，如三山之雲氣。以爲樓臺，將必有所託基焉。而其基必不於荒江窮壑、負郭僻巷、湫隘卑濕之地，將必於平直高敞、水可舟楫、陸可車馬者，然後始基而經營之，大厦乃可次第而成。我謂作詩者，亦必先有詩之基焉。詩之基，其人之胸襟是也。有胸襟，然後能載其性情智慧、聰明才辨以出，隨遇發生，隨生即盛。千古詩人推杜甫，其詩隨所遇之人、之境、之事、之物，無處不發其思君王、憂禍亂、悲時日、念友朋、弔古人、懷遠道，凡歡愉、幽愁、離合、今昔之感，一一觸類而起，因遇得題，因題達情，因情敷句，皆因甫有其胸襟以爲基。如星宿之海，萬源從出；如鑽燧之火，無處不發；如肥土沃壤，時雨一過，夭喬百物，隨類而興，生意各別，而無不具足。即如甫集中《樂遊園》七古一篇，時甫年纔三十餘，當開、寶盛時。使今人爲此，必鋪陳颺頌，藻麗雕績，無所不極，身在少年塲中，功名事業，來日未苦短也，何有乎身世之感？乃甫此詩，前半即景事，無多排場，忽轉『年年人醉』一段，悲白髮，荷皇天，而終之以『獨立蒼茫』，此其胸襟之所寄託何如也！余又嘗謂晉王羲之獨以法書立極，非文辭作手也。蘭亭之集，時貴名流畢會，使時手爲序，必極力鋪寫，諛美萬端，決無一語稍涉荒涼者。而羲之此序，寥寥數語，託意於仰觀俯察宇宙萬彙，係之感慨，而極於死生之痛，則羲之之胸襟又何如也！由是言之：有是胸襟以爲基，而後可以爲詩文。不然，雖日誦萬言，吟千首，浮響膚辭，不從中出，如剪綵之花，根蒂既無，生意自絶，何異乎憑虚而作室也？乃作室者既有其基矣，必將取材。而材非培塿之木、拱把之桐梓，取之近地闤闠村市之間而能勝也，當不憚遠且勞，求荆、湘之楩楠，江、漢之豫章，若者可以爲棟，爲榱，若者可以爲楹、爲柱，方勝任而愉快，乃免支離屈曲之病。則夫作詩者，既有胸襟，必取材於古人，原本於《三百篇》、楚《騷》，浸淫於漢、魏、六朝、唐、宋諸大家，皆能會其指歸，得其神理。以是爲詩，正不傷庸，奇不傷怪，麗不傷浮，博不傷僻，決無剽竊吞剥之病。乃時手每每取捷徑於近代當世之聞人，或以高位，或以虚名，竊其體裁、字句，以爲秘本，謂既得所宗主，即可以得其人之贊揚奬借。生平未嘗見古人，而才名已早成矣。何異方寸之木，而遽高於岑樓耶？若此等之材，無論不可爲大厦，即數椽茅把之居，用之亦不勝任，將見一朝墮地，腐爛而不可支。故有基之後，以善取材爲急急也。既有材矣，將用其材，必善用之而後可。得工師大匠指揮之，材乃不枉。爲棟、爲樑、爲榱、爲楹，悉當而無絲毫之憾。非然者，宜方者圓，宜圓者方，枉棟之材而爲桷，枉柱之材而爲楹，天下斲小之匠人寧少耶？世固有成誦古人之詩數萬首，涉略經史集亦不下數十萬言，逮落筆則有俚俗庸腐、窒板拘牽、隘小膚冗種種諸習。此非不足於材，有其材而無匠心，不能用而枉之之故也。夫作詩者，要見古人之自命處、着眼處、作意處、命辭處、出手處，無一可苟，而痛去其自己本來面目。如醫者之治結疾，先盡蕩其宿垢，以理其清虛，而徐以古人之學識、神理充之。久之，而又能去古人之面目，然後匠心而出。我未嘗摹擬古人，而古人且爲我役。彼作室者，既善用其材而不枉，宅乃成矣。宅成，不可無丹艧赭堊之功。一經俗工絢染，徒爲有識所嗤。夫詩，純淡則無味，純朴則近俚，勢不能如畫家之有不設色。古稱非文辭不爲功，文辭者，斐然之章采也。必本之前人，擇其麗而則、典而古者而從事焉，則華實並茂，無夸縟鬭炫之態，乃可貴也。若徒以富麗爲工，本無奇意，而飾以奇字；本非異物，而加以異名别號，味如嚼蠟。展誦未竟，但覺不堪。此鄉里小兒之技，有識者不屑爲也。故能事以設色布采終焉。然余更有進此。作室者，自始基以至設色，其爲宅也，既成而無餘事矣；然自康衢而登其門，於是而堂，而中門，又於是而中堂，而後堂，而閨闥，而曲房，而賓席、東厨之室，非不井然秩然也，然使今日造一宅焉如是，明日易一地而更造一宅焉，而亦如是，將百十其宅而無不皆如是，則亦可厭極矣。其道在於善變化。變化豈易語哉！終不可易曲房於堂之前，易中堂於樓之後，入門即見厨而聯賓坐於閨闥也。惟數者一一各得其所，而悉出於天然位置，終無相踵沓出之病，是之謂變化。變化而不失其正，千古詩人，惟杜甫爲能。高、岑、王、孟諸子，設色止矣，皆未可語以變化也。夫作詩者，至能成一家之言足矣。此猶清、任、和三子之聖，各極其至，而集大成、聖而不可知之之謂神，惟夫子。杜甫，詩之神者也。夫惟神乃能變化。子言多讀古人之詩而求工於詩者，乃囿於今之稱詩者論也。」

或曰：「今之稱詩者，高言法矣。作詩者果有法乎哉？且無法乎哉？」余曰：「法者，虛名也，非所論於有也；又法者，定位也，非所論於無也。子無以余言爲惝恍河漢，當細爲子晰之：自開闢以來，天地之大，古今之變，萬彙之賾，日星河嶽，賦物象形，兵刑禮樂，飲食男女，於以發爲文章，形爲詩賦，其道萬千。余得以三語蔽之，曰理、曰事、曰情，不出乎此而已。然則詩文一道，豈有定法哉？先揆乎其理，揆之於理而不謬，則理得；次徵諸事，徵之於事而不悖，則事得；終絜諸情，絜之於情而可通，則情得。三者得而不可易，則自然之法立。故法者，當乎理，確乎事，酌乎情，爲三者之平準，而無所自爲法也，故謂之曰虛名。又法者，國家之所謂律也。自古之五刑宅就以至於今，法亦密矣，然豈無所憑而爲法哉？不過揆度於事、理、情三者之輕重、大小、上下，以爲五服五章、刑賞生殺之等威差別，於是事、理、情當於法之中。人見法而適愜其事、理、情之用，故又謂之曰定位。乃稱詩者不能言法所以然之故，而嘵嘵曰法。吾不知其離一切以爲法乎？將有所緣以爲法乎？離一切以爲法，則法不能憑虛而立；有所緣以爲法，則法仍託他物以見矣。吾不知統提法者之於何屬也？彼曰：『凡事凡物皆有法，何獨於詩而不然？』是也。然法有死法，有活法。若以死法論，今譬一人之美，當問之曰：『若固眉在眼上乎？鼻口居中乎？若固手操作而足循履乎？』夫妍媸萬態，而此數者必不渝，此死法也。彼美之絕世獨立，不在是也。又朝廟享燕，以及士庶宴會，揖讓升降，敘坐獻酬，無不然者，此亦死法也。而格鬼神，通愛敬，不在是也。然則彼美之絕世獨立，果有法乎？不過即耳目口鼻之常而神明之。而神明之法，果可言乎？彼享宴之格鬼神，合愛敬，果有法乎？不過即揖讓獻酬而感通之。而感通之法，又可言乎？死法則執，塗之人能言之；若曰活法，法既活而不可執矣，又焉得泥於法？而所謂詩之法，得毋平平仄仄之拈乎？村塾曾讀《千家詩》者，亦不屑言之。若更有進，必將曰：『律詩必首句如何起，三、四如何承，五、六如何接，末句如何結；古詩要照應，要起伏；析之爲句法，總之爲章法。』此三家村詞伯相傳久矣，不可謂稱詩者獨得之秘也。若捨此兩端，而謂作詩另有法，法在神明之中，巧力之外，是謂變化生心。變化生心之法，又何若乎？則死法爲定位，活法爲虛名；虛名不可以爲有，定位不可以爲無。不可爲無者，初學能言之；不可爲有者，作者之匠心變化，不可言也。夫識辨不精，揮霍無具，徒倚法之一語，以牢籠一切。譬之國家有法，所以儆愚夫愚婦之不肖，而使之不犯，未聞與道德仁義之人講論習肄，而時以五刑五罰之法恐懼之而迫脅之者也。惟理、事、情三語，無處不然。三者得，則胸中通達無阻，出而敷爲辭，則夫子所云『辭達』。達者通也，通乎理、通乎事、通乎情之謂。而必泥乎法，則反有所不通矣。辭且不通，法更於何有乎？」

「曰理、曰事、曰情三語，大而乾坤以之定位，日月以之運行，以至一草一木、一飛一走，三者缺一則不成物。文章者，所以表天地萬物之情狀也。然具是三者，又有總而持之、條而貫之者，曰氣。事、理、情之所爲用，氣爲之用也。譬之一木一草，其能發生者，理也；其既發生，則事也；既發生之後，夭喬滋植，情狀萬千，咸有自得之趣，則情也。苟無氣以行之，能若是乎？又如合抱之木，百尺干霄，纖葉微柯以萬計，同時而發，無有絲毫異同，是氣之爲也。苟斷其根，則氣盡而立萎，此時理、事、情俱無從施矣。吾故曰：三者藉氣而行者也。得是三者，而氣鼓行於其間，絪縕磅礴，隨其自然，所至即爲法，此天地萬象之至文也。豈先有法以馭是氣者哉？不然，天地之生萬物，捨其自然流行之氣，一切以法繩之，夭喬飛走，紛紛於形體之萬殊，不敢過於法，不敢不及於法，將不勝其勞，乾坤亦幾乎息矣。」

「草木氣斷則立萎，理、事、情俱隨之而盡，固也。雖然，氣斷則氣無矣，而理、事、情依然在也。何也？草木氣斷則立萎，是理也；萎則成枯木，其事也；枯木豈無形狀、向背、高低、上下？則其情也。由是言之，氣有時而或離，理、事、情無之而不在。向枯木而言法，法於何施？必將曰：法將析之以爲薪，法將斲之而爲器。若果將以爲薪，爲器，吾恐仍屬之事、理、情矣，而法又將遁而之他矣。」

「天地之大文，風雲雨雷是也。風雲雨雷變化不測，不可端倪，天地之至神也，即至文也。試以一端論：泰山之雲，起於膚寸，不崇朝而徧天下。吾嘗居泰山之下者半載，熟悉雲之情狀：或起於膚寸，瀰淪六合；或諸峰競出，升頂即滅；或連陰數月，或食時即散；或黑如漆，或白如雪；或大如鵬翼，或亂如散鬌；或塊然垂天，後無繼者；或聯綿纖微，相續不絕；又忽而黑雲興，土人以法占之，曰將雨，竟不雨；又晴雲出，法占者曰將晴，乃竟雨。雲之態以萬計，無一同也。以至雲之色相、雲之性情，無一同也。雲或有時歸，或有時竟一去不歸，或有時全歸，或有時半歸，無一同也。此天地自然之文，至工也。若以法繩天地之文，則泰山之將出雲也，必先聚雲族而謀之曰：『吾將出雲，而爲天地之文矣。先之以某雲，繼之以某雲，以某雲爲起，以某雲爲伏，以某雲爲照應，爲波瀾，以某雲爲逆入，以某雲爲空翻，以某雲爲開，以某雲爲闔，以某雲爲掉尾。』如是以出之，如是以歸之，一一使無爽，而天地之文成焉。無乃天地之勞於有泰山，泰山且勞於有是雲，而出雲且無日矣。蘇軾有言：『我文如萬斛源泉，隨地而出。』亦可與此相發明也。」

或曰：「先生言作詩，法非所先，言固辨矣。然古帝王治天下，必曰大經大法，然則法且後乎哉？」余曰：「帝王之法，即政也。夫子言：『文武之政，布在方策。』此一定章程，後人守之。苟有毫髮出入，則失之矣。修德貴日新，而法者舊章，斷不可使有毫髮之新。法一新，此王安石之所以亡宋也。若夫詩，古人作之，我亦作之；自我作詩，而非述詩也。故凡有詩，謂之新詩。若有法如教條政令，而遵之必如李攀龍之擬古樂府然後可，詩末技耳。必言前人所未言，發前人所未發，而後爲我之詩。若徒以效顰效步爲能事，曰此法也，不但詩亡，而法亦且亡矣。余之後法，非廢法也，正所以存法也。夫古今時會不同，即政令尚有因時而變通之。若膠固不變，則新莽之行周禮矣。奈何風雅一道，而踵其謬戾哉！」

《原詩》卷一終

# 原詩卷二

嘉善葉燮星期

## 内篇下

曰理、曰事、曰情，此三言者，足以窮盡萬有之變態。凡形形色色，音聲狀貌，舉不能越乎此。此舉在物者而爲言，而無一物之或能去此者也。曰才、曰膽、曰識、曰力，此四言者，所以窮盡此心之神明。凡形形色色，音聲狀貌，無不待於此而爲之發宣昭著。此舉在我者而爲言，而無一不如此心以出之者也。以在我之四，衡在物之三，合而爲作者之文章。大之經緯天地，細而一動一植，詠歎謳吟，俱不能離是而爲言者矣。在物者前已論悉之；在我者雖有天分之不齊，要無不可以人力充之。其優於天者，四者具足，而才獨外見，則群稱其才，而不知其才之不能無所憑而獨見也。其歉乎天者，才見不足，人皆曰才之歉也，不可勉強也，不知有識以居乎才之先。識爲體而才爲用，若不足於才，當先研精推求乎其識。人惟中藏無識，則理、事、情錯陳於前，而渾然茫然，是非可否，妍媸黑白，悉眩惑而不能辨，安望其敷而出之爲才乎？文章之能事，實始乎此。今夫詩，彼無識者既不能知古來作者之意，并不自知其何所興感觸發而爲詩。或亦聞古今詩家之論，所謂體裁、格力、聲調、興會等語，不過影響於耳，含糊於心，附會於口，而眼光從無著處，腕力從無措處。即歷代之詩陳於前，何所決擇？何所適從？人言是則是之，人言非則非之。夫非必謂人言之不可憑也，而彼先不能得我心之是非而是非之，又安能知人言之是非而是非之也。有人曰詩必學漢、魏，學盛唐，彼亦曰學漢、魏，學盛唐，從而然之；而學漢、魏與盛唐所以然之故，彼不能知，不能言也；即能效而言之，而終不能知也。又有人曰詩當學晚唐，學宋，學元，彼亦曰學晚唐，學宋，學元，又從而然之；而置漢、魏與盛唐所以然之故，彼又終不能知也。或聞詩家有宗劉長卿者矣，於是群然而稱劉隨州矣。又或聞有崇尚陸游者矣，於是人人案頭無不有《劍南集》，以爲秘本，而遂不敢他及矣。如此等類，不可枚舉。一概人云亦云，人否亦否，何爲者耶？夫人以著作自命，將進退古人，次第前哲，必具有隻眼，而後泰然有自居之地。倘議論是非聾瞽於中心，而隨世人之影響而附會之，終日以其言語筆墨爲人使令驅役，不亦愚乎？且有不自以爲愚，旋愚成妄，妄以生驕，而愚益甚焉。原其患，始於無識，不能取捨之故也。是即吟詠不輟，累牘連章，任其塗抹，全無生氣。其爲才耶？爲不才耶？惟有識則是非明，是非明則取舍定。不但不隨世人脚跟，并亦不隨古人脚跟。非薄古人爲不足學也，蓋天地有自然之文章，隨我之所觸而發宣之，必有克肖其自然者，爲至文以立極。我之命意發言，自當求其至極者。昔人有言：「不恨我不見古人，恨古人不見我。」又云：「不恨臣無二王法，但恨二王無臣法。」斯言特論書法耳，而其人自命如此。等而上之，可以推矣。譬之學射者，盡其目力、臂力，審而後發。苟能百發百中，即不必學古人，而古有后羿、養由基其人者，自然來合我矣。我能是，古人先我而能是，未知我合古人歟？古人合我歟？高適有云：「乃知古時人，亦有如我者。」豈不然哉！故我之著作與古人同，所謂其揆之一；即有與古人異，乃補古人之所未足，亦可言古人補我之所未足，而後我與古人交爲知己也。惟如是，我之命意發言，一一皆從識見中流布。識明則膽張，任其發宣而無所於怯，横説竪説，左宜而右有，直造化在手，無有一之不肖乎物也。且夫胸中無識之人，即終日勤於學，而亦無益。俗諺謂爲「兩脚書橱」，記誦日多，多益爲累。及伸紙落筆時，胸如亂絲，頭緒既紛，無從割擇，中且餒而膽愈怯，欲言而不能言，或能言而不敢言，矜持於銖兩尺矱之中，既恐不合於古人，又恐貽譏於今人。如三日新婦，動恐失體；又如跛者登臨，舉恐失足。文章一道，本攄寫揮灑樂事，反若有物焉以桎梏之，無處非礙矣。於是强者必曰：「古人某某之作如是，非我則不能得其法也。」弱者亦曰：「古人某某之作如是，今之聞人某某傳其法如是，而我亦如是也。」其黠者心則然而秘而不言；愚者心不能知其然，徒夸而張於人，以爲我自有所本也。更或謀篇時，有言已盡，本無可贅矣，恐方幅不足而不合於格，於是多方拖沓以擴之，是蛇添足也。又有言尚未盡，正堪抒寫，恐逾於格而失矩度，亟闔而已焉，是生割活剥也。之數者，因無識，故無膽，使筆墨不能自由，是爲操觚家之苦趣，不可不察也。昔賢有言：「成事在膽。」文章千古事，苟無膽，何以能千古乎？吾故曰：無膽則筆墨畏縮。膽既詘矣，才何由而得伸乎？惟膽能生才，但知才受於天，而抑知必待擴充於膽耶？吾見世有稱人之才，而歸美之曰能斂才就法。斯言也，非能知才之所由然者也。夫才者，諸法之藴隆發現處也。若有所斂而爲就，則未斂未就以前之才，尚未有法也。其所爲才，皆不從理、事、情而得，爲拂道悖德之言，與才之義相背而馳者，尚得謂之才乎？夫於人之所不能知，而惟我有才能知之；於人之所不能言，而惟我有才能言之。縱其心思之氤氲磅礴，上下縱横，凡六合以内外，皆不得而囿之。以是措而爲文辭，而至理存焉，萬事準焉，深情托焉，是之謂有才。若欲其斂以就法，彼固掉臂遊行於法中久矣。不知其所就者，又何物也？必將曰：所就者乃一定不遷之規矩。此千萬庸衆人皆可共趨之而由之，又何待於才之斂耶？故文章家止有以才御法而驅使之，決無就法而爲法之所役，而猶欲詡其才者也。吾故曰：無才則心思不出。亦可曰：無心思則才不出。而所謂規矩者，即心思之肆應各當之所爲也。蓋言心思，則主乎内以言才；言法，則主乎外以言才。主乎内，心思無處不可通，吐而爲辭，無物不可通也。夫孰得而範圍其心，又孰得而範圍其言乎？主乎外，則囿於物而反有所不得於我心，心思不靈，而才銷鑠矣。吾嘗觀古之才人，合詩與文而論，如左丘明、司馬遷、賈誼、李白、杜甫、韓愈、蘇軾之徒，天地萬物皆遞開闢於其筆端，無有不可舉，無有不能勝。前不必有所承，後不必有所繼，而各有其愉快。如是之才，必有其力以載之。惟力大而才能堅，故至堅而不可摧也。歷千百代而不朽者以此。昔人有云：「擲地須作金石聲。」六朝人非能知此義者，而言金石，喻其堅也。此可以見文家之力。力之分量，即一句一言，如植之則不可仆，横之則不可斷，行則不可遏，住則不可遷。《易》曰：「獨立不懼。」此言其人，而其人之文當亦如是也。譬之兩人焉，共適於途，而值羊腸蠶叢、峻棧危梁之險。其一弱者，精疲於中，形戰於外，將裹足而不前。又必不可已而進焉，於是步步有所憑藉，以爲依傍，或藉人之推之挽之，或手有所持而捫，或足有所緣而踐。即能前達，皆非其人自有之力，僅愈於木偶爲人舁之而行耳。其一爲有力者，神旺而氣足，徑往直前，不待有所攀援假借，奮然投足，反趨弱者扶掖之前。此直以神行而形隨之，豈待外求而能者。故有境必能造，有造必能成。吾故曰：立言者無力，則不能自成一家。夫家者，吾固有之家也。人各自有家，在己力而成之耳，豈有依傍想象他人之家以爲我之家乎？是猶不能自求家珍，穿窬鄰人之物以爲己有，即使盡竊其連城之璧，終是鄰人之寶，不可爲我家珍。而識者窺見其裏，適供其啞然一笑而已。故本其所自有者而益充而廣大之以成家，非其力之所自致乎？然力有大小，家有巨細。吾又觀古之才人，力足以蓋一鄉，則爲一鄉之才；力足以蓋一國，則爲一國之才；力足以蓋天下，則爲天下之才。更進乎此，其力足以十世，足以百世，足以終古，則其立言不朽之業，亦垂十世、垂百世、垂終古，悉如其力以報之。試合古今之才，一一較其所就，視其力之大小遠近，如分寸銖兩之悉稱焉。又觀近代著作之家，其詩文初出，一時非不紙貴。後生小子，以耳爲目，互相傳誦，取爲模楷。及身没之後，聲問即泯，漸有起而議之者。或間能及其身後，而一世再世，漸遠而無聞焉。甚且詆毁叢生，是非競起，昔日所稱其人之長，即爲今日所指之短，可勝歎哉！即如明三百年間，王世貞、李攀龍輩盛鳴於嘉、隆時，終不如明初之高、楊、張、徐，猶得無毁於今日人之口也；鍾惺、譚元春之矯異於末季，又不如王、李之猶可及於再世之餘也。是皆其力所至遠近之分量也。統百代而論，詩自《三百篇》而後，惟杜甫之詩，其力能與天地相終始，與《三百篇》等。自此以外，後世不能無入者主之，出者奴之，諸説之異同，操戈之不一矣。其間又有力可以百世，而百世之内互有興衰者。或中湮而復興，或昔非而今是，又似世會使之然。生前或未有推重之，而後世忽崇尚之。如韓愈之文，當愈之時，舉世未有深知而尚之者；二百餘年後，歐陽修方大表章之，天下遂翕然宗韓愈之文，以至於今不衰。信乎文章之力有大小遠近，而又盛衰乘時之不同如是。欲成一家言，斷宜奮其力矣。夫内得之於識，而出之而爲才，惟膽以張其才，惟力以克荷之。得全者其才見全，得半者其才見半，而又非可矯揉蹴至之者也，蓋有自然之候焉。千古才力之大者，莫有及於神禹。神禹平成天地之功，此何等事，而孟子以爲行所無事，不過順水流行坎止自然之理，而行疏瀹、排決之事，豈别有治水之法，有所矯揉以行之者乎？不然者，是行其所有事矣。大禹之神力，遠及萬萬世。以文辭立言者，雖不敢幾此，然異道同歸，勿以篇章爲細務，自逐處於没世無聞已也。大約才、識、膽、力四者交相爲濟，苟一有所歉，則不可登作者之壇。四者無緩急，而要在先之以識，使無識，則三者俱無所託：無識而有膽，則爲妄，爲鹵莽，爲無知，其言背理叛道，蔑如也；無識而有才，雖議論縱横，思致揮霍，而是非淆亂，黑白顛倒，才反爲累矣；無識而有力，則堅僻妄誕之辭，足以誤人而惑世，爲害甚烈。若在騷壇，均爲風雅之罪人。惟有識則能知所從，知所奮，知所决，而後才與膽、力皆確然有以自信，舉世非之，舉世譽之，而不爲其所摇，安有隨人之是非以爲是非者哉？其胸中之愉快自足，寧獨在詩文一道已也！然人安能盡生而具絶人之姿，何得易言有識？其道宜如《大學》之始於格物。誦讀古人詩書，一一以理、事、情格之，則前後、中邊、左右、向背，形形色色，殊類萬態，無不可得，不使有毫髪之罅，而物得以乘我焉。如以文爲戰，而進無堅城，退無横陣矣。若捨其在我者，而徒日勞於章句誦讀，不過勦襲依傍、摹擬窺伺之術，以自躋於作者之林，則吾不得而知之矣。

或曰：「先生發揮理、事、情三言，可謂詳且至矣。然此三言，固文家之切要關鍵，而語於詩，則情之一言，義固不易，而理與事似於詩之義未爲切要也。先儒云：『天下之物，莫不有理。』若夫詩，似未可以物物也。詩之至處，妙在含蓄無垠，思致微渺，其寄托在可言、不可言之間，其指歸在可解、不可解之會。言在此而意在彼，泯端倪而離形象，絶議論而窮思維，引人於冥漠恍惚之境，所以爲至也。若一切以理概之，理者，一定之衡，則能實而不能虛，爲執而不爲化，非板則腐。如學究之説書，閭師之讀律，又如禪家之參死句不參活句，竊恐有乖於風人之旨。以言乎事，天下固有有其理而不可見諸事者；若夫詩，則理尚不可執，又焉能一一徵之實事者乎？而先生斷斷焉必以理、事二者與情同律乎詩，不使有毫髪之或離，愚竊惑焉。此何也？」予曰：「子之言誠是也。子所以稱詩者，深有得乎詩之旨者也。然子但知可言、可執之理之爲理，而抑知名言所絶之理之爲至理乎？子但知有是事之爲事，而抑知無是事之爲凡事之所出乎？可言之理，人人能言之，又安在詩人之言之？可徵之事，人人能述之，又安在詩人之述之？必有不可言之理，不可述之事，遇之於默會意象之表，而理與事無不燦然於前者也。今試舉杜甫集中一二名句，爲子晰而剖之，以見其概，可乎？如《玄元皇帝廟》作『碧瓦初寒外』句，逐字論之：言乎『外』，與内爲界也，『初寒』何物，可以内外界乎？將『碧瓦』之外，無『初寒』乎？寒者，天地之氣也。是氣也，盡宇宙之内，無處不充塞，而碧瓦獨居其外，寒氣獨盤踞於碧瓦之内乎？寒而曰『初』，將嚴寒或不如是乎？『初寒』無象無形，『碧瓦』有物有質，合虛實而分内外，吾不知其寫『碧瓦』乎？寫『初寒』乎？寫近乎？寫遠乎？使必以理而實諸事以解之，雖稷下談天之辨，恐至此亦窮矣。然設身而處當時之境會，覺此五字之情景，恍如天造地設，呈於象，感於目，會於心。意中之言，而口不能言；口能言之，而意又不可解。劃然示我以默會想象之表，竟若有内有外，有寒有初寒，特借碧瓦一實相發之。有中間，有邊際，虛實相成，有無互立，取之當前而自得，其理昭然，其事的然也。昔人云：『王維詩中有畫。』凡詩可入畫者，爲詩家能事。風雲雨雪，景象之至虛者，畫家無不可繪之於筆。若初寒内外之景色，即董、巨復生，恐亦束手擱筆矣。天下惟理、事之入神境者，固非庸凡人可摹擬而得也。又《宿左省》作『月傍九霄多』句，從來言月者，祇有言圓缺，言明暗，言升沉，言高下，未有言多少者。若俗儒，不曰『月傍九霄明』，則曰『月傍九霄高』，以爲景象真而使字切矣。今曰『多』，不知月本來多乎？抑傍九霄而始多乎？不知月多乎？月所照之境多乎？有不可名言者。試想當時之情景，非言『明』、言『高』、言『升』可得，而惟此『多』字可以盡括此夜宫殿當前之景象。他人共見之，而不能知、不能言，惟甫見而知之，而能言之。其事如是，其理不能不如是也。又《夔州雨濕不得上岸》作『晨鐘雲外濕』句，以『晨鐘』爲物而『濕』乎？雲外之物，何啻以萬萬計？且鐘必於寺觀，即寺觀中，鐘之外，物亦無算，何獨濕鐘乎？然爲此語者，因聞鐘聲有觸而云然也。聲無形，安能濕？鐘聲入耳而有聞，聞在耳，止能辨其聲，安能辨其濕？曰『雲外』，是又以目治，見雲不見鐘，故云『雲外』。然此詩爲雨濕而作，有雲然後有雨，鐘爲雨濕，則鐘在雲内，不應云『外』也。斯語也，吾不知其爲耳聞耶？爲目見耶？爲意揣耶？俗儒於此，必曰『晨鐘雲外度』，又必曰『晨鐘雲外發』，決無下『濕』字者。不知其於隔雲見鐘，聲中聞濕，妙悟天開，從至理實事中領悟，乃得此境界也。又《摩訶池泛舟》作『高城秋自落』句，夫『秋』何物？若何而『落』乎？時序有代謝，未聞云『落』也；即秋能『落』，何繫之以『高城』乎？而曰『高城落』，則秋實自高城而落，理與事俱不可易也。以上偶舉杜集四語，若以俗儒之眼觀之，以言乎理，理於何通？以言乎事，事於何有？所謂言語道斷，思維路絕。然其中之理，至虛而實，至渺而近，灼然心目之間，殆如鳶飛魚躍之昭著也。理既昭矣，尚得無其事乎？古人妙於事理之句，如此極多，姑舉此四語，以例其餘耳。其更有事所必無者，偶舉唐人一二語，如『蜀道之難難於上青天』、『似將海水添宮漏』、『春風不度玉門關』、『天若有情天亦老』、『玉顏不及寒鴉色』等句，如此者何止盈千累萬。決不能有其事，實爲情至之語。夫情必依乎理，情得然後理真。情理交至，事尚不得耶？要之，作詩者實寫理、事、情，可以言言，可以解解，即爲俗儒之作。惟不可名言之理，不可施見之事，不可徑達之情，則幽渺以爲理，想象以爲事，惝恍以爲情，方爲理至、事至、情至之語。此豈俗儒耳目心思界分中所有哉？則余之爲此三語者，非腐也，非僻也，非錮也。得此意而通之，寧獨學詩，無適而不可矣！」

或曰：「先生之論詩，深源於正變、盛衰之所以然，不定指在前者爲盛，在後者爲衰；而謂明二李之論爲非是，又以時人之模稜漢魏、貌似盛唐者，熟調陳言，千首一律，爲之反覆，以開其錮習，發其憒蒙。乍聞之，似乎矯枉而過正；徐思之，真膏肓之針砭也。然則學詩者，且置漢、魏、初盛唐詩勿即寓目，恐從是入手，未免熟調陳言相因而至，我之心思終於不出也。不若即於唐以後之詩而從事焉，可以發其心思，啓其神明，庶不墮蹈襲相似之故轍，可乎？」余曰：「吁！是何言也？余之論詩，謂近代之習，大概斥近而宗遠，排變而崇正，爲失其中而過其實，故言非在前者之必盛，在後者之必衰。若子之言，將謂後者之居於盛，而前者反居於衰乎？吾見歷來之論詩者，必曰蘇、李不如《三百篇》，建安、黄初不如蘇、李，六朝不如建安、黄初，唐不如六朝；而斥宋者至謂不僅不如唐，而元又不如宋。惟有明二三作者，高自位置，惟不敢自居於《三百篇》，而漢、魏、初盛唐居然兼總而有之，而不少讓。平心而論，斯人也，實漢、魏、唐人之優孟耳。竊以爲相似而僞，無寧相異而真，故不必泥前盛後衰爲論也。夫自《三百篇》而下，三千餘年之作者，其間節節相生，如環之不斷，如四時之序，衰旺相循，而生物，而成物，息息不停，無可或間也。吾前言踵事增華，因時遞變，此之謂也。故不讀『明』『良』、《擊壤》之歌，不知《三百篇》之工也；不讀《三百篇》，不知漢、魏詩之工也；不讀漢、魏詩，不知六朝詩之工也；不讀六朝詩，不知唐詩之工也；不讀唐詩，不知宋與元詩之工也。夫惟前者啓之，而後者承之而益之；前者創之，而後者因之而廣大之。使前者未有是言，則後者亦能如前者之初有是言；前者已有是言，則後者乃能因前者之言而另爲他言。總之，後人無前人，何以有其端緒？前人無後人，何以竟其引伸乎？譬諸地之生木然，《三百篇》則其根，蘇、李詩則其萌芽由蘖，建安詩則生長至於拱把，六朝詩則有枝葉，唐詩則枝葉垂蔭，宋詩則能開花，而木之能事方畢。自宋以後之詩，不過花開而謝，花謝而復開，其節次雖層層積累，變换而出，而必不能不從根柢而生者也。故無根則由蘖何由生？無由蘖則拱把何由長？不由拱把則何自而有枝葉垂蔭而花開花謝乎？若曰審如是，則有其根斯足矣，凡根之所發不必問也；且有由蘖及拱把成其爲木斯足矣，其枝葉與花不必問也。則根特蟠於地而具其體耳，由蘖萌芽僅見其形質耳，拱把僅生長而上達耳，而枝葉垂蔭，花開花謝，可遂以已乎？故止知有根芽者，不知木之全用者也；止知有枝葉與花者，不知木之大本者也。由是言之，詩自《三百篇》以至於今，此中終始相承相成之故，乃豁然明矣，豈可以臆畫而妄斷者哉！大抵近時詩人，其過有二：其一奉老生之常談，襲古來所云忠厚和平、渾樸典雅、陳陳皮膚之語，以爲正始在是，元音復振，動以道性情、托比興爲言。其詩也，非庸則腐，非腐則俚；其人且復鼻孔撩天，摇唇振履，面目與心胸殆無處可以位置，此真虎豹之鞟耳。其一好爲大言，遺棄一切，掇採字句，抄集韵脚。覩其成篇，句句可畫；諷其一句，字字可斷。其怪戾則自以爲李賀，其濃抹則自以爲李商隱，其澀險則自以爲皮、陸，其拗拙則自以爲韓、孟。土苴建安，弁髦初、盛。後生小子，詫爲新奇，競趨而效之，所云牛鬼蛇神，夔蚿罔兩。揆之風雅之義，風者真不可以風，雅者則已喪其雅，尚可言耶？吾願學詩者，必從先型以察其源流，識其升降。讀《三百篇》而知其盡美矣，盡善矣，然非今之人所能爲；即今之人能爲之，而亦無爲之之理，終亦不必爲之矣。繼之而讀漢、魏之詩，美矣，善矣，今之人庶能爲之，而無不可爲之；然不必爲之，或偶一爲之而不必似之。又繼之而讀六朝之詩，亦可謂美矣，亦可謂善矣，我可以擇而間爲之，亦可以㮣而置之。又繼之而讀唐人之詩，盡美盡善矣，我可盡其心以爲之，又將變化神明而達之。又繼之而讀宋之詩、元之詩，美之變而仍美，善之變而仍善矣，吾縱其所如，而無不可爲之，可以進退出入而爲之。此古今之詩相承之極致，而學詩者循序反覆之極致也。原夫創始作者之人，其興會所至，每無意而出之，即爲可法可則。如《三百篇》中，里巷歌謡、思婦勞人之吟詠居其半。彼其人非素所誦讀講肄推求而爲此也，又非有所研精極思、腐毫輟翰而始得也。情偶至而感，有所感而鳴，斯以爲風人之旨，遂適合於聖人之旨，而刪之爲經以垂教。非必謂後之君子，雖誦讀講習，研精極思，求一言之幾於此而不能也。乃後之人頌美訓釋《三百篇》者，每有附會，而於漢、魏、初盛唐亦然，以爲後人必不能及。乃其弊之流，且有逆而反之；推崇宋、元者，菲薄唐人；節取中、晚者，遺置漢、魏。則執其源而遺其流者，固已非矣；得其流而棄其源者，又非之非者乎？然則學詩者，使竟從事於宋、元、近代，而置漢、魏、唐人之詩而不問，不亦大乖於詩之旨哉！」

《原詩》卷二終

# 原詩卷三

嘉善葉燮星期

## 外篇上

五十年前，詩家群宗嘉、隆七子之學，其學五古必漢、魏，七古及諸體必盛唐。於是以體裁、聲調、氣象、格力諸法著爲定則，作詩者動以數者律之，勿許稍越乎此。又凡使事、用句、用字，亦皆有一成之規，不可以或出入。其所以繩詩者，可謂嚴矣。惟立説之嚴，則其途必歸於一，其取資之數皆如有分量以限之，而不得不隘。是何也？以我所製之體，必期合裁於古人，稍不合則傷於體，而爲體有數矣；我啓口之調，必期合響於古人，稍不合則戾於調，而爲調有數矣。氣象、格力無不皆然，則亦俱爲有數矣。其使事也，唐以後之事戒勿用，而所使之事有數矣；其用字句也，唐以前未經用之字與句戒勿入，則所用之字與句亦有數矣。夫其説亦未始非也，然以此有數之則，而欲以限天地景物無盡之藏，并限人耳目心思無窮之取，即優於篇章者，使之連詠三日，其言未有不窮，而不至於重見疊出者寡矣。夫人之心思，本無涯涘可窮盡、可方體，每患於局而不能攄，扃而不能發，乃故囿之而不使之攄，鍵之而不使之發，則萎然疲薾，安能見其長乎？故百年之間，守其高曾，不敢改物，熟調膚辭，陳陳相因，而求一軼群之步、弛跅之材，蓋未易遇矣。於是楚風懲其弊，起而矯之，抹倒體裁、聲調、氣象、格力諸説，獨闢蹊徑，而栩栩然自是也。夫必主乎體裁諸説者，或失則固，盡抹倒之，而入於瑣屑、滑稽、隱怪、荆棘之境，以矜其新異，其過殆又甚焉。故楚風倡於一時，究不能入人之深，旋趨而旋棄之者，以其説之益無本也。近今詩家，知懲七子之習弊，掃其陳熟餘派，是矣。然其過，凡聲調、字句之近乎唐者，一切屏棄而不爲，務趨於奥僻，以險怪相尚，目爲生新，自負得宋人之髓，幾於句似秦碑，字如漢賦，新而近於俚，生而入於澀，真足大敗人意。夫厭陳熟者，必趨生新；而厭生新者，則又返趨陳熟。以愚論之，陳熟、生新，不可一偏，必二者相濟，於陳中見新，生中得熟，方全其美。若主於一而彼此交譏，則二俱有過。然則詩家工拙美惡之定評不在乎此，亦在其人神而明之而已。

陳熟、生新，二者於義爲對待。對待之義，自太極生兩儀以後，無事無物不然：日月、寒暑、晝夜，以及人事之萬有——生死、貴賤、貧富、高卑、上下、長短、遠近、新舊、大小、香臭、深淺、明暗，種種兩端，不可枚舉。大約對待之兩端，各有美有惡，非美惡有所偏於一者也。其間惟生死、貴賤、貧富、香臭，人皆美生而惡死，美香而惡臭，美富貴而惡貧賤。然逢、比之盡忠，死何嘗不美？江總之白首，生何嘗不惡？幽蘭得糞而肥，臭以成美；海木生香則萎，香反爲惡。富貴有時而可惡，貧賤有時而見美，尤易以明。即莊生所云「其成也毁，其毁也成」之義。對待之美惡，果有常主乎？生熟、新舊二義，以凡事物參之，器用以商、周爲寶，是舊勝新；美人以新知爲佳，是新勝舊；肉食以熟爲美者也，果食以生爲美者也，反是則兩惡。推之詩，獨不然乎？舒寫胸襟，發揮景物，境皆獨得，意自天成，能令人永言三歎，尋味不窮，忘其爲熟，轉益見新，無適而不可也。若五内空如，毫無寄托，以剿襲浮辭爲熟，搜尋險怪爲生，均爲風雅所擯。論文亦有順、逆二義，并可與此參觀發明矣。

詩家之規則不一端，而曰體格，曰聲調，恒爲先務，論詩者所爲總持門也；詩家之能事不一端，而曰蒼老，曰波瀾，目爲到家，評詩者所爲造詣境也。以愚論之，體格、聲調與蒼老、波瀾，何嘗非詩家要言妙義，然而此數者，其實皆詩之文也，非詩之質也；所以相詩之皮也，非所以相詩之骨也。試一一論之。言乎體格，譬之於造器，體是其製，格是其形也。將造是器，得般、倕運斤，公輸揮削，器成而肖形合製，無毫髮遺憾，體格則至美矣。乃按其質，則枯木朽株也，可以爲美乎？此必不然者矣。夫枯木朽株之質，般、輸必且束手，而器亦烏能成？然則欲般、輸之得展其技，必先具有木蘭、文杏之材也，而器之體格方有所托以見也。言乎聲調，聲則宫商叶韵，調則高下得宜，而中乎律吕，鏗鏘乎聽聞也。請以今時俗樂之度曲者譬之：度曲者之聲調，先研精於平仄陰陽。其吐音也，分唇鼻齒齶、開閉撮抵諸法，而曼以笙簫，嚴以鼙鼓，節以頭、腰、截板，所争在渺忽之間，其於聲調可謂至矣。然必須其人之發於喉、吐於口之音以爲之質，然後其聲繞梁，其調遏雲，乃爲美也。使其發於喉者啞然，出於口者颯然，高之則如蟬，抑之則如蚓，吞吐如振車之鐸，收納如鳴窌之牛，而按其律吕則於平仄陰陽、唇鼻齒齶、開閉撮抵諸法毫無一爽，曲終而無幾微愧色。其聲調是也，而聲調之所麗焉以爲傳者則非也。則徒恃聲調以爲美，可乎？以言乎蒼老，凡物必由穉而壯，漸至於蒼且老，各有其候，非一於蒼老也。且蒼老必因乎其質，非凡物可以蒼老概也。即如植物，必松柏而後可言蒼老。松柏之爲物，不必盡干霄百尺，即尋丈楹檻間，其鱗鬣夭矯，具有凌雲磐石之姿，此蒼老所由然也。苟無松柏之勁質，而百卉凡材，彼蒼老何所憑藉以見乎？必不然矣。又如波瀾之義，風與水相遭成文而見者也。大之則江湖，小之則池沼，微風鼓動而爲波爲瀾，此天地間自然之文也。然必水之質空虛明淨，坎止流行，而後波瀾生焉，方美觀耳。若汙萊之豬，溷廁之溝瀆，遇風而動，其波瀾亦猶是也，但揚其穢，曾是云美乎？然則波瀾非能自爲美也，有江湖、池沼之水以爲之地，而後波瀾爲美也。由是言之，之數者皆必有質焉以爲之先者也。彼詩家之體格、聲調、蒼老、波瀾，爲規則，爲能事，固然矣。然必其人具有詩之性情、詩之才調、詩之胸懷、詩之見解，以爲其質，如賦形之有骨焉，而以諸法傅而出之，猶素之受繪，有所受之地，而後可一一增加焉。故體格、聲調、蒼老、波瀾，不可謂爲文也，有待於質焉，則不得不謂之文也；不可謂爲皮之相也，有待於骨焉，則不得不謂之皮相也。吾故告善學詩者，必先從事於格物，而以識充其才，則質具而骨立；而以諸家之論優游以文之，則無不得而免於皮相之譏矣。

《虞書》稱：「詩言志。」「志」也者，訓詁爲「心之所之」，在釋氏所謂「種子」也。志之發端，雅有高卑、大小、遠近之不同，然有是志，而以我所云才、識、膽、力四語充之，則其仰觀俯察，遇物觸景之會，勃然而興，旁見側出，才氣心思，溢於筆墨之外。志高則其言潔，志大則其辭弘，志遠則其旨永。如是者，其詩必傳，正不必斤斤争工拙於一字一句之間。乃俗儒欲炫其長以鳴於世，於片語隻字，輒攻瑕索疵，指爲何出；稍不勝，則又援前人以證。不知讀古人書，欲著作以垂後世，貴得古人大意，片語隻字稍不合，無害也。必欲求其瑕疵，則古今惟吾夫子可免。《孟子》七篇，欲加之辭，豈無微有可議者？《孟子》引《詩》、《書》，字句恒有錯誤，豈爲子輿氏病乎？詩聖推杜甫，若索其瑕疵而文致之，政自不少，終何損乎杜詩？俗儒於杜則不敢難，若今人爲之，則喧呶不休矣。今偶録杜句，請正之俗儒，然乎？否乎？如：「自是秦樓壓鄭谷。」俗儒必曰：「秦樓」與「鄭谷」不相屬，「壓鄭谷」何出？「愚公谷口村。」必曰：「愚公」，谷也，從無「村」字，押韵杜撰。「參軍舊紫髯。」必曰：止有「髯參軍」，「紫髯」另是一人，杜撰牽合。「河隴降王款聖廟。」必曰：「降」則「款」矣，「款」則「降」矣，字眼重出，湊句。「王綱尚旒綴。」必曰：「綴旒」倒用，何出？「不聞夏殷衰，中自誅褒妲。」必曰：褒、妲是殷、周，與夏無涉，遺却周，錯悞甚。「前軍蘇武節，左將呂虔刀。」必曰：蘇武「前軍」乎？呂虔「左將」乎？「第五橋邊流恨水，皇陂亭北結愁亭。」必曰：「恨水」、「愁亭」何出？牽「橋」、「陂」尤杜撰。「蘇武看羊陷賊庭。」必曰：改「牧」作「看」，又「賊庭」，俱錯。「但訝鹿皮翁，忘機對芳草。」必曰：「鹿皮翁對芳草」事何出？「舊諳疏懶叔。」必曰：懶是嵇康，牽阮家不上。「囚梁亦固扃。」必曰：「固扃」押韵何出？「歷下辭姜被，關西得孟鄰。」必曰：「姜被」、「孟鄰」，豈「歷下」、「關西」事耶？「處士禰衡俊。」必曰：禰衡稱「俊」，何出？「斬木火井窮猿呼。」必曰：「斬木」一事，「火井」一事，「窮猿呼」一事，硬牽合。「片雲天共遠，永夜月同孤。落日心猶壯，秋風病欲蘇。」必曰：言「片雲」，言「天」，言「永夜」，言「月」，言「落日」，言「秋風」，二十字中，重見疊出，無法之甚。「永負蒿里餞。」必曰：「蒿里餞」何出？「不見杏壇丈。」必曰：函丈耶？可單用「丈」字耶？抑指稱孔子耶？「侍祠恧先露。」必曰：「恧先露」不成文，費解。「涇渭開愁容。」必曰：涇、渭亦有「愁容」耶？「氣劘屈賈壘，目短曹劉牆。」必曰：「屈賈壘」、「曹劉牆」何出？「管寧紗帽淨。」必曰：改「皂」爲「紗」，取叶平仄，杜撰。「潘生驂閣遠。」必曰：散騎省曰「驂閣」，有出否？「豺遘哀登楚。」必曰：王粲《七哀詩》：「豺虎方遘患。」登荊州樓五字，何異「蛙翻白出闊」耶？「楚星南天黑，蜀月西霧重。」必曰：「楚星」、「蜀月」、「西霧」何出？「孔子釋氏親抱送。」必曰：杜撰，俗極。「傾銀注玉驚人眼。」必曰：銀瓶耶？玉盌耶？杜撰不成文，且俗。「郭振起通泉。」必曰：郭元振去「元」字，何據？「嚴家聚德星。」必曰：《簡嚴遂州》以聚德星屬嚴家，則一部《千家姓》，家家可聚德星矣。「把文驚小陸。」必曰：「小陸」何人耶？若指陸雲，何出？「師伯集所使。」必曰：據注，雨師、風伯也。杜撰極。「先儒曾抱麟。」必曰：即「泣麟」耶？「抱」字何出？「修文將管輅。」必曰：修文非管輅事。「莫徭射雁鳴桑弓。」必曰：桑弧曰「桑弓」，有出否？「悠悠伏枕左書空。」必曰：「左」字何解？「只同燕石能星隕。」必曰：隕石也，稱「燕石」何出？「涼憶峴山巔。」必曰：峴山之「涼」有出乎？「名參漢望苑。」必曰：博望苑去「博」字，何出？「馮招疾病纏。」必曰：左思詩：「馮公豈不偉，白首不見招。」曰「馮招」，可乎？以「疾病」屬馮，尤無謂。「韋經亞相傳。」必曰：韋玄成稱「亞相」，有出否？「舌存恥作窮途哭。」必曰：不是一事，牽合。「投閣爲劉歆。」必曰：劉歆子棻事，借叶韵，可乎？「嫌疑陸賈裝。」必曰：馬援薏苡嫌疑，「陸賈裝」有何嫌疑乎？「穀貴没潛夫。」必曰：王符以穀貴没乎？以上偶録杜句，余代俗儒一一爲之評駁，其他若此者甚多，亦何累乎杜哉？今有人，其詩能一一無是累，而通體庸俗淺薄無一善，亦安用有此詩哉？故不觀其高者、大者、遠者，動摘字句，刻畫評駁，將使從事風雅者，惟謹守老生常談爲不刊之律，但求免於過，斯足矣。使人展卷，有何意味乎？而俗儒又恐其説之不足以勝也，於是遁於考訂證據之學，驕人以所不知而矜其博。此乃學究所爲耳，千古作者心胸，豈容有此等銖兩瑣屑哉？司馬遷作《史記》，往往改竄六經文句，後世無有非之者，以其所就者大也。然余爲此言，非教人杜撰也。如杜此等句，本無可疵；今人惑於盲瞽之説，而以杜之所爲無害者，反嚴以繩人，於是詩亡，而詩才亦且亡矣。余故論而明之。詩之工拙，必不在是，可無惑也。

杜句之無害者，俗儒反嚴以繩人，必且曰：「在杜則可，在他人則不可。」斯言也，固大戾乎詩人之旨者也。夫立德與立言，事異而理同。立德者曰：「舜何人也，予何人也，有爲者亦若是。」乃以詩立言者，則自視與杜截然爲二，何爲者哉？將以杜爲不可學耶？置其爔之可而不能學，因置其瑕之不可而不敢學，僅自居於調停之中道，其志已陋，其才已卑，爲風雅中無是無非之鄉愿，可哀也！將以杜爲不足學耶？則以可者僅許杜而不願學，而以不可者聽之於杜而如不屑學，爲風雅中無知無識之冥頑，益可哀已！然則「在杜則可，在他人則不可」之言，捨此兩端，無有是處。是其人既不能反而得之於心，而妄以古人爲可不可之論，不亦大過乎？

「作詩者在抒寫性情」，此語夫人能知之，夫人能言之，而未盡夫人能然之者矣。作詩有性情，必有面目。此不但未盡夫人能然之，并未盡夫人能知之而言之者也。如杜甫之詩，隨舉其一篇，篇舉其一句，無處不可見其憂國愛君，憫時傷亂，遭顛沛而不苟，處窮約而不濫，崎嶇兵戈盜賊之地，而以山川景物、友朋盃酒，抒憤陶情，此杜甫之面目也。我一讀之，甫之面目，躍然於前。讀其詩一日，一日與之對；讀其詩終身，日日與之對也，故可慕可樂而可敬也。舉韓愈之一篇一句，無處不可見其骨相稜嶒，俯視一切，進則不能容於朝，退又不肯獨善於野，疾惡甚嚴，愛才若渴，此韓愈之面目也。舉蘇軾之一篇一句，無處不可見其凌空如天馬，游戲如飛仙，風流儒雅，無入不得，好善而樂與，嬉笑怒罵，四時之氣皆備，此蘇軾之面目也。此外諸大家，雖所就各有差別，而面目無不於詩見之。其中有全見者，有半見者。如陶潛、李白之詩，皆全見面目；王維五言則面目見，七言則面目不見。此外面目可見，不可見，分數多寡，各各不同，然未有全不可見者。讀古人詩，以此推之，無不得也。余嘗於近代一二聞人，展其詩卷，自始至終，亦未嘗不工；乃讀之數過，卒未能覩其面目何若，竊不敢謂作者如是也。

杜甫之詩，獨冠今古。此外上下千餘年，作者代有，惟韓愈、蘇軾，其才力能與甫抗衡，鼎立爲三。韓詩無一字猶人，如太華削成，不可攀躋。若俗儒論之，摘其杜撰，十且五六，輒摇唇鼓舌矣。蘇詩包羅萬象，鄙諺小説，無不可用。譬之銅鐵鉛錫，一經其陶鑄，皆成精金。庸夫俗子，安能窺其涯涘！并有未見蘇詩一斑，公然肆其譏彈，亦可哀也！韓詩用舊事，而間以己意易以新字者；蘇詩常一句中用兩事、三事者，非騁博也，力大故無所不舉。然此皆本於杜，細覽杜詩，知非韓、蘇創爲之也。必謂一句止許用一事者，此井底之蛙，未見韓、蘇，并未見杜者也。且一句止用一事，如七律一句，上四字與下三字，總現成寫此一事，亦非謂不可。若定律如此，是記事册，非自我作詩也。詩而曰作，須有我之神明在内，如用兵然，孫、吴成法，懦夫守之不變，其能長勝者寡矣；驅市人而戰，出奇制勝，未嘗不愈於教習之師。故以我之神明役字句，以我所役之字句使事，知此方許讀韓、蘇之詩。不然，直使古人之事，雖形體、眉目悉具，直如芻狗，略無生氣，何足取也。

詩是心聲，不可違心而出，亦不能違心而出。功名之士，決不能爲泉石淡泊之音；輕浮之子，必不能爲敦龐大雅之響。故陶潛多素心之語，李白有遺世之句，杜甫興「廣廈萬間」之願，蘇軾師「四海弟昆」之言，凡如此類，皆應聲而出。其心如日月，其詩如日月之光，隨其光之所至，即日月見焉。故每詩以人見，人又以詩見。使其人其心不然，勉強造作，而爲欺人欺世之語，能欺一人一時，決不能欺天下後世。究之閱其全帙，其陋必呈；其人既陋，其氣必薾，安能振其辭乎？故不取諸中心而浮慕著作，必無是理也。

古人之詩，必有古人之品量。其詩百代者，品量亦百代。古人之品量，見之古人之居心；其所居之心，即古盛世賢宰相之心也。宰相所有事，經綸宰制，無所不急，而必以樂善愛才爲首務，無毫髮媢疾忌忮之心，方爲真宰相。百代之詩人亦然。如高適、岑參之才，遠遜於杜，觀甫贈寄高、岑諸作，極其推崇贊歎。孟郊之才，不及韓愈遠甚，而愈推高郊，至「低頭拜東野」，願郊爲龍身爲雲，「四方上下逐東野」。盧仝、賈島、張籍等諸人，其人地與才，愈俱十百之，而愈一一爲之歎賞推美。史稱其「獎借後輩，稱薦公卿間，寒暑不避」。歐陽修於詩，極推重梅堯臣、蘇舜欽。蘇軾於黄庭堅、秦觀、張耒等諸人，皆愛之如己，所以好之者無不至。蓋自有天地以來，文章之能事萃於此數人，決無更有勝之而出其上者。及觀其樂善愛才之心，竟若欿然不自足。此其中懷闊大，天下之才皆其才，而何媢疾忌忮之有。不然者，自炫一長，自矜一得，而惟恐有一人之出其上，又惟恐人之議己，日以攻擊詆毁其類爲事。此其中懷狹隘，即有著作，如其心術，尚堪垂後乎？昔人惟沈約聞人一善，如萬箭攢心，而約之所就，亦何足云？是猶以李林甫、盧杞之居心，而欲博賢宰相之名，使天下後世稱之，亦事理所必無者爾。

詩之亡也，亡於好名。没世無稱，君子羞之，好名宜亟亟矣。竊怪夫好名者，非好垂後之名，而好目前之名。目前之名，必先工邀譽之學，得居高而呼者倡譽之，而後從風者群和之，以爲得風氣。於是風雅筆墨，不求之古人，耑求之今人，以爲迎合。其爲詩也，連卷累帙，不過等之揖讓周旋、羔雁筐篚之具而已矣。及聞其論，則亦盛言《三百篇》、言漢、言唐、言宋而進退是非之，居然當代之詩人，而詩亡矣。

詩之亡也，又亡於好利。夫詩之盛也，敦實學以崇虛名；其衰也，媒虛名以網厚實。於是以風雅壇坫爲居奇，以交遊朋盍爲牙市，是非淆而品格濫，詩道雜而多端，而友朋切劘之義，因之而衰矣。昔人言：「詩窮而後工。」然則詩豈救窮者乎？斯二者，好名實兼乎利，好利遂至不惜其名。夫三不朽，詩亦立言之一，奈何以之爲壟斷名利之區？不但有愧古人，其亦反而問之自有之性情可矣。

詩道之不能長振也，由於古今人之詩評雜而無章，紛而不一。六朝之詩，大約沿襲字句，無特立大家之才。其時評詩而著爲文者，如鍾嶸，如劉勰，其言不過吞吐抑揚，不能持論。然嶸之言曰：「邇來作者，競須新事，牽攣補衲，蠹文已甚。」斯言爲能中當時後世好新之弊。勰之言曰：「沈吟鋪辭，莫先於骨。故辭之待骨，如體之樹骸。」斯言爲能探得本原。此二語外，兩人亦無所能爲論也。他如湯惠休「初日芙蓉」、沈約「彈丸脱手」之言，差可引伸，然俱屬一斑之見，終非大家體段。其餘皆影響附和，沉淪習氣，不足道也。唐、宋以來諸評詩者，或概論風氣，或指論一人一篇一語，單辭複句，不可殫數。其間有合有離，有得有失。如皎然曰：「作者須知復變。若惟復不變，則陷於相似，置古集中，視之眩目，何異宋人以燕石爲璞？」劉禹錫曰：「工生於才，達生於識，二者相爲用而詩道備。」李德裕曰：「譬如日月，終古常見，而光景常新。」皮日休曰：「才猶天地之氣，分爲四時，景色各異。人之才變，豈異於是？」以上數則語，足以啓蒙砭俗，異於諸家悠悠之論，而合於詩人之旨，爲得之。其餘非戾則腐，如聾如瞶不少。而最厭於聽聞、錮蔽學者耳目心思者，則嚴羽、高棅、劉辰翁及李攀龍諸人是也。羽之言曰：「學詩者以識爲主，入門須正，立意須高。以漢、魏、晉、盛唐爲師，不作開元、天寶以下人物，若自退屈，即有下劣詩魔入其肺腑。」夫羽言學詩須識，是矣，既有識，則當以漢、魏、六朝、全唐及宋之詩悉陳於前，彼必自能知所決擇，知所依歸，所謂信手拈來，無不是道。若云漢、魏、盛唐，則五尺童子、三家村塾師之學詩者，亦熟於聽聞，得於授受久矣。此如康莊之路，衆所群趨，即瞽者亦能相隨而行，何待有識而方知乎？吾以爲若無識，則一一步趨漢、魏、盛唐，而無處不是詩魔；苟有識，即不步趨漢、魏、盛唐，而詩魔悉是智慧，仍不害於漢、魏、盛唐也。羽之言，何其謬戾，而意且矛盾也！彼棅與辰翁之言，大率類是，而辰翁益覺惝恍，無切實處。詩道之不振，此三人與有過焉。至於明之論詩者無慮百十家，而李夢陽、何景明之徒，自以爲得其正而實偏，得其中而實不及，大約不能遠出於前三人之窠臼，而李攀龍益又甚焉。王世貞詩評甚多，雖祖述前人之口吻，而掇拾其皮毛，然間有大合處。如云：「剽竊摹擬，詩之大病，割綴古語，痕迹宛然，斯醜已極。是病也，莫甚於李攀龍。」世貞生平推重服膺攀龍，可謂極至；而此語切中攀龍之隱，昌言不諱。乃知當日之互爲推重者，徒以虚聲倡和，藉相倚以壓倒衆人，而此心之明，自不可掩耳。夫自湯惠休以「初日芙蓉」擬謝詩，後世評詩者祖其語意，動以某人之詩如某某，或人、或仙、或事、或動植物，造爲工麗之辭，而以某某人之詩一一分而如之。泛而不附，縟而不切，未嘗會於心，格於物，徒取以爲談資，與某某之詩何與？明人遞習成風，其流愈盛。自以爲兼總諸家，而以要言評次之，不亦可哂乎？我故曰：歷來之評詩者，雜而無章，紛而不一，詩道之不能常振於古今者，其以是故歟？

《原詩》卷三終

# 原詩卷四

嘉善葉燮星期

## 外篇下

《三百篇》如三皇五帝，雖法制多有未備，然所以爲君而治天下之道，無能外此者矣。漢、魏詩如三王，已有質文治具，焕然耳目，然猶未能窮盡事物之變。自此以後，作者代興，極其所至，如漢祖、唐宗，功業炳燿，其名王，其實則霸。雖後人之才或遜於前人，然漢、唐之天下，使以三王之治治之，不但不得王，并且失霸。故後代之詩，爲王則不傳，爲霸則傳。漢祖、唐宗之規模，而以齊桓、晉文之才與術用之，業成而儼然王矣。知此方可登作者之壇，紹前哲，垂後世。若徒竊漢、唐之規模，而無桓、文之才、術，欲自雄於世，此宋襄之一戰而敗，身死名滅，爲天下笑也。

漢、魏之詩，如畫家之落墨於太虚中，初見形象，一幅絹素，度其長短闊狹，先定規模；而遠近濃淡，層次脱卸，俱未分明。六朝之詩，始知烘染設色，微分濃淡；而遠近層次，尚在形似意想間，猶未顯然分明也。盛唐之詩，濃淡、遠近、層次方一一分明，能事大備。宋詩則能事益精，諸法變化，非濃淡、遠近、層次所得而該，刻畫博换，無所不極。又嘗謂漢、魏詩不可論工拙，其工處乃在拙，其拙處乃見工，當以觀商、周尊彝之法觀之。六朝之詩，工居十六七，拙居十三四，工處見長，拙處見短。唐詩諸大家、名家，始可言工；若拙者則竟全拙，不堪寓目。宋詩在工拙之外，其工處固有意求工，拙處亦有意爲拙。若以工拙上下之，宋人不受也。此古今詩工拙之分劑也。又漢、魏詩如初架屋，棟梁、柱礎、門户已具，而牕櫺、楹檻等項猶未能一一全備，但樹棟宇之形製而已。六朝詩始有牕櫺、楹檻，屏蔽開闔。唐詩則於屋中設帳幃、床榻、器用諸物，而加丹堊雕刻之工。宋詩則製度益精，室中陳設，種種玩好，無所不蓄。大抵屋宇初建，雖未備物，而規模弘敞，大則宫殿，小亦廳堂也。遞次而降，雖無製不全，無物不具，然規模或如曲房奥室，極足賞心，而冠冕闊大，遜於廣廈矣。夫豈前後人之必相遠哉？運會世變使然，非人力之所能爲也，天也。

六朝詩家，惟陶潛、謝靈運、謝朓三人最傑出，可以鼎立。三家之詩不相謀，陶澹遠，靈運警秀，朓高華，各闢境界，開生面，其名句無人能道。左思、鮑照次之，思與照亦各自開生面，餘子不能望其肩項。最下者潘安、沈約，幾無一首一語可取，詩如其人之品也。齊、梁駢麗之習，人人自矜其長。然以數人之作相混一處，不復辨其爲誰，千首一律，不知長在何處。其時膾炙之句，如「芙蓉露下落，楊柳月中疏」、「亭皋木葉下，隴首秋雲飛」等語，本色無奇，亦何足豔稱也？

謝靈運高自位置，而推曹植之才獨得八斗，殊不可解。植詩獨《美女篇》可爲漢、魏壓卷，《箜篌引》次之，餘者語意俱平，無警絶處。《美女篇》意致幽眇，含蓄雋永，音節韵度，皆有天然姿態，層層摇曳而出，使人不可髣髴端倪，固是空千古絶作。後人惟杜甫《新婚别》可以伯仲，此外誰能學步？靈運以八斗歸之，或在是歟？若靈運名篇，較植他作，固已優矣，而自遜處一斗，何也？

陶潛胸次浩然，吐棄人間一切，故其詩俱不從人間得。詩家之方外，别有三昧也。遊方以内者，不可學，學之猶章甫而適越也。唐人學之者，如儲光羲，如韋應物。韋既不如陶，儲雖在韋前，又不如韋。總之，俱不能有陶之胸次故也。

六朝諸名家各有一長，俱非全璧。鮑照、庾信之詩，杜甫以「清新」、「俊逸」歸之，似能出乎類者。究之拘方以内，畫於習氣，而不能變通。然漸闢唐人之户牖，而啓其手眼，不可謂庾不爲之先也。

沈約云：「好詩圓轉如彈丸。」斯言雖未盡然，然亦有所得處。約能言之，及觀其詩，竟無一首能踐斯言者，何也？約詩惟「勿言一尊酒，明日難重持」二語稍佳，餘俱無可取。又約《郊居賦》初無長處，而自矜其「雌霓連蜷」數語，謂王筠曰：「知音者稀，真賞殆絶。僕所相邀，在此數語。」數語有何意味，而自矜若此？約之才思，於此可推。乃爲音韵之宗，以四聲、八病、疊韵、雙聲等法約束千秋風雅，亦何爲也？

李白天才自然，出類拔萃。然千古與杜甫齊名，則猶有間。蓋白之得此者，非以才得之，乃以氣得之也。從來節義、勳業、文章，皆得於天而足於己，然其間亦豈能無分劑？雖所得或未至十分，苟有氣以鼓之，如弓之括力至引滿，自可無堅不摧，此在彀率之外者也。如白《清平調》三首，亦平平宫艷體耳。然貴妃捧硯，力士脱靴，無論懦夫於此戰慄趑趄萬狀，秦舞陽壯士不能不色變於秦皇殿上，則氣未有不先餒者，寧暇見其才乎？觀白揮灑萬乘之前，無異長安市上醉眠時，此何如氣也！大之即舜、禹之巍巍不與，立勳業可以鷹揚牧野，盡節義能爲逄、比碎首，立言而爲文章，韓愈所言「光焰萬丈」，此正言文章之氣也。氣之所用不同，用於一事，則一事立極；推之萬事，無不可以立極。故白得與甫齊名者，非才爲之，而氣爲之也。歷觀千古詩人有大名者，舍白之外，孰能有是氣者乎？

盛唐大家，稱高、岑、王、孟。高、岑相似而高爲稍優，孟則大不如王矣。高七古爲勝，時見沉雄，時見沖澹，不一色，其沉雄直不減杜甫。岑七古間有傑句，苦無全篇，且起結意調往往相同，不見手筆。高、岑五、七律相似，遂爲後人應酬活套作俑。如高七律一首中疊用「巫峽啼猿」、「衡陽歸雁」、「青楓江」、「白帝城」，岑一首中疊用「雲隨馬」、「雨洗兵」、「花迎蓋」、「柳拂旌」，四語一意。高、岑五律，如此尤多。後人行笈中攜《廣輿記》一部，遂可吟詠徧九州，實高、岑啓之也。總之，以「月白風清」、「鳥啼花落」等字裝上地頭一名目，則一首詩成，可以活板印就也。王維五律最出色，七古最無味。孟浩然諸體似乎澹遠，然無縹緲幽深思致，如畫家寫意，墨氣都無。蘇軾謂：「浩然韵高而才短，如造内法酒手，而無材料。」誠爲知言。後人胸無才思，易於衝口而出，孟開其端也。總而論之：高七古、王五律，可無遺議矣。

王世貞曰：「十首以前，少陵較難入；百首以後，青蓮較易厭。」斯言以蔽李、杜，而軒輊自見矣。以此推之，世有閱至終卷皆難入，纔讀一篇即厭者，其過惟均。究之難入者可加功，而即厭者終難藥也。

白居易詩，傳爲老嫗可曉。余謂此言亦未盡然。今觀其集，矢口而出者固多，蘇軾謂其「局於淺切，又不能變風操，故讀之易厭」。夫白之易厭，更甚於李，然有作意處，寄托深遠。如《重賦》、《致仕》、《傷友》、《傷宅》等篇，言淺而深，意微而顯，此風人之能事也。至五言排律，屬對精緊，使事嚴切，章法變化中條理井然，讀之使人惟恐其竟，杜甫後不多得者。人每易視白，則失之矣。元稹作意勝於白，不及白春容暇豫。白俚俗處而雅亦在其中，終非庸近可擬。二人同時得盛名，必有其實，俱未可輕議也。

李賀鬼才，其造語入險，正如倉頡造字，可使鬼夜哭。王世貞曰：「長吉師心，故爾作怪，有出人意表。然奇過則凡，老過則穉。所謂不可無一，不可有二。」余嘗謂世貞評詩有極切當者，非同時諸家可比。「奇過則凡」一語，尤爲學李賀者下一痛砭也。

論者謂：「晚唐之詩，其音衰颯。」然衰颯之論，晚唐不辭；若以衰颯爲貶，晚唐不受也。夫天有四時，四時有春秋。春氣滋生，秋氣肅殺，滋生則敷榮，肅殺則衰颯，氣之候不同，非氣有優劣也。使氣有優劣，春與秋亦有優劣乎？故衰颯以爲氣，秋氣也；衰颯以爲聲，商聲也。俱天地之出於自然者，不可以爲貶也。又盛唐之詩，春花也。桃、李之穠華，牡丹、芍藥之妍豔，其品華美貴重，略無寒瘦儉薄之態，固足美也。晚唐之詩，秋花也。江上之芙蓉，籬邊之叢菊，極幽豔晚香之韵，可不爲美乎？夫一字之褒貶以定其評，固當詳其本末，奈何不察而以辭加人，又從而爲之貶乎？則執盛與晚之見者，即其論以剖明之，當亦無煩辭説之紛紛也已。

開宋詩一代之面目者，始於梅堯臣、蘇舜欽二人。自漢、魏至晚唐，詩雖遞變，皆遞留不盡之意。即晚唐猶存餘地，讀罷掩卷，猶令人屬思久之。自梅、蘇變盡崑體，獨創生新，必辭盡於言，言盡於意，發揮鋪寫，曲折層累以赴之，竭盡乃止。才人伎倆，騰踔六合之内，縱其所如，無不可者。然含蓄渟泓之意，亦少衰矣。歐陽修極伏膺二子之詩，然歐詩頗異於是。以二子視歐陽，其有狂與狷之分乎？

古今詩集，多者或數千首，少者或千首，或數百首。若一集中首首俱佳，並無優劣，其詩必不傳。又除律詩外，若五、七言古風長篇，句句俱佳，並無優劣，其詩亦必不傳。即如杜集中，其率意之作，傷於俚俗率直者頗有。開卷數首中，如《爲南曹小司寇作》「惟南將獻壽，佳氣日氤氲」等句，豈非累作乎？又如《丹青引》，真絶作矣，其中「學書須學衛夫人，但恨無過王右軍」，豈非累句乎？譬之於水，一泓澄然，無纖翳微塵，瑩浄澈底，清則清矣，此不過澗沚潭沼之積耳，非易竭即易腐敗，不可久也。若大海之水，長風鼓浪，揚泥沙而舞怪物，靈蠢畢彙，終古如斯，此海之大也，百川欲不朝宗，得乎？

詩文集務多者，必不佳。古人不朽可傳之作，正不在多。蘇、李數篇，自可千古。後人漸以多爲貴，元、白《長慶集》實始濫觴，其中頹唐俚俗，十居六七。若去其六七，所存二三，皆卓然名作也。宋人富於詩者，莫過於楊萬里、周必大。此兩人作，幾無一首一句可采。陸游集佳處固多，而率意無味者更倍。由此以觀，亦安用多也？王世貞亦務多者，覓其佳處，昔人云：「排沙簡金，尚有寶可見。」至李維楨、文翔鳳諸集，動百卷外，益「彼哉」不足言矣！

作詩文有意逞博，便非佳處。猶主人勉強徧處請生客，客雖滿坐，主人無自在受用處。多讀古人書，多見古人，猶主人啓户，客自到門，自然賓主水乳，究不知誰主誰賓，此是真讀書人，真作手。若有意逞博，搦管時翻書抽帙，搜求新事新字句，以此炫長，此貧兒稱貸營生，終非己物，徒見蹴踖耳。

應酬詩，有時亦不得不作。雖是客料生活，然須見是我去應酬他，不是人人可將去應酬他者，如此便於客中見主，不失自家體段，自然有性有情，非幕下客及捉刀人所得代爲也。每見時人一部集中，應酬居什九有餘，他作居什一不足。以題張集，以詩張題，而我喪我久矣。不知是其人之詩乎？抑他人之詩乎？若懲噎而廢食，盡去應酬詩不作，而卒不可去也。須知題是應酬，詩自我作，思過半矣。

遊覽詩切不可作應酬山水語。如一幅畫圖，名手各各自有筆法，不可錯雜；又名山五岳，亦各各自有性情氣象，不可移换。作詩者以此二種心法，默契神會，又須步步不可忘我是遊山人，然後山水之性情氣象，種種狀貌，變態影響，皆從我目所見、耳所聽、足所履而出，是之謂遊覽。且天地之生是山水也，其幽遠奇險，天地亦不能一一自剖其妙，自有此人之耳目手足一一歷之，而山水之妙始洩。如此方無愧於遊覽，方無愧乎遊覽之詩。

何景明與李夢陽書，縱論歷代之詩而上下是非之。其規夢陽也，則曰：「近詩以盛唐爲尚。宋人似蒼老而實疏鹵，元人似秀俊而實淺俗。今僕詩不免元習，而空同近作，間入於宋。」夫尊初、盛唐而嚴斥宋、元者，何、李之壇坫也，自當無一字一句入宋、元界分上；乃景明之言如此，豈陽斥之而陰竊之，陽尊之而陰離之耶？且李不讀唐以後書，何得有宋詩入其目中而似之耶？將未嘗寓目，自爲遥契脗合，則此心此理之同，其又可盡非耶？既已似宋，則自知之明且不有，何妄進退前人耶？其故不可解也。竊以爲李之斥唐以後之作者，非能深入其人之心而洞伐其髓也；亦僅髣髴皮毛形似之間，但欲高自位置，以立門户，壓倒唐以後作者，而不知已飲食之而役隸於其家矣。李與何彼唱予和，互相標榜，而其言如此，亦見誠之不可揜也。由是言之，則凡好爲高論大言，故作欺人之語，而終不可以自欺也夫！

從來論詩者，大約伸唐而絀宋。有謂「唐人以詩爲詩，主性情，於《三百篇》爲近；宋人以文爲詩，主議論，於《三百篇》爲遠」，何言之謬也。唐人詩有議論者，杜甫是也。杜五言古議論尤多，長篇如《赴奉先縣詠懷》、《北征》及《八哀》等作，何首無議論？而獨以議論歸宋人，何歟？彼先不知何者是議論，何者爲非議論，而妄分時代耶？且《三百篇》中，二《雅》爲議論者正自不少。彼先不知《三百篇》，安能知後人之詩也？如言宋人以文爲詩，則李白樂府長短句，何嘗非文？杜甫前、後《出塞》及《潼關吏》等篇，其中豈無似文之句？爲此言者，不但未見宋詩，并未見唐詩。村學究道聽耳食，竊一言以詫新奇，此等之論是也。

五古，漢、魏無轉韵者，至晉以後漸多。唐時五古長篇，大都轉韵矣。惟杜甫五古，終集無轉韵者。畢竟以不轉韵者爲得。韓愈亦然。如杜《北征》等篇，若一轉韵，首尾便覺索然無味。且轉韵便似另爲一首，而氣不屬矣。五言樂府，或數句一轉韵，或四句一轉韵，此又不可泥。樂府被管絃，自有音節，於轉韵見宛轉相生層次之妙。若寫懷投贈之作，自宜一韵，方見首尾聯屬。宋人五古不轉韵者多，爲得之。

七古終篇一韵，唐初絶少，盛唐間有之，杜則十有二三，韓則十居八九。逮於宋，七古不轉韵者益多。初唐四句一轉韻，轉必蟬聯雙承而下，此猶是古樂府體。何景明稱其音節可歌，此言得之而實非。七古即景即物，正格也。盛唐七古，始能變化錯綜。蓋七古直叙則無生動波瀾，如平蕪一望；縱横則錯亂無條貫，如一屋散錢。有意作起伏照應，仍失之板；無意信手出之，又苦無章法矣。此七古之難，難尤在轉韻也。若終篇一韻，全在筆力能舉之，藏直叙於縱横中，既不患錯亂，又不覺其平蕪，似較轉韻差易。韓之才無所不可，而爲此者，避虚而走實，任力而不任巧，實啓其易也。至如杜之《哀王孫》，終篇一韻，變化波瀾，層層掉换，竟似逐段换韵者。七古能事，至斯已極，非學者所易步趨耳。《燕歌行》學柏梁體，七言句句叶韵不轉，此樂府體則可耳。後人作七古亦間用此體，節促而意短，通篇竟似湊句，毫無意味，可勿傚也。二句一轉韻，亦覺局促。大約七古轉韻，多寡長短，須行所不得不行，轉所不得不轉，方是匠心經營處。若曰柏梁體並非樂府，何不可效爲之？柏梁體是衆手攢爲之耳，出於一手，豈亦如各人之自寫一句乎？必以爲古而效之，是以虞廷「喜」「起」之歌律今日詩也。

杜甫七言長篇，變化神妙，極慘淡經營之奇。就《贈曹將軍丹青引》一篇論之，起手「將軍魏武之子孫」四句，如天半奇峰，拔地陡起。他人於此下便欲接「丹青」等語，用轉韻矣。忽接「學書」二句，又接「老至」、「浮雲」二句，却不轉韻，誦之殊覺緩而無謂。然一起奇峰高插，使又連一峰，將來如何撒手？故即跌下陂陀，沙礫石确，使人褰裳委步，無可盤桓。故作畫蛇添足，拖沓迤邐，是遥望中峰地步。接「開元引見」二句，方轉入曹將軍正面。他人於此下又便寫御馬玉花驄矣。接「淩烟」、「下筆」

二句，蓋將軍丹青是主，先以學書作賓；轉韻畫馬是主，又先以畫功臣作賓。章法經營，極奇而整。此下似宜急轉韻入畫馬，又不轉韻，接「良相」、「猛士」四句，賓中之賓，益覺無謂。不知其層次養局，故紆折其途，以漸升極高極峻處，令人目前忽劃然天開也。至此方入畫馬正面，一韻八句，連峰互映，萬笏淩霄，是中峰絶頂處。轉韻接「玉花」、「御榻」四句，峰勢稍平，蜿蟺遊衍出之。忽接「弟子韓幹」四句。他人於此必轉韻，更將韓幹作排場。仍不轉韻，以韓幹作找足語。蓋此處不當更以賓作排場，重複掩主，便失體段。然後永歎將軍善畫，包羅收拾，以感慨係之篇終焉。章法如此，極森嚴，極整暇。余論作詩者不必言法，而言此篇之法如是，何也？不知杜此等篇，得之於心，應之於手，有化工而無人力，如夫子從心不踰之矩，可得以教人否乎？使學者首首印此篇以操觚，則窒板拘牽，不成章矣。決非章句之儒，人功所能授受也。

蘇轍云：「《大雅・綿》之八、九章，事文不相屬，而脉絡自一，最得爲文高致。」轍此言譏白居易長篇拙於叙事，寸步不遺，不得詩人法。然此不獨切於白也。大凡七古必須事文不相屬，而脉絡自一。唐人合此者，亦未能概得。惟杜則無所不可，亦有事文相屬，而變化縱横，略無痕迹，竟似不相屬者，非高、岑、王所能幾及也。

七言絶句，古今推李白、王昌齡。李俊爽，王含蓄，兩人辭、調、意俱不同，各有至處。李商隱七絶寄托深而措辭婉，實可空百代無其匹也。王世貞曰：「七言絶句，盛唐主氣，氣完而意不盡；中、晚唐主意，意工而氣不甚完，然各有至者。」斯言爲能持平。然盛唐主氣之説，謂李則可耳，他人不盡然也。

宋人七絶，種族各別，然出奇入幽，不可端倪處，竟有軼駕唐人者。若必曰唐、曰供奉、曰龍標以律之，則失之矣。

杜七絶輪囷奇矯，不可名狀。在杜集中另是一格，宋人大概學之。宋人七絶，大約學杜者什六七，學李商隱者什三四。

七言律詩，是第一棘手難入法門。融各體之法、各種之意，括而包之於八句。是八句者，詩家總持三昧之門也。乃初學者往往以之爲入門，而不知其難。三家村中稱詩人，出其稿，必有律詩數十首。故近來詩之亡也，先亡乎律；律之亡也，在易視之而不知其難。難易不知，安知是與非乎？故於一部大集中，信手拈其七言八句一首觀之，便可以知其詩之存與亡矣。

五言律句，裝上兩字即七言；七言律句，或截去頭上兩字，或抉去中間兩字，即五言，此近來詩人通行之妙法也。又七言一句，其辭意算來只得六字，六字不可以句也，不拘於上下中間嵌入一字，而句成矣；句成而詩成，居然膾炙人口矣。又凡詩中活套，如「剩有」、「無那」、「試看」、「莫教」、「空使」、「還令」等救急字眼，不可屈指數，無處不可扯來，安頭找脚，無怪乎七言律詩漫天偏地也！夫「剩有」、「無那」等字眼，古人用之，未嘗不是玉尺金針；無如點金成鐵手用之，反不如牛溲馬勃之可奏效。噫！亦可歎已！

五言排律，近時作者動必數十韵，大約用之稱功頌德者居多。其稱頌處，必極冠冕闊大，多取之當事公卿大人先生高閥扁額上四字句，不拘上下中間，添足一字，便是五言彈丸佳句矣。排律如前半頌揚，後半自謙，杜集中亦有一二。今人守此法，而決不敢變。善於學杜者，其在斯乎？

學詩者不可忽略古人，亦不可附會古人。忽略古人，麤心浮氣，僅獵古人皮毛。要知古人之意，有不在言者；古人之言，有藏於不見者；古人之字句，有側見者，有反見者，此可以忽略涉之者乎？不可附會古人，如古人用字句，亦有不可學者，亦有不妨自我爲之者。不可學者，即《三百篇》中極奥僻字，與《尚書》殷《盤》、周《誥》中字義，豈必盡可入後人之詩？古人或偶用一字，未必盡有精義，而吠聲之徒遂有無窮訓詁以附會之，反非古人之心矣。不妨自我爲之者，如漢、魏詩之字句，未必一一盡出於《三百篇》；六朝詩之字句，未必盡出於漢、魏；而唐及宋、元等而下之，又可知矣。今人偶用一字，必曰本之昔人。昔人又推而上之，必有作始之人。彼作始之人，復何所本乎？不過揆之理、事、情，切而可，通而無礙，斯用之矣。昔人可創之於前，我獨不可創於後乎？古之人有行之者，文則司馬遷，詩則韓愈是也。苟乖於理、事、情，是謂不通。不通則杜撰，杜撰則斷然不可。苟不然者，自我作古，何不可之有？若腐儒區區之見，句束而字縛之，援引以附會古人，反失古人之真矣。

《原詩》卷四終

# 杜律詩話

# 杜律詩話提要

《杜律詩話》二卷，據康熙間刊《午亭文編》本點校。撰者陳廷敬（一六四〇—一七一二），原名敬，字子端，號午亭，山西澤州人。順治十五年進士，歷官至文淵閣大學士兼吏部尚書，卒謚文貞。有《午亭文編》。《清史稿》卷二六七有傳。此書有康熙二十七年自序，乃爲其子誦杜詩而説詩之義。稱「詩話」者，特示有别於諸家箋注，蓋倣鄭康成説《詩經》以箋爲名之例，實非詩話也。又以七律辭意幽微，故專説此一體。所指謬者如錢謙益注杜等，概不出姓氏。其説略主平實，不喜穿鑿，卷下説《諸將》、《秋興》、《詠懷古蹟》等組詩，尤爲細緻，而無枘鑿不合。如《秋興》之五析至玄宗、肅宗、代宗三帝，而歎詩人能力避繁絮，其説隨即爲仇注所採。然身爲康熙近臣，亦有遷就新朝道統之需者。如《曲江對雨》駁牧齋「悲玄宗南内寂寞」之説，以爲「是時帝父子尚慈孝無間」，是其例也。此書附《午亭文編》後，康熙四十七年甫刊行即傳至日本，正德癸巳年（康熙五十二年）即有和刻本面世，蓋重其人其説也。

# 杜律詩話卷上

午亭陳先生著　門人候官林佶輯録

兒子豫朋四五歲，時誦杜詩，爲説其義，輒能了了。予嘗見世所傳諸家解杜詩，意多不合，故其所説多用己意。又嘗妄謂杜詩説之誠難，而律詩尤難。蓋古詩如《哀江頭》、《洗兵馬》等篇，文義、事實有可推考；律詩則託興幽微，寓辭單約，説之故尤爲難。予既爲兒子説杜七言律詩，間録其别於諸家者，以備遺忘，題曰「詩話」。鄭康成説《三百篇》以箋爲名，箋者，標也，識也，示不敢言注，但表識其不明者耳。後世於杜曰注、曰箋、曰箋注，類以解釋爲義。今曰「詩話」，别諸家也，且不敢言箋註也。諸家説左者，概略姓氏，但云「或」，示非好辨也。康熙戊辰七月望日，説翁自記。

## 題張氏隱居

天寶間遊魯，及歸長安作。

或謂：《舊唐書·李白傳》云：「少與魯中諸生張叔明等隱於徂徠山，號爲竹谿六逸。」又子美《雜述》云：「魯有張叔卿。」意「叔明」、「叔卿」止是一人。是詩題「張氏隱居」，豈其人與？愚謂讀子美《雜述》，「張叔卿」未能如詩所云也。此自當時一高士。題上云「張氏」，遂使無考，亦憾事。

## 鄭駙馬宅宴洞中

主家陰洞細烟霧，留客夏簟青琅玕。自是秦樓壓鄭谷，時聞雜珮聲珊珊。

鄭潛曜，見《唐書・孝友傳》。公作《臨晉公主母皇甫淑妃碑》，亦述公主孝思。其賢而好客，於末句見之。

「秦樓」指駙馬所居，「鄭谷」指山林貧賤之宅。蓋茅堂風磴，山林所有，駙馬已兼，故遠勝鄭谷。或以「秦樓」指公主，「鄭谷」指駙馬，非。

## 贈獻納使一無「使」字起居田舍人澂

晴窗點檢白雲篇。

「點檢白雲篇」「點檢」二字，説者引《唐史》「起居郎因制勑稍筆削」，又「起居舍人本記言之職，唯編詔書」，是也。至「白雲篇」，求其説不得，遂以漢武《秋風詞》「白雲飛」當之。愚按：《漢書・郊祀志》：「天子封泰山，封廣丈二尺，高九尺，其下則有玉牒書，書秘。」又云：「其夜若有光，晝有白雲出封中。」《唐書》：「開元十三年封泰山，藏玉册於封祀壇之礎。」所謂「白雲篇」，疑即玉册之類也。時公既獻三賦，又欲奏《封西岳賦》。如此解「白雲」二字較明，上下文義亦復聯貫。

## 城西陂泛舟

青蛾一作「娥」，非皓齒在樓船，横笛短簫悲遠天。春風自信牙檣動，遲日徐看錦纜牽。魚吹細浪摇歌扇，燕蹴飛花落舞筵。不有小舟能盪槳，百壺那送酒如泉。

觀題，是公與人泛舟。或謂指所見，或謂譏明皇，皆非。

## 贈田九判官梁丘

崆峒使節上青霄，河隴降王款聖朝。宛馬總肥春一作「秦」苜蓿，將軍只一作「不」數漢一作「霍」嫖姚。陳留阮瑀誰争長？京兆田郎蚤見招。麾下賴君才並美一作「入」，獨能無意向漁樵。

此詩三、四句，或謂：天寶沿邊置十節度使，各鎮兵四十九萬、馬八萬餘匹，然盛名無踰哥舒翰。天寶十三載春，安禄山求兼領閑廐、群牧，又求總監，密遣親信，選健馬數千匹。時李、郭名位尚卑，王忠嗣以讒廢，與禄山頡頏，哥舒而已。曰「總肥」，曰「只數」，因贈梁丘，隱語託諷，使翰思所以制禄山也。愚按：《新唐書·百官志》：「駕部郎中、員外郎各一人，掌輿輦、車乘、傳驛、厩牧、馬牛、雜畜之事。凡驛馬，給地四頃，蒔以苜蓿。」降王款朝，驛傳騷然，「宛馬總肥春苜蓿」不過指此。此句與第二句應，下句與第一句應。

吐谷渾蘇毗王款塞，明皇詔翰應接，見《王思禮傳》。或以此當「降王款朝」，是也。謂翰報命必入朝，意料之辭，無據。首句「上青霄」，自指崆峒地高而言，《明皇紀》及《翰傳》天寶十三年無翰入朝事，是年翰遘風疾，因入京，廢疾於家。田非隨翰入朝。或以使事入奏必在翰未遘風疾前，公投贈翰詩，首云：「今代麒麟閣，何人第一功？」末云：「軍事留孫楚，行間識吕蒙。防身一長劍，將欲倚崆峒。」辭意與此詩同，當是一時作，或即因田投贈哥舒也。

## 題省中院壁 一無「院」字

掖垣竹埤梧十尋，洞門對霤一作「雪」常陰陰。落花遊絲白日静，鳴鳩乳燕青春深。腐儒衰晚謬通籍，退食遲迴違寸心。衮職曾無一字補，許身空比雙南金。

首句「埤」字，解者各異。愚謂：「埤」與「卑」同，此言竹卑梧高也。《晉語》：「松柏不生埤。」《荀子》：「埤汙庸俗。」《漢書·劉向傳》：「增埤爲高。」《五行志》：「塞埤擁下。」《子虛賦》：「其埤溼則生蒼莨蒹葭。」皆可證。《射雉賦》：「揆懸刀，騁絶技，如轋如軒，不高不埤。」公《荆南兵馬使趙公大食刀歌》：「用之不高亦不庳。」正出於此。字又作「庳」，是「埤」、「卑」、「庳」古通用也。至《左傳》「宫室卑庳」，二字連用，别有音義，宜隨文讀。

## 曲江陪鄭八丈南史飲

雀啄江頭黄柳花，鵁鶄鸂鶒滿晴沙。自知白髮非春事，且盡芳樽戀物華。近侍即今難浪迹，此身那得更無家。丈人才一作「文」力猶强健，豈傍青門學種瓜。

「近侍即今難浪迹」，即「吏情更覺滄洲遠」，又當與《省中院壁》一首合觀。或出爲司功，事已萌芽，勉爲貧仕，終非所好，故立言如此與？

「鵁鶄鸂鶒」本取諸江南置苑中者，今云「滿晴沙」，與後《秋興》所云「圍黄鵠」、「起白鷗」同一義，非但賦一時景物也。

## 曲江對雨

城上春雲覆苑墻，江亭晚色静年一作「天」芳。林花著雨燕支一作「脂」溼一作「落」，水荇牽風翠帶長。

龍武新軍深一作「經」駐輦，芙蓉別殿謾焚香。何時詔一作「重」此金錢會，暫一作「爛」醉佳人錦瑟傍。

或曰：此懷上皇南内之詩也。明皇以萬騎軍平韋氏，改爲龍武軍，親近宿衛。今深居南内，無復昔日駐輦游幸矣。興慶宫南樓置酒眺望，欲由夾城以達曲江芙蓉苑，不可得矣。金錢之會，無開元、天寶之盛，對酒感歎，意亦在上皇也。愚按：詩作於乾元元年春。太上皇以去年十二月至自蜀，居興慶宫。帝自複道來起居，太上皇亦時至大明宫，或相逢道中。帝命陳玄禮、高力士、王承恩、魏悦、玉真公主常在上皇左右，梨園弟子日奏聲伎爲娱，是時帝父子尚慈孝無間也。觀「龍武新軍」四字，自當指肅宗言。蓋長安初復，曲江游幸非復往時之盛，故公對雨有感耳。

## 題鄭縣亭子

鄭縣亭子澗之濱，户牖憑高發興新。雲斷岳蓮臨大路一作「道」，天晴一作「清」宫一作「官」柳暗長春。巢邊野雀一作「鵲」群欺燕，花底山蜂遠趁人。更欲題詩滿青竹，晚來幽獨恐傷神。

或謂：雀欺燕、蜂趁人，亦即景所見，不必謂喻群小讒譖。按：此詩明有寄託，亦不必概去之。詩無他意，强作附會；詩有寄託，反謂無他，皆好異之過也。此詩乾元元年赴華州司功時作。

## 早秋苦熱堆案相仍

原注：時任華州司功。

七月六日苦炎蒸一作「爇」，對食暫餐還不能。每愁夜中一作「來」自足蠍，況乃秋後轉一作「復」多蠅。束帶發狂欲大叫，簿書何急來相仍。南望青松架短一作「絶」壑，安得一作能赤腳蹋層冰？

「夜中足蠍」、「秋後多蠅」，當與《題鄭縣亭子》「野雀」、「山籩」例觀。

## 九日藍田崔氏莊

老去悲秋强自寬，興來今一作「終」日盡君歡。羞將短髮還吹帽，笑倩傍人爲正冠。藍水遠從千澗落，玉山高並兩峰寒。明年此會知誰健一作「在」？醉一作「再」把茱萸仔細看。

末句「仔細看」，或謂看茱萸，或謂綰上「藍水」、「玉山」言之，兩通。須知「藍水」、「玉山」非但寫景，山水恒在，人難常健，當日生感之意在此。

## 崔氏東山草堂

愛汝玉山草堂静，高秋爽氣相一作「多」鮮新。有時自發鐘磬響，落日更見漁樵人。盤剥白雅谷口粟，飯煮青泥坊底芹一作「蓴」。何爲西莊王給事，柴門空閉鎖松筠。

或謂「王給事」非王維，云《舊書》「維晚年得宋之問藍田别墅」，陷賊以前尚未有也。按：《維傳》自「維以詩名盛於開元、天寶間」已下，皆隱括生平行事，「晚年」指維長齋一事，與上文「居常不茹葷血」應，下文並及與裴迪往來嘯詠事，非謂此時始得藍田别墅也。維長于公數歲，開元九年進士，歷右拾遺、監察御史、左補闕、庫部郎中、給事中，其責授太子中允，當在至德二載冬。公贈詩稱「中允聲名久」，史稱「乾元中遷太子中庶子、中書舍人，復拜給事中，轉尚書右丞」，當是一年數遷耳。維以乾元二年七月卒，公詩「不見高人王右丞，藍田丘壑漫寒藤」，維卒後有感也。「何爲西莊王給事，柴門空閉鎖松筠」，維生前有感也。當時藍田不聞别王給事也。

## 卜居 上元元年二年成都，及中間青城、新津、蜀州作。

浣花流一作「之」，一作「溪」水水西頭，主人爲卜林塘幽。已知出郭少塵事，更有澄江銷客愁。無數蜻蜓飛上下，一雙鸂鶒對沉浮。東行萬里堪乘興，須向山陰上一作「入」小舟。

或云：甫卜居便有東行之興，且東行欲至山陰，奚啻萬里，公必有不得已於卜居者。冕之爲主人者，可知冕謂裴冕。此説實未然。「成都萬事好，未若歸吾廬」，公豈欲終老於蜀者？且史乾元二年六月，以左僕射裴冕爲御史大夫、成都尹，持節充劍南節度副大使、本道觀察使；三年三月，以京兆尹李若幽爲成都尹、劍南節度使；是年閏四月，改乾元爲上元。公卜居在是年春三月，堂已成，冕亦將去。今人説公成都詩往往辠冕不能厚公。冕亦寃矣，特爲雪之。東行欲至山陰，語更非是。蓋山陰上舟，咫尺有萬里之思，故是妙句。若謂欲至山陰，索然無味，全失詩情矣。

公古詩有《寄裴施州》詩、《鄭典設自施州歸》詩，「裴施州」即冕。讀此二詩，當知冕在成都，遇公應不薄也。

## 寄杜位

原注：「位京中，宅近西曲江。」詩尾有述。

近聞寬法離一作「别」新州，想見歸懷尚百憂。逐客雖皆萬里去，悲君已是十年流。干戈況復塵一作「行」隨眼，鬢髮還應雪一作「白」滿頭。玉壘題書心緒亂，何時更得曲江遊？

或曰：同一貶竄，鄭虔台州之流，自論死減等，猶曰「嚴譴」；杜位在新州，去國萬里，長流十年，始離貶所，乃曰「寬法」。蓋位，林甫之壻。權奸擅國，流毒天下，釀成漁陽鼙鼓之禍。觀位於林甫相時，「盍簪」、「列炬」，氣燄如此。林甫既敗，僅加貶謫，復從量移，可不爲曠蕩之恩乎？「嚴譴」、「寬法」四字，便見老杜《春秋》之筆。愚按：鄭詩就貶官言，自宜用「嚴譴」；位詩就離貶所言，自宜用「寬法」。公有「也需新國用輕刑」句，亦爲虔作也。詩文各有宜用字，乃謂「嚴譴」、「寬法」便見《春秋》之筆，非是。位，公之族子故人，詩首尾何等情至！此等解累詩多矣，不可不辨。「盍簪」、「列炬」，即公《守歲位宅》詩，昔以爲歡，今以爲罪，亦大不可。

## 和裴迪登蜀州東亭送客逢早梅見寄

東閣官梅動詩興，還如何遜在揚州。此時對雪遥相憶，送客逢春一作「花」可一作「更」自由。幸不折來傷歲暮，若爲看去亂鄉一作「春」愁。江邊一樹垂垂發，朝夕催人自白頭。

此詩或謂：迪從王縉在蜀，縉嘗爲相，故詩用「東閣」；又迪在縉幕，如何遜在建安王幕，故用「揚州」事。此謬也。新、舊史《縉傳》無刺蜀事，舊史《王維傳》亦無，新史有之。是時維自表己五短、縉五長，願歸所任官，放田里，使縉得還京師，久乃召縉爲左散騎常侍。舊史維以乾元二年七月卒，新史維以上元初卒，二史皆云維卒時縉在鳳翔。此詩上元二年作，何得云縉在蜀州邪？廣德二年，縉始拜黄門侍郎、同平章事，亦不得云縉嘗爲相。詩中「東閣」二字，即詩題「東亭」二字，「何遜揚州」但以梅事引用。迪在縉幕，遜在建安王幕，及遜墓志「東閣一開」等語，概芟之，不溷心眼，亦快事也。

集有《和裴迪登新津寺寄王侍郎》詩，或云「王侍郎」即縉。上元二年前，縉嘗爲工部侍郎。

上元二年四月，明皇崩，縉撰哀册，時稱爲工，改兵部侍郎。此尚可通。原注：「王時牧蜀。」應後人所爲，不可據。

## 王十七侍御掄許携酒至草堂奉寄此詩便請邀高三十五使君同到

老夫臥穩朝慵起，白屋寒多暖始開。江鸛一作「鶴」巧當幽徑浴，鄰雞還過短牆來。繡衣屢許携家醖，皂蓋能忌折野梅。戲假霜威促山簡，須成一醉一作「醉裏」習池迴。

高適嘗爲蜀州刺史，時或以事至成都，故公請王侍御邀之，同至草堂。公蜀州有《李司馬橋成承高使君自成都回》絶句，是高尚留成都，公先往蜀州也。

## 嚴中丞枉駕見過

原注：「嚴自東川除西川，勅令兩川都節制。」

元戎小隊出郊坰，問柳尋花到野亭。川合東西瞻使節，地分南北任流一作「孤」萍。扁舟不獨如張翰，皂一作「白」帽還應一作「應嫌」似管寧。寂寞一作「今日」江天雲霧裏，何人道有少微星？

末語歸美嚴公。近解有云：嚴武非能薦公者，「何人」二字明指嚴徒枉草廬，不能識公。解詩最嫌此類，亦無足辨。然時顧喜之，何也？

## 奉酬嚴公寄題野亭之作

拾遺曾奏數行書，嬾性從來水竹居。奉引濫騎沙苑馬，幽栖真釣錦江魚。謝安不倦登臨費一作「賞」，阮籍焉知禮法疏。枉沐一作「何日」旌麾出城府，草茆無一作「蕪」徑欲教鋤。

愚按：首句答嚴「莫倚善題《鸚鵡賦》」，三句答嚴「何須不著鵕鸃冠」。嚴詩蓋謂公耽詩賦而不仕也，豈此時已有表薦之意乎？故公答以己亦曾仕而濫騎官馬也，「奏數行書」正對「題《鸚鵡賦》」，「騎沙苑馬」正對「著鵕鸃冠」。「嬾性」句答嚴第二句，「幽栖」句答嚴第一句，後四句答嚴末二句也。六句蓋阮籍好飲酒，公自謂以野人對嚴飲，即禮法疏也。公有「小驛香醪」句，嚴答云「可但步兵偏愛酒」是也。或謂：武過之，公有時不冠，故武云：「何須不著鵕鸃冠。」而公解其嘲曰：「阮籍焉知禮法疏。」臆解之失，撰成事跡，誣古人而迷誤後世，可慨也。舊辯有可取者録後。

《容齋續筆》：「《新唐書・嚴武傳》云房琯以故宰相爲巡内刺史，武慢倨，不爲禮。最厚杜甫，然欲殺甫數次。李白《蜀道難》，爲房與杜危之也。《甫傳》云甫嘗醉登武牀，瞪視曰：『嚴挺之乃生此兒！』武銜之。一日，欲殺甫，冠鈎於簾者三。左右白其母，奔救得止。舊史但云甫性躁褊，嘗馮醉登武牀，斥其父名。武不以爲忤，初無欲殺之説。蓋唐小説所載，而《新唐書》以爲然。予按：太白《蜀道難》本以譏章仇兼瓊，前人嘗論之矣。子美集中詩，凡爲武者幾三十篇，送還朝曰：『江郫獨歸處，寂莫養殘生。』喜再鎮曰：『得歸茅屋赴成都，直爲文翁再剖符。』此猶武在時語。至《哭歸櫬》云：『一哀三峽暮，遺後見君情。』及《八哀詩》云：『空餘老賓客，身上媿簪纓。』若果有欲殺之怨，不應眷眷如此。好事者但以武詩有『莫倚善題《鸚鵡賦》』之句，故用證前説，引黃祖殺禰衡爲喻，殆是癡人面前不得説寱也。武肯以黃祖自比乎？」

## 野人送朱櫻

西蜀櫻桃也自紅，野人相贈滿筠籠。數回細寫愁仍破，萬顆勻圓訝許同。憶昨賜霑門下省，退朝擎出大明宮。金盤玉筯無消息，此日嘗新任轉蓬。

唐人賜櫻桃詩，首摩詰，次退之。結語，退之聊取成篇，摩詰思路涌出，然亦諛詞耳。當時子美亦必濡豪，縱佳，不過比肩摩詰。此詩油然忠愛，遂爲獨絶。遇固不幸，詩反因之據勝。人謂「詩能窮人」，又謂「窮而後工」，由此論之，不獨窮而工也。

## 題桃樹

小徑升堂舊不斜，五株桃樹亦從遮。高秋總饋貧人實，來歲還舒滿眼花。簾户每宜通乳燕，兒童莫信打慈雅。寡妻群盜非今日，天下車書正一作「已」一家。

或曰：此詩首曰「小徑升堂舊不斜」，末曰「天下車書正一家」，疑所題者故園之桃。時方全盛，未逢禍亂，故桃亦可懷如此，以歎今之不然，與移柳幾能存同感。若云題成都桃，末二語難通。愚謂：此解正自難通。公□本無不通，「寡妻群盜非今日」，言鰥寡孤獨，頻經禍亂，觸目可傷；「天下車書正一家」，言畔逆削平，四海一家，吾人又安可以區區小物，彼此貪戾於兵火之餘也？與後夔州《又呈吴郎》一首同看，其意自見。

「高秋總饋貧人實」、「堂前撲棗任西鄰」、「棗熟從人打」、「拾穗許邨童」、「寡妻群盜非今日，天下車書正一家」、「已訴徵求貧到骨，正思戎馬淚盈巾」、「安得廣厦千萬間，大庇天下寒士皆懽顏」、「雄者左翮垂，損傷已露筋」、「白魚困密網」、「分減及溪魚」、「吾徒胡爲縱此樂，暴殄天物聖所哀」，集中此等不可悉舉。嘗謂公仁人長者也，讀其詩者宜知。

## 嚴公仲夏枉駕草堂兼携酒饌得寒字一作「鄭公枉駕携饌訪水亭」

竹裏行厨洗玉盤，花邊立馬簇金鞍。非關使者徵求急，自識將軍禮數寬。百年地僻一作「闢」柴門迥，五月江深草閣寒。看弄漁舟移白日，老年何有罄交歡。

或曰：《國史補》：「嚴武少以强俊知名，蜀中坐衙，杜甫袒跣登其几案。武愛其才，終不加害。」此所謂「將軍禮數寬」也。鈎簾欲殺，最爲誣罔，不知宋子京《新書》何以載之本傳？愚按：杜公生平，凡小説、正史多不可憑，當以詩爲斷。其云「阮籍焉知禮法疏」，正其不疏處。蓋阮之疏，人知之；阮之慎，人不知之。《五君詠》亦曰「識密」。公之疏，與阮同觀可也。集中凡爲武作，辭氣無不温謹。後在武幕，有云「周防期稍稍，大簡遂匆匆」，袒跣登案人乃爲此語乎？此公生平爲人處所關，故不惜頻及。

## 秋盡

秋盡東行且未迴，茅齋寄在少城隈。籬邊老卻陶潛菊，江上徒逢袁紹杯。雪嶺獨看西日落，劍門猶阻一作「斷」北人來。不辭萬里長爲客，懷抱何時得好開？

嚴武仲夏携饌至草堂，又巴嶺答公詩有「籬下黄花菊對誰」。三、四，公蓋以陶潛、鄭康成自比，以袁紹比武，有思武意。《典略》「河朔飲」，與《鄭康成傳》兼讀，詩意始明。

## 涪城縣香積寺官閣

寺下春江深不流，山要官閣迴添愁。含風翠壁孤雲細，背日丹楓萬木稠。小院迴廊春一作「深」，一作「清」寂寂，浴鳧飛鷺晚悠悠。諸天合在藤蘿外，昏黑應須到上頭。

「上頭」二字亦自有本，古樂府「東方千餘騎，夫壻居上頭」是也。公《湯東靈湫》詩亦云：「東山氣鴻濛，宫殿居上頭。」此詩題香積寺山腰官閣，「上頭」即山頂也。「諸天」自四天王天至非有想、非無想天，影略山頂殿像也。「昏黑」有二意，承上「晚」字，又承上「藤蘿」字及「背日」「萬木稠」也。

## 送王十五判官扶侍還黔中得開字

大家東征逐子回，風生洲渚錦颿開。青青竹筍迎船出，白白一作「日日」江魚入饌來。離别不堪無限意，艱危須仗濟時才。黔陽信使應稀少，莫怪頻煩一作「頻頻」勸酒杯。

題曰「還」，詩曰「回」，猶有作之官解者，諸家皆致辯。所謂不足辯者，此類是也。楊用修以「將」字易「逐」字，人多非之。余謂「逐」字本不佳，無怪用修欲易「將」，領也。「鳳凰將九子」，楊亦引之，不必訓「養」。或謂《東征賦》原作「余隨子乎東征」，當易以「隨」字。「白白江魚」，或引《列女傳》姜詩事，每旦輒出雙鯉，以「日日」爲是。按：「白白」與「青青」對，「白白」是也。

## 滕王亭子

原注：「在玉臺觀内。」王調露中任閬州刺史。一云：閬州玉臺觀作，王曾典此州。

君王臺榭枕巴山，萬丈丹梯尚可攀。春日鶯啼修竹裏，仙家犬吠白雲間。清江碧一作「錦」石傷心麗，嫩蘂濃花滿目斑。人到於今歌出牧，來遊此地不知還。

「滕王」即王子安所咏「滕王高閣臨江渚」者也。《方輿勝覽》云：「滕王以隆州衙宇卑陋，遂修飾弘大之，擬於宫苑，謂之隆苑，後改閬苑。」「滕王亭」，元嬰所建無疑。或云是天寶時嗣滕王湛然。蓋以元嬰生平多惡狀，在隆州亦不循法，子美不當以「人到於今歌出牧」稱之耳。按：湛然守閬州無據，「歌出牧」自是子美失實語。後世詩文家最不可信，雖子美亦未免，可以爲戒。

## 玉臺觀

原注：「滕王造。」

中天積翠玉臺遥，上帝高居絳節朝。遂有馮夷來擊鼓，始知嬴女善吹簫。江光隱見黿鼉窟，石勢參差一作「羌地」烏鵲橋。更有紅顔生羽翰，便應黄髮老漁樵。

或云：觀中疑有公主遺跡，故用「嬴女吹簫」事。按：此首又有「烏鵲橋」句，全集又有五言律，亦云「彩雲蕭史駐」。此説不爲無見，但事不可考。

## 奉寄章十侍御 原注：「時初罷梓州刺史、東川留後，將赴朝廷。」

淮海維揚一俊人，金章紫綬照青春。指揮能事迴天地，訓練强兵動鬼神。湘一作「襄」西不得歸關羽，河内猶宜一作「疑」借寇恂。朝覲從容問幽仄，勿云江漢有一作「老」垂綸。

《唐書》、《國史補》、《雲谿友議》皆載嚴武殺章彝事。或曰：按此詩，武再鎮蜀，彝已入覲，豈及其未行殺之耶？愚謂：好事者僞撰事實，妄解杜詩，如「不著鵕鸃冠」者多矣。此或亦由「湘西」句造出也。「湘西」，荆州地，「不得歸」者，言關公都督荆州，方面重臣，不得召之歸朝。時章十侍御罷東川留後，將赴朝廷，故以此爲比。或謂此暗指來鎮之事，或謂嚴武再鎮成都，復合東、西川爲一節度，東川留後在所宜廢，「湘西」句言章侍御不復歸鎮，皆非。「借寇恂」者，潁川也。詩何以言「河内」？蓋河内、潁川皆寇舊治，詩意謂潁川盗賊群起，固宜借之；河内盗賊不起，猶宜借之。時段子璋反，章討平之，罷官歸朝故也。此意諸家未言，遂若子美誤用。

# 杜律詩話卷下

午亭陳先生著　門人侯官林佶輯録

## 將赴成都草堂途中有作先寄嚴公五首

得歸茅屋赴成都，直一作「真」爲文翁再剖符。但使閭閻還揖讓，敢論松竹久荒蕪。魚知丙穴由來美，酒憶郫筒不用酤。五馬舊曾諳小徑，幾回書札待潛夫。

寶應元年，武自成都召還，拜京兆尹。明年，爲二聖山陵橋道使，封鄭國公，遷黄門侍郎。廣德二年，復節度劍南。公自閬州歸成都而作此詩也。讀《奉待嚴大夫》及此五首，嚴、杜交情略見。注者乃云杜知武不能用己，詩含風刺，大非。前《嚴公枉駕》已發此意，可類推。

## 宿府

清秋幕府井梧一作「桐」寒，獨宿江城蠟苣一作「燭」殘。永夜角聲悲自語，中天月色好誰看？風塵荏苒音書絶，關塞蕭條行路難。已忍伶俜十年事，强移栖息一枝安。

「伶俜十年事」，自當指亂離奔走。自己亥棄官至甲辰參謀，僅是六年，「十年」者，舉大數耳，不必過泥。題是「宿府」，詩上言「行路」，下言「栖息」，此解自可通。或有「十年」乃字之説，非本意也。

## 十二月一日

即看燕子入山扉，豈有黄鸝歷翠微。短短桃花臨水岸，輕輕柳絮點人衣。春來準擬開懷久，老去親知見面稀。他日一杯難强進，重嗟筋力故山違。

「他日一杯難强進」，言不能如舊時之能飲也。「他日」，舊時也，注謂「後時」，非。

## 寄常徵君

白水青山空復春，徵君晚節傍風塵。楚妃堂上色殊衆，海鶴階前鳴向人。萬事糾紛猶絶粒，一官羈絆實藏身。開州入夏知凉冷，不似雲安毒熱新。

「楚妃」猶言宋子、齊姜、燕趙佳人，或謂樊姬，非也。此句言仕途同官，名位相軋，各炫才媢嫉，下句方指徵君。二句皆比體，宜合讀。

通首尾讀，無非知交深悲極痛之辭。近注者皆謂公風刺徵君，吾所未解。

## 示獠奴阿段

山木蒼蒼落日曛，竹竿裊裊細泉分。郡人入夜争餘瀝，稚一作「豎」子尋源獨不聞。病渴三更迴白首，傳聲一注濕青雲。曾驚陶侃胡奴異，怪爾常穿虎豹群。

陶侃之奴，僞蘇注及劉敬叔《異苑》，其不可信，人皆知之，然其事卒不知所出。愚舊有臆解，「陶侃」或是「陶峴」。峴，彭澤之孫，浮游江湖，與孟彦深、孟雲卿、焦遂共載，人號水仙。有崑崙奴名摩訶，善泅水。後峴投劍西塞江水，命奴取。久之，奴支體磔裂，浮於水上。峴流涕迴櫂，賦詩自叙，不復游江湖。峴既公同時人，其友又公之友，異事新聞，故公用之耳。陶奴入水，卒死蛟龍；公奴入山，宜防虎豹，事相類。「侃」、「峴」音相近，但峴事僻，人因改作「侃」也。公常以時人姓名入詩，如「李白」、「雲卿」之類；又傳寫訛謬，如「周顒」作「何顒」之類，此説或亦可存。

## 諸將五首

昨日玉魚蒙葬地，早時金盌出人間。見愁汗馬西戎逼，曾閃朱旗北斗殷。多少材官守涇渭，將軍且莫破愁顔。

此詩説者不知作於何時，各以己意注之。愚謂：當作於大曆二年秋冬間。三年正月則去夔出峽，末章不得云「巫峽清秋萬壑哀」矣。考史，代宗時，吐蕃之寇，無歲無之。廣德元年，遂陷京師，留十五日乃走。「千秋尚入關」，蓋指此也。舊注指安禄山，非。蓋不應舍近而言遠也。廣德二年八月，吐蕃寇邠州，寇奉天；十一月，吐蕃兵潰。永泰元年八月，僕固懷恩及吐蕃、回紇、党項、羌、渾、奴剌寇邊；九月，吐蕃寇醴泉、奉天，党項、羌寇同州，渾、奴剌寇盩厔，京師戒嚴。以史考之，其亂視廣德二年爲甚。大曆元年九月，吐蕃陷原州。二年九月，吐蕃寇靈州，寇邠州，郭子儀屯於涇陽，京師戒嚴。「見愁汗馬西戎逼」，蓋指此大曆二年之事。追述永泰元年之事以爲鑒，故曰「曾閃朱旗北斗殷」。「曾」者，已往之事也。考《代宗紀》，永泰元年，吐蕃、党項、羌等入寇，天子自率六軍屯於苑，郭子儀屯於涇陽。《郭子儀傳》云：「懷恩盡説吐蕃、回紇、党項、羌、渾、奴剌等三十萬掠涇，躪鳳翔，入醴泉，京師大震。於是帝命李忠臣屯渭橋，李光進屯雲陽，馬璘、郝廷玉屯便橋，駱奉先、李日越屯盩厔，李抱玉屯鳳翔，周智光屯同州，杜冕屯坊州，天子自將屯苑中，急召子儀屯涇陽。」《吐蕃列傳》與《子儀傳》同，又加以「渾日進、孫守亮屯奉天」。「朱旗北斗殷」，言軍之衆也。觀史可見，但《代宗紀》略，《子儀傳》詳，《吐蕃傳》又詳，可以互見耳。

「見愁」四句，蓋言見今所愁將士，汗馬西戎或深入，不止逼近内地也。「愁」者，雖未逼，愁將逼也。邠州、靈州視醴泉、盩厔爲遠地，若逼，則如永泰元年故事矣。永泰元年，將士分屯者多，「曾閃朱旗北斗殷」，賴郭子儀免胄見敵，幸得無事。若今不知「多少材官守涇渭」，能如永泰分屯之衆乎？雖有一子儀屯涇陽，其餘將軍豈可遂「破愁顔」耶？此詩前四句，廣德元年事；「見愁汗馬」句，大曆二年事；「曾閃朱旗」句，永泰元年事；大曆二年秋冬間夔州作。諸家聚訟，直夢語耳。

首四句借漢喻唐。借漢事，故言「千秋」。既喻唐，不必泥求漢事。又「玉魚」、「金盌」，紛紛辯證。以愚論之，此「玉魚」、「金盌」泛指陵墓珍寶，如珠襦玉柙及秦始皇水銀爲江海、黄金爲鳧雁之類，何必苦求出處。

《代宗紀》：「吐蕃陷京師。」不言掘陵寢。豈史有所諱而不書與？或謂：禄山作逆，繼以吐蕃，焚毁未已，駸駸有發掘之虞。「玉魚」、「金盌」，借尋常墳墓事以婉言之。此説雖巧，未合也。蓋陵寢雖無恙，而貴戚之「玉魚」、「金盌」已遭發掘，於詩意未爲不合，公故不欲斥言陵寢耳。

或謂：「關」爲潼關，故以「入關」指安禄山。按：柳伉疏：「犬戎以數萬衆犯關渡隴，歷秦、渭，掠邠、涇，不血刃而入京師。」是此詩「入關」的證。伉疏又云：「謀臣不奮一言，武士不力一戰，提卒叫呼，劫宫闈，焚陵寢，此將士叛陛下也。」數語又是當日諸將臯案。然則首四句是責諸將，既不能禁其入，而又棄亂縱兵焚掠，非止叙外寇也。

韓公本意築三城，

豈謂盡煩回紇馬，翻然遠救朔方兵。

龍起猶聞晉水清。獨使至尊憂社稷，諸君何以答昇平？

上一章責代宗時吐蕃亂諸將也，此章責肅宗初禄山亂諸將也。第一句曰「本意」，第三句曰「豈謂」，轉折極明。「朔方兵」者，不敢斥言乘輿也。子儀上代宗疏云「先帝興朔方，誅慶緒」是也。第七句「獨使至尊憂社稷」，正與此應。考《回紇傳》，回紇使者來，請助討禄山。帝詔燉煌郡王承寀與約，可汗以可敦妹爲女，妻承寀。帝欲固其心，即封其女爲毗伽公主。帝駐彭原，使者葛羅支見，耻班下。帝不欲使鞅鞅，引升殿，慰而遣。葉護至，帝因册毗伽公主爲王妃，命廣平王見葉護，約爲昆弟。肅宗屈己回紇，以憂社稷故也。五句追叙潼關之敗，此明皇幸蜀之由。六句追述高祖龍起之事，猶言晉陽以一旅肇興，至於有天下，而不能自振，乃「獨使至尊憂社稷」，不得已而用回紇，「諸君何以答昇平」乎？八句一事，當合而讀之。

此章注説雖多，本意愈晦。今概删之，已另爲注説矣。愚更有説：「龍起」者，興慶宫龍池事也。張九齡《龍池聖德頌序》略云：「惟龍池，蓋天之所以祚聖，即今上卜居之舊里。」又云：「中宗採識者之議，厭王氣而來遊；聖上處或躍之時，出飛龍而合應。臨淄始封也，邸第在焉；上黨歷試也，靈符紹至。天其以是，永命我唐」云云。公此句，即九齡「天其以是，永命我唐」意也。「猶聞晉水清」，以晉水比龍池，言與高祖開國同符。「獨使至尊憂社稷」，指禄山及潼關失守，明皇下詔親征事。如此説，於上下意不待解説自明。兩存之，以正讀者。

朝廷衮職誰争補？天下軍儲不自供。稍喜臨邊王相國，肯銷金甲事春農。

此章責以宰相臨邊之諸將也。觀五句、七句，可見幅幀日蹙，貢賦日減，軍須皆仰給饋饟，獨王相國肯銷甲事農，安得不喜？「稍喜」者，以天下皆不自供，銷甲事農僅王一人也。或以「稍喜」爲不足王縉之辭，非。然《唐書·王縉傳》亦不見銷甲事農事。

越裳翡翠無消息，南海明珠久寂寥。殊錫曾爲大司馬，總戎皆插侍中貂。炎風朔雪天王地，只在忠良翊聖朝。

此章舊注云：子美嘗有「自平宫中吕太一，南海收珠千餘日」之句，蓋廣德元年，吕太一爲廣州市舶使，舉兵叛，故翡翠明珠久不貢朝廷。説者多引此詩，以解太一之事。舊注之説，不過如此。或由此通首皆指宦官，句各以事實之云云。按：楊思勗雖殘酷，安南五溪之變實在先。以越裳不貢責之，思勗服乎？吕太一之事近之。然杜詩云：「自平宫中吕太一，收珠南海千餘日。近供生犀翡翠稀，復恐征戍干戈密。」豈非太一既平之後，明珠暫至又絶乎？亦當責之太一乎？考《李輔國傳》，輔國爲兵部尚書，未嘗爲大司馬。古今官職沿革，名同實異者多，今人溷稱兵部尚書爲大司馬，不知唐之兵部尚書不可稱大司馬也。《唐·百官志》：兵部尚書正三品。輔國册進司空，兼中書令，進封博陸郡王，三品之官，何足異乎？以魚朝恩曾爲觀軍容使，故謂之「總戎」。「總戎」二字，杜詩常用，「總戎楚蜀應全未」、「聞道總戎雲鳥陳」，高適、嚴武亦皆觀軍容使邪？此蓋緣誤認「侍中貂」三字。注唐人詩，當以《唐書》爲據。《唐書・百官志》云：「門下省，侍中二人，正二品。掌出納帝命，相禮儀。凡國家之務，與中書令參總，而顓判省事。」又云：「左散騎，常侍二人，正三品。」注云：「顯慶二年，分左、右，隸門下、中書省，皆金蟬珥貂。左散騎與侍中爲左貂，右散騎與中書令爲右貂。」以此論之，「侍中貂」非中人也。如馬燧、渾瑊皆拜侍中，燧、瑊豈中人乎？《百官志》中人有内侍省監、内常侍諸稱，無侍中。《宦者傳》諸宦官封王公，爲中書令者有之，無侍中。

然則此詩當何如解？蓋責藩鎮兼宰相之諸將也。上章舉内地削，責其徒煩輸輓；此章舉遠人畔，責其不能鎮撫。首四句猶上章首四句之意，不必實指其人。大司馬，《唐・百官志》無之，外官天下兵馬元帥、副元帥、都統下有行軍司馬、行軍左司馬、行軍右司馬，節度使下有行軍司馬，大都督府下有司馬，中都督府下有司馬，下都督府下有司馬，大都督護府下有司馬，上都護下有司馬。以意論之，則副元帥、都統、副都統、節度使、大都督、中都督、下都督、大都護、上都護皆可稱「大司馬」。上都護掌統諸蕃撫慰、征討、叙功、罰過，與本詩「扶桑銅柱」、「越裳」、「南海」、「炎風朔雪」等甚合。又唐初制：元帥、大都督、大都護，或親王領之，或親王遥領。連上「殊錫」二字觀之，「大司馬」必指此類，非兵部尚書也。兵部尚書與吏、户、禮、刑、工尚書，皆尚書省中書令之屬。兵部之屬有四：一曰兵部，二曰職方，三曰駕部，四曰庫部，無稱司馬者，兵部尚書安得稱「大司馬」乎？「總戎」二字，即以公詩證之，當指節度使。「皆插侍中貂」，則帶宰相之銜者也。

但以此解之，詩意自明。

《漢書注》師古曰：「《禮含文嘉》云：九錫者，車馬、衣服、樂懸、朱户、納陛、武賁、鐵鉞、弓矢、秬鬯也。」此詩「殊錫」不必九錫，大抵非常寵錫耳。《漢書·百官公卿表》相國、丞相後即太尉。太尉，秦官，掌武事。武帝建元二年省。元狩四年初置大司馬，以冠將軍之號。漢代大司馬爲武官極品，其權勢，丞相不如也。此詩「大司馬」借漢官言唐官，未爲不可。但泥李輔國曾爲兵部尚書，以唐兵部尚書爲大司馬，遂難通矣。

錦江春色逐人來，巫峽清秋萬壑哀。正憶往時嚴僕射，共迎中使望鄉臺。主恩前後三持節，軍令分明數舉杯。西蜀地形天下險，安危須仗出群材。

或云：此言蜀中將帥也。崔旰殺郭英乂，柏茂琳、李昌夔、楊子琳舉兵討旰，蜀中大亂。杜鴻漸受命鎮蜀，畏旰，數薦之於朝，請以節制讓旰，茂琳等各爲本州刺史。上不得已從之。鴻漸以宰相兼成都尹、劍南東西川副元帥，主恩尤隆。於嚴武而畏怯無略，憚旰雄武，反委以任，姑息養亂，日與從事置酒高會，其有媿於前鎮多矣。公詩標「巫峽」、「錦江」，指西蜀之地形也。曰「正憶」，曰「往時」，感今而指昔也。又云「軍令分明數舉杯」，蓋闇譏其日飲不事事也。《八哀詩》於嚴武云：「豈無成都酒，憂國只細傾。」則鴻漸之縱飲，於憂國之志荒矣。

右説於「數舉杯」三字看出刺鴻漸意，然云公詩標「巫峽」、「錦江」指西蜀之地形，尚可商。愚謂「錦江春色逐人來」，指嚴武最後至蜀時，「人」字即指武；「巫峽清秋」，指今日思武時也。公《將赴成都草堂途中有作先寄嚴鄭公》云：「故園猶得見殘春。」又云：「肯藉荒庭春華色。」《春歸》云：「別來頻甲子，歸到忽春華。」皆可證。年譜亦云。或謂永泰元年四月嚴武卒，此詩作於是年之秋。離草堂而來，正當春色逐人。今又清秋，追念武知己之恩，不覺萬壑皆哀。按年譜：公永泰元年正月辭幕府，歸草堂；四月嚴武卒；五月遂離蜀南下，自戎州至渝州；六月至忠州；秋至雲安。觀此，此說之誤可知。「清秋」指至雲安之清秋，亦不妥，安知非大曆二年之清秋耶？

「自平宮中呂太一，收珠南海千餘日。近供生犀翡翠稀，復恐征戍干戈密。」太一以廣德元年十二月反，平之必在二年。自大曆二年逆數爲三年，故曰「千餘日」。「近供生犀翡翠稀」，即第五詩所云「南海明珠久寂寥」也。一言「近供」，一言「久寂」，似相迕，然「自平」詩是自「收珠南海千餘日」數之，此詩則連太一未平時言之也。詩不作於雲安，此又一證。

五首合而觀之，一、漢朝陵墓，二、韓公三城，三、洛陽宮殿，四、扶桑銅柱，五、錦江春色，皆以地名起。分而觀之，一、二作對，一責代宗時吐蕃亂諸將，一責肅宗初祿山亂諸將，其事對，其詩章句法亦相似；三、四作對，一舉内地割，責以宰相臨邊之將徒煩輸輓，一舉遠人畔，責以藩鎮兼相之將不能鎮撫，其事對，其詩章法句法亦相似；末則另爲一體。杜詩無論其他，以此類言，亦可想當日鑪錘之苦，所謂「晚節漸於詩律細」也。與《秋興八首》並觀，愈見。

## 秋興八首

玉露凋傷楓樹林，巫山巫峽氣蕭森。江間波浪兼天湧，塞上風雲接地陰。叢菊兩一作「重」開他日淚，孤舟一繫故園心。寒衣處處催刀尺，白帝城高急暮砧。

「波浪兼天」、「風雲接地」，非但寫夔州山水，公時艤舟欲下江漢，此即孤舟去路也。有謂「塞上」指由蜀入秦之塞。此章八句，皆指夔州。若七句指夔州，獨一句指蜀塞，不成章法矣。《夔府書懷》詩：「絶塞烏蠻北，孤城白帝邊。」《白帝城樓》詩：「江度寒門閣，城高絶塞樓。」《返照》詩：「絶塞愁多早閉門。」何必蜀塞乃可言「塞」邪？

「他日」與「故鄉」一類，即後章所云「昔時」，蓋故里樊川之感也。前後詩有「歸檝生衣卧」、「具舟將出峽」等句，是此「孤舟」即歸舟也。《白帝城樓》詩：「夷陵春色起，漸儗進扁舟。」《曉望白帝城鹽山》：「春城見松雪，始儗進歸舟。」未嘗一日忘故園之心也。「叢菊」映「楓林」，「孤舟」映「巫峽」，章法尤奇。

夔府孤城落日斜，每依北一作「南」斗望京華。聽猿實下三聲淚，奉使虚隨八月槎。畫省香罏違伏枕，山樓粉堞隱悲笳。請看石上藤蘿月，已映洲前蘆荻花。

陸游《入蜀記》：「唐故夔州與白帝城相連，杜詩『白帝夔州各異城』，言難辨也。」此謂「夔府孤城」，當與上章「孤舟」例看。蓋以客子言之，雖蜀麻吳鹽，清秋萬船，不礙其爲孤舟；雖白帝、夔州，兩城相連，赤甲白鹽，閭閻繚繞，不礙其爲孤城也。

上章「白帝暮砧」，城高砧易聞也；此言「夔府落日」，白帝在東，夔府在西也，皆非漫下。

「北斗」或作「南斗」。按：秦城上直北斗，又北斗之宿七星，明第一主帝，爲樞星。上句言「日」，此句言「斗」，又言「望京華」，以類而言，非「南斗」明矣。唐人亦多用「北斗」，如「平臨北斗」之類。公詩亦多用「北斗」，如「秦城近斗杓」之類。或又引《三輔黄圖》云：「漢初，長安城狹小，惠帝更築之。城南爲南斗形，城北爲北斗形。至今人呼斗城。」謂之「南」、「北」皆可，其説亦非。

「奉使」句，非謂乘槎到天河，徒爲虚語。蓋「槎」與上章「孤舟」相映，乘槎可到天河，今繫舟不能至京華，故曰「虚隨八月槎」。公詩有「愁邊有江水，焉得北之朝」。

三、四一應「夔府」，一應「京華」。「虚隨八月槎」不如此説，不可與言「京華」應矣。五「畫省」應「京華」，六「粉堞」應「夔府」，其意易見。

千家山郭静朝暉，日日一作「日處」，一作「一日」，一作「百處」江樓坐翠微。信宿漁人還汎汎，清秋燕子故飛飛。匡衡抗疏功名薄，劉向傳經心事違。同學少年多不賤，五陵裘馬自輕肥。

首章言「暮砧」，次章言「落日」，此章言「朝暉」。當時日夜無聊，不遑安處，讀之如見。

「日日江樓」與「漁人還汎汎」同，故賦所見以自喻。「信宿」正與《豳風》「於汝信處」、「於汝信宿」一意。「清秋燕子」是將去之物；「故飛飛」者，若見客不去，故以飛飛將去嘲之也。《雲安子規》詩：「客愁那聽此，故作傍人低。」

公天寶初應進士不第，天寶末獻《三大禮賦》，明皇召試文章，授河西尉，改右衛率府胄曹參軍。此與衡初以好學射策科甲，不應令，除太常掌故，調平原文學略似。後肅宗至德二載，拜行在左拾遺。以上疏救房琯獲譴，得免推問。扈從還京，未幾，出爲華州司户參軍。後遂棄官，流寓於蜀。廣德元年，召補京兆功曹，不赴。二年，嚴武表爲節度參謀、檢校工部員外郎，賜緋魚袋。明年春，辭幕府，離蜀。大曆元年，至夔。視衡由史高幕入朝廷，上疏，至丞相封侯，果何如乎？故曰「匡衡抗疏功名薄」也。諸家注衡皆太略，衡之文學、經術與史高辟薦本末皆不及。如此則古來抗疏者多，何獨以衡爲言？

公獻賦授官，與向初獻宣帝賦、頌數十篇亦略同。後遂流滯於外，不能入朝。雖時爲詩歌，不忘朝廷，視向之數退數進，傳經以寄忠悃，得乎？故曰「劉向傳經心事違」也。衡之抗疏多傳經義，向之傳經亦諷時政，其前後疏多及經義，舊注向亦太略。

公與衡、向皆文學士，故引用之。七句遂及「同學少年」，「同學」者，一時同爲文學者也；「少年」者，以己白頭視彼爲少年也。「抗疏」、「傳經」皆在朝廷，「五陵」即京華地；衡、向古人，「同學」今人。公俯仰古今，感慨係之，不必泥「衣馬」、「輕肥」，以爲譏刺。有謂「同學少年」既非「抗疏」之匡衡，又非「傳經」之劉向，志趣與公絶不相同。果如此，當言「異學」，何言「同學」乎？

聞道長安似弈棋，百年世事不勝一作「堪」悲。王侯第宅皆新主，文武衣冠異昔時。直北關山金鼓震一作「振」，征西車馬一作「騎」羽書馳一本作「遲」。魚龍寂寞秋江冷，故國平居有所思。

「弈棋」者，倏勝倏負，局勢變遷。廣德二年，吐蕃入寇，代宗如陝州；吐蕃陷京師，立廣武郡王承宏爲帝；郭子儀復京師，代宗至自陝州，所謂「似弈棋」也。是時公在蜀，故言「聞」，然亦諱辭也。下句又合禄山陷京師，明皇幸蜀，及肅宗復京師，明皇至自蜀之事言之，故曰「百年世事」。其實兩句皆指代宗時事也。明皇事，「百年」中帶言之耳。「聞道」二字又不止貫此兩句，直貫至五、六句，止各説一事。説者以「王侯」、「文武」二句爲「弈棋」，爲「不勝悲」，非也。

唐人最重族望。所謂「衣冠」者，族望也。喪亂衣冠流離，所用文武，流品猥雜，故曰「文武衣冠異昔時」。舊注未明。

或謂「直北」指夔北，乃隴右關輔間。不知此章「直北」、「征西」與下章「西望」、「東來」，皆據長安言。「直北」二字，與「愁看直北是長安」之「直北」不同。凡看詩文，宜知大段。此章前六句作段，讀者多以四句爲段，非也。是時西北多事，姑以廣德二年言之，又以僕固懷恩及吐蕃、回紇等寇邊一事言之，吐蕃寇醴泉、奉天，党項、羌寇同州，渾、奴剌寇盩厔。「直北關山金鼓震，征西車馬羽書馳」，當是此等。或以廣德元年吐蕃入長安，徵天下兵莫至，故曰「羽書遲」，非是。

八章中，前三章詳夔州，略長安；後五章詳長安，略夔州。此章末句可以結本章，可以起下章，可以總起下四章。「故國平居有所思」，猶「歷歷開元事，分明在眼前」。

蓬萊宮闕對南山，承露金莖霄漢間。西望瑶池降王母，東來紫氣滿函關。雲移雉尾開宮扇，日繞龍鱗識聖顔。一卧滄江驚歲晚，幾迴青瑣點一作「照」朝班。

按：漢武承露銅柱在建章宮西，建章宮在長安城外西北隅。唐東内在京城東北，不聞有承露盤事。此章蓋言唐開、寶宮闕之盛，又以明皇好道，故以「蓬萊」、「承露」、「瑶池」、「紫氣」連類言之，不必實有「金莖」。

唐公主如金仙、玉真之類，多爲道士築觀京師。「西望瑶池」，蓋言道觀之盛，與上「宮闕」一類。如《玉臺觀》詩「馮夷」、「嬴女」亦是形容玉臺觀之盛，髣髴有馮夷、嬴女，非咏嬴女也。公詩有「王母晝下雲旗翻」。「東來紫氣」指太清宮。

或謂公蓋以「瑶池王母」之飲，隱喻貴妃之册爲太真，「紫氣函關」之臨，顯譏玄元之降於永昌。如此説是追數前朝之失，非追憶前朝之盛也。

史稱明皇儀範偉麗，有非常之表。潞州別駕時，州境有黄龍白日升天。又京師所居宅外，水池浸溢頃餘，望氣者以爲龍氣。又所居里名「隆慶」，時人語訛，以「隆」爲「龍」。韋庶人稱制改元，又爲「唐隆」，上益自負。此詩「日繞龍鱗」，異常途稱天子「龍顔」不同。舊注引漢高帝「隆準龍顔」，齊高帝「龍顙鐘聲，鱗文徧體」，皆非也。《享龍池》樂章，姜皎一篇有「常經此地謁龍顔」句，可爲此作注。

或謂：「一臥滄江」，言一臥不復起也；「驚歲晚」，追遡身歷三朝，皆成往事，今不知幾時再列朝班。蓋公自天寶十載獻《三大禮賦》，時年四十，以布衣一識聖顔；至肅宗至德二載，拜左拾遺，時年四十六，始點朝班；至代宗大曆元年，自雲安至夔，時年五十五矣。此說非是。「一臥」者，臥病於夔，所謂「伏枕」也。「歲晚」，即秋也。詩言「幾迴青瑣」，如上說，當改爲「幾時青瑣」。「迴」與「時」各一義，豈可溷解？

此詩前六句是明皇時事，「一臥滄江」是代宗時事，「青瑣點朝班」是肅宗時事。前六句但言天寶之盛，陡然截住，即陡接末二語。他人爲此，中間當有幾許繁絮。蓋上章言長安之衰，此章言長安之盛，合而讀之，其義自見也。

瞿唐峽口曲江頭，萬里風烟接素秋。花萼夾城通御氣，芙蓉小苑入邊愁。朱簾繡柱圍黃鵠一作「鶴」，錦纜牙檣起白鷗。迴首可憐歌舞地，秦中自古帝王州。

上章長安宮闕，此下三章長安城外池苑，此章曲江也。上下四章皆前六句長安，後及夔州；此章在中，首二句便以瞿唐、曲江合言，亦章法變換處。然已下只言曲江，不言瞿唐，以詳於首章故也。

明皇始築夾城至曲江芙蓉園，而外人不知。禄山犯闕，帝登興慶宫花萼樓，置酒悽愴，自此遂西幸。「通御氣」、「入邊愁」、「圍黄鵠」、「起白鷗」四句，皆上盛下衰。「通御氣」三字，尤詩人立言之妙。解者失之，與「外人不知」對看，自明。

曲江與樂遊園、杏園、慈恩寺等相近，地本秦漢遺跡。唐開元中疏鑿，更爲勝境。故曰：「回首可憐歌舞地，秦中自古帝王州。」由衰憶盛，感慨無窮。

昆明池水漢時功，武帝旌旗在眼中。織女機絲虚夜月一作「月夜」，石鯨鱗甲動秋風。波漂菰米沉雲黑，露冷蓮房墜粉紅。關塞極天唯鳥道，江湖滿地一漁翁。

此章憶昆明池也。「虚夜月」、「動秋風」、「波漂菰米」、「露冷蓮房」，與上章「圍黄鵠」、「起白鷗」，皆遥想彼中秋色也。此章六句長安，七、八句夔州。「關塞」即首章「塞上」，「江」即首章「江間」，連「湖」言之者，地勢接近，公將出峽赴荆南故也。陡轉陡住，筆端高絶，出尋常蹊徑之外。

或極力辯楊用修之説，謂杜以唐人叙漢事，摩挲陳跡，故有「機絲」、「夜月」之詞，此立言之體，非傷喪亂。愚按：「昆明池水漢時功」，是據唐代言，不僅前朝陳跡。以唐人敍漢事，摩挲陳跡尚有感；況以唐人叙唐陳跡，謂非傷喪亂，可乎？又云：「昆明」一章緊接上章「秦中自古帝王州」一句而申言之，時則曰「漢時」，帝則曰「武帝」云云。如此則是上章思唐，此章思漢矣。但以上章末句爲此章來脉可也。「一漁翁」斷作杜自謂，《將赴荆南寄别李劍州》云：「路經灧澦雙蓬鬢，天入滄浪一釣舟。」《寄别馬巴州》云：「獨把漁竿終遠去。」皆可證。一説陳藏器《本草》：「菰下『墜粉紅』就『蓮房』言，此『沉雲黑』亦當就『菰米』言，不就水言。首小者，擘之，内有黑灰如墨，名烏鬱。人亦食之。」按庾肩吾詩：「黑米生菰葑，青華出稻苗。」公《行宫張望補稻畦水歸》亦云：「秋菰生黑米。」此説較得。

昆吾御宿自逶迆，紫閣峰陰入渼陂一作「紫閣峰陰入渼陂，昆吾御宿自逶迆」。香稻一作「紅豆」，一作「紅稻」，一作「紅飯」啄餘一作「殘」鸚鵡粒，碧梧棲老鳳凰枝。佳人拾翠春相問，仙侣同舟晚更移。綵筆昔曾一作「遊」干氣象，白頭吟望苦低垂。

或云：此言遊宴渼陂之事。按：此章合言長安城南，昆吾御宿、渼陂諸境，不皆曲江、昆明但指一處也。

「香稻」、「碧梧」屬「昆吾御宿」，「佳人拾翠」、「仙侣同舟」屬「渼陂」。《西陂泛舟》詩云：「青娥皓齒在樓船，横笛短簫悲遠天。」「西陂」即「渼陂」。所謂「青蛾」，即「佳人拾翠春相問」也。「問」字用「雜佩以問」之「問」，其意則如「贈之以勺藥」耳。「仙侣同舟晚更移」，指與岑參兄弟不妨。《渼陂行》「船舷暝戛雲際寺，水面月出藍田關」，即「晚更移」之證也。

舊注：「香稻」，宫中以供鸚鵡。按：「鸚鵡」者，出隴州，當是「昆吾御宿」間豪家共有之物，不必宫中，拈出亦可見當時彼中珍禽佳樹之美。其實詩止重「香稻」、「碧梧」，以「鸚鵡」、「鳳凰」

粧點作麗句耳。渼陂種稻，未見言者。公《與鄠縣源大少府宴渼陂》詩有「飯抄雲子白」句，説者謂「雲子」碎雲母，以擬飯之白。升菴《韵藻》引山稻名「雲子」，河棵號「雨師」，直以「雲子」爲稻名。渼陂有稻，亦未可知。

「香稻」二句與上章「波漂菰米」、「露冷蓮房」同，皆遥想彼中秋景。下二句由秋追述春時遊賞之樂，上二句現前，下二句過去也，因又追念當時獻賦。有謂「綵筆」指《渼陂行》諸詩，「干氣象」，即「賦詩分氣象」意，不如指獻賦言。「吟望」「望」字與第二章「望京華」相應，既「望」而又「低垂」，是不能「望」也。筆干氣象何其壯，白頭低垂何其憊，詩至此聲淚俱盡，故終焉。

杜此八首，命意、練句之妙不必論，以章法論，章各有法，合則首尾如一章，兵家常山陣庶幾似之。人皆云李如《史記》，杜如《漢書》。予獨謂不然，杜合子長、孟堅爲一手者也。或八章擇取一二者，非。又杜此詩古今獨絶，妄擬者尤非。

## 詠懷古跡五首 說四首

支離東北風塵際，漂泊西南天地間。三峽樓臺淹日月，五溪衣服共雲山。詞客哀時且未還。庾信平生最蕭瑟，暮年詩賦動江關。

「東北風塵」指禄山亂，與第五句相應。或指少爲齊、趙之遊，或云公初陷賊中在山東、河北間，皆非。

此章公自賦，以庾信爲比耳。夔州無信古跡，或因信曾居宋玉江陵故宅，强牽立説，非也。此詩題曰「詠懷古跡」，有謂首章詠懷，餘四古跡者，其説雖非，尚知「詠懷」二字，不得專泥古跡，遂忘詠懷也。宋玉、昭君、先主、武侯遇皆不偶，是章章古跡，章章詠懷，宜知此。

摇落深知宋玉一作「爲主」悲，風流儒雅亦吾師。悵望千秋一灑淚，蕭條異代不同時。江山故宅空文藻，雲雨荒臺豈夢思。最是楚宫俱泯滅，舟人指點至今疑。

「風流儒雅」即第五句「文藻」。「師」者，師其文藻，正與「李陵蘇武是吾師」同耳。或云「亦」字有不滿意；又云非道德師，乃文雅師；或云景行之至，不惟尚友，直欲師之，皆非。

「悵望」二句，杜言己今日悵望千秋之下，一番灑淚，如宋玉悲秋，異代同一蕭條，惜不同時耳。「同時」，如漢武讀相如《子虚賦》而善之，曰：「朕獨不得與此人同時哉！」「灑淚」，如《秋興八首》之類。

「江山」二句，言故宅已無，空有文藻，彼雲雨荒臺本出夢思，今反現在，豈得爲夢思邪？蓋皆後人所爲耳。不止荒臺不可信，即楚宫亦俱泯滅，舟人指點皆可疑也。人與宅俱亡，正感慨處。

群山萬壑赴荆門，生長明妃尚有邨。一去紫臺連朔漠，獨留青冢向黄昏。畫圖省識春風面，環珮空歸月夜魂。千載一作「歲」琵琶作胡語，分明怨一作「愁」恨曲中論。

此詩二「明」字。杜詩時有複字，然《負薪行》止作「昭君邨」，疑此「明妃」或後人妄改。「畫圖」句，言後人不能親覩，但於畫圖省識其面耳。「省識」者，審視也。此即用毛延壽事，變化出奇，如《九日藍田崔氏莊》用孟嘉事也。或云「省」字宜訓「省事」之「省」，猶約略之義，非。或云「省」，記也，言不見其人，但憶曾於畫圖中認看春風面耳，亦通。

諸葛大名垂宇宙，宗臣遺像肅清高。三分割據紆籌策，萬古雲霄一羽毛。伯仲之間見伊呂，指揮若定失蕭曹。運一作「福」移漢祚終難復一作「難恢復」，志決身殲軍務勞。

公詩屢用「宗臣」字，此二字本出《蕭曹列傳贊》，尤可與第六句相映。武侯在軍亦綸巾羽扇，遺像清高不可略，身都將相，氣象猶然，草廬功名，富貴不能束縛。卓然高出，古今無兩。「萬古雲霄一羽毛」，謂此也。《易·漸卦》有「鴻漸于逵，其羽可用爲儀」，詩意本此，而不見用古之跡。

或言：孔明聲名飛揚，卓絶萬古，如雲霄一羽，誰能匹之？或言：嗣主不才，再傳而失，鞠躬盡瘁，所謂高義薄雲霄者，徒付灰飛煙滅，不啻羽毛之輕，皆非。《焦氏筆乘》云：「昔人以三分割據爲孔明功業，不知此乃其所輕爲，正如雲霄間一羽毛耳。」亦非。《諸將》末章「巫峽清秋」，此第二章「悵望」、「灑淚」，與《秋興八首》是一時作，可合觀之。

## 覃山人隱居

南極老人自有星，《北山移文》誰勒銘？徵君已去獨松菊，哀壑無光留户庭。予見亂離不得已，子知出處必須經。高車駟馬帶傾覆，悵望秋天虚翠屏。

首句公自喻南遊。「周南留滯古所惜，南極老人應壽昌」、「結託老人星，羅浮展遐步」、「今宵南極外，甘作老人星」，公詩屢用。二、三、四惜山人之去。五句承首句。六、七、八承二、三、四，言出處之難，苦辭正論，厚道深情，生人感悟。但云風刺，孤此老矣。當與《常徵君》一首並讀。

## 柏學士茅屋

碧山學士焚銀魚，白馬卻走身巖居。古人已用三冬足，年少今一作「曾」開萬卷餘。晴雲滿户團傾蓋，秋水浮階溜決渠。富貴必從勤苦得，男兒須讀五車書。

「柏學士」，諸家無定論。愚按：全集有《覽柏中丞兼子姪數人除官制詞因述父子兄弟四美載歌絲綸》，此「柏學士」應是中丞子姪，「學士」或即所除之官。全集此詩後即《題柏學士山居壁》

二首，又《寄柏學士林居》一首，「茅屋」即「山居」、「林居」也。此詩云：「白馬卻走身巖居。」後詩云：「山居精典籍。」又云：「歎彼幽居載典籍，蕭然暴露山之阿。」此云：「晴雲滿户團傾蓋，秋水浮階溜決渠。」後云：「壍屋流寒水，山籬帶白雲。」語意皆合，無所疑也。全集有《覽鏡呈柏中丞》、《陪柏中丞觀宴將士》、《奉送柏二别駕將中丞命赴江陵》、《送菜》詩云：「常荷地主恩。」《送瓜》詩云：「柏公鎮夔國。」公遊於柏氏父子兄弟間，熟矣。「柏公」即柏茂林，或作茂琳，與柏貞節是一人。此「柏學士」必不屑以門蔭進身，而願以文章顯名者，何必以世系將門爲疑哉！又古詩文所云「學士」不盡官名，亦有泛言文學之士者。柏氏子弟已有銀魚而好學，以「學士」稱之，亦無妨也。

## 奉送蜀州柏二别駕將中丞命赴江陵起居衛尚書太夫人因示從弟行軍司馬位

中丞問俗畫熊頻，愛弟傳書綵鷁新。遷轉五州防禦使，起居八座太夫人。楚宫臘送荆門水，白帝雲媮碧海春。與報一作「報與」惠連詩一作「書」，非不惜，知吾班鬢總如銀。

或曰：《唐書·世系表》杜濟與位同出杜景秀下，並征南十四代孫；公爲征南十三葉，集有《示從孫濟》詩，斯爲合矣。位又稱「從弟」，何與？《新表》承用譜牒，恐必有誤。或曰：位是公之姪，今曰「從弟」，應是「從姪」之誤。愚謂：題稱「從弟」，詩稱「惠連」，本非有誤。《世系表》多誤，未可據之反疑詩也。濟、位並征南十四代孫，公爲征南十三葉，稱濟「從孫」亦未爲合。公有《過從孫濟》詩，濟必非征南十四代孫。此詩稱位「從弟」，後有《乘雨入行軍六弟宅》詩云：「令弟雄軍佐。」位自是公之弟，非姪也。以位爲公姪，當以「守歲阿戎家」爲據，然「阿戎」非王渾子戎，是王晏從弟王思遠，小字阿戎。全集《杜位宅守歲》下，前人已辯之矣。

## 人日

此日此時人共得，一談一笑俗相看。尊前柏葉休隨酒，勝裏金華巧耐寒。劍佩衝星聊暫拔，匣琴流水自須彈，早春重引江湖興，直道無憂行路難。

公集元日、太歲日、人日皆有詩，人日當時令節，談笑恒事。「休隨酒」，「休」者，廢也，非禁止詞。時公以肺病不飲。「早春」、「江湖」，《續得觀書》題所謂「正月中旬，定出三峽」也，本無他意。今見説者附會占歲書，以「休隨酒」是戒其談笑，後四句蓋欲避俗而行，全非本意。時人顧深喜，以爲獨得，聊復一辯。集本題五言一首，自當合看。三句元日。四句人日，即「春寒華較遲」意。五、六以不飲聊及劍琴，亦將行俶裝意也。「直道」亦偶然及之，不必執泥，妄生枝蔓。

# 宇文晁尚書之甥崔彧司業之孫尚書之子重汎鄭監前湖

郊扉俗遠長幽寂，野水春來更接連。錦席淹留還出浦，葛巾欹側未迴船。尊當霞綺輕初散，櫂拂荷珠碎卻圓。不但習池歸酩酊，君看鄭谷去夤緣。

集後有《夏夜李尚書筵送宇文石首越縣聯句》，此「宇文晁」即「宇文石首」。「石首」，縣名，屬江陵府。「尚書」，即李之芳。聯句公首倡云：「愛客尚書重，之官宅相賢。」結句之芳云：「客居逢自出，爲別幾凄然。」「尚書之甥」，此其證也。

或云「翟表郎官瑞，鳧看令宰仙」，又云「興饒行樂處，離惜醉中眠」，即此「崔彧」也。「尚書之子」，佚其名。一云「孫」下當有缺字，是也。「重汎鄭監前湖」者，集中此詩之前《暮春陪李尚書李中丞過鄭監湖亭泛舟得過字》一首是也。近見一解云：此詩是崔姓一人重邀公泛湖而作，此崔姓者是宇文晁尚書之甥、崔彧司業之孫、尚書之子。杜撰可笑。且云：公薄其人，不樂與之同汎，故製題如此。公温然長者，反似輕薄惡少此等解累之也。其書方有時名，故辯之。

《韵會》：「夤緣，連絡也。」本詩家常用字，孟浩然「沙岸曉夤緣」、公詩「漭泛苦夤緣」。俗語賄作道地亦曰「夤緣」，時解遂謂此二字公所以深致鄙誚。附識以戒妄説。

## 留别公安大易沙門

隱居欲就廬山遠，麗藻初逢休上人。數問舟航留製作，長開篋笥擬心神。沙村白雪仍含凍，江縣紅梅已放春。先蹋罏峰置蘭若，徐飛錫杖出風塵。

此詩末二句，或謂時公欲往廬山，故言當先置寺於彼，以待大易之來飛錫；或引志公與白鶴道人争潛山麓，事出風塵；或謂勉其勿戀戀麗藻，俱非。此蓋欲大易置蘭若，精進於此，徐俟道成飛錫。本用湛方生《廬山神仙詩序》，今備録左方，讀者自知。

晉湛方生《廬山神仙詩序》曰：「潯陽有廬山者，盤基彭蠡之西。其崇標峻極，辰光隔煇，幽澗澂深，積深百仞。若乃絶阻重險，非人跡之所遊；窈窕冲深，常含霞而貯氣。真可謂神明之區域，列真之苑囿矣。太元十一年，有樵採其陽者，於時鮮霞褰林，傾暉映岫，見一沙門披法衣，獨在嵒中。俄頃振裳揮錫，陵峰直上，排丹霄而輕舉，起九折而一指。既白雲之可乘，何帝鄉之足遠哉！窮目蒼蒼，翳然滅跡。詩曰：吸風玄圃，飲露丹霄。室宅五岳，賓友松喬。」

# 江西詩社宗派圖録

# 江西詩社宗派圖録提要

《江西詩社宗派圖録》一卷，據道光十三年刊《昭代叢書》戊集續編本點校。撰者張泰來，字扶長，江西新建人。康熙九年進士，歷官金鄉知縣、吏部主事，外放廣東兵備道。有《壽雪亭集》。按有宋犖康熙三十年序及作者小引，略謂此圖乃宋氏巡撫江西任上，以「江西詩派論」課士，時張氏適致政家居，遂應士子之請，以王應麟《小學紺珠》所定江西詩派二十五人，各爲立一小傳而成。後世頗有責其人員事跡疏誤者，張氏既爲作傳，自不能辭其咎。然此圖之詩學意義實不在所作各傳上。其新義乃在圖前引言所申之「江西詩派不止於吕本中所定二十五人」一説。其擴大之途，一爲補列詩宗山谷者，一爲運用「《三百五篇》而後，作詩者原有江西一派，自淵明已然，至山谷而衣鉢始傳」之説。江西詩派始自陶淵明一説，明末郭子章《豫章詩話》已開其端，清人則至張氏此圖而大彰之。如宋犖序及厲鶚跋，皆深賞此説而益加發揮；康熙四十二年隨即又有裘君宏《西江詩話》十二卷，可謂此説之坐實者也。宋人「江西詩派」之文學觀念，至此遂演變爲文史地理合一之觀念，開出清人地域詩話盛行之局面矣。後張宗泰《魯巖所學集》雖駁之甚峻，或能得吕本中原意之「正」，却昧於此題新變之義也。

# 江西詩社宗派圖録序

余嘗以《西江詩派論》課士於豫章，率昧於題旨，鮮當人意者。張吏部扶長以致政家居，耄年好學，爰徧覽群籍，摭拾遺事，録其有關於吕居仁《宗派圖》者，人各立一小傳，且推原作圖之意，編次成帙，名曰《江西詩社宗派圖録》，俾後學得以觀覽，甚盛舉也。然詩有統有派，余友劉子山蔚曰：「統猶水行於地，匯於歸墟，而總爲天一之所生，非支流别汊之所得偏據以爲名。至於四瀆百川之既分，分而溢，溢而溯其所由出，然後稱派以别之。派者，蓋一流之餘也。」居仁之名山谷，殆以一流小之，非尊之也。而自附於一流，抑又自小之甚矣。學者誠即扶長此録，以洞然於江西詩派所自出，知其學之有本，非同於汙瀆；更引申於山蔚之論，而有得於風雅之大源，則幾矣。扶長以爲何如？康熙辛未季秋，商丘宋犖題。

# 江西詩社宗派圖録

新建張泰來扶長述

呂居仁作《江西詩社宗派圖》，自黄山谷而下，列陳後山等，凡二十五人：陳師道、潘大臨、謝逸、洪朋、洪芻、饒節、祖可、徐俯、林敏修、洪炎、汪革、李錞、韓駒、李彭、晁沖之、江端本、揚符、廷博案：「揚」原作「楊」，今據宋刻劉後村集校正。謝薖、夏倪、林敏功、潘大觀、王直方、善權、高荷、呂本中。此浚儀王伯厚《小學紺珠》定本也。胡氏《苕溪漁隱》與《山堂肆考》有何顗而無高荷，且列洪朋於徐俯之後；《豫章志》有高荷、何容而無何顗，呂本中復不在二十五人之中，恐傳鈔有誤，今並記之。

説者謂：居仁作圖，既推山谷爲宗派之祖，二十五人皆嗣公法者。今圖中所載，或師老杜，或師儲、韋，或師二蘇，師承非一家也。詩派獨宗江西，惟江西得而有之，何以或産於揚，或産於兖，或産於豫，或産於荆、梁？似風土又不得而限之矣。或謂《三百五篇》而後，作詩者原有江西一派，自淵明已然，至山谷而衣鉢始傳，似宗派盡於二十五人也。及考紹興初，晁仲石嘗與范顧言、曾裘父同學詩於居仁；後湖居士蘇養直歌詩清腴，蓋江西之派别；坡公謂秦少章「句法本黄子」；夏均父亦稱張彦實詩出江西諸人；范元實曾從山谷學詩；山谷又有贈晁無咎詩「執持荆山玉，要我雕琢之」，彼數子者，宗派既同，而不得與於後山之列，何也？呂公嘗譔《紫薇詩話》，見諸篇什者，僅八九人而止，餘悉無聞焉，抑又何也？聞公尚有《師友淵源》一書，惜未之見耳。大抵宗派一説，其來已久，實不昉自吕公也。嚴滄浪論詩體，始於《風》、《雅》，建安而後，體固不一，逮宋有「元祐體」、「江西體」，註云：「元祐體即江西派，乃黄山谷、蘇東坡、陳後山、劉後村、戴石屏之詩。」是諸家已開風氣之先矣。居仁因而結社，一時壇墠所及，遂有二十五人，爰作圖以記之。詎必溯其人之師承，計其地之遠近歟。觀吕公自序，有云：「同作並和，雖體製或異，要皆所傳者一。」其厓略殆可覩矣。坡老云：「吾於詩人無所甚好，獨淵明詩質而實綺，癯而實腴，自曹、劉、鮑、謝、李、杜諸人，皆莫能及。」淵明既往，諸家皆南北宗爾，摩圍老人即欲避此一席，何可得哉？竹坡周少隱曰：「吕舍人作《宗派圖》，自此雲門、臨濟始分矣。東坡寄子由詩：『贈君一籠牢收取，盛取東軒長老來。』則是東坡、子由爲師兄弟也。」今謂其説始於吕公，不幾爲論世尚友者所竊笑乎？矧江西宗派不止於詩，即古文亦有之；不獨歐陽、曾、王也，時文亦有之；不獨陳、羅、章、艾也，推之道德節義，莫不皆然。余以老耄失學，藏書散軼，抱甕之暇，無以自娱。適大中丞宋牧仲先生采風，以此命題，友人有過蓬户而下問者，聊書此意以答之。猶恐世遠言湮，即舉二十五人之姓氏，索其詳而不可得，迺紀厥爵里，徧覽群籍，摭拾遺事，録其有關於《宗派圖》者，人各立一小傳，編次成帙，名曰《江西詩社宗派圖録》，俾後之學詩者得以覽焉。

# 陳師道

師道，字履常，一字無己。徐之彭城人。自號後山居士。元祐三年，蘇軾、傅堯俞、孫覺薦爲徐州教授，又梁燾薦爲太學博士，歷秘書省正字。學識敻絶，有經世才，一時問業者甚衆。熙寧中，王氏經學盛行，後山心非其説，遂絶意進取，至是始以薦得官。家極貧，苦吟，每偕及門登臨，得句即急歸卧一榻，以被蒙首，惡聞人聲，謂之「吟榻」。家人知之，即嬰兒稚子，亦抱寄鄰家。自詠絶句：「此生精力盡於詩。」殆無忝矣。山谷曰：「履常，天下士也，讀書如禹之治水，知天下之絡脈；作詩得老杜句法，今之詩人不能當也；爲文深知古人之關鍵，其論事救首救尾，如常山之蛇，時輩未見其比。」初寓京師，傅欽之欲識其面，以問少游。少游曰：「是人非持刺字伺候公卿之門者，不可致也。」章惇在樞府，將薦之於朝，以書招之。後山答云：「公卿不下士，尚矣，乃獨見於今。夫相見所以成禮，師道於公，有貴賤之嫌，無平生之舊，公雖可見，禮不可見也。」終不往。東坡出知杭州，道由南京。後山爲教授，時欲往迎，告徐守孫莘老。孫不之許，乃託疾私行，至南京，與坡公同舟直下，抵宿而後返，爲劉安世所彈。余觀後山越境而見東坡，當軸而不見子厚，曾何得喪足繫其胸次哉！癯翁《詩評》：「沖寂自妍，不求識賞。」真詩如其人矣。林擇之問朱文公曰：「後山詩恁底深，他資質儘高，不知如何肯去學山谷？」公答云：「後山雅健勝似山谷，然氣力不及山谷較大，此其所以推服弗置也。」坡公最重後山書，曾有一帖，已遺荆州李翹叟。繼亡其本，借來謄出。適爲役夫盗去，鬻於僧寺，追取得之，復歸翹叟。翹叟猶恐此卷再爲盗所得也，扃鐍藏之。坡公聞之，不禁拊掌。惜乎扈從南郊，不屑服趙挺之衣，竟以寒疾死，悲夫！二子豐、登。豐亦能詩。建炎中，以父故得官，過江爲會稽判。郡長李鄴降敵，豐亦并驅以北，一云登。後遂無在江左者。無己著述繁多，今世所傳，率多僞雜，惟門人魏衍昌世編《後山集》二十卷最善。《詩話》、《談叢》，放翁疑爲後人贋作。洪容齋亦云：「《談叢》載國朝事，失於不考究，多爽其實，非公筆也。」長短句二卷，胡元任云：「後山自謂他文未能及人，獨於詞不減秦七、黄九。其自矜如此。」

## 潘大臨　潘大觀

大臨，字邠老。黄岡人。才性明敏，凡經史百家之書，無不融貫。善屬文，而尤匠心於詩。元豐中，寓齊安，得句法於坡公。次弟大觀，字仲達。俱以詞翰名家。山谷誦其五言句，覺翰墨之氣如虹，猶足貫日。邠老年雖少，而風度恬適，殊有塵外之韵。山谷屢囑諸甥從之遊，相與琢磨，去盡少年之色，須用薰悟之鉏，痛以治之。蚤負盛名，屢不得志於有司。山谷極口慰藉，更勉之曰：「子瞻論作文法，須熟讀《檀弓》，大是妙論。書法甚工，然少波峭，政以觀古人書少耳。可取古法帖，日陳左右，事業之餘，輒臨寫數紙，頗勝弈棋廢日。」後徐師川贈詩，謂：「字直千金師智永。」則進乎技矣，其工妙可知也。放翁題跋曰：「邠老詩妙絶世，恨不見其字。今見此帖，無復遺恨。」其詩如《和中興碑》、《送山谷貶宜州》、《東坡輓辭》之類，竟與「重陽」一句詩並傳。寄贈饒德操，有「文如二稚徒懷璧」之詠。後德操爲僧，果名如璧，吕舍人以爲詩讖。至今臨汝人尚能言之。

## 謝逸　謝薖

逸，字無逸。臨川人。布衣而名重搢紳。於書無所不讀，於文無所不能，有韵之言尤超軼絶塵。秉性峻潔，生平不喜對書生。山巔水瀕，多從衲子遊。朱世英守撫日，以德行薦於朝。意不欲行，不得已詣之，信宿而返。從弟薖，字幼槃。食貧嗜古，樂志不仕，自號竹友。以詩文媲美其兄，時稱二謝。居仁云：「謝康樂詩規模宏大，爲一世冠；玄暉詩清新獨出，又自有過人者。無逸似康樂，幼槃似玄暉，真足追配古人。」山谷讀其與老仲元詩，大驚曰：「使在館閣，晁、張流也，恨未識之耳。」一日，惠洪過溪堂，見無逸所居一室，生涯如龐藴。少君方炊，稚子宗野汲水，無逸誦書掃除，見師放帚大笑曰：「聊復爾耳。」相與飯菽作偈而還。朱世英聞而和之。東鄰有甯生者，年二十餘，以鏤刻佛像爲業。俄遊京師，因其役得將仕郎歸家。日華裾細馬，閭里聚觀。門弟子不懌者累月，豈非傷無逸負出世之才，年未五十，一命不沾而殞，曾甯工之不若乎？噫唏！不識天下之爲甯工者比比也！崇、觀間欲求如二謝之高風勁節，當世有幾人哉？《溪堂》、《竹友》二集係門人所編，長短句尤天然工妙，今詩餘所載，僅劍首一吷耳。

## 洪朋 洪芻 洪炎

朋，字龜父。豫章人。山谷之甥也。舉郡試第一。家世業儒，至龜父而聲聞益著。山谷極贊其詩句甚壯，不負相期之意。又云：「龜父筆力可扛鼎，不無文字垂世。力學有暇，更精讀千卷書，乃可畢兹能事。」《寫韵亭詩》泓峥蕭瑟，不可言喻。居仁謂：「作詩至此，幾乎傾倒無餘。」山谷嘗問：「甥最愛老舅詩中何語？」龜父舉「蜂房各自開户牖，蟻穴或夢封王侯」、「黄流不解浣明月，碧樹爲我生涼秋」，以爲深類工部。山谷曰：「得之矣。」自存詩僅百篇，山谷歎其句句可傳。次芻，字駒父。第進士。才氣筆力，尤爲超邁。山谷往往閱其詩而歎曰：「不意江南澤中，産此千里駒也。」駒父才而傲，頗以詩酒廢吏事。每讀時輩篇什，大叫云：「使人齒頰皆甘。」其人喜而問之，曰：「似何物？」答云：「不減樹頭霜柿。」人每赬面而去。靖康中，爲諫議大夫。汴京失守，駒父唯痛飲沈醉，竟以誣陷坐貶沙門，識者冤之。《渡海》詩云：「闗山不隔還家夢，風月猶隨過海身。」竟卒島中。所著有《豫章職方乘》、《前後老圃集》、《詩話》、《香譜》等作，俱極博雅。子柟，字仲本，亦能詩。爲徐師川壻。嘗出知永州。次炎，字玉父。元祐末登第，官至著作秘書少監。重聽，嘗對上曰：「世人皆聾於心，臣獨聾於耳，心則了了，唯上所使。」後因事免，復起少監，有詩：「再入蘭臺逢舊史，重遊東觀閱新書。家徒四壁今無屋，誰爲君王賦《子虚》？」周少微輯杜陵逸詩二十八首，其一係玉父石刻，得之江中。相其風致，當不讓伯仲氏也。次羽，字鴻父。元符末入黨籍，遂終其身。世號「才子四洪」。潘邠老作《洪氏倦殻軒詩》，比之封、胡、遏、末。姑溪李端叔曰：「魯直成就諸甥之意，可謂盡矣。故率然自知，類不相遠，蓋一本於舅氏也。」

## 饒節

節，字德操。臨川人。詩句蕭散，苦學副其才情，絶非常緯可到。尤善銘贊古文辭。嘗作《佛米贊》，許彦周最服之，謂：「武將念佛，以米記數，得三升也。將軍念佛，難於遺詞。觀德操所作，雖柳子厚，曲折不過是矣。」夙有大志，既不達，縱酒自晦，或數日不醒。醉時往往登屋危坐，浩歌慟哭，達旦乃下。又嘗醉赴汴水，適遇客舟，救之獲免。祝髮後句更高妙，殆不可及。有《别外弟蔡伯世》詩，極詆近日學禪者不能得達摩嫡派，紛紛歧路，因自號倚松道人。朱考亭曰：「紫薇吕公名德之重，一言一動，皆有法戒。其論汪、謝諸賢高志清節，皆可以傳信後世。獨饒節者，一旦毁削膚髮，殄滅天倫，而諸公環視，無一人能止而救之者，或乃更從嗟嘆，以是爲不可及，亦獨何哉？」嗟乎！考亭之言，猶余志也。第稽德操生平，非僅因欿顣而棄家者。觀其勸紫薇專心學道，有「好貸夜窗三十刻，胡牀趺坐究幡風」之贈，真再來人也。但憐其才，而益悲其遇耳。

## 祖可　善權

祖可，字正平。丹陽人。蘇伯固堅之子，養直庠之兄也。住廬山，與善權同學詩，骨氣高邁，爲徐師川所推。羅源陳善曰：「予與僧惠空論今之詩僧，如病可、瘦權，嫌其太清。空云：『往在豫章，與李商老論詩及此，商老云：可詩句句是廬山景物。』意亦以太清爲病。」余謂清非詩之病也，可師有「亂山爭夕陽」之句，善權歎其精絶。與養直唱和真隱詩，如「漱壑夜泉響，掃窗春霧空」等詠，往往得意外警妙，其刻苦洵有過人者。善權詩「渚宫禪伯唐齊己，淮甸詩豪宋惠崇」，其自負可知矣。大抵二師之於韋蘇州，性而有之，非關學也。吴虎臣云：「正平工詩，至長短句甚佳，世僅稱其詩耳。」有《東溪集》。

## 徐俯

俯，字師川。分寧人。山谷之甥也。由通直郎歷右諫議大夫。紹興初，賜進士出身。英才茁發，負磊落不群之氣，每事不肯居人下。通判吉州時，取郡長陳虛中判案抹而改之，其他可知也。嘗作上藍莊詩，託龜父寄山谷。公讀數過，歎其詞氣甚壯，不類少年書生，爲之喜而不寐。後東坡、少游、後山皆殁，山谷憂斯文將墜，規模遠大，不意於師川復見之，因目爲頽波之砥柱。公在宜州，有手書曰記。嗣傳入禁中，高宗篤愛之，日置御案。乃召師川，擢端明殿學士，簽書樞密院事，權參知政事。師川每語人曰：「東坡、山谷、瑩中三先生，余極敬畏，然其瑕疵有可笑者：東坡欲學長生不死；山谷赴官姑孰，聞當罷，七日符至乃行；瑩中時對日者談命，皆顛倒可笑也。」師川持議若此，可謂不阿所好矣。所著有《東湖集》。長子璧，字待價。豪邁能文詞，擬上書萬言，欲投匭，極言時政，無所諱避。師川見其稿，大驚，奪而焚之。惜乎早世，使其長年，焉知非幹蠱才耶？

## 林敏功　林敏修

敏功，字子仁。蘄春人。年十六預鄉薦，下第歸，歎曰：「軒冕富貴，非吾願也。」杜門不出者三十年。弟敏修，字子來。俱以詩賦相高。元符末，蔡元度薦之，累徵不起。政和中，賜號高隱處士。子仁寄均父詩：「饒三落拓我迂疏。」「饒三」，指德操也，子仁殆借以自況焉耳。山谷寄立之云：「林處士詩甚佳，《碧落碑》無贋本也。」二林詩文凡千餘篇，號《松坡集》。

## 汪　革

革，字信民。臨川人。試禮部第一，分教長沙。於文無不精到，曾代滎陽公作張子厚哀詞，膾炙一時。爲詩尤警拔絶倫。謝無逸號溪堂居士，寄詩贈之，有「溪堂春水想扶疏」之詠。德操見而歎曰：「公詩日進，而道日遠矣。」吕舍人殆謂其用功在此而不在彼也。信民和吕公《欲晴》詩、《春日》絶句等篇，敲字戛句，匠心獨妙。嘗謂：「人能咬得菜根斷，則百事可做。」胡康侯聞之，擊節稱賞。生平清操，至今尚可想見。有《清谿類稿》、《論語直解》并《詩話》一卷。

## 韓駒

駒，字子蒼。蜀之淯井監人。父爲峽州夷陵令，與内侍賈祥爲莫逆交。政和中，裕陵問祥，遷謫時有何人材？祥即出子蒼詩文以進。首篇有「太乙真人」之句，上覽奇之，即批出賜進士第，除祕書省正字。不數年，遂掌外制。譔祀明堂、圜壇、方澤樂曲。早歲以詩擅天下，蘇黄門一見，比之儲光羲。王平甫稱爲「官樣文章」。坡公題其詩卷云：「唐朝文士例能詩，李杜高深到者稀。我讀君詩笑無語，恍然再見儲光羲。」二蘇所見，何其不謀而合也！子蒼每詩成，輒反覆塗乙，又歷疏語所從來；至既以予人，久或累月，遠或千里，復追取更定，無毫髮恨迺止。爲徐師川友，遂受知於山谷。周益公題山谷與子蒼帖曰：「士大夫少負軼才，其詩章固已超絶，然須經前輩題品，乃自信不疑。如參禪雖有所得，猶藉宗師之印可耳。子蒼嘗言：『我自學古人，庶乎於山谷近之矣。』」後僑居臨汝，從者益衆，酬唱之樂，不減元祐諸公。大歙庵詩，師川所作，子蒼手録之。愛才賞音，即此足覘一斑。諸孫曰藉，能守家學。《陵陽詩草》迺手授放翁者，刻之撫郡。《語録》一卷，范季隨周士所編。周士云：「子蒼所作不止此，當更訪之。」癯翁敖器之《詩評》，自魏武而下凡二十九人，子蒼與後山、紫薇與焉，亦足徵宗派一時之盛矣。

## 李　彭

彭，字商老。南康軍建昌人。尚書公擇之族姪也。家貧績學，枕藉經史，詩文能兼諸家之長，尤究心釋典。灌園脩水之上，樂志自放。而筆墨一出，人争傳寶，以相矜詩。公擇猶子李岱去言，年少能文。汪信民亟稱之，以爲有過其姪商老處。居仁言：「商老詩文富贍宏博，非後生容易可到。」洪覺範至石門，杲禪出商老詩偈巨軸，讀之茫然，謂：「此道人蓋滑稽翰墨者也。」陳了翁問範師：「江西之詩，誰家爲最？」師答曰：「駒父戲效孟浩然，作語如王、謝家子弟，風神步趨，不能優劣；商老和之，如劉安見上帝，大言不遜，豪氣未除；獨師川有句在暮山煙雨、西洲落照之外，未暇寫也。」師之品評如是，真可稱佛門詩史矣。商老嘗負墓蓋，乞書於東坡。公作大小兩軸，囑其擇而用之，且勉之曰：「德叟有子不亡矣。」坡公書，山谷跋其後云。

## 晁沖之

沖之，字叔用，一字用道。鉅野人。授承務郎。以詩擅名。吕居仁曰：「衆人方學山谷，叔用獨專學老杜。其昆仲之所講究者素矣。」所作《李廷珪墨》詩通首雅健，即杜老無以復過。高秀實論其脱去世俗畦畛，不讓古人。與居仁唱酬最劇，曾戲語居仁：「我詩非不如子，我作得子詩，只是子差熟耳。」居仁戲答云：「即熟便是精妙處。」叔用大笑以爲然。喜作長短句，如《臨江仙》、《上林春慢》等闋，發音吐響，出人意表。有《具茨集》。

## 夏倪

倪，字均父。蘄州人。自府曹左官祁陽監酒。文詞富贍，儕輩罕及。嘗以「天寒霜露繁，遊子有所之」爲韵作十詩，留别饒德操，曲盡芊綿之致。赴江守日，張彦實有贈行詩：「未覺朝廷疏汲黯，極知州郡要文翁。」均父朝夕諷誦之，其服官之勤可知也。詩文一集，吕紫薇爲之序。論學詩當識活法，極其明快，可補入詩話。

## 王直方

直方，字立之。南州人。舍人元才棫之子也。補承奉郎。力學汲古，家藏圖史書畫甚富。山谷極愛其文，嘗云：「立之如璚枝瑶樹，常欲在人目前。」所寄楚詞二章、《寂齋賦》一首，並爲佳作，因名其書室曰「定志齋」，蓋取「我徂維求定」之意也。山谷一日在市上見蠟梅開，立之投以詩，公喜曰：「數日天氣驟暖，固宜木根有春意動者，遂爲詩人所覺，極歎足下韵勝也。」偶病，憂其子不克負荷，盡以詩畫寄交舊。居仁初未與公相識，亦寄數種。均父作詩慰之云：「書來整整復斜斜。」蓋笑其病中作字如此，特舉山谷《雪》詩以戲之耳。立之《詩話》載：「洪駒父詩一首：『胡生畫山水，煙雨山更好。鴻雁書遠空，馬牛風塞草。』邠老愛第二句，余愛第三句，山谷愛第四句，師川愛第三句、第四句。」以是知詩特患不佳耳，既佳矣，欣賞者其妙正在不同也。

## 高荷

荷，字子勉。荆南人。元祐太學生，官蘭州通判。學杜子美作五言，頗得句法。山谷自戎州歸，荷以五十韵見公，有「蜀天何處盡，巴月幾回彎」之句。公愛而和之，并跋其後曰：「子勉作詩，以老杜爲標準，用一事如軍中之令，置一字如關門之鍵，而充之以博學，行之以温恭，蓋天下士也。」寄李端叔書：「比得荆南一詩人，極有筆力。使之淩厲中州，恐不減晁、張，恨公未識之耳。」其推服若此。奈晚爲童貫客，不爲輿論所與。自號還還先生。其詩亦不傳。

## 李　錞

錞，字希聲。□□人。鶚案：李希聲官至秘書丞。

## 江端本

端本，字□□。臨川人。宣和二年，通判温州。鶚案：江端本，字子我。陳留人。鄰幾之孫。靖康中，以薦爲承務郎，賜進士出身，諸王官教授。上書辨宣仁誣謗，遭黜。南渡，寓家桐廬之鸕鷀原。後爲太常少卿。有《七里先生自然庵集》。○廷博案：劉後村《江西詩派小序》：端本，字子之。子我則端友字也。厲蓋誤箋。又案：端友本不入社，而厲氏《宋詩紀事》於詩派中列端友，而轉遺端本，則又誤矣。因附正之。

賢」之句。

## 揚符

廷博案：元本作「楊」，今訂正。

符字□□。□□□人。詳俟補入。鶚案：揚符，字信祖，未詳爵里。有詩集一卷。有「吏道官官惡，田家事事

## 呂本中

本中，字居仁。壽春人。遷寓洛陽，復徙婺州。申公之孫，舜徒少監之子，成公之祖也。宣和中，爲樞密院編修。紹興初，特賜進士，累官侍講。中書省號紫薇省，故稱紫薇舍人。家學淵源，有中原文獻之目。性清約，唯以著述爲己任。生平因詩以窮，耽禪而病，清癯若不勝衣。一室蕭然，凝塵滿榻，裕如也。嘗序《詩社宗派圖》，謂詩有活法，若靈均自得，忽然有入，然後惟意所出，萬變不窮。楊誠齋又從而序之，亦以學者屬文，當優游厭飫，以悟活法。孫穀祥《野老遺聞》云：「作詩文若不得其道，則千詩一詩，千句一句，自少壯至老熟，猶旦暮也。居仁之於詩，每一見一變，至於今，駸駸乎其未已，此豈偶然哉？」以是知詩有活法，不知研求，徒講究奪胎換骨者，末矣。《九經堂詩》，蓋公與昭德尊老諸公師友講習漸漬所得，陸放翁稱其「雄筆大論，凜乎其可敬畏」。周益公跋曰：「呂十一丈在政

和初，春秋鼎盛，且方崇尚王氏學，以蘇、黄爲異端，而手書立身、爲學、作文之法乃如此。其師友淵源固有所自，而特立獨行之操，誰能及之？近世謂以詩名家，是殆見其善者幾耳。」曾元嗣贈公詩：「吕家三相盛天朝，流澤於今有鳳毛。世業中微誰料理？卻收才具入風騷。」洵定論哉。靖康之役，太學生汪若海作《麟書》一卷，恢詭譎怪，不減長卿《大人賦》。居仁謂：「其意實有在，漢武帝蓋未之知也。東叟之爲《麟書》，蓋得法於此，予固知之矣。」老臣憂國之言，遂使東叟圍城上書，忠義激發之氣，千載如見。公所作《宋論》四十篇，審時度勢，洞若觀火。《官箴》三十二則，《綱鑑》云成公。皆身體力行之言，服官者宜各書一通於座右。他如《春秋解》、《童蒙訓》、《軒渠録》等書，皆傳布於世。乾道元年，平江守沈公雅刻《紫薇集》二十卷。

張子編次《宗派圖録》既成，客復過而問曰：「信如子言，作詩者斷以江西爲法乎？」予曰：否！否！詩派，人之性情也。性情不殊，繫乎風土。而支派或分十五國，而下概可知矣。譬之水然，水雖一，其源流固自不同，江、淮、河、漢，皆派也。若舍派而言水，是鑿井得泉，而曰水盡在是，豈理也哉？江西之派，實祖淵明。山谷云：「淵明於詩，直寄焉耳。」絳雲在霄，舒卷自如，寧復有派？夫無派即淵明之派也。鍾記室謂「其源出於應璩，又協左思風力」，果何所見而云然邪？宗風既祧，居仁移其俎豆於山谷，蓋以山谷易似，而淵明不易似也。嗣是作者林立，海内翕然向風，往來投贈，目不給賞，篇什之富，梓於厭原山中者，《詩派》一百三十七卷，《續派》十三卷，可謂極豫章之大觀矣。南渡以來，老成間或彫謝，又遇陵陽韓子蒼僑寓臨川，復執牛耳。一時倡和之樂，如曾裘父、錢遜叔輩，又不下十數人，四方傳爲盛事。沿流日久，耳食之徒，寖有起而訾議之者。李文山遂謂「元和之後無詩」，楊廷秀亦有「江西之詩，世俗之作，知味者自能別之」之語，矧瑣瑣餘子哉！朱考亭云：「江西之詩，自山谷一變，至楊廷秀又再變。」以斯知一代之詩，未有不變者也，獨江西宗派云乎？磵谷羅畸與葛山書：「年來屏棄江西，爲人輕姗，但就陳、黄中取數篇入吾意者讀之，便知古人爲不可及。」元遺山《論詩三十首》有云：「只知詩到蘇黄盡，滄海横流卻是誰？」又云：「論詩寧下涪翁拜，未作江西社裏人。」由是觀之，善學詩者，支派雖分，性情則一。即曹、劉、鮑、謝、李、杜集中，何嘗無淵明一派？而諸家之所謂江、淮、河、漢者自在也。古來未有無派之詩，即未有無源之水。今必執江西一派，以求盡天下之詩，是鑿井得泉者也，詎復知江、淮、河、漢之源流乎？且居仁作圖，名雖爲詩，意實不專主於詩，大約如制科以詩賦取士，不過借以爲靖獻之資焉耳，豈真據詩以定人之生平哉？觀圖中首後山而終子勉，其寓意固已微矣。後人舍立身行己不論，僅舉有韵之言，稱爲宗派詩人而已。嗟乎！幾何不與吕公論世尚友之旨大相逕庭也哉？

紫薇作圖，其大意已見於自序。既謂之「圖」，則姓字自有先後，安得執此以較詩之優劣也？如正平所云：「吾乃居行間乎？」子蒼曰：「我自學古人。」均父亦以在下列爲恥。是同社已失于喁之雅矣。余意此特諸公及門各尊其師之言也。范周士曰：「吕公一日過書室，取案間書讀之，乃《江西宗派圖》也。公言：『安得此書？切勿示人，乃少時戲作耳。』及舉此語以問陵陽先生，公語云：

『居仁卻如此説。《宗派圖》本作一卷，連書諸人姓字。後豐城邑間刻石，遂如禪門宗派高下，分爲數等，初不爾也。』」細繹周士此言，不無水火，烏可信爲必然哉？且不特此也，東坡題山谷詩云：「見魯直詩，未嘗不絶倒。」又云：「如見魯仲連、李太白，不敢復論鄙事。」山谷則謂：「東坡作詩，未知句法。」山谷愛陳後山詩，爲之揚譽，無所不至。後山云：「人言我語勝黄語。」又何以解也？豈文人相輕，自古已然，雖賢者不能免耶？

南州張扶長吏部作《江西宗派圖録》，薈粹諸書，出處甚詳，但二十五人内，李錞、江端本、揚符三人小傳未備。江子我在南渡初最知名，其母夫人爲劉原父之女，見晁以道《壽昌縣君墓志》「兄端禮、弟端本」云云。惟李錞僅以官傳，揚符僅以字著耳。因爲補綴於後，庶好事者有攷焉。南湖花隱識。

此書從樊榭山民厲君借鈔校過，并録其跋語。「南湖花隱」，其新號也。雍正癸丑秋九月九日勿藥記。

# 附録

## 王士禎《居易録》

牧仲中丞寄豫章張吏部泰來扶長所撰《江西詩派圖録》，人各爲傳，其二十五人名氏次第遵王伯厚《小學紺珠》定本。扶長云：「胡氏《苕溪漁隱》與《山堂肆考》有何顒無高荷，又列洪朋於徐俯之後；《豫章志》有高荷、何容無何顒，吕本中復不在二十五人之中云。」予按：劉克莊後村《江西詩派序》云：「吕紫微作《江西宗派》，自山谷而下，凡二十六人，内三人袁容、潘仲達、大觀有姓名而無詩，詩存者凡二十四家。吉按：劉後村《小序》作「何人表容、潘仲達大觀」，阮亭誤「表」爲「袁」，又誤字爲姓，又分「潘大觀仲達」名字爲兩人，殊謬。王直方詩少，絶無可采云云。」其次第則首山谷，次後山、韓子蒼、徐師川、潘邠老、三洪龜父、駒父、玉父、夏均父、二謝無逸、幼槃、二林子仁、子來、晁叔用、汪信民、李商老、三僧、如璧即饒德操、祖可、善權。高子勉、江子之、李希聲、楊信祖、吕紫微，合山谷爲二十四人。王立之無傳，袁容則與今本作何顒迥異。後村、伯厚皆宋末人，不知各何依據而異同如此。張云：「梓於厭原山中者，《詩派》一百三十七卷、《續派》十三卷。」今其書不可得而見矣。張傳頗詳博，而於後村傳吉按：「傳」應作「序」。無所稱引，蓋未覩後村全集耳。張，康熙庚戌進士。

劉後村作《江西詩派序》，不爲王直方立之作傳。牧仲中丞頃寄張吏部扶長《江西詩派圖録》，補立之傳。適讀晁以道《嵩山集》，有立之墓銘，蓋吏部亦未之見。略録數條，以備考證。立之少樂從諸丈人行游，無他嗜好，惟晝夜讀書，手自傳録凡大編數十。時遐荒窮海有先生居焉，立之身不出京師，而傳彼所賦歌詩獨早且多，若咫尺居而手授受也。立之於人，顧豈燥濕寒暑之異哉？然非其所好，雖以勢力美官誘致之，莫肯自枉也。嘗監懷州酒税，尋易冀州糴官，僅數月，投劾歸。凡十五年，處城隅小園，嘯傲自適。命其園之堂曰「賦歸」，亭曰「頓有」，一時文士多爲賦詩。彭城陳無己卒於京師，立之割田十頃以周其孤，多此類者。立之病中，取其平生書畫古器，散之四方朋友無遺，慕義樂善如此，此事蓋古人所未有也。大觀三年三月日，葬密縣。立之病卧久，口不能良言，猶慷慨忠憤不少懲。且曰：「我所作詩文，他日无咎序之，死則以道銘我。」所謂「遐荒窮海有先生居焉」者，蓋東坡也。

後村作江端本傳吉按：「傳」應作「序」。太略，但云：「子我弟也。子我詩多而工，舍兄而取弟，亦不可曉。」張不爲端本傳，缺其字，而謂臨川人。余按：晁以道《江子和端禮墓誌》曰：「祖休復，即鄰幾。仁宗時修起居注，有重名。父懋相，朝散郎。」又《壽昌縣君劉氏墓誌》曰：「夫人劉原父侍讀家女，嫁爲江鄰幾舍人之子婦。男三人：長端禮，次端友、端本。端友等一日白夫人曰：『幸見聽，敢有言。』夫人笑曰：『不欲從科舉乎？是吾素已疑之矣。且汝兄力學能文，屈於有司二十年。嘗爲予言有司待士之禮薄而法益苛，愧之終其身。汝等尚少，而能不樂於此乎？汝安之，則吾何有？』故端友與弟端本遂優游於圉城數畝之田，人多高之。」又按：《子和誌》曰：「江氏自轑陽侯德爲陳留圉城人。」非臨川也。端友字子我，端本字子之。

《石林詩話》載魯直自戎州歸荆南，高荷以五十韵見。魯直極愛賞之，有詩云：「張侯海内長句，晁子廟中雅歌。高郎稍加筆力，我知三傑同科。」「張」謂文潛，「晁」謂无咎也。无咎聞之，頗不平。荷有《雲臺觀》詩云：「親祠聖主鸞曾駐，善夢先生蝶不歸。」見范公偁《過庭録》。晚得蘭州通判以死。頃見張吏部扶長作《江西宗派圖録》，高荷有傳而太略，應補入之。吉按：吴坰《五總志》曰：「唐末朝中有人物號玉筍班。魯直謫涪，詩人高荷贈詩三十韵，内一聯曰：『檢點金閨彦，淒涼玉筍班。』時人膾炙，以爲切對。」

宋謝薖幼槃《竹友集》十卷，詩七卷、雜文三卷。謝方伯在杭手鈔本。薖，臨川人，逸之弟，《江西詩派》二十五人之一也。在杭跋云：「幼槃詩文不傳於世，此本從内府借出，時方沍寒，京師傭書甚貴，需銓京邸，資用不贍，乃手自鈔寫。每清霜呵凍，十指如槌，幾二十日始克竣帙。藏之於家，亦足詑一段奇事也。萬曆己酉十二月二十四日辛酉。」前有苗昌言、吕本中二跋。幼槃詩，居仁稱其似宣城，非也。在江西派中亦清逸可喜，然涪翁沉雄豪健之氣，則去之遠矣。《顔魯公祠堂》、《十八學士圖》諸長歌頗佳；格詩如「尋山紅葉半旬雨，過我黄花三徑秋」、「挼莎蕉葉展新緑，從臾榴花開晚紅」、「瘦藤拄下萬峰頂，野鶴來歸千歲巢」，皆佳句；又「靡靡江蘺只唤愁，眼中何物可忘憂？楝花浄盡緑陰滿，纔見一枝安石榴」，甚有風致，非蘇、黄門庭中人不能道也。無逸詩尤有名，《溪堂集》視此，未知何如耳？

宋牧仲中丞自吴中鈔寄洪炎玉父《西渡集》，僅一卷。考焦氏《經籍志》：「玉父《西渡集》一卷。」

與此本合。然編首題「卷第一」，又似不全之書，何也？《坐上呈師川有懷駒父》七律所云「欣逢白鶴歸華表，更想黃能出羽淵」，正在集中。其詩局促，去豫章殊遠。又《經籍志》載洪芻駒父《老圃集》、洪朋龜父《清非集》，皆止一卷。此本牧仲鈔之醫士陸其清家。

## 王士禎《香祖筆記》

宋二謝：無逸逸、幼槃邁，皆江西詩派中人，潘邠老亦派中人也。幼槃《竹友集》云：「邠老嘗作詩云：『滿城風雨近重陽。』邠老亡後，無逸兄用此足成四篇。今去重陽祇數日，風雨不止，淒然有懷，作二絶句。念泉下二人不再作，不覺流涕覆面。」詩云：「地下修文兩玉人，清詩傳世墨猶新。却因風雨重陽近，獨立蒼茫淚滿巾。」「阿兄溫潤玉介導，我友澹薄朱絲絃。只疑蟬蜕遊人世，醉插茱萸若箇邊？」邠老詩句，至今藝苑流傳，爲重陽口實；而二謝同時有詩，迄無知者。因識之，續成一則詩話，亦使邠老不寂寞也。集十卷，詩七卷、雜文三卷。文雅潔，楚楚有法度，不減其詩。

## 王士禎《陵陽集跋》

韓子蒼詩爲諸家詩話所取者，如「汴水日馳三百里」、「落日同騎款段游」二首最佳。頃借《陵陽集》，急披讀之，獨跋卷亦盡，佳處乃無過此。或曰：子蒼不樂居江西宗派中，云：「我自學古人。」未必然也。涪翁正法眼藏，渠豈夢見？

## 厲鶚《宋詩紀事》

李希聲詩話：「余往歲侍親睦州壽昌縣，朱池寺僧卒方數日，弟子出卒前一日手寫頌云：『孤燈寂寂夜堂深，寒雨蕭蕭響竹林。大抵浮生只如此，不須哀怨動悲吟。』字甚端謹，斯亦異矣。」王直方詩話：「李希聲有送予詩曰：『散盡平生眼中客，暖風晴日閉門居。』」

# 江西詩社宗派圖録跋

江西詩社諸家，劉後村《小序》僅評隲其詩之優絀，方虚谷《瀛奎律髓》則少次其爵里、著述，究未詳盡。三百年後，乃得扶長吏部爲作此録，其有功於藝林，良不淺矣。録曾梓於江右，日久散佚。近知不足齋主人重雕樊榭先生校本，余因得鈔入叢書，亦幸事也。癸卯仲秋，震澤楊復吉識。